元杂剧版本研究

张倩倩◎著

中国戏剧出版社
CHINA THEATRE PRESS

图书在版编目（CIP）数据

元杂剧版本研究 / 张倩倩著. -- 北京 : 中国戏剧
出版社，2018.2
ISBN 978-7-104-04630-1

Ⅰ. ①元… Ⅱ. ①张… Ⅲ. ①杂剧—版本—研究—中
国 Ⅳ. ①I207.37

中国版本图书馆CIP数据核字(2018)第011744号

元杂剧版本研究

责任编辑：肖　楠
项目统筹：智　涵
责任印制：冯志强

出版发行：中国戏剧出版社
出 版 人：樊国宾
社　　址：北京市西城区天宁寺前街 2 号国家音乐产业基地 L 座
邮　　编：100055
网　　址：www.theatrebook.cn
电　　话：010-63385980（总编室）
传　　真：010-63383910（发行部）

读者服务：010-63381560
邮购地址：北京市西城区天宁寺前街 2 号国家音乐产业基地 L 座

印　　刷：北京鑫瑞兴印刷有限公司
开　　本：787mm×1092mm　1/16
印　　张：19.25
字　　数：350千字
版　　次：2018年2月　北京第1版第1次印刷
书　　号：ISBN 978-7-104-04630-1
定　　价：98.00元

序

季国平

张倩倩的《元杂剧版本研究》是一篇颇富功力、多有创见的博士论文，两年前通过答辩后，又经作者进一步修改，现在正式出版了，可喜可贺！

如果说元杂剧研究是新时期以来比较热门的课题的话，那么对元杂剧版本的专门探讨却很少有人去做。元杂剧版本的研究是元杂剧研究中基础的基础，十分重要，之所以很少有人去做，我以为原因有二，一是这是一项甘心坐冷板凳、必须下真功夫的研究项目，来不得半点“取巧”；二是由于历史的原因，元杂剧现存版本繁复杂乱，即使是其中影响最大的《元刊杂剧三十种》、《元曲选》等，版本研究的难度也很大，多年来真正对各个版本做系统梳理、辨析源流、成败得失的并不成体系，而已有的某些研究也颇有可商榷之处。作者正是充分认识到“元杂剧的版本问题是元杂剧深入研究的重要前提和基础，关系到元杂剧今后的研究方向”，从而全面系统地对现存元杂剧的版本进行梳理、辨析，是非常有助于推进元杂剧研究走向深入的。

《元杂剧版本研究》由绪论、七个篇章和结语组成，思路清晰，结构严谨，重点突出，论证缜密。总体来说，论文紧紧把握住元杂剧各种选本的风格特点、版本的源流系统，不同历史时期和地域的版刻特点，版本的识别与鉴定等，本着实事求是的科学态度，利用版本学、目录学和校勘学等文献学方法，对国内外现存元杂剧版本进行比勘、对校、分析，力求得出近乎实际的结论。

论文重点突出，尤其是对元杂剧各版本流传史上最为重要的《元刊杂剧三十种》《脉望馆校钞古今杂剧》《元曲选》等，做了相当深入细致的比勘研究，揭示了各个版本的重要特征和价值：如元刊本的价值在于，它是元末明初带有舞台演出特征的民间坊本；《脉望馆》本虽经过谨慎加工，但同属于舞台演出本，元杂剧剧本的表演特征借此得以彰显；而《元曲选》影响最大、流传最广，在曲文、科白和脚色记录方面，更接近元刊本，选编者做的增删改订更多的是表现形式上。作者的这些结论是在做了艰辛细致的研究后得出的，是比较可信的，对于我们当下准确运用不同版本的元杂剧，防止人云亦云的盲目性，是有重要的参考价值的。

同时，作者根据她的研究结论，对当下一些具有代表性权威性的研究成果提出了商榷，如《剑桥中国文学史》在元代文学中不讲元杂剧的偏见；如某些学者因为《元曲选》是明人改编本，在不作深入研究的前提下，简单地认为现存元杂剧并不是真正的元代杂剧，不足以代表元代杂剧的成就，等等。作者的学术争鸣精神不仅是十分可贵的，而且商榷的依据也是以踏实的研究心得为基础的，足以纠正这些“权威的结论”。论文结语中所讲的三点内容，是有立论依据和参考价值的。我们鼓励和赞赏青年学者这种积极的学术探索精神。

本论文为元杂剧版本的系统研究开了一个好头。当然，由于元杂剧史料的严重缺乏，影响到本课题的深入研究，本论文的某些内容在论证上可能还有不够准确、可商讨之处，但论文所取得的成果和价值是显然的。在论文答辩时，我也曾经与作者探讨过某些问题，如“以曲证曲”的方法问题；又如，论文答辩稿中谈及元刊本“在南方能够大量的刊行，是南方听众对北曲曲音不熟悉有关”。其实，在元代，南方人倒是听得懂北曲杂剧，而北方人却很难听懂南曲戏文。

由此，我想起了上个世纪元杂剧研究的往事。从王国维到八十年代，元杂剧研究积累了丰富的成果，也大致形成了这样的认识：元杂剧发展大致分为前后两期，前期在大都（北京）兴盛，这时期产生了伟大的戏曲家关汉卿。后期从大德以后直到元朝灭亡，这时期杂剧重心逐渐南移杭州，但杂剧已日趋衰微。这种观点影响深远，几成定论。然而，在我的研究中，恰恰发现真实的情况似乎不是这样，以往有关元杂剧发展历史的研究是一个很大的薄弱环节，甚至有许多的误解和偏见，特别是杂剧南流衰微论等观点。我曾试图突破杂剧“前后两期”盛衰论和“南移衰微”论等旧说，揭示杂剧流行传播和“南北齐盛”的真实面貌，写成了拙著《元杂剧发展史》。后来，因为工作的变动，我的研究也从中国戏剧史转向了当代中国戏剧。重温元杂剧研究旧梦，我特地上网搜索了一下当下元杂剧的研究现状，留下了两点印象：一是以元杂剧为课题的硕士、博士论文还真不少，我虽有很长时间不研究这一课题了，但还有这么多的后来学子在孜孜以求，很是欣慰；二是我当年的研究成果，被这些学子们引用、传播，我的辛苦没有白费，也很是高兴，但也看到有一些研究成果，仍然在沿用历史旧说，包括元杂剧的分期、南流衰微说等，让人遗憾。

元杂剧研究到今天，要有新的突破的确不易，但我们期待有新的发展。可喜的是，听倩倩讲，她近日正开始做《录鬼簿》的研究项目，她还说看到了我早年的论文《〈录鬼簿〉编撰体例发微》，对她有启发。元代钟嗣成的《录鬼簿》是研究元杂剧非常关键的著述，是很值得对它下一番研究功夫的。以往元杂剧研究中的一些误解，有的就是对《录鬼簿》的误读而引起的。回想当年，也是因对《录鬼簿》研究的新发现，让我获得了重新认识元杂剧作家的时代和元杂剧历史分期的灵感，成就了元杂剧史研究的新突破。倩倩在阶段性地完成了《元杂剧版本研究》之后，开始聚焦《录鬼簿》，是很有学术眼光的。倩倩还很年轻，学术研究正当年，在此祝福她的《录鬼簿》研究再创佳绩，祝福她在今后的学术研究上取得更加丰硕的成果。

丁酉岁末于北京青龙桥寓所

目录

第一章　元杂剧的记载与存佚

第一节　元代杂剧的创作与著录

元杂剧作为“一代之文学”，究竟共有多少种，至今也难有定论。最先著录元杂剧目录的为钟嗣成的《录鬼簿》。据钟嗣成自序，《录鬼簿》初稿成于至顺元年（1330年），之后至少修订过两次，书稿随时添补修订，亦随时被人抄录流传。今存明孟称舜《古今名剧合选·酹江集》附刻本、清初尤贞起钞本、康熙曹寅《楝亭藏书十二种》本、明万历年间《说集》蓝格钞本、天一阁藏贾仲明增补蓝格钞本。各版本著录的作家、剧目互有差异，《说集》本、孟本分别为391种与390种，天一阁本424种，曹本452种。其中，《说集》本和孟本虽不是据1330年的初稿本刊行，但刊刻的时间在1334年到1345年之间，曹本是1345年之后修订的本子。[①] 曹本的452种，加之天一阁本所载而曹本失载的关汉卿《窦娥冤》《藏龟会》《陈母教子》《惜春堂》《蝴蝶梦》五剧，张国宾《七里滩》剧，红字李二《窄袖儿武松》《全火儿张弘》二剧，吴仁卿《手卷记》剧，马致远《荐福碑》剧，花李郎《酷寒亭》《勘吉平》二剧，赵文贤《掷笏谏》《姜肱共被》二剧，吴昌龄《东坡梦》《探狐洞》剧，孟本所载而曹本失载的彭伯成《灰阑记》剧，《录鬼簿》所收杂剧总数达到469种。

《录鬼簿续编》作者为元明之际的文人，附于天一阁本《录鬼簿》之后，上承“方今才人”栏目而下，录自钟嗣成始20位杂剧家78种剧目，又载“诸公传奇失载名氏，并附于此”，辑姓名失考剧目78种，元明间杂剧剧目共计156种。其中可以确定为元代中后期作家作品的有钟嗣成7种、郏仲谊4种、

① 参阅《中国古典戏曲论著集成》本《录鬼簿》提要、周维培《元明之际北曲曲目论略》一文及浦汉明《新校录鬼簿正续编·前言》。

陈伯将 1 种、张鸣善 1 种；由元入明的作家罗贯中 3 种、汪元享 3 种、丁埜夫 5 种、陆进之 2 种、金文质 3 种、李唐宾 2 种、刘君锡 3 种，以上共计 34 种。《录鬼簿续编》所收 78 种无名氏作品中，可根据《录鬼簿》考知 14 种剧目作者。天一阁本失载的《王公绰》《送寒衣》二剧，说集本、孟本、曹本均题郑廷玉；《张鼎勘头巾》剧，说集本、孟本、曹本并题陆登善；《误元宵》曹本题曾瑞卿；《邢台记》曹本题秦简夫；《托妻寄子》曹本题乔吉；《私下三关》曹本题王仲元；《小孙屠》《杀狗劝夫》曹本题萧德祥；《盗骨殖》曹本题朱凯；《桃花女》曹本题王晔；《金娘怨》曹本题《京娘怨》，作者曹伯成；《张果老》曹本题赵敬夫。可以根据他本文献考明作者为元人的有 4 剧，《相国寺》，《太和正音谱》题张国宾；《勘头巾》，钱目作李仲章，《生金阁》，《元曲选》作武汉臣；《流星马》，《脉望馆钞校本古今杂剧》本作黄元吉。这样，《录鬼簿续编》中所录 156 种剧目中作者可知的元杂剧就有 52 种。《替杀妻》《博望烧屯》有元刊本，也可以确定为元人杂剧，其他姓名失载的杂剧具体年代虽难以弄清，但可以肯定它们的创作年代最迟不超过明宣德初年，多数还是元或元明之际的作品，应该成为我们考据元杂剧可以参考且信赖的材料。

《太和正音谱》初刻本成书于洪武三十一年，后永乐年间也有所增订。“群英所编杂剧”标题记“元五百三十五”种，但实际剧目仅 418 种，基本没有超出《录鬼簿》的范围，而且《录鬼簿》所载屈子敬、萧德祥、王仲元等部分作家的部分剧目，《太和正音谱》也有失载。仅有两例：《录鬼簿》失载之《鹔鹴裘》和《火烧祆庙》，《太和正音谱》分别题范冰壶和李直夫。又有“古今无名杂剧一百一十本”，除了指明“国朝”的 3 种以外，据学者断定因其成书年代较早，基本均为元人作品；“娼夫不入群英四人，共十一本”，为元代花李郎，张酷贫、赵明镜，红字李二等优伶艺人的杂剧作品，这样合计起来总共计元杂剧剧目 536 种。其中 53 种剧目不见于他著而仅见于《太和正音谱》，虽然有人对这其中是否混有院本提出质疑，但证据尚嫌不足，这是该书对元剧文献做出的最大贡献①。

此外，《录鬼簿》等书目失载之《鲁斋郎》《玉壶春》《张天师断风花雪月》

① 参见赵景深、邵曾祺《元明北杂剧总目考略》，中州古籍出版社 1985 年版。

《单鞭夺槊》《黄粱梦》《韩退之雪拥蓝关记》《崔府君断冤家债主》《兴刘灭项》等剧，今多数还有存本，根据《元曲选》、钱曾书目、《九宫大成》等其他文献也可以考出作者分别为关汉卿、武汉臣、吴昌龄、尚仲贤、马致远、赵明道、郑廷玉、王伯成等人。

总之，各本《录鬼簿》《录鬼簿续编》与《太和正音谱》除去重复所记载的比较可靠的元人杂剧目大约有600种，充分反映了有元一代杂剧创作的繁盛情况，它们是我们进行元杂剧研究最为可靠的材料。

以上三种杂剧目录著作的编排方式是以人统剧，《录鬼簿续编》与《太和正音谱》增加了“无名氏”一类。元人对于杂剧的分类虽然尚不够精确，但已体现出是以脚色与题材为中心的特点，如《青楼集》曾说到“驾头杂剧”“闺怨杂剧”“绿林杂剧”和“花旦杂剧”等名目。夏伯和《青楼集志》中则说：“有驾头、闺怨、鸨儿、花旦、披秉、破衫儿、绿林、公吏、神仙道化、家长里短之类。”这类杂剧名目或以角色为称，如花旦杂剧、驾头杂剧、鸨儿杂剧，或以题材为称，如闺怨杂剧、绿林杂剧、神仙道化、家长里短，或以服装作称，如破衫儿、披秉。朱有燉在前人的基础上，以题材为中心，将杂剧分为十二科，影响最大，即：神仙道化、隐居乐道（又曰“林泉丘壑”）、披袍秉笏（即“君臣杂剧”）、忠臣烈士、孝义廉节、叱奸骂谗、逐臣孤子、钹刀赶棒（即“脱剥杂剧”）、风花雪月、悲欢离合、烟花粉黛（即“花旦杂剧”）、神头鬼面（即“神佛杂剧）。虽然分类比较细致，然而各科杂剧内容不免有所交叉重复，如风花月雪和悲欢离合均是指以男女婚恋故事为主题的杂剧；叱奸骂谗、逐臣孤子、披袍秉笏、忠臣烈士又都包括了以朝政君臣故事为主题的杂剧；神仙道化与隐居乐道二科的题材也有所交叉；同时，反映社会生活和下层民众的日常百态，即《青楼集志》中所列的“家长里短”类杂剧亦未被列出。

我们综合朱权及之前的分类方式，将天一阁本《录鬼簿》与《录鬼簿续编》所录的元杂剧分为驾头杂剧（以太后为主角的杂剧亦包含在内）、闺怨杂剧（总题中含有“怨”字的旦本杂剧）、风花雪月剧（包括末本、旦本婚恋杂剧，女主以“良妇”为主，包括贵族人家小姐、宫廷内的丫头和平民百姓家的女儿）、花旦杂剧（女主为妓女的旦本婚恋剧）、披袍秉笏剧（朝臣着披袍、秉笏装束）、脱剥杂剧（含有武打、战争场面的杂剧）、破衫儿剧（穷人着破衫儿装束，包括寒士发迹变泰剧）、绿林杂剧、公吏杂剧（公案剧）、神佛道化剧（包括隐居乐道、神仙度脱和神头鬼面剧）、软末泥杂剧（文士风情剧）、孝义廉节剧（宣扬儒家伦理道德的杂剧）、家长里短剧分类列出，如表 1-1 所示：

表 1-1 《录鬼簿》与《录鬼簿续编》所载杂剧分类表

杂剧类型	剧目
驾头杂剧（共95剧）	汉武帝哭香囊、认先皇、双赴梦、赵太祖、曹太后死哭刘夫人、薄太后救周勃、宋上皇御断姻缘簿、鲁元公主三吓赦、哭魏徵、摔龙舟（隋炀帝）、屈勘宣华妃（隋炀帝）、武则天肉醉王皇后、汉元帝哭昭君、立宣帝、萧翼智赚兰亭（唐太宗）、斩白蛇、梧桐雨、唐明皇幸月宫、高祖归庄、隋炀帝游幸锦帆舟、秋夜凌波梦（唐明皇）、杨太真霓裳怨、杨太真浴罢华清宫、遇上皇、吕太后人彘戚夫人、汉宫秋、赵光普进梅谏（2）、刘玄德醉走黄鹤楼、刘泉进瓜（唐太宗魂）、吕太后斩韩信、司马昭复夺受禅台（2）、吕太后祭浐水、吕太后夜镇鉴胡亭、贬夜郎、兴刘灭项、金章宗断遗留文书、崔子弑齐君、赵太祖天子班、洛阳令董宣强项（东汉光武帝）、赵太祖夜斩石守信（2）、宋上皇碎冬凌、吕太后饿刘友、尉迟恭并立小秦王、汉武帝死哭李夫人、罗公远梦断杨贵妃、秦始皇坑儒焚典、贬黄州、斩邓通、赵太祖镇凶宅、褚遂良扯诏立中宗、夜月走昭君、孙权哭周瑜、汉高祖醢彭越、昭君出塞、试汤饼何郎傅粉（魏明帝）、汉高祖濯足气英布、宋上皇御断金凤钗、百二十行贬扬州、汉高祖哭韩信、颍叔考谏郑庄公（2）、武文皇帝虎头牌、武王伐纣、高祖还乡、七里滩、薛仁贵衣锦还乡、严子陵钓鱼台、宋仁宗御览托公书、宋上皇御断凤凰楼、周亚夫细柳营、齐景公哭晏婴、陈后主玉树后庭花、萧何追韩信、鼎镬谏、抱子摄朝、智斩韩太师、宋弘不谐（汉光武帝）、十八骑误入长安、戏谏唐庄宗、唐明皇御断金钱记、周幽王骊山七德舞、褚遂良掷笏谏、宋上皇三恨李师师、袁盎却座（汉文帝）、汉高祖诈游云梦、风云会、忠正孝子连环谏、仁宗认母、金章宗御赛诗禅会、偃时救驾、楚襄王梦会巫娥女、霍光鬼谏

续表

杂剧类型	剧目
闺怨杂剧（10剧）	江梅怨、银筝怨、张忠泽玉女琵琶怨、双渠怨、金水题红怨、赏金莲月夜瑶琴怨、秋香怨、月宫金娘怨、月夜西湖怨、楚江楼月夜关山怨
风花雪月剧（共94剧）	刘盼盼闹荆州、晏叔元风月鹧鸪天、三撇嵌、玉镜台、玉堂春、万花堂、诈妮子、卢亭亭挑水浇花旦（2）、封骘先生骂上元、升仙桥相如题柱（2）、拜月亭、望江亭、绿珠坠楼、窦滔妻织锦回文、东墙记、梁山伯、墙头马上、韩彩云丝竹芙蓉亭、借通县跳神师婆旦、白头吟、倩女离魂（2）、郑琼娥梅雪玉堂春、风雪推车旦、关盼盼春风燕子楼、秉烛旦、紫云娘、蔡琰还朝、郑玉娥燕山逢故人、牡丹记、香闺佳人认玉钗、四春园、杜秋娘月夜紫鸾萧、娥皇女英斑竹记、李云英风送梧桐叶、李太白金钱记、裴航遇云英、楚云公主酹江月、翠华妃对玉钗、董解元醉走柳丝亭、风流孔目春衫记、惜春堂、玉簪记、凤凰松、流红叶、薛昭误入兰昌宫、太液池儿女并头莲、张敞画眉、西厢记、娇红记、临江驿潇湘夜雨、风月两无功、韩寿偷香、孟月梅写恨锦香亭、丁香回回鬼风月、濯锦江鱼雁传书、秋夜芭蕉雨、黄桂娘秋夜竹窗雨、秦修然竹坞听琴、张生煮海（2）、浪子回回赏黄花、赵二世雪香亭、风月紫云亭、赛花月秋千记、别虞姬、菊花会、柳毅传书、凤凰坡越娘背灯、王魁负桂英、俏郎君占断风光好、尾生子水淹蓝桥、晏叔原风月夕阳楼、火烧袄庙、崔怀宝月夜闻筝、翰林风月、才子佳人误元宵、乐昌分镜、欢喜冤家、锦堂风月、鹔鹴裘、桃源洞、死葬鸳鸯冢、玉娇春、娇红记（2）、风月瑞仙亭、红白蜘蛛、月夜海棠亭、两团圆（2）、陈子春四女争夫
花旦杂剧（共25剧）	三负心、鬼团圆、复落娼、金线池、谢天香、救风尘、钱塘梦、郑元和风雪打瓦罐、胭脂女子鬼推门、苏小小丽春园、妆旦色害夫人、谢金莲诗酒红梨花、烟月心神诉冤、苏小小贩茶船（2）、李素兰风月玉壶春、李亚仙曲江池、风月郎君双教化、春风杜韦娘、寄情韩翊章台柳、崔护谒浆（2）杜牧之诗酒扬州梦、玉箫女两世姻缘、王妙妙死哭秦少游

续表

杂剧类型	剧目
披袍秉笏（君臣杂剧）（共21剧）	单刀会、谇范雎、伊尹扶汤、周公摄政、晋文公火烧介子推、楚庄王夜宴绝缨会、丑驸马射金钱、诸葛亮屯军五丈原、汉丞相韦贤籝金、地藏王证东窗事犯（2）、汉丞相丙吉问牛喘、诸葛论功、燕乐毅黄金台、刘先祖襄阳会、孟尝君鸡鸣度关、四丞相歌舞丽春园、秦赵高指鹿道马、无盐破环、张子房圯桥进履、齐景公驷马奔阵
脱剥杂剧（共30剧）	敬德降唐、哭存孝、刘夫人救哑子、刘夫人庆赏五侯宴、李克用箭射双雕、禹王庙霸王举鼎、三战吕布、白门斩吕布、谢玄淝水破苻坚、周亚夫细柳营、关大王三捉红衣怪、小秦王打李焕、三夺槊、尉迟恭单鞭夺槊、破曹瞒诸葛祭风、莽张飞大闹相府院、三战吕布、女元帅挂甲朝天、孙武子教女兵（2）、烧樊城糜竺收资、田单复齐、敬德扑马、杨六郎私下三关、韩信斩陈余、一箭保韩庄、大闹东岳殿、四鬼魂大闹森罗殿、敬德不服老、四大王歌舞丽春园
破衫儿剧（共20剧）	进西施、破窑记、凿壁偷光、白衣相高凤漂麦、孙康映雪、会稽山买臣负薪、常何荐马周、黑秀才穷风月、醉秀才戒酒论杜康、周瑜谒鲁肃、穷秀才双弃瓢、斋后钟、荐福碑、吕蒙正风雪破窑记、李三娘麻地捧印、穷韩信登坛拜将、韩信乞食、孟姜女送寒衣、酷寒亭、越王尝胆
绿林杂剧（共20剧）	黑旋风诗酒丽春园、黑旋风双献头、黑旋风大闹牡丹园、黑旋风乔教学、黑旋风借尸还魂、黑旋风斗鸡会、黑旋风敷演刘要和、双献头武松大报仇、黑旋风乔断按、燕青射雁、抱冤台燕青博鱼、黑旋风老收心、李逵负荆、狄青博马、武松打虎、板踏儿黑旋风、全火儿张弘 、窄袖儿武松、还牢末、十八公子大闹草园阁
公吏杂剧（共40剧）	三告状、蝴蝶梦（2）、风雪狄梁公、汴河冤、勘龙衣、绯衣梦、窦娥冤、鲁斋郎、厚阴德于公高门（3）、糊涂包待制、郑孔目风雪酷寒亭、勘头巾、曹伯明错勘赃（3）、四哥哥神勘提头鬼、生金阁、救孝子烈母不认尸、狄梁公智斩武三思、张天师夜断鎃勾月 、张天师断岁寒三友 、灰阑记 、张鼎智勘魔合罗、包待制智勘后庭花、崔府君断怨家债主、勘吉平、撇懆判官钉一钉、三落水鬼泛采莲舟、闹法场郭兴何杨、马光祖勘风情、海门张仲村乐堂、犯押狱盆吊小孙屠、包待制开仓粜米、张鼎勘头巾、包待制判断烟花鬼、史教坊断生死夫妻、魔勘盗红绡

续表

杂剧类型	剧目
神仙道化（共44剧）	泗州大圣锁水母、志公和尚四坐禅、石头和尚草庵歌、陈抟高卧、马丹阳三度任风子、误入桃源（2）、岳阳楼、开坛阐教黄粱梦、月明和尚三度临岐柳、叹骷髅、船子和尚秋莲梦、张骞泛浮槎、韩湘子三赴牡丹亭、范蠡归湖、韩退之雪拥蓝关记、东山高卧（2）、张良辞朝、栾巴噀酒、铁拐李岳、西天取经、花间四友东坡梦、哪吒太子服睛记、松荫梦 、韩湘子三度韩退之、庄周梦、陶渊明归去来兮、柳耆卿诗酒玩江楼（2）、布袋和尚忍字记、孙恪遇猿、风月七真堂、张果老度哑观音、竹叶舟、蟠桃会、韩湘子引度升仙会、血骷髅大闹百花亭、泗州大圣渰水母、松阴记、卢时长老天台梦、佛印烧猪待子瞻、西游记、王祖师三度刘行首
软末泥杂剧（共22剧）	踏雪寻梅、青衫泪、风雪骑驴孟浩然、曹子建七步成章、蔡萧闲醉写石州慢、逢萌挂冠、郝连留钱、陶学士醉写风光好、病扬雄、李太白醉写秦楼月、王粲登楼、苏东坡夜宴西湖梦、杜甫游春、子房货剑、卧龙岗、钱神论、冯欢烧券、赏西湖、游赏浙江亭、三塔记、群花会、陶秀英鸳鸯宴
孝义廉节（共55剧）	风雪贤妇双驾车、管宁割席、裴度还带、陈母教子、孟良盗骨、列女青陵台、善盖厉周处三害、老郎君养子不及父、豹子令史干请俸、御史台赵尧辞金、忠义士班超投笔（2）、伍子胥弃子走樊城、廉颇负荆、保成公迳赴渑池会、牧羊记、明达卖子、陆绩怀橘、伍员吹箫、蔡顺孝母、鲁义姑、王祥卧冰、齐贤母三教王孙贾、劈华岳神香救母、浣花女抱石投江（伍子胥）、秋胡戏妻、赵氏孤儿、伯俞泣杖、楚霸王火焚纪信、陵母伏剑、楚昭王疏者下船、渔父舞剑、伯道弃子、汲黯开仓、范张鸡黍、英雄士杨震畏金、曹娥泣江、屈原投江（2）、苏武还朝、赵礼让肥、剪发待宾、破家子弟、荆公遣妾、托妻寄子、节妇牌、贤孝妇、负亲沉子、敦友爱姜肱共被、孟宋哭竹、杀狗劝夫、放火孟良盗骨、贤大夫疏广东门宴、石曼卿三丧不举、豫让吞炭

续表

杂剧类型	剧目
家长里短（共34剧）	五凤楼潘安掷果、豹子秀才不当差、病樊哙打吕胥、豹子尚书谎秀才、大人先生酒德颂、蒲鲁忽刘屠大拜门、报冤二世小刘屠、老生儿、风月害夫人（2）、货郎末泥、老回回探狐洞、驴皮记、看财奴买怨家债主、孟县宰因祸致福、吹箫女悔教凤凰儿、栾城驿、冤抱冤贫儿乍富、王公绰、奴杀主因祸折福、劝丈夫、怕媳妇、谎郎君坏尽风光、错立身（2）、念奴教乐、罗李郎大闹相国寺、祁甘雨货郎朱蛇记、贪财汉为富不仁（2）、破阴阳八卦桃花女、俊憨子、田真泣树、庞居士误放来生债

此外，存目尚有不可考者：吕无双铜瓦记、没兴风雪瘸马记、阎师道赴江江、秋月蕊珠宫、孟朝云风雪岁寒亭、吕无双远波亭、穷解子孙破雨伞、莽和尚复夺珍珠旗、盐客三告状、崔和檐生、红绡驿、金钗剪烛、冷脸刘斌料到底、春夜梨花雨、千里投人、手卷记、火烧正阳门、醉游阿房宫、玉溪馆、夭寿太子邢台记、九龙庙、醉写满庭芳、双卖华、三平章死哭蛮虎子、写尽清风岭、碧梧堂双鸾栖凤、折征衣、三官斋、梨花梦，暂不论。

上表可以看出，元人所创作的杂剧中，表现男女婚恋故事的剧作最多，无论哪种时代，“爱情”总是一个永恒的主题。闺怨、风花雪月和花旦三类共有近 120 种剧，占全部可考元人杂剧总数的 1/4。其中，又以反映各个阶层婚恋观的风花雪月剧最多，既融进了当时的青年男女突破封建礼教、婚姻自主的民主意识，又反映了他们对“爱”对“情”的忠贞和追求。花旦杂剧中的妓女形象亦比较丰富，有的写这些不幸女子与士子文人的婚恋生活，有的写她们从良的艰辛历程，也有的写她们勇敢机智、敢于反抗的品质，总之，花旦杂剧中的妓女不仅“普遍存在一种归依正统文化的‘从良情结’”①，同时，她们也有自己独特的择偶理念，“她们讨厌道学家的故作正经，也反感权贵势要的随心所欲，更不能容忍商人的粗鲁贪婪，唯有文人士子的那种娓娓动听的赞美，那种执着热烈的追求，那种富有诗情画意的爱情表白，以及文人那种温存怜惜的爱抚方式，才为她们所乐于接受。有些妓女在剧中毫不掩饰地

① 张国徽：《元杂剧中妓女形象研究》，新疆师范大学硕士学位论文，2008。

表现出爱慕文人的心理定式"[①]。闺怨杂剧以表现"闺中怨女"生活为主要内容，"论闺怨，遣佳人绿惨红愁"（罗烨《醉翁谈录·舌耕叙引》），这些青春少女大都出生于典型的封建士大夫家庭，深受封建礼教的束缚，足不出户，眼睁睁看着自己的青春即将逝去却无能为力不由自主，只能在后花园中抒发复杂细腻的哀愁。终于，一次偶然的机会或者在侍女的怂恿下走出闺房，遇到心仪的男子，便一发不可收拾，唱出自由恋情的颂歌。

驾头杂剧数量仅次于风花雪月剧，共 94 种，约占全部可考元人杂剧总数的 1/5。驾头是指古代皇帝出行时的仪仗。宋沈括《梦溪笔谈》云："正衙法座，香木为之，加金饰，四足、堕角，其前小偃，藤冒之。每车驾出幸，则使者内臣马上抱之，曰驾头。"其中，又以叙述汉高祖、唐太宗、唐明皇、宋上皇和吕太后的故事最为集中。内容有的写帝王发迹的传说，讴歌他们有志于天下的英雄气概，有的写帝妃的悲情爱恋，即使作为帝王，也有不能保护爱妃的苦痛，只能在孤寂悲凉中度过余生；有的写帝王御断公案，充当清官伸张正义、除暴安良的作用，增加了审判结果的权威性；也有揭露帝王忘恩负义，对于帮助他们打下江山的功臣冷酷无情，想方设法除去而后快；还有的帝王宠信奸佞，自大昏庸，祸国殃民，直臣冒死进谏而不自毁；更有揭露统治者残酷暴戾的，如秦始皇焚书坑儒，给中华文化带来了极大的破坏。叙事文学最初的动机应该是消解人对未知的恐惧，即满足人天生好奇的需求。帝王作为整个国家的统治者，他们的身世、情感、生活故事总是令平民百姓好奇的，他们的故事也是人们最乐意讲述和阅读的。处于元蒙民族长期的社会重压下，百姓盼望能出现一位仁君，"帝王戏中对昏君的批判，对仁君的颂扬，以帝王对国家社稷和人民的功过是非为标准，正符合平民的心理需要，观众愿意看到这样的戏曲演出以壮心神，寄托社会理想"[②]。在元代，驾头杂剧不仅不会被禁，而且还受到统治者的提倡，如杨铁崖《元宫词》云："《尸谏灵公》演传奇，一朝传到九重知，奉宣赍与中书省，诸路都教唱此词。"《高祖还乡》《衣锦还乡》的作者张国宾为教坊勾管，《武王伐纣》的作者赵敬夫等为教坊色长。普

① 张国微：《元杂剧中妓女形象研究》，新疆师范大学硕士学位论文，2008。

② 王文婧：《元杂剧帝王戏研究》，山西大学硕士论文，2009。

通民众对于帝王戏的喜爱与元朝统治者对于帝王题材戏曲的包容与鼓励，应该是元代驾头杂剧创作繁盛的重要原因。

宣扬封建伦理道德的孝义廉节剧作共50余种，元杂剧自觉秉承传统文学“载道”的精神，承担起“厚人伦、美风化”的责任，在理学尚为松弛的元初，部分文人作家有感于传统道德的沦丧，希望通过蓬勃发展的戏剧艺术达到干预政教、宣扬教化的目的。随着延祐间理学独尊地位的确立，宣传忠孝节义伦理纲常的杂剧逐渐增多，不少剧作失去了生机。作家敢于直面社会现实，批判人性的沦丧、社会生活的丑陋，对恪守信义、母慈子孝传统美德的提倡确实能够达到稳定社会、教化民众的社会功能。然而，在对道德理性宣扬的同时，也忽略了作者个性情感的表现，某些剧目甚至完全沦落到纯粹的道德说教，成了儒教伦理的传声筒。

神仙道化和软末泥杂剧都是以文人生活为中心的。元代文人多深受传统儒家文化的熏陶，读书仕进、兼济天下是他们一开始就为自己预设的人生历程。然而，元朝特殊的社会现实让绝大多数文人的仕途梦破碎，他们苦闷、彷徨、困惑、抑郁、愤懑，在杂剧创作中鸣不平、发牢骚的途径有两条：一条是借助于古人或者神仙，寄情于佛道二教，于山林自然中寻求退隐遁世；另一条是于城市繁华之中转向青楼，在游宴、醉乡之中寻求物欲的满足和心理刺激，虽然不少软末泥杂剧不免被人指责“把封建士大夫纵情声色当做风流韵事来描绘，流露出作者庸俗的思想感情”①，但这些作品也并非不是元代知识分子在权豪当道、仕途中阻的现实中，不得已优游于市井眠花卧柳以求暂得精神慰藉的反映。

公吏和绿林两类题材于元杂剧及明清通俗文学作品出现频率较高，在民间受到普遍欢迎。在漫长的封建社会中，百姓的命运并不是掌握在自己手中，他们经常面对的是权豪势要、贪官污吏，良人受欺、冤假错案时有发生，平民百姓需要有人为他们主持天理正义，社会同样呼唤公道人心。而能为百姓伸张正义的人有两类：一类是绿林英雄，他们路见不平拔刀相助，始终与被损害者和被压迫者站在一起，是是非善恶的裁判者，在他们身上体现的“是一

① 游国恩等：《中国文学史》第3册，人民文学出版社1979年版，第232页。

种个人的侠义行为和由此体现的那种报恩报怨、除恶安良的游侠思想精神"[1]。另一类是清官，他们通过"王法"来惩罚那些破坏法律的恶人，为民做主，让善良的、处于无助境地的人民得到救助，达到社会惩恶扬善的心愿。

脱剥杂剧一般演舞枪弄刀的武戏，常需脱掉上衣，赤膊上阵，故而得名。脱剥杂剧之所以能被单独列出，是因为这类戏剧最考验演员的武打功夫，将"打"与"唱""念""做"融合起来，用舞蹈化的形式将武打融入戏剧情境来表演故事，共同完成艺术创作。这类杂剧演出通常场面极为热闹，演员众多，在宫廷与民间均很受欢迎。

袍、笏是杂剧中扮高官或天神者的装束，破衫儿是杂剧中扮穷人的装束。披袍秉笏是以朝中大臣为主角的杂剧，多为忠臣烈士，这类杂剧亦是以忠孝节义、纲常伦理等观念为主旨，数量不算太多但影响不小，亦是元朝宫廷着重提倡的，杨维桢《元宫词》就提到《伊尹扶汤》在宫廷演出的盛况。[2] 当然，也有少数揭露谄媚奸佞横行霸道的故事，借古代奸臣讽刺当时朝政应该是这类杂剧创作的动机，当然它们可能仅能供案头阅读或者在民间流传，进入宫廷的可能性不大。破衫儿描写的主角为下层社会苦难众生，直接面向现实人生，也有表现穷苦书生先命运坎坷后发迹变泰的内容。家长里短同样是表现下层平民日常百态、社会和家庭的各种纠葛，表现底层小人物的浮沉和挣扎，有的是家庭内部为争权夺利而钩心斗角，有的是恩将仇报谋财害命夺人妻子，有的是浪子回头改过自新，也有歌颂朋友之间生死不渝的信义与友谊，虽然也存在一些不足如宣扬因果报应、贫富天定的思想，但也都取得了不小成就，具有浓厚的生活气息。

总之，元人创作的杂剧文学所表现的内容可谓林林总总，丰富多彩，如万花筒般映射出社会生活的方方面面，表现婚恋爱情的风花雪月剧与表现帝王故事的驾头杂剧是元杂剧最受欢迎的题材，这两个部分几乎占了全部元人杂剧的近一半，反映出传奇性与趣味性依然是元杂剧创作的最重要的动机。其次是反映文人生活的杂剧，包括充满仕途幻想的发迹变泰剧、表现文人与

---

① 张月中：《元曲通融》（上册），山西古籍出版社 1999 年版，第 750 页。

② 杨维桢、《元宫词》云："开国遗音乐府传，白翎飞上十三弦。大金优谏关卿在，伊尹扶汤进剧编。"

妓女相恋的花旦杂剧、软末泥杂剧和抒发一肚子牢骚和愤懑的神仙道化剧。文人作家在创作这些作品的时候，总是将自身的某些经历、情感或者愿望植入剧作中去，这部分杂剧亦是后来文人最乐于收藏和阅读的。再次是反映市井生活的公吏杂剧、绿林杂剧、家长里短剧，集中在勾栏、瓦舍中演出，寓教化于悲欢离合的情节之中。

第二节 明清时期全本元杂剧的存佚

一、明代元杂剧的存佚

从《录鬼簿》到《录鬼簿续编》再到《太和正音谱》，元杂剧存目的总数是在不断增长的，但实际存在的剧本的数量远远没有那么丰富，随着时间的流失，明初就有不少剧本已湮灭在历史的长河里，不复存在了。《太和正音谱》虽然存目多达500多种，朱权也自序谓："采摭当代群英词章及元之老儒所作。""今以耳闻目击者收入谱内"[①]，但据今人考证，其材料来源依然是以《录鬼簿》等元人曲籍为参考对象的，大部分剧本并非其亲眼所见。

《永乐大典》编成于永乐五年，《永乐大典目录》所列杂剧99种，反映了明初宫廷庋藏杂剧作品的状况。

《永乐大典》所收杂剧部分收在卷20737—卷20757，共二十一卷。永乐帝认为"大混一之时，必有一统之制作"，必须有一部"包括宇宙之广大，统会古今之异同，巨细精粗，粲然明备，其余杂家之言亦皆得以附见"（《御制永乐大典序》）的巨著来展现盛世的文治伟业，因此，"大典对杂剧的选辑，主观上或许并非出于鉴赏流传戏曲作品之目的，而仅仅是文献的汇存，但客观上却构成了明代最早的杂剧汇辑"[②]。《永乐大典》的编排方式是"以韵统字，以字系事"，然而，具体到杂剧剧目，却不是按照常规排列的，也不是像《录鬼簿》及《录鬼簿续编》那样以人统剧，而大体是按照杂剧的类别进行分类

① （明）朱权：《太和正音谱》（中国古典戏曲论著集成·三），中国戏剧出版社1959年版，第43页。

② 罗旭舟：《〈永乐大典目录〉所列杂剧初探》，《文学遗产》2011年第3期。

排序的，十剧为一组，具体如表 1-2 所示：

表 1-2 《永乐大典》杂剧目所收剧目

卷数	类别	数量	剧目
卷 20737	风花雪月	1	西厢记
卷 20738	驾头杂剧	9	汉高祖濯足气英布、汉武帝望思台、十八骑误入长安、赵元遇皇上、薛仁贵衣锦还乡、霍光鬼谏、栾巴噀酒、苏武还乡、薄太后走马救周勃
卷 20739	神仙道化	5	鼓盆歌庄子叹骷髅、吕洞宾三醉岳阳楼、拂尘子仁义礼智信、李太白醉写秦楼月、十咏水仙子
卷 20740	神仙道化	5	陶渊明归去来兮、马丹阳三度任风子、东山高卧、屈原投江、滕王阁记借布衫
卷 20741	脱剥杂剧	7	周亚夫细柳营、诗酒玩江楼、尉迟恭三夺槊、吕蒙正风雪斋后钟、孟良盗骨殖、张果老度痞观音、像生番语罟罟旦
卷 20742	花旦杂剧	3	芙蓉亭、月明和尚三度临歧柳、小二哥大闹查子店
卷 20743	驾头杂剧	4	风云会、关大王单刀会、虎头牌、伊尹扶汤
卷 20744	驾头杂剧	6	唐明皇秋夜梧桐雨、萧何追韩信、虎牢关三英战吕布、关张双赴西蜀梦、哭魏徵、东窗事犯
卷 20745	君臣杂剧	4	歌舞丽春堂、下高丽敬德不伏老、赵礼让肥、越王尝胆
卷 20746	驾头杂剧	3	田单火牛、苏子瞻风雪贬黄州、李太白贬夜郎
卷 20747	驾头杂剧	3	史鱼尸谏卫灵公、苏武持节、吕太后斩韩信
卷 20748	孝义廉节	5	张鼎勘头巾、邓伯道弃子、范张鸡黍、吕蒙正风雪破窑记、赵宗让肥
卷 20749	孝义廉节	5	赵氏孤儿、张鼎智勘魔合罗、四哥哥神助提头鬼、包待制三勘蝴蝶梦、须贾谇范雎
卷 20750	神仙道化	5	开坛阐教黄粱梦、铁拐李岳、张子房弃职归山、愚鼓惜气劝世道情、陈抟高卧
卷 20751	软末泥杂剧	4	严子陵垂钓七里滩、李太白配金钱记、风雪鱼樵记、陶朱公范蠡归舟

续表

卷数	类别	数量	剧目
卷 20752	风花雪月	7	莽和尚复夺真珠旗、杜鹃啼、诈妮子调风月、王月英元夜留鞋记、倩女离魂、黄桂娘秋夜竹窗雨、鲁大夫秋胡戏妻
卷 20753	风花雪月	3	风月郎君双教化、崔怀宝月夜闻筝、天寿太子邢台记
卷 20754	风花雪月	6	郑月莲秋夜云窗梦、孤雁汉宫秋、韩翠翠御水流红叶、曹伯明错勘赃、错送鸳鸯被、王魁负桂英
卷 20755	风花雪月	4	苏小卿双渐贩茶船、翰林风月、杀狗劝夫、贤达京娘盗果
卷 20756	家长里短	6	公孙汗衫记、罗李郎大闹相国寺、风月两无功、散家财天赐老生儿、宦门子弟错立身、周瑜谒鲁肃
卷 20757	家长里短	4	看钱奴冤家债主、刘千和尚病打独角牛、生死交托妻寄子、张千替杀妻

通过表 1-2 可以看出，《永乐大典》杂剧目对所收剧目是有谨慎选择的，在排序上也是用心的，其对杂剧的分类方式不同于朱权的“十二科”，亦不同于《青楼集》等元人。如卷 20748 将《张鼎勘头巾》属于公吏剧，《邓伯道弃子》和《范张鸡黍》属于孝义廉节剧；卷 20749 将《赵氏孤儿》《须贾谇范雎》属于孝义廉节，《张鼎智勘魔合罗》《蝴蝶梦》属于公吏剧，《永乐大典》杂剧目作者将它们混放在一起，说明它认为这两类剧目是属于同一类的，大概是着重突出了公吏剧中的伦理教化内容，将它们一并视为伦理剧。《永乐大典》杂剧目以十剧为一个单位，分为两卷或者三卷，组合方式有“1+9”“3+7”“4+6”或者“5+5”，各卷内容有的是同一题材的，如卷 20743 和卷 20744 都是驾头杂剧，卷 20739 和卷 20740 都是神仙道化剧，也有的不属于同一题材，卷 20737 就一剧《西厢记》属风花雪月类，卷 20738 共九剧均为驾头杂剧。

尽管在分类细节上有所不同，我们依然能够看到明初宫廷元杂剧的收藏情况与《录鬼簿》及《录鬼簿续编》所载剧目在各题材的比例上有一定的相似之处，详见表 1-3：

表 1–3 《录鬼簿》《录鬼簿续编》与《永乐大典》杂剧各类杂剧比例对照表

	《录鬼簿》及《录鬼簿续编》	占总数（约5001）的比例	《永乐大典》杂剧目	占总数（99）的比例
驾头杂剧	95	- 1/5	25	1/4
神仙道化	44	- 1/10	15	- 1/6
风花雪月	94	- 1/5	21	+ 1/5
孝义廉节	40（公吏）+ 55（孝义廉节）	- 1/5	10	1/10
披袍秉笏（君臣杂剧）	21	4/100	4	4/100
软末泥	22	4/100	4	4/100
脱剥杂剧	30	6/100	7	7/100
家长里短	34	- 7/100	10	1/10

注：–代表稍小于，+代表稍大于。

从表 1-3 来看，明初宫廷所收藏的元杂剧各题材的比例与元代杂剧创作的情况是基本符合的，驾头杂剧和风花雪月剧依然是明初宫廷收藏最多的杂剧类型。然而，神仙道化类杂剧在《永乐大典》杂剧目中的比例却有明显地提升，元人创作的神仙道化类剧总共有44种，《永乐大典》杂剧目收了近20种，充分反映了这类杂剧在明初宫廷受欢迎的程度。

实际上，《永乐大典目录》所录杂剧可能只是宫廷所收集杂剧的一个部分。从剧目来看，仅有《十咏水仙子》《滕王阁记借布衫》《小二哥大闹查子店》《愚鼓惜气劝世道情》4 剧不见于《录鬼簿》或者《太和正音谱》，其余九十五种均见著录[①]。这说明了一方面，《录鬼簿》《太和正音谱》对元杂剧的搜罗是比较全面的，遗漏很少；另一方面馆臣视戏曲为小道，有元一代约 600 部杂剧作品中，仅有 1/6 的杂剧作品收录进来，其余均弃置不录。《元刊杂剧三十种》为早期坊本，所收的 30 种杂剧中与《永乐大典》重复者有 17 种，剩余 13 种在明初时应该是流传于民间的，这或许反映了明代初期宫廷杂剧和民间杂剧

① （明）解缙、姚广孝等编：《永乐大典目录》，《四库全书存目丛书补编》册五十八影印清道光间灵石杨氏连筠簃丛书本，齐鲁书社 2001 年版。

存在的比例，有将近一半的元杂剧尚在民间或者私人手中，没有被收入内务府藏书之中。按此数据计算，此时，元杂剧的存世总数应该在 200 种以上。

明成祖之后，由于统治者的爱好，不断从民间搜罗旧戏以充内府，供宫中观赏，李开先《张小山乐府后序》称："人言宪庙好听杂剧及散词，搜罗海内词本殆尽。又武宗亦好之，有进者，即蒙厚赏，如杨循吉、徐霖、陈符所进，不止数千本。"[①]尽管如此，元杂剧的总的数目却并没有明显的增加，因为明朝后期，北杂剧演出的衰落，不少剧本没有得到很好的保存，随着时间的推移，多数散佚。钱曾《也是园书目》虽成书于清初，但其杂剧书目多数来自赵琦美，赵琦美藏书，有《脉望馆书目》存世，但不录杂剧作品，直到钱曾时期，《也是园书目》的出现，才可见赵琦美藏元杂剧的真正面貌。

《也是园书目》录元人杂剧 140 种[②]，书目中被归为历代故事类、杂传类或者神仙类的杂剧也有四、五种基本可断定为元代的作品，其中明确标明为内务府穿关本的剧本有 48 种，其他剧目均仅注"抄"字，其来源如何不易辨明。

《永乐大典》杂剧目所录的杂剧是作为文献收集保存起来的，不一定有舞台演出;《也是园书目》内务府穿关本杂剧是明代宫廷实际扮演的。《永乐大典杂剧目》和《也是园书目》内务府穿关本并存的杂剧有 15 种:《西厢记》《王月英元夜留鞋记》《马丹阳三度任风子》《月明和尚三度临歧柳》(《述古堂书目》作《月明和尚度柳翠》)《吕蒙正风雪破窑记》《风雪渔樵记》《伊尹扶汤》(《述古堂书目》作《伊尹耕莘》)《三战吕布》《赵氏孤儿》《贤达妇荆娘盗果》《秋胡戏妻》《赵礼让肥》《看钱奴买冤家债主》《刘千病打独角牛》《公孙汗衫记》。这部分剧目应该是从明代初期收入宫廷之后，持续在明宫演出的。《西厢记》《王月英元夜留鞋记》两剧属于风月爱情类，《马丹阳三度任风子》《月明和尚三度临歧柳》两剧属于神仙道化类，《吕蒙正风雪破窑记》《风雪渔樵记》两剧既可归于破衫儿（发迹变泰类），也可归于软末泥，主要抒发文人困顿失意、怀才不遇的感慨，也反映了元代儒生的抑郁不平之气。《伊尹扶汤》《三战吕布》《赵氏孤儿》三剧属君臣杂剧（披袍秉笏类），《贤达妇荆娘盗果》《秋

① （明）李开先撰：《张小山小令后序》，卜键笺校《李开先全集》，文化艺术出版社 2004 年版，第 533 页。

② （清）钱曾：《也是园书目》，《玉简斋丛书》二集本。

胡戏妻》《赵礼让肥》《看钱奴买冤家债主》《刘千病打独角牛》《公孙汗衫记》六剧皆属于家长里短类，前三剧偏重伦理道德，后三剧重在叙演传奇。在明初宫廷所收藏的元人杂剧中，家长里短剧所占的比例并不高，但它们却能够经受住时间的考验，没有被苛刻的内务府和统治者淘汰掉，足见这类反映底层人物悲欢离合命运的剧作，不仅广大人民群众喜欢，贵族阶层也喜欢，它们是元杂剧最富有生活气息、最富有生命力的作品。

《永乐大典》杂剧目中的另外85种元剧在明代中晚期宫廷中均消失或散佚了。情况最严重的是驾头杂剧，25部驾头杂剧无一幸存者，这类杂剧有干政之嫌，优人扮演极大损伤帝王威严，不利于明廷的统治。洪武六年（1373年），明太祖诏令："凡乐人搬做杂剧戏文，不许妆扮帝王后妃、忠臣节烈、先圣先贤神像。违者杖一百。官民之家容令妆扮者与同罪。"[①] 这条禁令针对的是杂剧的演出，对于文本尚未涉猎，所以剧本还可以流动和传抄。到了永乐间，就直接禁止剧本的流通了。顾起元撰《客座赘语》记载："永乐九年七月初一日，该刑科署都给事中曹润等奏：'乞敕下法司，今后人民倡优装扮杂剧，除依律，神仙道扮、义夫节妇、孝子顺孙、劝人为善及欢乐太平者不禁外，但有亵渎帝王圣贤之词曲、驾头、杂剧，非律所该载者，敢有收藏传诵、印卖，拿送法司究治。'奉旨：'但这等词曲，出榜后，限他五日，都要干净，将赴官烧毁了。敢有收藏的，全家杀了。'此等事，国初法度之严如此，《祖训》所谓顿挫奸顽者。后一切遵行律诰，法网恢恢矣。"[②] 这条禁律颁布的时间仅在《永乐大典》成书五年之后，于是，戏文里有关汉高皇、汉武帝、汉昭帝、吕太后、薄太后、汉文帝、汉元帝、唐明皇、宋太祖等帝王、太后的杂剧，以苏子瞻、李白等被贬或者尸鱼死谏、屈原投江故事为内容的"亵渎帝王圣贤"之剧也都随之不见了。即使侥幸保存下来的剧目，如《赵氏孤儿》，剧情也被改了（明本增加第五折）。

其次便是爱情风月剧了，除了《西厢记》外，《永乐大典》杂剧目中的21部剧在明中晚期宫廷中仅存一部《王月英元夜留鞋记》，剧写秀才郭华与胭

---

① 王利器：《元明清三代禁毁小说戏曲史料》，上海古籍出版社1981年版，第13页。

② （明）顾起元撰：《客座赘语》卷10《国初榜文》，第347—348页。

脂铺女子王月英相爱。王约郭于元宵节相国寺幽会。郭因醉酒，至殿即昏睡。月英至，数推不醒，乃以罗帕裹绣鞋置郭怀中而去。郭醒后悔恨自责，吞帕堵噎殉情。小和尚巡殿发现，拖尸于外，恰遇郭之书童寻至，疑和尚为凶手，扭之告官。开封府尹包拯派人扮货郎携绣鞋沿街叫卖，为王母认出，致月英被捕受审，具告真情。包公令其同往相国寺。月英伏尸痛哭，扯出郭嘴边帕角，郭气通而复活。包公遂令郭、王匹配成婚。风月爱情剧是反传统反礼教最具有代表性的元杂剧类型，男女主人公通常不待“父母之命，媒妁之言”私自结合，与统治者宣扬的“厚人伦，美教化”的礼教传统背道而驰，这类剧作在宫廷中遭禁是完全可以理解的。《王月英元夜留鞋记》中虽然王月英也是趁母亲去姑姑家的空当与郭华偷偷约会，但毕竟没有做出更加出格的事来，并且故事往后是往清官断案方向发展，郭华死而复生，情节曲折有趣，与所谓“淫奔”剧尚有一定的距离，这可能是该剧能够在明廷幸存的重要原因。

神仙道化剧亦是明初宫廷杂剧流失较为严重的类别。《永乐大典》杂剧目中的15剧在《也是园书目》《述古堂书目》中仅存,《马丹阳三度任风子》《月明和尚三度临歧柳》2剧，这两个杂剧在明廷颁布的禁令中都属于“神仙道扮”，不在禁止之列。《马丹阳三度任风子》剧写终南山甘河镇屠户任风子有半仙之分，丹阳真人马从义特来度化他。马丹阳到了甘河镇化得一方之人都不吃腥荤，屠户们因此都折了本钱。为了屠户的利益，任风子在一天晚上到马丹阳住地刺杀马丹阳。马丹阳趁此机会点化他。任风子就弃妻儿、舍家业，拜马丹阳为师，出家苦修。后又经受了马丹阳设置的种种考验，修道之心更坚，终于得道成仙。《月明和尚三度临歧柳》观音净瓶内杨柳枝叶偶染微尘，被罚往人世，化身为杭州妓女柳翠。三十年后月明罗汉前去点化她。趁柳翠家为亡父超度之际，月明和尚与柳翠以禅语问答，劝她出家，但柳翠不肯。后来月明又劝她落发，仍是不肯，睡梦中被月明引至阎神面前，柳翠这才看破生死幻情，随月明出家。但她凡心未断，仍想寻机会与旧情人牛员外相会，月明及时阻止，后来牛员外前去挑逗柳翠，她出家之意坚决，不再理会，最后坐化。月明罗汉带领柳翠回到观音那儿，重回仙班。这两部剧的主旨为宣传道教中全真教的教义，没有对尘世生活不满的内容。为了证明获得政权的合理性，维护明朝统治，明朝历代皇帝对于道教都是推崇的，明成祖朱棣亲自撰写《御制太岳和山道宫之碑》《御制真武庙碑》，对帮助其登上帝位的北极玄天上帝真武之神大加赞扬，塑造自己真龙天子的形象：

惟北极玄天上帝真武之神，其有功德于我国家者大矣朕肃清内难，神之阴翊默赞，掌握枢机，斡运洪化，击电鞭霆，风驰云驰，陟降左右迹尤显着[①]。

明世宗大兴土木，建造道观，迷信方士、方术，追求长生不老，《明史·食货志二》记载：

世宗营建最繁，十五年以前，名为汰省，而经费已六七百万。其后增十数倍，斋宫、秘殿并时而兴。工场二三十处，役匠数万人，军称之，岁费二三百万经费不敷，乃令臣民献助，献助不已，复行开纳。[②]

《马丹阳三度任风子》和《月明和尚三度临歧柳》作为神仙度脱剧与明廷统治者推崇道教的政治策略相一致，而《陶渊明归去来兮》《东山高卧》《屈原投江》之类偏重于隐居乐道的杂剧通常充斥着文人不合时宜、不与官方合作的态度，自然很容易就被宫廷所淘汰掉。

宫廷虽禁止此类杂剧的传播，但其中尚有不少剧本在民间流传，如《孤雁汉宫秋》《开坛阐教黄粱梦》《陈抟高卧》《苏子瞻风雪贬黄州》《歌舞丽春堂》《死生交范张鸡黍》《关大王单刀会》《包待制三勘蝴蝶梦》《唐明皇秋夜梧桐雨》《李太白匹配金钱记》《王魁负桂英》《须贾谇范雎》《赵元遇上皇》《翰林风月》《倩女离魂》《张鼎智勘魔合罗》《风月两无功》《张鼎勘头巾》《散家财天赐老生儿》《栾巴噀酒》《铁拐李岳》《黄桂娘秋夜竹窗雨》《东窗事犯》《虎头牌》《邓伯道弃子》《萧何追韩信》《苏武持节》《风云会》《郑月莲秋夜云窗梦》《下高丽敬德不服老》《王修然杀狗劝夫》《错送鸳鸯被》《雁门关存孝打虎》《罗李朗大闹相国寺》34 个剧目，在《也是园书目》中仅注“抄”，虽没有指明来源，但从现在流传下来的剧本看，不少来自于小谷或者其他私人藏书。《东窗事犯》《铁拐李岳》《陈抟高卧》《赵元遇上皇》《老生儿》等剧现在还存在元刊本，《苏

① 孙勐、罗飞：《北京道教石刻》，宗教文化出版社 2011 年版，第 19 页。

② （清）张廷玉：《明史》卷七十八志第五十四，清乾隆武英殿刻本，第 834 页。

子瞻风雪贬黄州》等剧也都保持着比较古朴的面貌，它们都是这次查禁的幸存者。

在淘汰旧有的不合规制的杂剧的同时，明代宫廷也不断有新的剧目补充进来。《也是园书目》或《述古堂书目》中内务府穿关本存，《永乐大典杂剧目》不存的杂剧有 37 种：《赵匡义智娶符金锭》《摔表谏》《刘玄德独赴襄阳会》《刘玄德醉走黄鹤楼》《楚昭公疏者下船》《说专诸伍员吹箫》《保成公径赴渑池会》《醉思乡王粲登楼》《张子房圯桥进履》《山神庙裴度还带》《刘夫人庆赏五侯宴》《邓夫人苦痛哭存孝》《洞庭湖柳毅传书》《临江驿潇湘夜雨》《钟离春智勇定齐》《锦云堂美女连环计》《同乐院燕青博鱼》《双献头武松大报仇》《梁山泊黑旋风负荆》《狄青复夺衣袄车》《破符坚蒋神灵应》《诸葛亮博望烧屯》《摩利支飞刀对剑》《马丹阳度脱刘行首》《花间四友东坡梦》《包待制智赚生金阁》《朱砂担滴水浮沤记》《宦门子弟错立身》《施仁义刘弘嫁婢》《状元堂陈母教子》《陶母剪发待宾》《东堂老劝破家子弟》《讲阴阳八卦桃花女》《行孝道郭巨埋儿》《劈华山神香救母》《孝顺贼鱼水白莲记》《将桑堪蔡顺奉母》。

明代中后期宫廷杂剧较前期有几个明显的变化。第一，装扮帝王的禁令似乎有所松弛，不再特别严格地执行了，至少在某些帝王登基之前的故事或传奇是可以作为杂剧题材的，如《赵匡义智娶符金锭》写的就是赵宋王朝尚未建立时，赵匡义还是一富家公子，巧遇符金锭，两人一见倾心最终喜结连理的故事；《刘玄德独赴襄阳会》《刘玄德醉走黄鹤楼》也是围绕刘备登基之前几次遇到暗害，后侥幸逃脱并大败敌军之事书写的。《摔表谏》虽佚失内容无考，但无疑亦是表现朝臣向君主进谏的故事，属于驾头杂剧。《楚昭公疏者下船》今存元本称《楚昭王疏者下船》，将"王"改作"公"意味着主人公的身份由"君"变成了"臣"，将故事的开头和结尾改变一下[①]，就可以继续在宫廷演出。

第二，出现了《永乐大典》杂剧目没有收的绿林杂剧，包括《同乐院燕青博鱼》《双献头武松大报仇》《梁山泊黑旋风负荆》。说明虽然《水浒》在明代属于禁书的行列，水浒英雄受到广大人民群众的普遍欢迎，进而也有少数

① 《楚昭公疏者下船》存元刊本与内务府本，两者主线结构相同，故事的起因和结尾有所变化，内务府本在元本的基础上作了一定的修改。

人物可以进入宫廷戏剧演出的行列，充当公正法庭的角色。

第三，旦本戏的内容被极大扩展了。明前期的宫廷杂剧，包括《永乐大典》杂剧目所收杂剧，以正旦为主唱的作品，无论是花旦杂剧、闺怨杂剧或者风花雪月剧，基本上都是婚恋剧。而在明中晚期的宫廷杂剧中，旦本戏不仅有表现人神之恋的《洞庭湖柳毅传书》、男子负心的《临江驿潇湘夜雨》，有展现女子治国才能的《钟离春智勇定齐》《锦云堂美女连环计》，表现慈母教子、慈母重义题材的《状元堂陈母教子》《陶母剪发待宾》，有展现被豪强恶势欺压的悲情女子命运的《刘夫人庆赏五侯宴》，也有充满真挚情感的《邓夫人苦痛哭存孝》，而且还有充满民间传奇色彩、表现精通占卜之术的才女与周公斗法故事的《讲阴阳八卦桃花女》。追求恋爱婚姻自主的爱情风月剧于宫廷中极不受欢迎，余下了大量的空白，以上剧作丰富了旦本戏的内容，填充了因婚恋剧遭禁所余留的空间，在宫廷杂剧中独具特色。

第四，脱剥杂剧在宫廷中重新受到欢迎，如《狄青复夺衣袄车》《破符坚蒋神灵应》《诸葛亮博望烧屯》《摩利支飞刀对剑》，包括绿林杂剧都有打斗战争的场面，亦可归之于此类。这类剧目需要的演员众多，场面热闹，阵容豪华，气势宏大，民间剧团演员数量和活动场地均比较有限，在表演上难免会感到力不从心。宫廷杂剧情况则不同，民间剧团的劣势正是宫廷演出的优势，在皇权有力的支持和充足的经费来源下，脱剥杂剧的演出效果才能发挥到极致。

《也是园书目》还新增加了一些流传在宫廷之外的剧目，如:《吕洞宾三醉岳阳楼》《江州司马青衫泪》《半夜雷轰荐福碑》《孟浩然踏雪寻梅》《救风尘》《玉镜台》《望江亭》《钱大尹智宠谢天香》《钱大尹智堪绯衣梦》《感天动地窦娥冤》《杜蕊娘智赏金线池》《王瑞兰私祷拜月亭》《董秀英花月东墙记》《裴少俊墙头马上》《杜牧之诗酒扬州梦》《玉箫女两世姻缘》《尉迟恭单鞭夺槊》《玉清殿诸葛轮功》《中郎将常何荐马周》《老庄周一枕蝴蝶梦》《陶学士醉写风光好》《赵江梅诗酒玩江亭》《赵光普进梅谏》《郑孔目风雪酷寒亭》《韩退之雪拥蓝关记》《抱侄携男鲁义姑》《女状元挂甲朝天》《秦修然竹坞听琴》《陈季卿误入竹叶舟》《沙门岛张生煮海》《谢金莲诗酒红梨花》《唐山藏西天取经》《陶母剪发待宾》《宋上皇御断金凤钗》《布袋和尚忍字记》《包龙图智勘后庭花》《崔府君断冤家债主》《庞涓夜走马陵道》《忠义士豫让吞炭》《货郎旦》《苏子瞻醉写赤壁赋》《大妇小妻还牢末》《玎玎珰珰盆儿鬼》《李云英风送梧桐叶》《李素兰风月玉壶春》《包待制智赚生金阁》《萨真人夜断碧桃花》《包待制智斩鲁斋郎》《张公艺九世同居》《关于长千里独行》《孟光女举案齐眉》《阀阅舞射柳蕤丸记》《张天师断风花雪月》《逞风流王焕百花亭》《龙济山野猿听经》《二郎神醉射锁魔镜》《汉钟离度脱蓝采和》等，其中不乏名家名作。从现存的部分剧本来看，在题材上，较宫廷杂剧丰富了不少，特别是失意文人剧、风情喜剧、公案剧、婚恋剧的比例大大增加，这些都是百姓喜闻乐见的题材，与宫廷杂剧的风格明显不同。在思想内容上，这部分杂剧战斗力较强，反映的社会生活面十分广阔，既有皇亲国戚、豪权势要的凶横残暴，也关注小人物的婚恋状况、对现实的反抗和斗争，充满着浓郁的时代气息。在语言上比较古朴、大胆，没有宫廷杂剧那样繁复的宾白，用词上也不像宫廷杂剧那样中庸谨慎，而是慷慨激昂、贬扬分明。从体例上看，这些剧本来源比较复杂，应该多为热爱戏曲的文人或者民间戏曲爱好者所收藏。

除《也是园书目》外，比较集中反映明代元杂剧保存情况的还有明代嘉靖年间晁瑮《宝文堂书目》、万历间徐𤊹《红雨楼书目》等私家藏书目。《宝文堂书目》编者晁瑮，字石君，号春陵，镜湖，开州（今濮阳）人。嘉靖二十年（1554）进士，授翰林院检讨，官至国子监司业。喜访录收藏图书，家富藏书，藏书楼曰“宝文堂”，亦喜刻书，所刻之书，有饮月圃、百忍堂等版。在子杂、乐府 2 类目下，收元、明话本、小说、杂剧、传奇。乐府类所收极为驳杂，杂剧、传奇、散曲选集等等混淆一起，重复之处，尤所不免。严敦易曾依北京图书馆刊第三卷所刊之明抄本加以整理，将杂剧单独列出，分为“未经其他书籍著录名目者”和“曾见他书著录者”两类。[①]前者 63 种，据严先生考证多为明杂剧；后者 107 种，元明杂剧均有，我们从中辑出属于元人的作品 66 种，大部分与《也是园书目》重复，但也有 14 个剧目为《也是园书目》失载者，分别是：《会稽山越王尝胆》《鼓盆歌庄子叹骷髅》《飞剑斩黄龙》（《庄一拂将之定》为元代杂剧）、《陈琳抱妆盒》《西游记》《东吴小乔哭周瑜》《子房归山》《别虞姬》《肃清瀚海平胡传》《包待制智赚三件宝》《孟姜女死哭

① 严敦易撰：《元明清戏曲论集》，中州书画社 1982 年版，第 109 页。

长城》《泗州大圣降水母》《冻苏秦衣锦还乡》《升仙会》。除了前两种出现在《永乐大典》杂剧目以外，其余十二种均是继《录鬼簿续编》《太和正音谱》之后在明代首次著录。既为藏书目录，该书所收剧作当为晁氏亲见亲藏之本，这十几部剧的罕秘程度可知。可惜的是正因为罕秘，仅有《抱妆盒》《衣锦还乡》两部剧依靠《元曲选》保存下来，其余的13部全部佚失了。

徐𤊹编《红雨楼书目》①，又称《徐氏家藏书目》，成书于万历三十年，为徐氏的家藏书目，在集部传奇类记载有杂剧目72种。徐𤊹（1563—1639），字惟起，一字兴公，别号三山老叟、天竿山人、竹窗病叟、笔耕惰农、筠雪道人、绿玉斋主人、读易园主人、鳌峰居士，闽县（今福建福州）鳌峰坊人。徐𤊹工诗，擅长书法、绘画。明万历三十一年至万历四十二年（1603—1614），摒弃科举后，与叶向高、翁正春、曹学佺、谢肇淛、陈价夫、陈荐夫等结“芝社”，人称“芝山诗派”，徐𤊹、曹学佺并称诗坛盟主，后人誉为“兴公诗派”。《徐氏家藏书目》的杂剧部分虽然没有标明《古名家杂剧》《新续古名家杂剧》之书名，但其所录杂剧就是绝大部分以后者为依据的，具体情况见表1-4：

表1-4 《红雨楼书目》与《古名家杂剧》《新续古名家杂剧》所录元杂剧剧目对照表

	《红雨楼书目》子部传奇类所收杂剧	《汇刻书目》所载《古名家杂剧》与《新续古名家杂剧》剧目	
1	温太真玉镜台	金集	温太真玉镜台
2	白江州青衫泪		江州司马青衫泪
3	铁拐李借尸还魂		铁拐李借尸还魂
4	陶学士醉写风光好		铁拐李度金童玉女
5	萧淑兰情寄菩萨蛮	石集	陶学士醉写风光好
6	开坛阐教黄粱梦		萧淑兰情寄菩萨蛮
7	铁拐李度金童玉女		开坛阐教黄粱梦
8	吕洞宾三醉岳阳楼		吕洞宾三醉岳阳楼

① （明）徐𤊹：《徐氏家藏书目》，《续修四库全书》卷919，史部目录类，第213—215页。

续表

	《红雨楼书目》子部传奇类所收杂剧	《汇刻书目》所载《古名家杂剧》与《新续古名家杂剧》剧目	
9	包待制智斩鲁斋郎	丝集	包待制智斩鲁斋郎
10	吕洞宾桃柳升仙梦		包待制智勘后庭花
11	马丹阳三度任风子		吕洞宾桃柳升仙梦
12	杜蕊娘智赏金线池		马丹阳三度任风子
13	钱大尹智宠谢天香	竹集	杜蕊娘智赏金线池
14	郑孔目风雪酷寒亭		钱大尹智宠谢天香
15	大妇小妻还牢末		郑孔目风雪酷寒亭
16	唐明皇秋夜梧桐雨		大妇小妻还牢末
17	玉箫女两世姻缘会	匏集	唐明皇秋夜梧桐雨
18	杜牧之诗酒扬州梦		玉箫女两世姻缘
19	李亚仙花酒曲江池		杜牧之诗酒扬州梦
20	李云英风送梧桐叶		李亚仙花酒曲江池
21	谢金莲诗酒红梨花	土集	李云英风送梧桐叶
22	荆楚臣重对玉梳		谢金莲诗酒红梨花
23	裴少军墙头马上		荆楚臣重对玉梳
24	四声猿		裴玉俊墙头马上
25	包待制智勘后庭花	革集	狂鼓吏渔阳三弄、玉禅师翠乡一梦、雌木兰替父从军、女状元辞凰得凤
26	楚襄王高唐梦		楚襄王高唐梦
27	鸱夷子扁舟五湖		范蠡归泛五湖记
28	张京兆闺阁画眉		张敞画眉京兆记
29	陈思王洛浦怀旧		曹植怀思洛神记
30	倩女离魂	木集（以上为《古名家杂剧》）	迷青琐倩女离魂
31	钱大尹智勘绯衣梦		钱大尹智勘绯衣梦
32	感天动地窦娥冤		感天动地窦娥冤
33	吕洞宾三度城南柳		吕洞宾三度城南柳
34	唐帝妃游春		幸上苑帝妃春游
35	秦观苏轼赏夏		泛西湖秦苏赏夏
36	韩熙载陶穀月宴		醉学士韩陶月宴
37	戴王访雪		忆故人戴王访雪

续表

	《红雨楼书目》子部传奇类所收杂剧	《汇刻书目》所载《古名家杂剧》与《新续古名家杂剧》剧目	
38	赵盼儿风月救风尘	宫集（以下为《新续古名家杂剧》）	赵盼儿风月救风尘
39	罗李郎大闹相国寺		罗李郎大闹相国寺
40	包待制三勘蝴蝶梦		包待制三勘蝴蝶梦
41	汉钟离度蓝采和		汉钟离度脱蓝采和
42	半夜雷轰荐福碑	商集	半夜雷轰荐福碑
43	豫让吞炭		秦修然竹坞听琴
44	秦修然竹坞听琴		李太白匹配金钱记
45	李太白匹配金钱记		马丹阳度刘行首
46	孤雁汉宫秋	角集	西华山陈抟高卧
47	西华山陈抟高卧		宋太祖龙虎风云会
48	龙虎风云会		刘晨阮肇误入天台
49	刘阮误入天台		龙济山野猿听经
50	马丹阳度刘行首	徵集	河南府张鼎勘头巾
51	尉迟恭单鞭夺槊		张孔目智勘魔合罗
52	龙济寺野猿听经		玉清庵错送鸳鸯被
53	江南张鼎勘头巾		二郎神醉射锁魔镜
54	玉清庵错送鸳鸯被	羽集	*紫阳仙三度长椿寿*
55	醉思乡王粲登楼		*陈华山二度十长生*
56	张孔目智勘魔合罗		*群仙庆寿蟠桃会*
57	勘问吕蒙		*吕洞宾花月神仙会*
58	二郎神醉射锁魔镜		
59	*昆仑奴剑侠成仙*		
60	苏子瞻醉写赤壁赋		
61	*紫阳仙三度长椿寿*		
62	*陈华仙二度十长生*		
63	*群仙庆寿蟠桃会*		
64	*吕洞宾花月神仙会*		
65	*清河县继母大贤*		
66	*梁状元志不服老*		
67	连环计		
68	沙门煮海		

表中斜体部分为明杂剧，故不做探讨。从上表可以看出,《红雨楼书目》子部传奇类所收元杂剧与《汇刻书目》所载《古名家杂剧》和《新续古名家杂剧》剧目和排列顺序相似度很高。《红雨楼书目》与《古名家杂剧》所收剧目完全相同，仅《古名家杂剧》金集中两个关于铁拐李的杂剧和丝集中两个关于包待制的杂剧的位置是紧邻的,《红雨楼书目》将它们分开来，区别仅此而已。《新续古名家杂剧》所收剧目《红雨楼书目》亦全收，然《红雨楼书目》中的《豫让吞炭》《汉宫秋》《单鞭夺槊》《苏子瞻醉写赤壁赋》《勘问吕蒙》《连环计》和《沙门煮海》7剧不见于《新续古名家杂剧》。值得注意的是,《豫让吞炭》《汉宫秋》《单鞭夺槊》《苏子瞻醉写赤壁赋》正是《古本戏曲丛刊》四集所收的，被《脉望馆钞校本古今杂剧》误判为《古名家杂剧》的不分卷本中13剧的4剧[①]，可见，13剧不分卷本在《红雨楼书目》这个时期（万历三十年），也就是《古名家杂剧》与《新续古名家杂剧》成书后的十余年，已经有与后者有些纠缠不清了;《勘问吕蒙》是首次见著;《连环计》于《也是园书目》中已有著录;《沙门煮海》于《元曲选目》中见著。

有明一代元杂剧的留存情况，绝大部分靠以上三书得知，其他目录学著作和戏曲选本也有少数补充，如《元曲选》收94部元杂剧中,《谢金吾》《争报恩》《神奴儿》《救孝子》《隔江斗智》《冯玉兰》6剧未见明代杂剧目录。综上所述，明代初期，元杂剧尚留两百种左右，多为单本流传。到了中后期，虽然已有不少藏书家有意识地收集整理，但元杂剧的总数依然在减少，到了万历年间，可以见到的元杂剧大约也就在170种左右了。虽然有戏曲著录的目录学著作不少，但剧目的重复率很高，这或许说明了这些剧作的来源都比较接近，或者来自宫廷藏书，或者少数戏曲爱好者的整理，它们之间应该是相互抄录的。

二、清代元杂剧的存佚

清代元杂剧佚失原因与明代不同。明代元杂剧的存佚受到宫廷政治影响很大，大部分元杂剧的消亡是因为违禁而被统治者主观禁毁，清代则不同。

① 详见第五章第三节《陈与郊与〈古名家杂剧〉的辑刊》中《〈古名家杂剧〉剧目探究》部分。

清代内务府戏剧演出的情况可参见清升平署档案及戏曲文献。清代戏曲演出首次被列入朝廷仪典，康熙朝宫廷专门的戏曲管理机构——南府、景山相继成立，至道光时这两个戏曲管理机构合并，改称升平署。当时升平署中有关戏曲文献保存尚较完好，其后由于战乱及管理不善，不少资料被毁。民国时期，署址被袁世凯所占，其所藏戏曲资料遂迁至景山、北海等处，有些太监便陆续将这些资料私自取出，卖给书商牟利。1924 年 12 月 10 日，著名学者朱希祖在北京汇文书局购买到一批升平署剧本及档案，有 1000 多册，之后转让给北京图书馆。接着，陆续又有不少藏书机构和个人从坊间或市场上分批购得，加上未散佚藏之于故宫博物院的部分戏曲文献，这批珍贵的戏曲文献终于公之于世，并得以初步整理和研究。朱希祖曾根据他收集的部分写成《整理升平署档案记》；周明泰于 1933 年写成《清升平署存档事例漫抄》；王芷章于 1935 年写成《清升平署志略》，2001 年故宫博物院主编的《清代南府升平署剧本及档案》作为《故宫珍本丛刊》的一种由故宫博物院及海南出版社出版。[①] 从前人整理的资料看，清人入关之初，宫廷戏曲演出机构和内廷奏乐管理沿袭明代教坊司旧制，所演剧目亦承袭明代内务府。清初的几个皇帝，顺治、康熙、乾隆年间，皇帝均有修改、订正前朝保留下来的宫廷戏剧本的命令，并着重重编与年节、时令、喜庆活动内容有关的剧目，为内廷的演出树立了严格的规范。清代升平署档案未见清宫完整元杂剧演出的记录，基本上都以折子戏形式上演，一般只演其中精华场次，表演生动的情节和曲调优美动人的唱段都浓缩在其中。如现珍藏于北京故宫博物院的《康熙万寿图》画卷上有四十多座戏台，其中能够辨认的就有《西厢记》和《单刀会》的选场；嘉庆二十四年，在圆明园和紫禁城内个寿官养心殿等处多次演出的元杂剧剧目有：《西厢记》中的《寄柬》《佳期》《拷红》；《马陵道》中的《孙诈》和《风云会》中的《送京》。还有的是作为团场戏，即每场演出开始和结束的剧目，如道光七年闰五月初五日曾有旨传下："因前头见大人，《蝴蝶梦》轴子作团场。"然而，清宫演出使用的曲种有昆腔、弋阳腔、乱弹（皮黄戏）和秦

① 参见李占鹏《二十世纪发现戏曲文献及其整理研究论著综录》，人民出版社 2013 年版，第 110—118 页。

腔（梆子腔），与元杂剧使用的音乐体制已经相差甚远了。[①]

正因如此，在清代，元杂剧并没有受到统治者的特别注意，元杂剧的文本得以在一个较为宽松的氛围内传播。然经历明清易代的战火，明代保存下来的元杂剧数经辗转，又多有散佚。有清一代虽然是各科学术的集大成时代，但对于元杂剧的搜集和整理，其范围并没有超越前代，原因有两点：第一，比起明代，清代戏曲的地位并没有得到改观，正如王国维在《宋元戏曲史》序言中所言："独元人之曲，为时既近，托体稍卑，故两朝史志与《四库》集部，均不著于录；后世儒硕，皆鄙弃不复道。而有为此学者，大率不学之徒；即有一、二学子，以余力及此。亦未有能观其会通，窥其奥突者。"[②]两部大型的官藏目录《四库全书总目》及《天禄琳琅书目》及不少私家藏书目均没有著述元杂剧。第二，随着明传奇及地方戏的兴盛，元杂剧失去了舞台表演的机会，仅以一种戏曲文献的形式，供学者收藏、研究。朱明皇室对北曲音乐一直非常喜爱。朱元璋令教坊改编《琵琶记》，"撰腔以献，南曲北调，可于筝琵被之"[③]。朱有燉予以解释："予居于中土，不习南方音调，诗余亦多制北曲，以寄傲于情兴，游戏于音律耳。"[④]一直到万历年间，"内廷诸戏剧俱隶钟鼓司，皆习相传院本，沿金元之旧，以故其事多与教坊通"。明代民间演出也多取元剧，明王穉登《吴社编》记载了苏州一带的赛社活动："凡神所栖者，具威仪箫鼓杂剧迎之，曰'会'。一杂剧则《虎牢关》《曲江池》《楚霸王》《单刀会》《游赤壁》《刘知远》……"[⑤]《香囊怨》杂剧中汴梁名妓刘盼春提到了《单刀会》《荐福碑》《西厢记》等十八种元杂剧目，此为明代元杂剧整理刊刻的直接动力。清初，结构精巧的长篇传奇和精致的昆腔曲唱方式在宫廷和民间广受欢迎，随之而来各地方戏的兴起为戏曲的演出带来了新的动力。在这种情况下，从明代晚期开始，元杂剧逐渐退出演出舞台。清代的戏曲专科目录如沈自晋的

① 参见丁汝芹《清代内廷演剧史话》，紫禁城出版社 1999 年版，第 39、59—60 页。

② 王国维撰：《宋元戏曲史》，上海古籍出版社 1998 年版，第 1 页。

③ （明）徐渭著：《南词叙录》，《中国古典戏曲论著集成》（三），中国戏剧出版社 1959 年版，第 240 页。

④ （明）朱有燉著：《诚斋乐府》南曲【楚江情】序，谢伯阳编《全明散曲》，齐鲁书社 1994 年版，第 285 页。

⑤ （明）王穉登：《吴社编》，《宝颜堂秘笈》第 63 种第 16 册。

《古今入谱词曲总目》、无名氏的《古人传奇总目》、张大复的《谱选古今传奇散曲集总目》、无名氏《传奇汇考标目》、高奕的《新传奇品》等也主要记录的是深受时人喜爱的尚活跃在舞台上的明代的传奇，涉及的元杂剧数量极少。

清代戏曲家元杂剧的著录有两个特点：

一是兴趣不在于搜罗范围的广泛，因为单本流传的所谓秘本的元杂剧已经比较少了，且不易为人所见，因此从明末开始，至清代目录学著作中的元杂剧多是比较容易见到的明代中晚期所刊刻的元杂剧选本，即使录有单本元杂剧，亦没有超出明代选本的范围。如《奕庆藏书楼书目》[①]是清代少有的录有单本元杂剧的书目，编于1651—1661年之间。[②]子部·乐府家·杂剧部分依次著录有《元剧百种》（即臧懋循编《元曲选》，有细目）二套20本、《古今名剧选》（即孟称舜辑《古今名剧合选》，含《柳枝集》《酹江集》，无细目）二套17本、《名剧汇》（多为明剧）72本、杂剧14本、抄本杂剧12本、未钉杂剧2帙。后三类均录有《赵李让肥》《倩女离魂》《墙头马上》等单行本元剧，可惜的是它们并非秘本，也没有超过明代元杂剧选刊本的范围。黄丕烈《读未见斋书目》录有《古名家杂剧》目录、《刻元人杂剧选》目录。《古名家杂剧》为明万历间陈与郊编，今存本不全；《刻元人杂剧选》即息机子所编《元人杂剧选》。《曲海目》（也称《曲海总目》）作者黄文旸，乾隆年间奉旨修改曲剧，其为总校。作者自谓："乾隆辛丑春，奉旨修改古今词曲。予受盐使者巡盐御史伊龄阿聘，得与改修之列，兼总校苏州织造进呈词曲，因得尽阅古今传奇。阅一年，事竣，追忆其盛，拟将古今作者，各撮其关目大概，勒成《曲海》一书，先订总目一卷，以纪其人之姓名。"[③]《曲海目》"元人杂剧"部分所录剧目100种，直接来自臧懋循的《元曲选》。支丰宜的《曲目新编》情况相同，《脉望馆钞校本古今杂剧》虽不是选本，但在这一时期，也经过专人整理，装订成

---

① （清）祁理孙撰。理孙字奕庆，浙江山阴（今浙江绍兴）人。《奕庆藏书楼书目》北京大学图书馆藏旧抄本，1958年古典文学出版社据此整理出版，但误为清沈复灿《鸣野山房书目》。

② 现所存题赠最早者为理孙族兄祁鸿孙《题祁奕庆藏书东楼》(1650)，最晚者乃张旷之作(1661)《题奕庆藏楼》，以鸿孙所云"东楼"推论，奕庆藏书楼于1650年或仅有东楼，未完全建成，故书目当编于此年之后。

③ （清）李斗撰，汪北平、涂雨公点校：《扬州画舫录》，中华书局1960年版，第111页。

册。[①]

二是对于元杂剧在当时的存佚状况并不太注意，而是重在根据当时的流行选本考证杂剧的作者、注出差异、辨证正误等。姚梅伯《今乐考证》的元杂剧部分剧目主要来源是清康熙间曹楝亭本《录鬼簿》[②]，另录也是园藏古今无名氏作品121种及也是园藏教坊编演剧目20种。如关汉卿后题共作杂剧64种，《闺怨佳人拜月庭》剧后注明臧氏《元曲选》目作"拜月亭"，钱氏《也是园藏书目》作"王瑞兰私祷拜月亭"。《曲海总目提要》乃《乐府考略》和《传奇汇考》残本的整理本，所收元杂剧虽大体没有超过《元曲选》的范围，但对于每剧的情节梗概、故事来源都有详细的叙述，间附剧作者简历及简短评论。同时，对于当时某些已不存的剧本也有明确的说明，如《韩信乞食》剧后注："王仲文，大都人，所作杂剧，今仅存《救孝子》一种。"[③] 所以明代中后期元杂剧刊本虽多，但因各本所选刊的杂剧重复度很高，所以总体来说，清代元杂剧存世总目与明代元杂剧存世总目并没有太大的悬殊。

钱曾《也是园书目》中的脉望馆钞校本古今杂剧先后经历了季振宜、何煌、试饮堂主人顾珊等人的辗转收藏，后落入著名藏书家黄丕烈手中。黄丕烈撰《也是园藏书古今杂剧目录》现存稿本，《古本戏曲丛刊》第四集将之附在《脉望馆钞校本古今杂剧》卷首，据之后的跋语可知，此目作于嘉庆九年（1804）。《也是园藏书古今杂剧目录》的分类方法、剧目排列顺序与《也是园书目》几乎完全一致，据孙楷第《也是园古今杂剧考》精微绵密地考证，《脉望馆钞校本古今杂剧》到黄丕烈手中时实存268种，元杂剧106种。在总数上少《也是园书目》70余种。这70余种剧目又被黄氏编作《待访古今杂剧目》，其中包括元杂剧34种。这34种元杂剧中，《拜月亭》《丽春堂》《柳毅传书》等19剧尚有其他元刊或明刊本存世，《王魁负桂英》《玉清殿诸葛论功》《风月两无功》《韩退之雪拥蓝关记》《抱侄携男鲁义姑》《女元帅挂甲朝天》《神龙殿栾

① 参见孙楷第《也是园古今杂剧考》的相关论述。

② 魏明扬撰：《姚燮研究》，华东师范大学2006年博士论文，第119页。

③ （清）董康辑：《曲海总目提要》（上册），人民文学出版社1959年版，第61页。

巴啰酒》《劈华山神香救母》《邓伯道弃子留侄》《唐三藏西天取经》[①]《贤达妇荆娘盗果》《摔袁祥》《孝顺贼鱼水白莲池》《行孝道郭巨埋儿》《宦门子弟错立身》15 剧即是在此时佚失。

黄丕烈手书《也是园藏古今杂剧目》268 种元剧，中经咸丰十年庚申之役，到了丁祖荫之手，又佚八册 27 种，丁目与今存本正合。所佚册目分别是“六下”4 种，“八册”3 种，“十三下”3 种，“二十”4 种，“三十七”4 种，“四十一下”3 种，“五十上”3 种，“六十下”3 种。黄丕烈所藏 106 本元剧又佚 14 种，只剩 92 种。《赵氏孤儿大报仇》《李太白金钱记》《杜牧之诗酒扬州梦》《玉箫女两世姻缘》《尉迟恭单鞭夺槊》《须贾谇范雎》《秋胡戏妻》《萧何月下追韩信》《赵江梅诗酒玩江亭》9 剧尚有其他刊本行世，《中郎将常何荐马周》《双献头武松大报仇》《李存孝误入长安》《赵光普进梅谏》《英雄士苏武持节》5 种为孤本，自此全佚。

从元代到明代，存世元杂剧的总数从 600 种下降到 170 余种，骤降 400 余种，从明代到清代，存世元杂剧的总数从 170 余种减少到 150 余种，仅少不到 20 种，《元刊杂剧三十种》《脉望馆钞校本古今杂剧》和明中晚期的各种元杂剧选本功不可没。

第三节　明清时期残本元杂剧的存佚

也许有人会对上文统计的数字略有疑问，明清目录学著作中没有著录的元杂剧，当时是否就不存了呢？很早就有人意识到，被人认为已湮没在历史尘埃之中的不少元杂剧，尚有残文或者整套的曲文散布在一些明代曲谱、戏曲选集中，它们的全本在当时是否还存在呢？

① 赵景深《元人杂剧钩沉》于此剧后有“说明”云：“今存《西游记》剧据孙楷第先生的考证，已属扬暹作品；此二套曲文（《升平宝筏》第十六出）孙先生主张方是吴昌龄作所，因据抄本《录鬼簿》，吴昌龄所作《西天取经》，题目正名正是‘老回回东楼叫佛，唐三藏西天取经’也。……《纳书楹谱》收《仙吕》套曲题《莲花宝筏·北饯》，《双调》套曲题《西游记·回回》。”又于此书《后记》中说他“特地从上海市文献图书馆抄来《升平宝筏》，作为《唐三藏西天取经》，连说白抄了上去。因为它不是本来面目……所以把它们放在最末，作为‘附录’。”

最先对这些佚文进行搜集和整理的是赵景深先生。1935年北新书局排印出版的《元人杂剧辑逸》根据《太和正音谱》《北词广正谱》《词林摘艳》《雍熙乐府》《九宫大成南北词宫谱》五书，辑录出41种元人杂剧的佚曲，体例上以作家为序排列，无名氏居末。后又吸收了顾随等先生的意见[①]，改名为《元人杂剧钩沉》，对原来失收的篇目进行修订，如《罟罟旦》剧，《辑逸》只据《广正谱》和《九宫大成谱》录【穷河西】【播梅令】【古竹马】三章。《钩沉》依《雍熙》和《摘艳》辑录全折的；《鸳鸯冢》第三折《辑逸》据《广正谱》录【玄鹤鸣】【乌夜啼】【么篇】三章。《钩沉》依据《雍熙》和《摘艳》录【南吕·一枝花】（柳拖烟翡翠柔）全套；《栾巴噀酒》南吕套《辑逸》据《广正谱》录【草池春】一曲。《钩沉》依《雍熙》和《摘艳》收【南吕·一枝花】（茜红袍锦压裥）全套，又将《广正谱》【草池春】改为【絮虾蟆】补入，置于【尾声】之前。《钩沉》使用的书目增加了《盛世新声》，剧目的选择及校勘更加精确，将之前误收的《郑月莲秋夜云窗梦》三套、《苏子瞻风月贬黄州》一套零五曲、《董月英东墙记》越调三曲、朱经《玉娇春》黄钟【神仗儿】一曲删掉，增加了关汉卿的《孟良盗骨殖》仙吕【青歌儿】两句、纪君祥的《陈文图悟道松荫阴梦》仙吕套、无名氏《望思台》商调套、春牛张《贤达妇荆娘盗果》仙吕【赚煞】一句和三部明杂剧，校勘精审，补以本事，1956年古典文学出版社出版、1959年中华书局再版，台湾世界书局也曾据以翻印，题《元人杂剧钩沉四十五种》。

继赵先生之后，王钢于1995年在《河北师院学报》发表《〈全元散曲〉续补——附〈元人杂剧钩沉〉补遗》一文，采用明徐渭辑明万历间清远斋刻本《选古今南北剧》，明徐庆卿编清抄本《北词谱》（以上二种北京图书馆藏）和清夏煌辑清抄本（中国科学院图书馆藏）《张小山小令选》后所附清无名氏辑《附录》三书，对《元人杂剧钩沉》进行补遗，增入沈和《徐驸马乐昌分镜记》【斗鹌鹑】、丁野夫《望仙亭》【乌夜啼】曲，并对《元人杂剧钩沉》所收的李取进《神龙殿栾巴噀酒》【嘲天子犯】、尚仲贤《海神庙王魁负桂英》【鸳鸯煞】、花李郎《相府院曹公勘吉平》【搅筝琶】、鲍吉甫《王妙妙死哭秦少游》【白鹤子】有目无曲文或者出现异文的地方，加以补正说明。

---

① 顾随著：《顾随讲词曲》，凤凰出版社2011年版，第70页。

为了更清晰地说明问题，根据前人辑佚的材料，我们将这 40 余种元杂剧分为尚存整套之剧和尚存只曲之剧，用表格的方式统计出来见表 1-5。

表 1-5　尚存整套之剧

	套数	原出书目	作者
贩茶船	中吕套	雍熙乐府 词林摘艳 盛世新声	王实甫
丝竹芙蓉亭	仙吕套	雍熙乐府 词林摘艳	王实甫
韩翠颦御水流红叶	正宫套 越调一曲	雍熙乐府 词林摘艳 盛世新声 北词广正谱	白朴
李克用箭射双鹏（未著录）	中吕套	雍熙乐府 词林摘艳	白朴
鼓盆歌庄子叹骷髅	仙吕套	词林摘艳 盛世新声	李寿卿
周瑜谒鲁肃	南吕套	雍熙乐府	高文秀
海神庙王魁负桂英	双调套	雍熙乐府	尚仲贤
柳耆卿诗酒玩江楼	商调套	雍熙乐府 词林摘艳	戴善甫
黄贵孃秋叶竹窗雨 2	仙吕套	词林摘艳	石子章
陶朱公范蠡归湖	双调套	雍熙乐府 词林摘艳	赵明道
陈文图悟道松荫梦	仙吕套	雍熙乐府	纪君祥
罗光远梦断杨贵妃	正宫套	雍熙乐府 词林摘艳	岳伯川
王妙妙死哭秦少游	双调套 正宫煞尾	雍熙乐府 词林摘艳 北词广正谱	鲍天祐
鸳鸯冢	黄钟套 南吕套	雍熙乐府 词林摘艳	朱经
望思台	商调套	雍熙乐府 词林摘艳	无名氏
像生番语罟罟旦	中吕套	雍熙乐府 词林摘艳 盛世新声	无名氏
夜月杜鹃啼	仙吕套 双调一曲	词林摘艳 北词广正谱	无名氏

续表

	套数	原出书目	作者
神龙殿栾八馔酒	双调套 南吕套 正宫套（有目无文）	雍熙乐府 盛世新声 词林摘艳 北词广正谱	李取进
持汉节苏武还乡	中吕套 双调套 越调一曲	雍熙乐府 词林摘艳 雍熙乐府 太和正音谱	周文质

上述剧目中，《神龙殿栾八馔酒》《持汉节苏武还乡》和《海神庙王魁负桂英》三剧是清代从钱曾到黄丕烈的时代佚失的，它们均出现在黄丕烈的待访书目里;《黄贵孃秋叶竹窗雨》剧，《述古堂书目》中出现，作《黄桂娘秋夜竹窗雨》，却不见于他的《也是园书目》，估计剧本的佚失和钱曾有关。

《丝竹芙蓉亭》《望思台》和《像生番语罟罟旦》三剧《永乐大典》杂剧目有录，自此之后，没有出现在其他明清书目中;《鼓盆歌庄子叹骷髅》剧，最晚见于《宝文堂书目》;《贩茶船》《韩翠颦御水流红叶》《周瑜谒鲁肃》《柳耆卿诗酒玩江楼》《陶朱公范蠡归湖》《陈文图悟道松荫梦》《罗光远梦断杨贵妃》《王妙妙死哭秦少游》《鸳鸯冢》《夜月杜鹃啼》十剧最晚的著录书目即是《太和正音谱》或者《录鬼簿续编》，此后便再无著录;《李克用箭射双雕》元明两朝有关戏曲诸书均未著录，《盛世新声》本存残折，无剧名、作者，《词林摘艳》题作《元白仁甫李克用箭射双雕杂剧》，《北词广正谱》题正名《李克用箭射双雕》，《曲录》题正名《李克用箭射双雕》。查阅《录鬼簿》，白朴著有杂剧 15 种，并无此剧。令人不解的是，这些仅见于明初著录的元杂剧套曲为何会突然间出现在明代中期的曲选里？这是否意味着它们在明代中叶还存在完整的剧本，只是没有被藏书家收集到自己的书库中？

上文提到的三种曲选中，成书最早的是《盛世新声》，《词林摘艳》和《雍熙乐府》在很大程度上受它影响，今存十二卷“正德十二年序”本，正德臧贤校注本。明嘉靖四年刘楫为《词林摘艳》作序言：“顷年，梨园中搜辑自元以及我朝，凡辞人骚客所作，长篇短章，并传奇中奇特者，宫分调析，萃为一书，名曰《盛世新声》。”[①]此时距《盛世新声》的成书仅八年，因此张禄之言《盛世新声》为梨园中人所编应该可信。

编者既为梨园中人，那么他收集到罕见于别处的剧本是很有可能的。然《盛世新声》所收曲目均按宫调编排，首次著录《盛世新声》的《百川书志》题：《盛世新声九宫曲》九卷；《盛世新声南曲》一卷；《盛世新声万花集》一卷；大明武宗正德人编，三集总大曲四百余章，小令五百余阕。[②]崇祯间，黄虞稷撰《千顷堂书目》也著录：《盛世新声九宫曲》九卷，又《南曲》一卷，又《万花集》一卷，正德中人所编，不知名氏。今存本共分十二集，前九集依宫调录套曲，绝大多数为北曲；第十集为南曲套数；末二集系《万花集》的删节本，除少数套曲外，大多为南北小令，正与《百川书志》与《千顷堂书目》一致。这说明编者已然意识到北曲、南曲与小令的区别，但北九宫曲散套与剧曲杂糅，说明编者并不认为它们之间有差异。如果编者是从全剧里面抽取其中的一折或者两折，并将宾白或者其他的舞台提示删掉，只保留曲文，那么他必然能够有意识地将剧曲与散套区分开来。他并没有那样做，说明在编者眼中，这些剧曲与散套的演唱方式是一样的，都是清唱，这在当时是时兴的唱法。《金瓶梅》第六十一回写道：

> 王六儿道：“……隔壁乐家常走的一个女儿，叫做申二姐，诸般大小时样曲儿，连数落都会唱”……西门庆睁眼观看，见他高髻云援，插着几枝稀稀花翠，淡淡钗梳，绿袄红裙，显一对金莲趣趣；桃腮粉脸，抽两道细细春山。望上与西门庆磕了四个头。西门庆便道：“请起。你今青春多少？”申二姐道：“小的二十一岁了。”又问：“你记得多少唱？”申二姐道：“大小也记百十套曲子。”西门庆令韩道国，旁边安下个坐儿与他坐。申二姐向前行毕礼，方才坐下。先拿筝来，唱了一套“秋香亭”。然后吃了汤饭，添换上来，又唱了一套“半万贼兵”。落后酒阑上来，西门庆分付：“把筝拿过去，取琵琶与他，等他唱小词儿我听罢。”那申二姐一径要施逞他能弹会唱，一面轻摇

① （明）张禄：《词林摘艳序》，蔡毅编：《中国古典戏曲序跋汇编》，齐鲁书社1989年版，第2690页。

② 郑振铎：《西谛书话》，生活·读书·新知三联书店1983年版，第172页。

罗袖，款跨鲛绡，顿开喉音，把弦儿放得低低的，弹了个《四不应·山坡羊》。唱完了，韩道国教浑家满斟一盏，递与西门庆。王六儿因说："申二姐，你还有好《锁南枝》，唱两个与老爹听。"那申二姐就改了调儿，唱《锁南枝》……

卖唱的申二姐能记百十套曲子，唱"诸般大小时样曲儿"。她先唱了一套"秋香亭"，正是《盛世新声》《词林摘艳》等书中所录白朴《韩翠颦御水流红叶》中的【正宫】套"我恰才秋香亭上正欢浓"，又唱的一套"半万贼兵"，为王实甫《西厢记》第二本第二折【中吕·粉蝶儿】"半万贼兵，卷浮云片时扫净"。接着又唱了"小词儿"是几首小令。小说中申二姐的演唱顺序，与《盛世新声》先小令，后套数的编撰体例正好相符，说明《盛世新声》的编者对艺人的演唱形态是非常熟悉的。顾启元《客座赘语》言："万历以前，公侯与缙绅及富家，小集，多用散乐，或两三人，或多人，唱大套北曲。若大席，则用教坊打院本，乃北曲四大套者。"[①] 颜长珂在谈"折子戏"时提到山西潞城发现的明万历二年（1574）誊抄的《迎神赛社礼节传簿四十曲宫调》提到的当时演出的南戏或杂剧中的折子戏："南戏有《拜月亭记》中的'旷野奇逢'，《琵琶记》中的'南浦嘱别'，《荆钗记》中的'玉莲投江'，《跃鲤记》中的'芦林相会''送米'，《白兔记》中的'咬脐打围'，《玉簪记》中的'偷诗''姑阻佳期''秋江送行'，《断机记》中的'断机教子'等。元杂剧的选折演出，则有《西厢记》中的'佛殿奇逢'，以及'李逵下山'（康进之《梁山泊李逵负荆》）、'陈琳救主'（无名氏《金水桥陈琳抱妆盒》）、'追韩信'（金仁杰《萧何月下追韩信》）、'单刀赴会'（关汉卿《关大王单刀会》）等。"[②] 元杂剧的选折在民间演出时，通常会被贯以新的名字，与上述情况一致，《汉宫秋》杂剧的选折，在不少曲选中称作"昭君出塞"，这些虽经过文人择选却尚保持民间名称的折目，反映了明代元杂剧演出的真实情况。

单折清唱的元杂剧演出是深化表演艺术的产物。当整本戏看熟了看腻了的时候，观众的审美观念和审美需求必然产生变化，折子戏独立出来之后，一

① （明）顾起元撰：《客座赘语》，谭棣华、陈稼禾点校本，中华书局1987年版，第302页。

② 颜长珂：《纵横谈戏录》，文化艺术出版社2014年版，第164页。

些有事业心的演员，为了铸造自己的代表作，形成自己表演上的独特风格，必然会对某一种或者几种宫调的曲子专门用功。古代艺人文化水平受到自身的制约，加上师承习艺、师授徒学的传授方式，给日渐没落的元杂剧演出提供了新的天地，使元杂剧能够以另一种形式活跃在舞台上。清代依然有不少元杂剧的折子保存在昆剧、高腔的演出剧目中，如《单刀会》之“训子·刀会”、《昊天塔》之“会兄”、《货郎担》之“女弹”等，还有的被稍加整理，纳入传奇之中，如《千金记》之“追信”一出，即出自《追韩信》第二折。

通过以上分析可知，明中叶出现的《盛世新声》等曲选是应时而生的，其中所收的元杂剧套曲应该也是长期在梨园中流传的单折清唱戏，而非编者自行收集原剧，从整本元杂剧中摘录出来的。因此，这些剧目在明代中晚期带有宾白和舞台提示的全本杂剧确实已经佚失了，这和大型杂剧演出的没落应该有关，随着“时样曲”在民间的流行，剧中可以清唱的单折却依靠曲选流传了下来。

《元杂剧钩沉》收录的只存单曲的元杂剧主要来自曲谱。曲谱的产生与戏曲的音乐性关联，它辑录并分析各种曲牌和曲调格式，供人作曲时参考。在解释曲牌原格的句数、字数、四声、平仄、阴阳时，为了帮助读者理解，通常会举出具有代表性的前人之作作为典范，因此保留下来一些曲辞，《太和正音谱》和《北词广正谱》选取的元杂剧曲辞最多。《元杂剧钩沉》自此二书辑出的元剧剧目见表 1-6：

表 1.6　尚存只曲之剧

	存曲数量	曲牌	原出书目	作者
误入桃源洞	1	双调 收尾	太和正音谱 北词广正谱	马致远
唐明皇哭香囊	5	越调 雪里梅、么、络丝娘、绵搭絮、拙鲁速	北词广正谱	关汉卿
风流孔目春衫记	1	仙吕 尾声	北词广正谱	关汉卿
孟良盗骨殖	1	仙吕 青歌儿	北词广正谱	关汉卿

续表

	存曲数量	曲牌	原出书目	作者
邓伯道弃子留侄	2	越调 青山口 双调 梅花酒	太和正音谱 北词广正谱	李直夫
诸葛亮秋风五丈原	1	双调挂玉钩序	太和正音谱 北词广正谱	王仲文
陶渊明归去来兮辞	2	正宫 倘秀才 灵寿杖	太和正音谱 北词广正谱	尚仲贤
凤皇坡越酿背灯	1	双调 太清歌	北词广正谱	尚仲贤
崔怀宝月夜闻筝	4	越调 二曲	北词广正谱	郑德辉
史鱼尸谏卫灵公	2	正宫 白鹤子	太和正音谱 北词广正谱	鲍天祐
十八骑误入长安 3	2	越调 二曲	太和正音谱 北词广正谱	陈以仁
贤达妇荆娘盗果	1	仙吕 赚煞两句	北词广正谱	朱经
撇懆判官钉一钉	1	仙吕 玉花秋	北词广正谱 太和正音谱	花李郎
勘吉平	3	越调 药圣王 双调 镇江回 正宫 叨叨令	北词广正谱 太和正音谱	花李郎
梦天台	3	中吕 二曲 商调 挂金锁	九宫大成南北词宫谱 太和正音谱	无名氏
风风魔魔纸扇记	1	南吕 鹌鹑儿	北词广正谱	无名氏
火烧阿房宫	1	双调 庆丰年	北词广正谱 太和正音谱	无名氏
张顺水里报冤	1	商调 双雁儿	太和正音谱	无名氏
蓝关记	1	南吕 贺新郎	北词广正谱 太和正音谱	无名氏
收心猿意马	2	中吕 石榴花 斗鹌鹑	太和正音谱	无名氏

以上 21 剧中，《邓伯道弃子留侄》《十八骑误入长安》《贤达妇荆娘盗果》《蓝关记》出现于钱曾《也是园书目》与黄丕烈的待访书目中，全剧佚失时间为清初;《误入桃源洞》最晚见于《宝文堂书目》;《陶渊明归去来兮辞》《史鱼尸谏卫灵公》最晚见于《永乐大典》杂剧目;《唐明皇哭香囊》《风流孔目春衫

记》《孟良盗骨殖》[①]《诸葛亮秋风五丈原》《凤皇坡越酿背灯》《崔怀宝月夜闻筝》《撇㑩判官钉一钉》《勘吉平》《梦天台》《风风魔魔纸扇记》《火烧阿房宫》《张顺水里报冤》《收心猿意马》仅在《录鬼簿》《录鬼簿续编》或者《太和正音谱》中著录，之后就再也没有出现了。

无论是尚存套曲还是仅存单曲的元杂剧，仅有少数的几部杂剧全本佚失的时间在清初钱曾到黄丕烈之时，绝大多数都仅存于明代初期的书目中。《太和正音谱》作者朱权当然藏有数量不菲的元杂剧，《北词广正谱》的编者是否同样拥有这些秘本的完整本呢?

《北词广正谱》，全书 18 帙，依 6 宫 11 调编次，末附《南戏北词正谬》《牌名讹》1 帙。共录 400 余个北曲曲牌，采选元人及明初作者所撰北词为例，列举不同格式，分别正字衬字，指出句子不拘可以增损者，注明板式声韵。收罗甚广，辨析精审。《四库全书总目》称其“订正诸调，颇为综□”，乾隆时，周祥钰、邹金生编辑《九宫大成南北词宫谱》，北曲部分多采《北词广正谱》。作者有二说，传统观点认为该书为明末清初苏州派戏曲家李玉所作，现在也有人认为明末文人徐于室撰[②]，该书成书于明末清初，主要根据《北词谱》重加增订而成应该是确定的。

上表中《太和正音谱》与《北词广正谱》同时收录 10 支曲子，除了疏误的错字、漏字之外，两者完全相同。《太和正音谱》与《北词广正谱》和其他书中同时存在的曲子，也是前两者相同，与他书异文则比较多。如《周瑜谒鲁肃》一剧，《雍熙乐府》《盛世新声》南吕套有【蛤蟆序】一曲，《太和正音谱》与《北词广正谱》亦收此曲，“太公重钓渭滨”之后，较《盛世新声》本均多“伍员吹箫吴郡，孔子绝粮在陈，颜回甘贫守分，王陵沽酒待宾”四句。《盛世新声》

① 《孟良盗骨》剧《北词广正谱》保存了【青哥儿】一曲残文两句，标为“关汉卿《孟良盗骨》剧”。《永乐大典》卷二〇七四一“杂剧五”，有《孟良盗骨殖》一本，未题作者姓氏。《录鬼簿续编》“失载名氏”内，有《放火孟良盗骨殖》一剧。今《元曲选》有《昊天塔孟良盗骨殖》一剧，一般认为朱凯作。今本第一折【青歌儿】讲的是杨令公死后，托梦给杨景父子二人商议如何去盗取骨殖之事。《元杂剧钩沉》辑《北词广正谱》本【仙吕·青歌儿】仅两句：算着我今年合尽，来日个众军众军传令……这句话似为杨令公战败，但尚未战亡的语气，且“令”字韵部亦与存本仙吕宫韵部不同，可知残句并非今本《孟良盗骨》的异文，而是别剧中的佚文。《录鬼簿》和《太和正音谱》于关汉卿名下均未见此剧，不知《北词广正谱》编者为何这么肯定为关汉卿之作?

② 魏洪洲：《〈北词广正谱〉作者问题献疑》，杜桂萍《明清文学与文献》第二辑，黑龙江大学出版社 2013 年版，第 80 页。

本“自古来登基明君，开国功臣，阃外将军，他每都谁不生长在白屋寒门”，《太和正音谱》《北词广正谱》均作“自古来朝中贤人，阃外将军，登基明君，开国功臣，谁不生在白屋寒门”。《元人杂剧钩沉》在辑佚每剧佚文之后，将《太和正音谱》《北词广正谱》与曲选重出的曲子有不一致的地方，都以异文或注释的形式标出来了，可清晰地说明这个问题。

《太和正音谱》所收的元杂剧剧曲，属于明初杂剧系统，与现存最早的《元刊杂剧三十种》十分接近，与明代中叶曲选、明代中晚期杂剧刊本和内务府杂剧差别都比较大。[①]《北词广正谱》与之相近，有两种可能，一是《太和正音谱》与《北词广正谱》同选的曲辞，朱权掌握的杂剧材料，《北词广正谱》的编者同样也掌握。《太和正音谱》与《北词广正谱》成书的时间相差二百余年，且朱权身份为亲王，他的戏曲收藏是最高统治者顷全国之力从各地收集过来的。且《太和正音谱》所代表的明初杂剧系统在明中叶时就已发生变异，《北词广正谱》的编者能够独自占有与朱权完全相同的材料，可能性不大。二是《北词广正谱》与《太和正音谱》同录的曲辞，是从后者中直接抄录的，编者本身并没有这些曲目的完整本。《太和正音谱》作为最早的系统的北杂剧曲谱，在明代影响很大，但借宫之法，增句之体，犹未能备。《北词广正谱》补其不足，正其失误，在编写时肯定也参考了《太和正音谱》合理的内容，这种推测是比较合理的。

然《唐明皇哭香囊》《风流孔目春衫记》《孟良盗骨殖》《凤皇坡越醸背灯》《崔怀宝月夜闻筝》《风风魔魔纸扇记》6 剧《太和正音谱》不录，其他书目中也未见记载，作者从哪里找来的材料，是否拥有全剧或者是从其他书中转录过来的？答案不得而知。细观这几部杂剧，如《唐明皇哭香囊》中 5 支曲子均属【越调】，《崔怀宝月夜闻筝》中的 4 支曲子也均属【越调】，其余都是每剧 1 曲，并没有同一剧选择两个宫调曲子的例子，这是否意味着作者最多拥有每剧中的一套？然而，这也不能完全肯定，在此暂且存疑。《四库全书总目》“雍熙乐府”条言及李玉《北词广正谱》体例，“实皆原本是书。其间每调词曲，

① 具体比较分析的过程，详见本文《改定元贤传奇》一章。

有名同而实异者，有句字不拘可以增损者，亦皆因是书而推广之耳”。[①]

明中期曲选或曲谱所收的元杂剧佚文，在当时多数都已没有全本存在了，它们或作为散套供梨园清唱，或作为曲律音准的范本流传下来，是元杂剧文本的一种特殊的传播方式。

① （清）纪昀总纂：《四库全书总目提要》，河北人民出版社2000年版，第5530页。

第二章　元杂剧初期文本的原生态

——《元刊杂剧三十种》与元杂剧文本体制的基本建立

元代到明代中期，元杂剧多以单本的形式在社会上流传，元杂剧文本的文献价值和文学价值被发现后，人们便把这些单本的杂剧集结成册。集结的方式有两种：一种是将手中的单本元杂剧汇总起来，订成册子；另一种是按照自己的审美标准，对搜集到的元杂剧进行编选，以便张扬元曲之美。前一种我们暂且称之为元杂剧的汇编本，后一种我们称之为元杂剧的选编本。

所谓汇编本，即汇总集成本，对元杂剧汇编的目的有二：一是单本流传的杂剧很容易遗失，汇编起来容易保存。二是以收藏为目的，为自己的藏书楼增添新内容，因此编者在汇编之时会求“全”，尽量将自己见到的剧本搜刮殆尽。另外，编者的目的在于古籍的收藏整理，所以还会求“真”，不会随便增删原文，因此，元杂剧的汇编本中的各剧均没有经过编者刻意的增删，较好地保存了底本的面貌。汇编者所搜集的剧本刊刻于异时异地，因此总集中的各个剧本的字体、版式可能会有很大的不同；至于根据不同的底本所抄录的杂剧，更可能会根据底本不同、抄录者抄录的时间、谨慎程度等主观原因而有所差异。所以汇编本的体例特征则是：“杂”，表现为底本“杂”、抄校“杂”。元杂剧的汇编本现存有《元刊杂剧三十种》和《脉望馆校抄古今杂剧》。《元刊杂剧三十种》是民间汇刻本，《脉望馆校抄古今杂剧》为文人汇编本，正好代表了两种不同的汇编本元杂剧形态。

第一节 《元刊杂剧三十种》的版本性质

《元刊杂剧三十种》现藏于国家图书馆。原书共包含30种元人杂剧，这30种杂剧行款、字体均不统一，王国维认为“似元人集各处刊本为一帙者。然其纸墨与版式大小，大略相同，知仍是元季一处汇刊”①。目前多数学者不认同这种说法，认为30种剧本并非刊于一时一地，乃“书坊杂凑而成的本子”，是由藏书家将它们订在一起的。《元刊杂剧三十种》并非原书名称，清代藏书家黄丕烈藏书匣上刻有黄丕烈楷书“元刻古今杂剧，乙编，士礼居藏”，并有士礼居藏等藏印，黄丕烈之前，不知藏于何人何处②，也不知何人将它们订为一书。黄氏之后，清末民初，此书为罗振玉所得。1914年，日本京都帝国大学从罗振玉处把原书借出，请当时著名刻工陶子麟覆刻了一部，题为《覆元椠元刊杂剧三十种》。1924年，上海中国书店又将覆刻本照相石印，题为《元刻元刊杂剧三十种》。原书没有作者姓名，次序杂乱，王国维考订作者，为石印本重新排列次序，并撰《元刊杂剧三十种序录》文。1958年，《古本戏曲丛刊》第4集收本书珂罗版影印本，题名为《元刊杂剧三十种》。

关于元刊本杂剧的性质，讨论得最多，近年又有所谓“新”的提法层出不穷，令这一问题更加扑朔迷离。然而，由于刻本本身提供的信息十分有限，这方面的戏曲史料也很匮乏，因此难以形成定论。元刊本作为现存最早的元杂剧本子，欲厘清元杂剧的版本问题，这个问题又是必须要解决的，本节将对这些成果提出进一步的辨析。

最早对《元刊杂剧三十种》的性质进行定位的是王国维，自他在《元刊杂剧三十种序录》中提到“此本虽出坊间……”③后，民间坊本说代表了学界对于元刊本杂剧性质的传统观点，长期被人所认可。该文一出便引起广泛讨

① 王国维：《〈元刊杂剧三十种〉序录》，《观堂集林》（外二种），河北教育出版社2003版，第688页。

② 有学者认为该书本李开先旧藏，证据略显单薄，不从。

③ 王国维：《元刊杂剧三十种序录》，《王国维戏曲论文集》，中国戏剧出版社1984年版，第236－242页。

论，最有代表性的观点有两个。首先，广西师范大学教授杜海军先生《〈元刊杂剧三十种〉的刻本性质及戏剧史的意义》一文发表不同的见解，杜文认为：“《元刊杂剧三十种》是一种剧团刻本，是艺人为了演出或传授剧目而自刻，非是坊本。”[①]可谓针锋相对。后来方彦涛《〈元刊杂剧三十种〉的刻本性质与刊刻地点另议》一文以杜海军和汪诗珮的观点为基础，做了一个相对圆通的解释：“从刻本性质来说，《元刊杂剧三十种》是元代民间私家刻本；从生产单位来说，《元刊杂剧三十种》又是元代民间私家（剧团）委托建阳书坊刊行的特殊的‘建本’，所以，在这些刻本中，才会出现许许多多建阳坊刻所具有的明显的缺点。”[②]这些新论能否立得住呢？

一、元刊本是否为“剧团自刻”本

在学术研究中，提出一个与前人研究相对立的新的观点，需要两个步骤——“破”和“立”。杜文对“民间坊本”说的“破”是认为《元刊杂剧三十种》品相着实不佳，“似《元刊杂剧三十种》这种如此随意不讲究规则的刻本，读者既难看懂文本，又不可能产生购买欲望的图书，我以为，这是否定《元刊杂剧三十种》非建本的一个重要性指标”。笔者认为，引文末句的“非建本”实应为“非坊本”，因为引文所提到《元刊杂剧三十种》的特征，不只是不适合福建书坊售卖盈利，全国书坊亦然。

众所周知，有元一代，散曲与杂剧并行，散曲的地位要高于杂剧。元人将散曲视作“乐府”，其审美要求是“文律二者兼美”[③]。散曲既俗又雅，属于今日所说的音乐文学，这种音乐文学因有“歌曲词章”的传统而受到文人的重视，将散曲与正统文学诗词并论，并以诗选、词选的方式编撰曲选，至正年间，杨朝英即编有两部大型的散曲选集《乐府新编阳春白雪》和《朝野新

① 杜海军：《〈元刊杂剧三十种〉的刻本性质及戏剧史的意义》，《艺术百家》2010年第1期，第111—115页。

② 方彦涛：《〈元刊杂剧三十种〉的刻本性质与刊刻地点另议》，《艺术百家》2011年第3期，第153—156页。

③（元）虞集：《中原音韵序》，《中国古典戏曲论著集成》（一），中国戏剧出版社1959年版，第173页。

声太平乐府》，前者今存光绪三十一年徐乃昌影印元刊本[①]，前集五卷为小令四百九十二首，后集五卷为套数四十七套；后者有乌程蒋氏密韵楼所藏元刊本，前五卷为小令，后三卷为套数。两书均以曲调分类，足证它们当时是供吟唱搬演者检索方便之用。后又有无名氏编《梨园按试乐府新声》，亦为元代的元人散曲选集，“按试”为查考之意，宋叶适《蔡知阁墓志铭》：“徙知楚州，北神镇少年以剽境外为业，前后不能禁。公日与钱米什伍伺察，用其豪为总首，旬一按试，两界以安。”[②]《宋史·职官志三》：“凡军兵以名籍统隶者，阅习按试，选募迁补，及武举、校试之事，皆总之。”[③]可见这部书的编选与梨园有莫大的关系，它的编选者是否文人，不知。但可以肯定的是，元代的这三部散曲选集都不是某个戏班或者剧团所为，也非官方刊刻，它们是书商为梨园艺人所编的教材参考书。

这几部散曲集的刊刻质量如何呢？在刊刻上，《乐府新编阳春白雪》有钱塘丁氏八千卷楼藏元刊十卷本，元刊残存二卷本，虽然较《元刊杂剧三十种》稍精，但版面排列较挤，页面余白少，文字间距小，版高169毫米，宽115毫米，左右双边，黑口，双鱼尾半页16行，行27字。异体、错字、省字亦不少，曲牌名使用阴文刻，黑底白字，词牌名“滚绣球”常作“衮秀求”，“叨叨令”作“叨＝令”，“越调”作“越诵”，“混江龙”作“混江笼”或“混江竜”，曲词“仔细”作“子细”，等等。《朝野新声太平乐府》元刻本半页16行，行26字，亦是如此，黄丕烈跋：“其中脱误无一叶无之。”[④]《梨园按试乐府新声》更是如此，版框高190毫米，宽120毫米，左右双边，双鱼尾，半页17行，行30字。词牌名“乔牌儿”作“乔碑儿”，“混江龙”作“混江竜”，“滚绣球”作“衮绣毬”之类亦相当普遍，以上特征均与元刊杂剧相差无几。

① 该本前有贯云石序，后有嘉庆间复翁题记三则。卷后有篆书小字两行：光绪乙巳假泉唐丁氏善本书室藏元刻本属室人怀宁马韵芬景写校梓南陵徐乃昌记于小檀栾室。

② （清）孙衣言撰：《瓯海轶闻》，上海社会科学院出版社2005年版，第673页。

③ （元）脱脱撰：《宋史》卷一六三，中华书局2011年版，第2583页。

④ （清）黄丕烈：《荛圃藏书题识》，1919年江阴缪氏刊本。

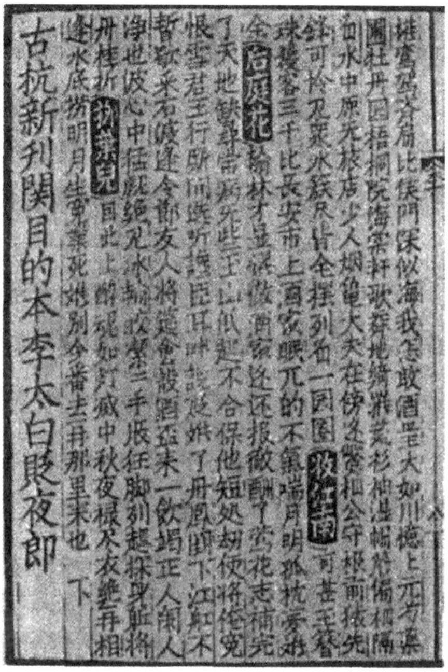

图 2-1　元刊本《李太白贬夜郎》某页

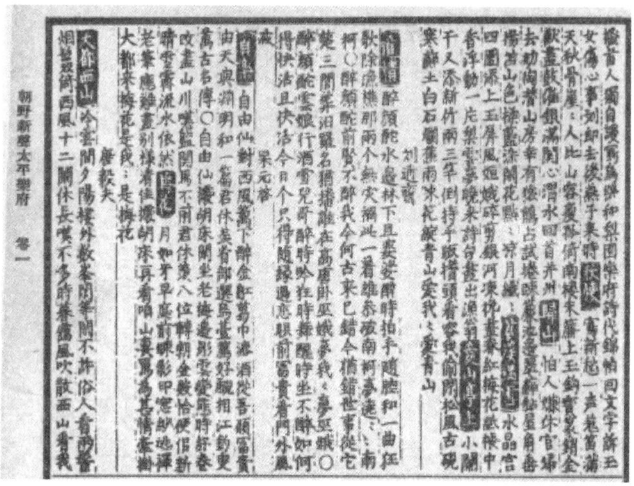

图 2-2　《朝野新声太平乐府》某页

资料来源：上海商务印书馆缩印《四部丛刊初编》本。

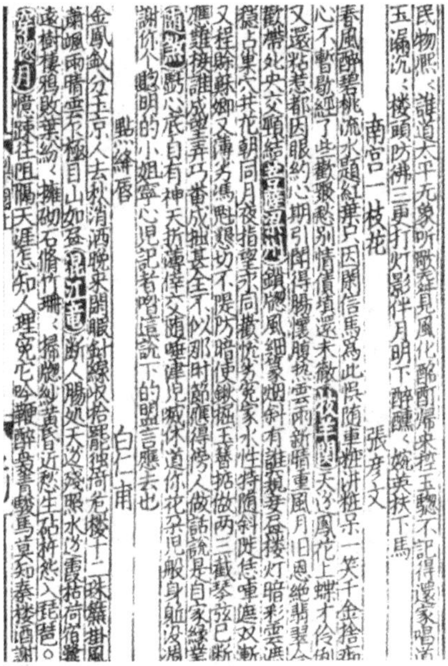

图 2-3 《梨园按试乐府新声》某页

资料来源：上海商务印书馆缩印《四部丛刊初编》本。

书商所刊的这种品相的散曲集有无市场呢？答案是肯定的，否则不会前后出现多部选集。音乐文学对音准的要求是很高的，对字形则不必太在意，只要观者能够看懂即可。而且元代正处于俗文学由口头向书面过渡的阶段，口语词汇尚未完全在文字上固定下来，对于文化水平参差不齐的书商来讲，这种新兴的口头文学形态在用字上出现错误是在所难免的。而且书商所设想的预览对象并非学子，而是梨园艺人或普通曲艺爱好者。散曲尚且如此，更不用说地位更为低下的杂剧了。

杂剧属于中下阶层俗文学的范畴，剧中穿插大量的插科打诨，所以常为文人所不齿。[①] 元代中后期，随着说唱文学的异军突起，小说、平话书籍市场出现繁荣。徐大军在论述元代平话文本的生成时提出："当时社会对于讲史伎艺的接受是场上讲听而非文本阅览；艺人的场下训练、场上表演亦不需要格式齐全的底本，甚至底本不会是白话形态，而是罗烨《醉翁谈录》那种文言形

① （明）杨维桢《沈氏今乐序府》就认为把关汉卿、庾吉甫的杂剧看作"治世之音，则辱国甚矣"。

态的文本。”[①]《绿窗新话》可以肯定刊刻的时间为南宋或南宋末，后来元刊《醉翁谈录》开头《小说开辟》：“动哨中哨，莫非《东山笑林》，引绰底绰还需《绿窗新话》。”[②]皇都风月主人、行在字样，许多故事背景就是杭州。《绿窗新话》中的故事很简单，基本上是故事梗概，但里面所用诗词韵语都是齐全的。小说话本的结构开头都需要引诗，只要背会《绿窗新话》中的韵语，记住主要的故事情节，便可在场上随兴发挥。

元杂剧的情况应该与之类似，艺人在演出时亦不需要完整的剧本，只要曲文齐全便可。元杂剧主要的是曲文，对于艺人来讲，曲文是写不出来的，必须牢记，宫调韵脚皆不能有所差错，而科白则可以随时演绎。然而，元杂剧与话本小说不同的是，话本小说不仅留下了像《绿窗新话》这样的说话底本，而且出现了完整的平话小说，如《全相平话五种》《三分事略》等，而元杂剧却仅有曲文齐全，负责叙事的科白极少。平话小说在元代已经完成了从说唱艺术向文学读物的转变，而元杂剧尚没有，在元杂剧的文学性没有被发现之前（明代中晚期），一方面，它们一直只是在剧场内部以演出脚本的方式传播，并没有作为读物流向市场。虽然当散曲集与平话以书籍的形式取得读者认可之后，具有市场敏感性的书商也开始试着刊行含有叙事因子的杂剧，但文本的来源则只能是当时正在热演的剧本。由于剧团演员对每个剧本的熟悉程度不同，所以刊刻出来的杂剧的繁简程度也不一样，正如《元刊杂剧三十种》所表现出来的那样，一部分全无科白，另一部分则保留着相当的舞台提示。另一方面，平话小说脱胎于备受推崇的史学，从《五代史平话》到《三国志演义》“起初本是一种通俗历史教科书”[③]。“元代白话著述的自觉乃起于汉族文人服务蒙古权贵了解汉文化的需要，亦因之进一步激励、推动了面向下层民众的白话著述的编刻，由此而使得贯、郑所标举的‘直说’方式，已被作为一面旗帜而带入面向下层民众的白话著述的编写之中。”[④]也就是说史学的特征

① 徐大军：《元代平话文本的生成》，《文学遗产》2014年第2期，第67—79页。

② （宋）罗烨：《醉翁谈录·小说开辟》，古典文学出版社1957年版，第3页。

③ 胡适著：《胡适全集》第十一卷，安徽教育出版社2003年版，第200页。

④ 徐大军：《元代的直说作品与书面白话著述的自觉》，《中华文史论丛》2012年第4期，第307—334页。

直接吸引了文人的参与，使之能够迅速通俗化和市场化；而元杂剧上演的多是一些民间故事，没有平话小说那样先天的优势，自然也不会引起文人的注意，为之补充科白，使之真正成为完整的文学剧本，直到明朝嘉靖之后，经过戏曲理论家的提倡，加之案头读本需要曲白共生，因此才有书商将科白完整的本子刊印出来，此为后话了。

书坊所刊销量不错的平话小说品相如何呢？以建安虞氏书堂《三分事略》和建安书堂《三国志平话》为例。《三分事略》刊于元世宗至元三十一年（1294），《三国志平话》刊于元英宗甲午年间（1321—1323），两者相差约三十年，无论情节、文字、版式、图像都几乎完全一致，前者较后者仅缺少八页，文字有少量不同，图像较朴拙，有理由相信《三国志平话》是根据《三分事略》翻版增修而成。两书卷首均有一诗："江东吴土蜀地川，曹操英勇占中原，不是三人分天下，来报高祖斩首冤。"①《事略》"吴土"作"吴主"，"曹操"作"官操"，《平话》均改正，但大多数错字均在《平话》中得到延续，许多人名、地名、官职如"诸葛"作"朱葛"，"李傕"作"李壳"，"杨修"作"杨宿"，"新野"作"辛冶"等，都见于《平话》。据刘复《宋元以来俗字谱》统计，《元刊杂剧三十种》总字数约 13 万字，俗字 963 个，元刊《全相三国志平话》总字数 6 万 6，有俗字 385 个，元刊《朝野新声太平乐府》约 10 万字，俗字 628 个。这样看来使用俗字、简化字、错字并非《元刊杂剧三十种》的特例，它们所处的语言环境原本如此。既然平话与散曲集均由书商刊刻，又怎能以此否定《元刊杂剧三十种》的坊刻本性质？

再说说杜文之"立"。杜文提出的"剧团自刻说"基于三点理由：第一，"《元刊杂剧三十种》其所刊每一种剧名几乎都给人以强烈的做广告的意识"。元代，仅建阳书坊名称可考者就有近四十家，如有余氏勤有堂、刘氏翠岩精舍、刘氏日新堂、虞氏务本堂、郑氏宗文堂等等。而元刊本三十种杂剧中并无一本附有书坊、刊刻者的名称及印记等信息，亦无任何版本提示，这与一般书坊宣传自己以便提高知名度的做法不相符合。

首先，古代并非所有的坊刻书籍都有牌记名称，相当一部分元刊坊刻古

① 所引《三分事略》与《三国志平话》原文，均出自《古本小说集成》本，上海古籍出版社 1994 年版。

籍均没有刊刻坊肆之名，但我们依然可以从版式、刊刻特点等来判定其为坊刻。上文所提到的三部元人散曲选集，“梨园试案”“乐府新声”“乐府新编”也具有广告性质，也都没有书坊信息，却没人怀疑它们并非书坊所刻。为了广告宣传，在标题上下功夫吸引眼球正是书坊售书盈利的策略。

其次,《元刊杂剧三十种》原来并非一书，而是三十个单独的剧本。据《古本戏曲丛刊》影印本来看，单剧仅仅只有几页纸而已，根本就不能算作是书籍。据恩师袁讳世硕先生回忆，他小时候还曾在市面上见过此种类型的剧本，全剧也仅有几页纸，版幅很小，可以放在口袋里，携带非常方便，关键是价格十分便宜，虽然刊刻粗糙，但读起来非常有趣。书坊这类读物的刊行，正是迎合了读者轻便易携、趣味性强又价格低廉的要求，很少将书坊信息刊刻其上。

第二，杜文以“臧懋循关于元杂剧宾白是演剧时由‘伶人自为之’”为证。“由于宾白是演员自为之，自刻自用，所以在刻书时便将自己熟知处，或将来做场需要临场发挥处省略，以免作茧自缚，也省工也省费”。这句话有一定的合理性，但忽略了一点，这并不意味着三十种元杂剧剧本本身一定是剧团自刻，还有可能是书坊以剧团演出本为底本而刊刻的面向市场的读物。

第三，杜文指出：“《元刊杂剧三十种》是由多种刊刻风格不同的剧本组成，也具备剧团刻书的可能性，其中标明的大都刻本、古杭刻本等，可能就是来自于古杭、大都等不同地方的剧团。”刊刻风格不同，为何可以证明就一定是不同的剧团而不是不同的书坊呢?

综上所论，笔者认为,《元刊杂剧三十种》为“剧团自刻说”是立不住的，这里提出两点理由：

第一，剧本在剧团的运行中起到关键性的作用，无论是艺人演出还是师徒传授，都需要依靠剧本进行。为了使用的方便，演出脚本必然含有丰富的内容，如演员穿着装扮、舞台表演提示、角色信息等。明人王骥德《曲律·论部色第三十七》言：“尝见元剧本，有于卷首列所用部色名目，并署其冠服、器械曰：某人冠某服，服某衣，执某器，最详。”[①] 在明代这种剧中演员的装扮

① （明）王骥德：《曲律》，《中国古典戏曲论著集成》（四），中国戏剧出版社 1959 年版，第 142—143 页。

被称为“穿关”。《脉望馆校抄古今杂剧》所收242种杂剧中，102种附有“穿关”，这些正是明代宫廷舞台演出的剧本。也就是说，剧团演出本的宾白和科介可以靠演员即兴表演，具有一定的程式化，但服装道具则需要详细说明，因为每剧演出都需要独特的装扮。很显然，元刊本杂剧并不符合上述特征。

第二，剧团没有能力也没有必要自刻。叶德辉《书林清话》有一段关于“元时刻书之工价”的记载：

> 元时刻书工价，据陈编《廉石居记》载，元张铉《金陵新志》十五卷前钞录御史台等处文移，略云：宋景定十志，旧板已经烧毁，元时重刊。先有郡士戚光，妄更旧志。当时议因旧志之已成，增本朝之新创，故其书皆用《建康志》准式。凡壹拾伍卷，壹拾叁册。分派溧阳州学刊雕五卷，溧水州学、明道书院各三卷，本路儒学刊造二卷，（按：五卷、三卷、二卷等“卷”字，当是“册”字误笔。若作“册”则合壹拾叁册之数，作“卷”则少二卷。）及序文图本，照依元料工物合用价钱，于各学院钱粮内除破。共中统钞壹佰肆拾叁锭贰拾玖两捌钱玖分玖，俱见序例所载。按定即锭字，正本作铤。《金史·食货志》：旧例银每铤五十两，其直百贯。民间或有截凿之者，其价亦随低昂，遂改铸银，名承安宝货。一两至十两分五等，每两折钱二贯，公私同见钱用。陶九成《辍耕录》：至元十三年，大兵回扬州，丞相伯颜号令搜检将士行李，所得撒花银子，销铸作锭，每重五十两，归朝献纳，后朝廷亦自铸。至元十四年重四十九两，十五年重四十八两。据此，则金、元币制，一锭银皆五十两为率。《金陵志》刻价果以五十两一锭计算，则需实银七千一百柒十玖两捌钱九分玖，是每卷合用银四百四十馀两。古今刻书之工，恐未有贵于此者。[①]

如果叶载可信，那么元人刊刻书籍的成本是不容低估的，当然对于一些小型的刻书机构来讲花费会小一些，但对于资金并不充裕的民间剧团来讲，仍然是一笔不小的负担。宋元时代的伶人又称为“路岐”，他们并非长时间在

---

① （清）叶德辉著：《书林清话》，岳麓书社1999年版，第148页。

同一地区演出，而是靠四处流动讨生活的，正是“路岐，岐路两悠悠，不到天涯未肯休”。（《宦门子弟错立身》）刊刻书籍需要的人力、财力很大，工具沉重，随剧团奔波行走并不方便，而且剧团为了保持生命活力，最大限度吸引观众，所演剧目更要经常更新，在刊刻成本如此高的情况下，剧团选择自刻剧本的可能性并不大。事实上，古代剧团演员多使用手抄剧本，剧团设有专职抄书人员，称为“掌记”。《错立身》：“末白都不招别的，只招写掌记的。生唱【麻郎】我能添插更疾，一管笔如飞，真字能抄掌记，更压着御京书会。”第五出：“（生）你把这时行的传奇，（旦）看掌记。（生）你从头与我再温习。”[①]抄书成本低廉，只需一位“掌记”就可以进行，就算剧团规模小，没有专门抄写人员，雇用抄书工人价格也很低廉，更适合四处奔走的剧团。山西省右玉县宝宁寺有一幅元代水陆域优人图，其中“第五十七、往古九流百家诸士艺术众”和“右第五十八、一切巫师神女散乐伶官族横亡魂诸鬼众”两幅，绘出一批戏融人物图像。据廖奔《宋元戏画四考》介绍：“第五十七整幅图画里居于中心的位置，唯一作正面表现的人物为一老者，头裹皂巾，身着圆领皂袍，腰束带，右手握一管斑竹毛笔，左手掠去笔尖浮毛，此人作士人打扮。”[②]手执毛笔之人似乎就是剧团抄写剧本之“掌记”。

实际上，剧团使用的剧本是有实物资料能够参考的。1986 年山西省运城市西里庄出土的一座元墓西壁有一幅杂剧壁画（见图 2-4）：左边一人双手持展一戏折，剧目可见的楷书为《风雪奇》三字，其余各页文字均随意点染。右腰侧露出以孩童，头梳双髻，戴兜肚，正探头窥视，若有所惧，是“徕儿”角色；第二人右手举小扇，左手置于腹部，是为末角或者副末；第三人戴展角幞头，双手持笏板拱于胸前，是为装扮官员的末泥色；第四人头顶竖辫，扎带，面颊墨线，坦胸，穿方格衫，是演丑角的副净色；第五人为女性，两手持拍板，右侧一高桌，摆放水果。[③]左边手执戏折之人，一般认为“副末”角色，与“副末开场”的意义颇相近似。此壁画可证，元代剧团演出所用的戏本是用长形纸书写，屈折而四成为纸册。周贻白《中国戏曲发展史纲要》对此做了说明：

① 钱南扬：《永乐大典戏文三种校注·宦门子弟错立身》，中华书局 1979 年版，第 231 页。

② 中国艺术研究院戏曲研究所：《戏曲研究》第二十四辑，文化艺术出版社 1987 年版，第 248 页。

③ 黄天骥：《王季思从教七十周年纪念文集》，中山大学出版社 1993 年版，第 117 页。

元剧的北曲四大套，连同每套前后的独白或对白，通常称为四折，亦即以一套曲词和独白、对白为一折。折原作摺，因为当时把一场戏的曲白写在一个纸摺上，故有是称。这种用于剧场专写曲白的纸摺，或名“掌记”，与今之所谓手册相近①。

图 2-4　山西省运城市西里庄出土的一座元墓西壁壁画（局部）

那么有没有可能是剧团委托书坊刊刻的呢？可能性也不大。上文分析过，剧团内部使用的稿本大多为抄本，根本没有必要委托书坊刊刻。很明显，这三十种杂剧并非一时一地刊印，来往于各州府之间的剧团在不同的时间去委托不同的书坊为之刻书，这不是很牵强吗？即使退一步讲，剧团委托书坊为他们刊刻剧本，那么书坊依据什么底本刊刻呢？书坊还是要依靠剧团提供的演出本进行刊印，剧团既然能够拥有剧本，显然没有必要再去委托书坊刊刻自己要用的本子了。在没有更多文献材料的支撑下，《元刊杂剧三十种》定义为民间坊为了盈利面向市场发行的普通读物更为妥当。

二、《元刊杂剧三十种》是否“建本”

《元刊杂剧三十种》作为现存最早的元杂剧版本，无论是刊刻形式还是文本内容方面，都与后世元杂剧版本均有很大不同，它们的刊刻地点问题也是学界讨论的热点。

30 种杂剧中，总题冠以“古杭新刊”者有 7 种，“大都新编”者有 3 种，“大都新刊”者有 1 种，这几部剧刊行地点已经非常明确了。不过，也有学者

① 周贻白：《中国戏曲发展史纲要》，上海古籍出版社 1979 年版，第 160 页。

认为大都和古杭仅是刻书者的一种宣传词，不足为信。2006 年台湾学者汪诗佩的博士论文《从元刊本重探元杂剧——以版本、体制、剧场三个方面为范畴》的第一章第一节“元刊杂剧刊刻地的辩证”将建安虞氏在元代至治年间刊刻的《全相平话五种》与《元刊杂剧三十种》作比较，认为两者极为相像，所以判定《元刊杂剧三十种》出自福建建阳。笔者认为，汪文在逻辑上犯了一个错误，判定 A 属于 B，需要同时具备两个必要条件，一个是 A 的所有特征都符合 B；二是 A 的特征是 B 独有的，除 B 之外的任何 C 都不具备这种特征。汪文提出的五点论据是可信的，《全相平话五种》与《元刊杂剧三十种》在形式上的确十分相近。但却忽视了一点，汪文所指出的部分特征，在其他地区的书籍刊刻中亦有出现，如《全相平话五种》故事分段标题使用黑底白字的阴文刻法，《元刊杂剧三十种》曲牌也是如此。杜海军提出“定宗四年平阳晦明轩张存惠刊《重修政和经史证类备用本草》，凡文内强调或标题性文字皆用阴文，如作者按语‘今按’，引著如《药性论》《尔雅》，他人按语，如‘臣禹锡谨按’等。至正二十五年西园余氏刊《伤寒论注解》，还有《重刊增广门类换易新联诗学拦江网》在题目处也皆用阴文，所以，这种刻本方式应是当时的普遍流行，有其强调的作用，而不是建本独有的”。① 我们查阅北京图书馆编《中国版刻图录》元代部分，发现的确如此，使用阴文刻法并非只有建阳书坊才有，这便不能证明《元刊杂剧三十种》就是建本了。

众所周知，大都和杭州分别是元杂剧前后期创作的重镇，试看这 30 种杂剧作者可考者（以王国维所考为据）籍贯分布情况，见表 2-1。

表 2-1　元刊本剧作家活动区域分布表

姓 名	籍贯或生活区域	作品数量
关汉卿	大都人，一说生活在大都	4
纪君祥	大都人	1
石君宝	生活在大都	1

① 杜海军：《〈元刊杂剧三十种〉的刻本性质及戏曲史意义》，《艺术百家》2010 年第 1 期，第 111—115 页。

续表

姓 名	籍贯或生活区域	作品数量
张国宾	大都（今北京）人。曾任教坊管勾	2
高文秀	东平人，曾任山阴（浙江绍兴）县尹	1
马致远	大都人，曾任江浙行省务官或江浙省务提举	2
尚仲贤	浙江省务提举	2
杨梓	杭州路总管	1
宫天挺	钓台书院山长（浙江严州，今桐城）	2
郑光祖	平阳人，杭州路吏	1
金仁杰	杭州人，与钟嗣成相交	1
范康	杭州人	1
郑廷玉	彰德（今河南安阳）人，其余不可考	2
孟汉卿	亳州（今属安徽）人。生平事迹无考	1
王伯成	涿州（今河北涿县）人。生平事迹无考	1
岳伯川	济南（今属山东）人：一说镇江（今属江苏）人。生平事迹无考	1
狄君厚	平阳人，生平事迹无考	1
孔文卿	平阳（今山西临汾）人，生平事迹无考	1

如表 2-1 所示，籍贯或者曾在大都生活过的作者有 4 人，籍贯或者曾在杭州及杭州附近生活过的人有 8 人（马致远籍贯为大都，仕宦在杭州），其余人虽籍贯不在这两个地方，但由于资料匮乏，生活区域已不可考，也不能排除曾在此二地的可能性。

《元刊杂剧三十种》刊刻的时间是在元末，前期生活在大都的作家关汉卿的《单刀会》、石君宝《紫云庭》均题有“古杭新刊”，反映了元代末期，随着杂剧重心的转移，大都剧作家的作品在杭州依然盛行。而元代后期如杨梓、宫天挺、郑光祖、金仁杰、范康等人的杂剧，没有一剧题“大都新编”，与这一时期大都杂剧逐渐衰落的情势是相吻合的。元刊本通俗文学读物，在标题中使用新编、新刊是很常见的，元刊讲史话本《宣和遗事》[1]黄丕烈藏本，卷首有“新编宣和遗事目录”，开卷题“新刊宣和遗事前集”“新刊宣和遗事后集”。现存其他元刊平话小说也是这样：

《全相平话五种》[2]开卷分别书题“新刊全相平话武王伐纣书”“新刊全相平话乐毅图齐齐国春秋后集”“新刊全相秦并六国平话”“新刊全相平话前汉书续集”“至治新刊全相平话三国志”。

《五代史平话》[3]原书目录及每卷首尾“新编五代某史平话”，具体为“新编五代梁史平话”“新编五代唐史平话”“新编五代晋史平话”“新编五代汉史平话”“新编五代周史平话”。

《三分事略》[4]日本天理图书馆藏，卷首题“至元新刊全相三分事略”，扉页题“甲午新刊”。此书扉页上栏横刻“建安书堂”，行间题“甲午新刊”。书分三卷，上、中两卷首题“至元新刊全相三分事略”，尾题“照元新刊全相三分事略”；下卷首亦题“照元新刊全相三分事略”。版式与《全相平话》相同。

《新编红白蜘蛛小说》[5]残叶，标题“新编红白蜘蛛小说”。

但从未有以刊刻地点作为宣传语的先例，建阳本是书坊最为繁盛的地方，却从没见过在书名里出现“建阳新刊”字样。这说明，杂剧总题中的“古杭新刊”或“大都新编”，绝不是书商随意冠名以作广告之效，而是杂剧实际的刊行地。要说明的是，即使同是古杭或者大都的剧本，行款和字体也会出现不同。这是因为它们不一定就是同一家书坊所刻，也有可能刊刻时间有所差异。

总题中没有标明刊刻地点的杂剧，可能刊于大都、杭州，也可能刊刻于

---

① 黄丕烈藏本，台北中央图书馆藏，馆方依黄氏之见定为宋本，鲁迅、汪仲贤、程毅中等人均认为出于元人，清道光吴郡修绠山房刊本《新编宣和遗事》扉页谓“悉照宋本重刊”，内容较黄藏本少五则，可知黄藏本可能并非宋本，确实经过元人加工增改。

② 每种扉页“建安虞氏新刊”，其中《三国志平话》扉页上并题有“至治新刊”。

③ 元明以来藏书家的藏目中都未见著录，曹元忠跋说是宋刻巾箱本。

④ 封面书名题“新全相三国志故口”，末一字残缺。日本学者入矢义高推断末字当为“事”，基本可信。上海古籍出版社据此本影印，收入《古本小说集成》。

⑤ 《清平山堂话本》本《新编红白蜘蛛小说》，《古本小说集成》第一辑，上海古籍出版社1992年版。

其他地区。黄丕烈将这三十种杂剧题为“乙编”，则知此书至少尚有甲编，或者还有其他的编册也不一定。这些剧本数量众多，收藏者将它们从各地收集起来实属不易。即便是《永乐大典》杂剧目，也仅录《元刊杂剧三十种》中的 19 个剧目，可见它们确实罕秘。

第二节 《元刊杂剧三十种》与元杂剧文本体制的定型

一、元人曲本位的观念与实践

所谓“定型”，指事物的基本要素逐步形成并相对固定下来，拥有相对稳定的形式。目前，国内外学界有一种明显的认知趋势，认为元杂剧文本体制的定型在于明代而非元代。国外以《剑桥中国文学史》为代表，国内以 2015 年《中国社会科学报》发表的《元杂剧范本定型于明代》[①] 一文亦持相似观点，原因是现存 150 余种元杂剧文本绝大多数刊刻于明代，元代刊刻的杂剧文本仅有 30 种流传下来，剧科白不全，品相糟糕，因此不能作为杂剧文学的确定文本加以研究。

“杂剧”一词最早见于唐代，意义与汉代“百戏”类似。“杂”谓杂多，“劇”，从豦从刂。“豦”，从虍从豕。虍豕之斗，表示老虎和野猪奋力相斗；“刂”，使用兵器激烈搏杀。“杂剧”已具有“戏”的动态意义。“杂剧”逐渐成为包括有歌舞、音乐、调笑、杂技的多种表演形式的专称始于宋代。到了元代，杂剧艺术表现出新的特点：有了一大批专门从事杂剧创作的作家和专业的演出艺人团队；有了较为成熟的杂剧剧本；有了以正末和正旦为中心的演出模式；有了统一的以四套北曲为主体的音乐结构。这几点在元代戏曲文本、文献均有明确的记录。《录鬼簿》及《录鬼簿续编》记录了自金代末年到元朝中期 150 余名杂剧作家 400 余种杂剧作品，可谓辉煌。《青楼集》记载了元代几个大城市一百多位戏曲、曲艺女演员的生活，还涉及当时 30 多个男演员及 50 多个戏曲作家的事迹，反映了元代戏曲演出的繁荣状况。《元刊杂剧三十种》尽管

① 刘建欣：《元杂剧范本定型于明代》，《中国社会科学报》2015 年 10 月 26 日。

科白不全，但却包含了19位作家的经典作品，以正末或正旦为中心的演出模式和一本四套大曲的宫调组织结构在文本中均能够完整体现出来。易勤华在《略论元杂剧文体的诗化特征》提道："元杂剧以四大套曲的既定框架来安排四折戏，等于曲的结构决定戏的结构，亦即把戏剧结构建立在特定的曲套结构基础上。元杂剧的脚色体制也显然主要是围绕唱曲来组织的，主唱脚色正末、正旦总是十分突出，其他不唱曲的脚色则在地位上与主唱脚色十分悬殊。"①

元杂剧的结构体制是由曲词建立的。对于中国戏曲的个性特征，描述最为贴切，总结最为简练的，莫过于王国维在《戏曲考原》中提到的："戏曲者，谓以歌舞演故事也"，之后，在《宋元戏曲考》中对此作了一个补充："必合言语、动作、歌唱，以演一故事，而后戏剧之意始全。""以歌舞演故事"，戏曲关注重点是故事，使用的工具和形式是歌舞。歌是唱词与所用宫调的组合，舞即演员的舞蹈表演。折目既是音乐单元，又是故事的叙事单元，以曲文为单位将整个故事划分四折，另可根据需要外加一或两个楔子，剧本结构大抵与故事发展的开端、发展、高潮、结局四个段落相适应。

今仅存元刊本的《小孙屠焚儿救母》第一折正末扮张屠。张屠家中贫困，与母亲、妻儿艰难度日，母亲生重病，想喝米汤，因家中无米可炊，把棉衣拿去典当，王员外只给他二升米价。张屠请医生为母亲诊病，医生说需用朱砂做药引子。张屠夫妇好不容易筹足了朱砂钱，王员外却给了张屠假朱砂，致使药物无效。张屠无奈，向东岳神许下心愿，愿将自己三岁的儿子喜孙作为祭物献给神明，以救母亲的性命，母亲果然痊愈。

第二折正末扮张屠。张屠带了喜孙去东岳庙准备还愿，王员外也带了儿子万宝奴到庙中去做生意，张屠如约把儿子丢入火盆，以为儿子已死，悲痛回家。

第三折正末扮急脚鬼李能。李能奉炳灵公之命将张子救出送回家中，途遇王员外之母，告诉她火盆内烧死的不是张屠之子喜孙，而是王员外之子万宝奴，并嘱她警告王员外，今后不得再做恶事。急脚鬼李能送喜孙到家中，自称是张屠的朋友，假说张屠在东岳庙吃醉了酒，失落儿子，被他撞见，因

① 易勤华：《略论元杂剧文体的诗化特征》，《青海师范大学学报》（哲学社会科学版）2001年第4期。

而送回家中，张屠的母亲十分感激。

第四折正末扮张屠。张屠夫妇回到家中，正不知如何向母亲交代，母亲却告诉孙屠，喜孙已由李能送回家中了。张屠看了李能留下的包袱，知道是神灵护佑了孩子，一家人望空拜谢东岳诸神。

此剧元刊本科白十分简略，如此详尽的情节推演是依据曲词实现的，换句话说，曲词是叙事的主体，是剧本最核心、最重要的部分。剧本第一折、第二折是按照时间的顺序叙事的，以张屠的视角讲述其与王员外的戏剧冲突，此时他并不知道在丢孩儿于火盆时，急脚鬼李能已将孩子救出。为了突破张屠的限制叙事视角，第三折特意选择急脚鬼李能作为主唱人，因为换子的过程，只有李能在暗中看得最为清楚，冲突的开合，由此折叙出。他不仅能用全知视角与王员外之母与张屠之母进行交流，而且可向观众叙述整个事情的来龙去脉，同时又方便代替隐形的作者抒发议论："积善的遇着祯祥，作恶的生下患害""富和贫天地安排"，点明善恶终有报的主题。在杂剧体制的限制下，调整叙事视角，推进叙事进程，不仅丰富了叙事维度，而且达到了非常好的叙事效果。第四折张屠回到家之后与母亲的对话，【沽美酒】【太平令】二曲使用倒叙手法，重复事情的前因后果，最后用【得胜令】【水仙子】两曲做议论："焚儿救母行忠信，报爷娘养育恩，劝人间爷子恩情。"点明忠孝主题。

基于代言体及一人演唱的方式，曲文对特定戏剧情境中的人物情感和心理的表述远远超过之前的叙事文学，在塑造人物方面取得了巨大的进步。《长恨歌传》杨贵妃死后，描写唐明皇思念之情："每至春之日，冬之夜，池莲夏开，宫槐秋落。梨园弟子，玉琯发音，闻《霓裳羽衣》一声，则天颜不怡，左右欷歔。三载一意，其念不衰。"《梧桐雨》杂剧用了整整一折 23 支曲子写唐明皇在"秋夜梧桐雨"的环境下思念杨贵妃，心理刻画细致入微，这位已退位无权柄的太上皇好不容易睡着，又被雨打梧桐的声音从梦中惊醒，回忆起从前在长生殿、沉香亭与杨妃的浓情蜜意，"当时欢会栽排下，今日凄凉厮辏着"，被"这雨一阵阵打梧桐叶凋，一点点滴人心碎了"，懊恼气愤要"只好把泼枝叶做柴烧，锯倒"，仿佛只有这样才能让自己在痛苦中获得暂时的解脱，人物的悲凉心境与戏剧氛围协调一致，塑造了一个有情、痴情、专情的帝王形象。

元杂剧在有限的时空条件内通过人物的唱词在观众面前树立起鲜明的艺

术形象，使观众受到感染，为人物的命运而动心，一方面是因为曲词既具有诗的特质、诗的力量，即意境美、情感美、建筑美、音韵美，适宜抒发人物的内心情感。元杂剧作者善于在曲词的意境中塑造人物形象，“艺术家以心灵映射万象，代山川而立言，他所表现的是主观的生命情调与客观的自然景象交融互渗，成就一个鸢飞鱼跃、活泼玲珑、渊然而深的灵境；这灵境就是构成艺术之所以为艺术的‘意境’”。[①] 春天美好又短暂，给人一种时光易逝难留的伤感；婚恋类杂剧《墙头马上》《东墙记》《曲江池》多安排在春季，杏花残，榆钱乱，菲雨过，落红吹得人心碎，与少女思春、伤怀的心境相一致；秋天万物凋零，给人孤冷悲廖之感，《汉宫秋》《潇湘雨》《王粲登楼》中的落日、江水、风雨、高楼、孤雁等意向构成一幅秋江秋雨图，眼前的萧瑟凄凉秋景与内心深处的哀愁融为一体；冬天寒冷刺骨，给人凄苦难熬之感，《生金阁》《汗衫记》中刺骨寒风、漫天大雪，既衬托主人公身上单寒，肚中饥馁，忍三冬受尽苦，也预示后文会有杀人案件出现。从戏剧角度说，直观的场景由曲词表现出来，不同季节不同的景物融入杂剧的曲词中，既叙述了故事发生的场所和自然环境，又掺入了主人公的人生体验，即所谓“一切景语皆情语”。

另一方面，元杂剧曲词在继承古典诗词典雅优美的基础上，又吸收了俗文学个性化、口语化的表现方式，展现不同人物的性格特征。草莽英雄形象粗鲁但不失正义，如《李逵负荆》剧得知宋江抢民女后，李逵便“按不住莽撞心头气”，“抖擞着黑精神，扎煞开黄髭力”，怒斥宋江：“这是甚所为！甚道理！”《三战吕布》剧刘关张三兄弟去见孙坚，受到孙坚蔑视，刘关二人欲依礼相见，张飞讽刺道：“大哥哥羞惭替他羞，二哥哥受苦甘心受。我则怕掉下一个树叶儿来呵我则怕倒打破您那头！”才子佳人戏中唱词温柔典雅，如《西厢记》中莺莺嘱咐张生：“我这里青鸾有信频须寄，你却休‘金榜无名誓不归’”；落魄书生满腹牢骚，引经据典，一吐为快，如《范张鸡黍》范巨卿初见王仲略，感慨仕途难进：“便行那汉相如献赋难求进，贾长沙痛哭谁俫问，董仲舒对策无公论。便有那公孙弘撞不开昭文馆内虎牢关，司马迁打不破编修院里长蛇阵。”《荐福碑》张镐出场，自我介绍：“常言道七贫七富，我便似阮

① 宗白华：《美学与意境·中国艺术意境之诞生》，人民文学出版社 1987 年版，第 210 页。

籍般依旧哭穷途。我住着半间儿草舍，再谁承望三顾茅庐。”“冻煞我也《论语》篇、《孟子》解、《毛诗》注，饿煞我也《尚书》云、《周易》传、《春秋》疏。比及道河出图、洛出书，怎禁那水牛背上乔男女，端的可便定害煞这个汉相如！”元杂剧塑造的人物类型十分丰富，用他们的口吻演唱他们的生活与感情，具有很强的民间文学气息，或憨厚纯朴，或诙谐风趣，或讽鄙陋，或讥评时弊，于嬉笑怒骂中显示出各类人物的独特风格。

同时还与舞台表演结合起来，富有动作性的话语既能表现人物内心的思想，引出人物外部的形体动作，将人物从纸上“立”起来，还能调动听众的情绪。《玎玎珰珰盆儿鬼》第一折正末杨国用在归途中遭贼杀害的过程，用【六幺序】唱出：“哎哟，我这里观瞻罢，见于他恶势煞。他骨碌碌将怪眼睁叉，迸定鼻凹，咬定凿牙，则被你唬煞人那。（邦老做揪住正末发科）（正末唱）哎哟，一只手揪住咱头发，一只手就把刀拔，眼见得血光灾，正应着龟儿卦。兀的不残生泼，命断送在海角天涯。”舞台上演员一边唱一边表演“观瞻”对方的动作，同时伴随着对手盆罐赵睁眼獠牙的表情及“一只手揪住咱头发，一只手就把刀拔”的动作，唱和演是同时进行的。直至“兀的不残生泼，命断送在海角天涯”，这支曲演唱结束的刹那，也就是舞台上杨国用死亡之时，观众对杀人者的憎恨和对杨国用的同情和叹惋之情也随之被调动。

曲词表演的内容不只是唱给观众的，也是唱给台上的对方听的。戏曲是戏剧的一种，戏曲以曲文为主体，曲的功用是多方面的，代言抒情、戏剧冲突之发生展现、戏剧主旨均展现于其中。相比之下，宾白的功能就十分有限了。宾白可分为两种，一种是在与曲词对话的宾白，这种宾白或重复曲词的内容，或提示下一支曲子的内容，或对曲词加以解释说明，总之是为曲词服务的。徐渭《南词叙录》中对宾白的解释为：“唱为主，白为宾，故曰宾白，言其明白易晓也。”另外一种不是唱给台上的对方听的，是直接陈述给观众的，如人物出场时的自我介绍，或者是交代故事发生的背景。对于类型人物的扮演，演员可信手拈来，如反面权豪势要角色的开场白：“花花太岁第一，浪子丧门世无对……”；庸医的出场诗：“行医有斟酌，下药依本草；死的医不活，活的医死了。”等等，久而久之已经形成一种套路。宾白具有不稳定性，不受韵律限制，在舞台演出之时可随时变动，剧本中宾白不够详尽的地方，演员可加以增补发挥。在不同的演出场所，也可根据观众予以改动调整。宾白少有乃至全无，亦无伤于戏剧之完整，亦如舞台动作之虚拟化（程式化），场景之不设（无布景）。以曲文为核心的文本是表演的凭据，可以说曲文定了，元杂剧的结构体制就定了。元杂剧的这种体制特征从根本上讲是元人“曲本位”的杂剧观念决定的。

钟嗣成《录鬼簿》评论杂剧作家的成就时，重点关注的是他们作品的曲文和音乐。如论沈和甫言：“能辞翰，善谈谑。天性风流，兼明音律。以南北调合腔，自和甫始。如《潇湘八景》《欢喜冤家》等曲，极为工巧。凌波仙：五言尝写和陶诗，一曲时传冠柳词。”钟嗣成《录鬼簿》中著录的四百多本杂剧，涉及关目的仅有六处，也只是非常笼统而言，如王仲文“关目嘉”，武汉臣“关目真”。至于《唱论》和《中原音韵》更是从唱腔工整、文辞优美、格律严谨方面提出要求，反映了元人彻底的曲本位意识。《青楼集》品评杂剧艺人的演技，针对的是他们的唱功和做工，如评朱锦绣：“杂剧旦末双全，而歌声坠梁尘，虽姿不逾中人，高艺实超流辈。”评米里哈：“回回旦色。歌喉清宛，妙入神品。貌虽不扬，而专工贴旦杂剧。余曾识之，名不虚得也。”胡祗《黄氏诗卷序》提出的“九美”说，更是对艺人的唱提出的完整准则。故后世李渔言：“自来作传奇者，止重填词，视宾白为末着，常有‘白雪阳春’其调，而‘巴人下里’其言者，予窃怪之。原其所以轻此之故，殆有说焉。元以填词擅长，而名人所作，北曲多而南曲少。北曲之介白者，每折不过数言，即抹去宾白而止阅填词，亦皆一气呵成，无有断续。”

元人曲本位的观念与中国文学的传统有着密切关系，近代王国维先生较早意识到元人的这种曲论观念：“关目之拙劣，所不问也，思想之卑陋，所不讳也，人物之矛盾，所不顾也；彼但摹写其胸中之感想，与时代之情状，而真挚之理，秀杰之气，时流露于其间……元剧之关目，固不待言。此由当日未尝重视此事，故往往互相蹈袭，或草草为之。然如武汉臣之《老生儿》，关汉卿之《救风尘》，其布置结构，亦极意匠惨淡之致，宁较后世之传奇，有优无劣也。然元剧最佳之处，不在思想结构，而在其文章之妙，亦一言以蔽之，有意境而已。何以谓之有意境？曰写情沁人心脾，写景则在人耳目，述事则如其口出是也。古诗词之佳者，无不如是也。元曲亦然。”[①]

二、元刊本拥有了固定的文学形式

“只有当一种剧本取得文学身份，并被作为个体作者的作品被编辑和阅读时，它才得到固定的形式。”[②]元杂剧之前的宋杂剧和金院本均没有剧本流传下来，实际上也可能根本就没有剧本，全靠演员口耳传播，以谐趣、歌舞娱人。随着以唱为主的元杂剧艺术的成熟，为了方便交流和传授，才有了专门针对正色演出的舞台脚本。在元杂剧没有取得文学身份之前，仅为演出服务时，也只是一种口头或者较为粗糙的书面艺术形式，剧本随时根据演出的需要而调整。而《元刊杂剧三十种》显然已经不仅是舞台脚本，不仅取得了文学的身份，拥有了固定的文学形式，而且已经成为了一种通俗的文学读物，是民间书坊向普通的戏曲爱好者刊刻的价格低廉的阅读文本。

山西省繁峙县岩山寺金代壁画有一幅酒楼说唱图，廖奔对画面内容有过比较详细的描述：

> 市井街道中绘有一座酒楼。全部为木结构。平面方形，四周围栏杆，屋顶正面歇山。整座小楼悬空建于水池之上，下以若干木柱支撑，建为水榭亭台式。楼左侧有楼梯通恕街市。楼前酒席高挑，上写“野花攒地出，村酒透瓶香”十字，楼上设酒宴，围坐酒客。楼左坐一黛衣高髻女子，双手执杖，正敲击面前三根支架的平面鼓。其旁坐一男子，双手击拍板。楼中部背坐一人，右手执酒盏，左手拿一本翻开的书，面侧向击鼓女子。其他酒客亦皆注目于这一女子。[③]

楼中听唱之人所拿之书有可能即是“曲本”，《东京梦华录》中描述北宋汴京“瓦子”的情况：“街南桑家瓦子，近北则中瓦，次里瓦。其中大小勾栏五十余座。内中瓦子，莲花棚、牡丹棚。里瓦子，夜叉棚、象棚最大，可容数千人。自丁先现、王团子、张七圣辈，后来可有人于此作场。瓦中多有货药、卖卦、喝故衣、探博、饮食、剃剪、纸画、令曲之类。”《西湖老人繁胜

① 王国维：《宋元戏曲史》，上海人民出版社2014年版，第86页。
② 梅维恒：《哥伦比亚中国文学史》（下），新星出版社2016年版，第796页。
③ 廖奔：《中国古代剧场史》，人民文学出版社2012年版，第130页。

录》记南宋临安行市所货，有“诸般要曲”“诸般缠令”“笛谱儿”“歌乐”“歌唱”诸类。《武林旧事》卷六所载“小经纪——他处所无者”，内有“掌记册儿”“缠令”“耍令”。这里“令曲”“诸般要曲”“掌记册儿”都是当时流行之曲的“曲本”。书坊将它们整理刊印而出售，以满足人们私下阅读或者听曲时观看的需求。

由于价格低廉，普遍受到底层民众的喜爱。《元刊杂剧三十种》中，不少剧本翻刻、复刻、补刻的痕迹很重。最明显的是《介子推》。正如小松谦所言："此本全部八叶中，开头二叶与后面六叶字体不同，前者刷印甚劣。这大约是因为版木漫漶，所以只利用了较耐用的最初二枚旧版木，剩下的则是修版改刻的结果。类似的事例随处可见，印刷情况大多非常恶劣。就是说，尽管印刷变劣，但仍然持续印行，或略加修补便泰然出版。"[①]表明此类读物的市场需求是相当大的。《录鬼簿》记录的作家作品如此齐全，除了自己存有的和从友人陆仲良、吴克斋处得到的书面材料之外，恐怕多数剧目的得知还是依靠在市面上流行的如元刊本杂剧这样的由几页纸订成的小册子。人们喜欢阅读它们，不仅因为它们讲述了剧场上演的喜闻乐见的故事，而且具有套曲的魅力。《永乐大典》杂剧目记录了明初宫廷所收集的九十九种杂剧，其中与《元刊杂剧三十种》重复的剧目有二十二种，详见表 2-2：

表 2–2 元刊本与《永乐大典》重复之剧剧名对照表

	元刊本	《录鬼簿》（曹本）	《永乐大典》杂剧目
1	汉高皇濯足气英布	汉高祖濯足气英布	汉高皇濯足气英布
2	好酒赵元遇上皇	好酒赵元遇上皇	赵元遇上皇
3	薛仁贵衣锦还乡	薛仁贵衣锦还乡	薛仁贵衣锦还乡
4	霍光鬼谏	无	霍光鬼谏
5	马丹阳三度任风子	马丹阳三度任风子	马丹阳三度任风子
6	尉迟恭三夺槊	尉迟恭三夺槊	尉迟恭三夺槊
7	关大王单刀会	关大王单刀会	关大王单刀会
8	关张双赴西蜀梦	西蜀梦	关张双赴西蜀梦

① 小松谦：《试论〈元刊杂剧三十种〉的版本性质》，《文学遗产》2001 年第 3 期。

续表

	元刊本	录鬼簿（曹本）	《永乐大典》杂剧目
9	萧何月夜追韩信	萧何月夜追韩信	萧何追韩信
10	东窗事犯	曹太师东窗事犯	东窗事犯
11	李太白贬夜郎	李太白贬夜郎	李太白贬夜郎
12	死生交范张鸡黍	范张鸡黍	范张鸡黍
13	赵氏孤儿	赵氏孤儿	赵氏孤儿
14	张鼎智勘魔合罗	张鼎智勘魔合罗	张鼎智勘魔合罗
15	岳孔目借铁拐李还魂	吕洞宾度脱铁拐李岳	铁拐李岳
16	泰华山陈抟高卧	泰华山陈抟高卧	陈抟高卧
17	严子陵垂钓七里滩	严子陵垂钓七里滩	严子陵垂钓七里滩
18	诈妮子调风月	诈妮子调风月	诈妮子调风月
19	公孙汗衫记	汗衫记	公孙汗衫记
20	散家财天赐老生儿	散家财天赐老生儿	散家财天赐老生儿
21	看钱奴买冤家债主	看钱奴买冤家债主	看钱奴买冤家债主
22	张千替杀妻	无	张千替杀妻

目录学著作中的元杂剧剧目除了天一阁本《录鬼簿》做初步的统一整理，多数剧目先题简名，下附一句或者两句题目正名外，在剧名的记载上，简名和全名的使用一向比较随意。如曹本《录鬼簿》乔吉甫名下有九部剧，《杜牧之诗酒扬州梦》等六部题全名，《节妇牌》等三部剧题简名。通过上表的比较可以看出，《永乐大典》杂剧目的记载与元刊本杂剧在剧名简全的使用上，相似度非常高，甚至大过元刊本与《录鬼簿》的相似度。除了《死生交范张鸡黍》《泰华山陈抟高卧》两剧元刊本使用全名，[①]《永乐大典》杂剧目使用简名以外，其余绝大多数剧名是雷同的，只是在《好酒赵元遇上皇》《萧何月夜追韩信》两剧《永乐大典》目省略了“好酒”和“月夜”两词。由此，我们不禁有一个大胆的假设，明代出版较早的杂剧目录中，如《永乐大典·杂剧目》，杂剧剧名看似不是十分严谨的简名和全名使用的根源可能就在于市面上广泛流传的如元刊本杂剧这样的小册子读物。它们由于市场定位不高，刊刻仓促、简陋，没有经过专业人士的整理，剧名也十分随意。《永乐大典》所收可能就有许多

① 《岳孔目借铁拐李还魂》剧可能是当时社会上流传的另一种本子。

类似元刊本的杂剧，或者就包括现存元刊本这 22 种中的多数杂剧。

元代到明初民间流行的数量不菲的类似这 30 种杂剧的刊本，无论刊刻地是北方的大都还是南方的古杭，或者其他的地方，几乎都是以这样一种粗糙却广受欢迎的形式出现的。以 30 种为代表的元杂剧刊本是第一批由剧团掌记抄本向案头阅读转变的杂剧文学读物，保存了较多的舞台表演特征，又适应了普通大众阅读的需要，从今天的眼光看，虽然科白不全，但曲文是完整的，由曲文建构的元代杂剧文本的结构也是完整的，代表了元杂剧文本最初的面貌特征，完成了元杂剧文本体制的定型。后来的明代杂剧文本都是在元刊本所建立的体制下进一步修缮完整的，无论是增加的科白或者折目的规范或者故事情节的变动，均没有超越元刊本所确立的范围。

三、《剑桥中国文学史》的失误

《剑桥中国文学史》由耶鲁大学孙康宜教授和哈佛大学宇文所安教授共同主编，美英十几位专家学者一起参与撰写，是英国剑桥大学出版社“世界国别文学史”之一。元杂剧部分被编入《金末至明初文学》一章，由奚如谷（Stephen H. West）执笔。奚如谷是美国汉学界的领军人物，研治宋、金、元文学，特别是古典戏曲方面颇有建树。

奚如谷将意识形态和文化政治作为中国古代戏曲研究的切入点，这也是包括伊维德在内的许多西方汉学家的共同点，强调对文本实施政治、文化的解读，受新历史主义的影响甚为明显。20 世纪 70 年代，新历史主义在文艺界以来美国文论界初露端倪，逐渐取代解构主义成为美国文学研究的新导向，这种阐释文学文本历史内涵的独特方法日益得到西方文论界的认可。新历史主义的倡导者福柯标榜：“我要使我们的这片沉默无言，看上去纹丝不动的土地显示出它原有的肆隙，它的不稳定性，它的缺陷。”[①] 这里的“土地”是指西方文明传统的整套“历史叙述”，也就是拆解现存的西方思想文化史。围绕这一目标，福柯认为应透过各种论述去还原历史，而各种论述，都是根据当时的时间、地点、观念建构的，因此历史就不再是一个客观的存在，而仅仅是

① 盛宁：《历史·文本·意识形态——新历史主义的文化批评和文学批评刍议》，《北京大学学报》（哲学社会科学版）1993 年第 5 期。

一种“历史修撰”或者“历史叙述”。斯蒂芬·格林布拉特首次将“新历史主义”带入文学研究，他把文学堪称是历史现实与意识形态两项作用力的交汇处。盛宁对此有详细的解释：“新历史主义从事文学批评时，便把文学看成是历史现实与社会意识形态的一个接合部，希望从这里看到实际历史事件如何被意识形态吸收理解，而既定的意识形态又如何能动地控制和把这一认识过程。再说得具体一点，就是历史事件如何转化为文本，文本又如何转化为社会公众的普遍共识，亦即一般意识形态，而一般意识形态又如何转化为文学这样一个循环往复的过程，即格林布拉特所说的，要考察‘深入文学作品世界的社会存在和文学作品中反映出的社会存在。’”①

基于这样的认识，奚如谷在元杂剧的研究方面用力于明代宫廷及文人对元杂剧的改订及其意识形态意义，相继发表多篇论文，论证：“我们今天所看到的元杂剧文本，实际上是经过明代文人大量改订的本子，距离元代的演出本，已有很大的差距，探讨元杂剧从‘场上曲’到‘案头剧’嬗变过程中所经历的意识形态的转变。”② 在《文本与意识形态：明代改编者与北杂剧》一文中，奚如谷指出：“我所希望探讨的是：在中国戏曲文本中，对意义的完整、形式的统一的追求如何掩盖着意识形态的灌输；编辑行为本身如何通过将一种不稳定的、混乱的口语纳入严格的书面文本来‘驯化’这种口语体；编辑的任务不但是要控制文本的形式——格式和语言——而且还要通过语言来控制内容，来驾驭任何对明代统治者构成威胁的社会或文化能量，来钳制文人的意识形态世界……弑君、篡位、血腥复仇以及不加控制的性欲和掠夺等内容就像那些错字以及被错误理解的片断一样被删去了。”③ 因此，他特别重视文献在古典文学研究中的基础作用：“至于文献，我想这是一种最为基本、同时也是最重要的方法。因为学术的真知灼见是来不得一点虚假的，文献的挖掘、方法的提出、观点的论证都得花比较大的功夫。当然，理论也是重要的，但那

① 盛宁：《文学·鉴赏与思考》，生活·读书·新知三联书店1997年版，第319页。

② 宋耕：《文本·语境与意识形态——海外元杂剧研究及其启示》，载任继愈主编《国际汉学》第八辑，大象出版社2003年版，第276页。

③ 奚如谷：《文本与意识形态》。

是在文献把握的基础上对思路的清理。观念是论证出来的。”[①]并且认为：“在中国文学的研究中，对元杂剧的研究一直没注意版本的严审。忽视版本的明显结果，就是在对文学质量作判断时，容易满足于经文人修饰过的版本，即对商业性的坊刻本中粗糙质朴的语言加以润饰了文人版本。”

“传统的文学史研究将文本视为一种死的、没有生命的、固定的形式，而忽略了文本在产生以后再新的语境中的流传、阐释、变异、再生产以及这些过程所伴随的意识形态意义。”[②]奚如谷所做的这种将文本看作是一个不断变化的过程，不将其锁定在固定的历史空间的文学研究可以说是非常具有启发意义的。建立在版本研究之上，奚如谷着重于杂剧文本的细读，擅长于细微处详细探究、条分缕析，于文本细读中通幽洞微。在基础文献中以跨文化、跨学科的宏阔学术视域，多角度、多层次的审视文本的美学与文化意蕴。

然而，奚如谷等人所做的文本细读并不是在广博文献搜集整理基础上的综合分析，而是着重于少量文献（本）基础上的细读深究。现存 150 余种元杂剧版本复杂，源流多样，仅用宫廷杂剧和文人杂剧并不能概况元杂剧版本的全部。上文已证，《元刊杂剧三十种》就是真正的元代杂剧，拙文《元杂剧版本研究》[③]对现存元明时期九个元杂剧选本及戏曲选本中的元杂剧做过系统的梳理，认为明代有不少保存作者创作原貌的元杂剧，特别是于小谷本杂剧，与明代宫廷杂剧有很大区别。不少杂剧的明代版本在正常的版本变动范围之内，并没有脱离《元刊杂剧三十种》建立的艺术体制，如《赵氏孤儿》《疏者下船》这样变动较大的剧作是绝少数。奚如谷重视元明时期不同版本反映的意识形态的差异，而忽略了艺术本身的价值和反映人性的普遍意义，显然违背了元杂剧艺术自身的发展规律。

如果继续沿着新历史主义观向前，便会走向历史虚无主义的深渊，即把历史视为一种无主体的偶然结果，由重视文本走向否定文本。因为他们并非为了建构文学的历史，而是为了解构文学的历史。按照他们的逻辑，任何文

① 王晓路、（美）奚如谷：《中国和美国：文化、仪式、书写与都市空间》，《文艺研究》2007 年第 9 期。

② 宋耕：《元杂剧的改编与意识形态——兼谈宏观文学史的思考》，《二十一世纪》（中国香港）第十四期，2003 年 5 月。

③ 张倩倩：《元杂剧版本研究》，山东大学博士学位论文，2016 年。

学的文本都是编辑者当代意识形态的反映，真实的文学是并不存在的。所以，他们一方面重视实证研究，另一方面对所有问题都怀着批判的态度。伊维德在《我们读到的是“元”杂剧吗？——杂剧在明代宫廷的嬗变》明确阐述了他们的观点，宋耕对此进行过概括和总结：“伊氏认为不单是《元曲选》、万历年间的明刊本，甚至还包括现代版本的《元刊杂剧三十种》，都无法反映元代戏剧演出的情况，也无法作为元代社会、文化的可靠资料来加以研究。因为元代的杂剧很可能是一种根本没有完整剧本的简单的商业演出。而任何形式的元杂剧文本都避免不了编辑、修订的痕迹。因此，从这个意义上说，我们从未读过真正的‘元’杂剧。”①

现存的古希腊的悲喜剧文本也并非刊刻或抄录于希腊时代，依然是我们今天所共同认知的经典，荷马史诗亦是如此。魏建新在《简明西方艺术》中指出：“今天所能看到的荷马史诗的旧抄本，最早约在公元10世纪左右。两部史诗都保存了不少手抄本，所根据的都是公元前3—前2世纪间亚历山大城的几位学者的校订本。最后校订荷马史诗的学者有一位叫泽诺多托斯（公元前285年左右），据说他对原诗的文字作过不少加工，内容上也凭自己的判断有所增减；现在两部史诗都分成24卷，就是泽诺多托斯编订的，原来这两部史诗的长短大概没有这样整齐。现代西方学者辑录了古代著作里的荷马史诗引文，共有480多行片段，都是公元前5—前4世纪的。古希腊许多作家，如希波克拉忒斯、埃斯库罗斯、品达罗斯、色诺芬、亚里士多德、阿里斯托芬和柏拉图都引用过荷马史诗，那些引文往往与今本不完全相同。如亚里士多德引了《奥德赛》卷9的一段关于独目巨人的描写，文字与今本一样，但是他说那段是出自《伊利亚特》卷10，是描写一只野猪的。还有他说在《奥德赛》卷23俄底修斯对珀涅罗珀的一段话有60行，但是从现在的本子看来，这段只有33行。这些变动和内容繁简不同，说明在公元前5—前4世纪通行的史诗抄本同今本还有不少差异。”②这样看来，我们也没有读过真正的“荷马”史诗了。如果以与作者原创没有经过任何改编的文本的有无来判断是否有可靠

① 宋耕：《文本·语境与意识形态——海外元杂剧研究及其启示》，任继愈《国际汉学》第八辑，大象出版社2003年版，第274页。

② 魏建新：《简明西方艺术》，北京工业大学出版社2013年版，第57页。

的文本，那么世界文学中就没剩多少“真正”的文学作品了。经过改编者，亦多保有原作之肌质、精髓，把孩子和水一起抛出去，这是历史虚无主义的一大失误。

在对具体某部元杂剧的研究中，已经显示出奚如谷元杂剧研究的这种绝对化倾向。如他指出：“臧氏作了一些重要的改动，使剧本的格式标准化。他把其他本子中他认为不完全的剧本都加上宾白和舞台说明；他把编辑体例也规则化，那就是使曲、白分开，把一剧分成几折，改正不正确或不完整的曲牌名称。改正原剧的讹字和空缺。”[①] 首先，元杂剧宾白和舞台说明不全是臧懋循所增加的，从李开先的《改定元贤传奇》到《元曲选》之前的坊刻元杂剧，宾白和舞台提示都是完整的。其次，同理，元杂剧的分折亦不是自臧懋循始。实际上，国内已有学者指出，《元曲选》与其他版本出现差异的情况，并不一定出自臧懋循的改编，可能是经过长期舞台演出和文人改动的结果，也可能是臧懋循所用的底本是其他系统的本子。不能将“责任”全部归之于臧懋循身上。

不可否认，在早期的元杂剧研究中，有些问题确实因为由于没有进行版本辨别而出现的有误差的成果。然而，奚如谷的这种不全面的文本比对和意识形态绝对化的研究倾向造成的结果就是近百万的《剑桥中国文学史》对于“一代之文学”的元杂剧仅用了不到2000字。实际上，《剑桥中国文学史》不仅是怀疑元杂剧的存在，同时也怀疑屈原，怀疑一切有版本问题的传世文献。学者陈文新针对该书中关于楚辞的论述展开过讨论：“那些写作时间早于刘向校书、且存在对应的传世文本的所有出土文献，其内容编次均不同于现存版本，并不足以否定传世文献的可靠性。”[②] 且指出，《剑桥中国文学史》的这种观念来自于古史辨派的疑古。“古史辨派”不仅对于古史辨伪和古书辨伪，作了范围广阔的考辨工作，而且开拓了人们对于文献材料进行立体分析的研究思路。然而，正如陈文新所言：“古史辨派的疑古，虽有其学术上的卓越建树，但疑古过甚的情形也所在多有。在古史辨派疑古过甚的背景之下，我们应做的是适当限制其怀疑的范围，而不是把怀疑的范围无限扩展……过犹不及，

---

① 奚如谷：《〈窦娥冤〉之冤：臧懋循对〈窦娥冤〉的修改》，载《美国东方学会会刊》1991年第11期。

② 陈文新：《疑古与分寸——评〈剑桥中国文学史〉的楚辞论述》，《文艺研究》2016年第6期。

学术的分寸感在任何时候都是必要的。”[①]《剑桥中国文学史》的失误就在于没有把握好这种分寸。

第三节 《元刊杂剧三十种》所表现出的元代杂剧艺术体制

《元刊杂剧三十种》所代表的元代杂剧文本虽然外在形式上各有特色，但在剧本的艺术体制上，已经自觉地形成了一种潜在的统一规范，有了最初的定型。在印刷刊刻上，虽然尚未规范，但元杂剧作为一种综合性的艺术形式，文本结构体制已经相当成熟了。

一、首尾总题必要有，题目正名可省略

总题是一本杂剧之题目，元刊本杂剧的剧首和剧尾均有总题，30 种剧本中孤本 14 种，明本有同名剧作 16 种，表 2-3 是元明各版本同名剧作首尾总题对比的具体情况：

表 2-3 元明版本同名剧作首尾总题之比较

	元刊本	改定元贤传奇本	脉望馆本	古今杂剧选本	元曲选本	阳春奏本	酹江集本
范张鸡黍	新刊死生交范张鸡黍	—	死生交范张鸡黍（刊）	—	死生交范张鸡黍杂剧	—	范张鸡黍
	新刊死生交范张鸡黍终	—	死生交范张鸡黍终	—	死生交范张鸡黍终	—	无
单刀会	古杭新刊的本关大王单刀会	—	单刀会（抄）	—	—	—	—
	古杭新刊的本关大王单刀会	—	无	—	—	—	—

① 陈文新：《疑古与分寸——评〈剑桥中国文学史〉的楚辞论述》，《文艺研究》2016 年第 6 期。

续表

	元刊本	改定元贤传奇本	脉望馆本	古今杂剧选本	元曲选本	阳春奏本	酹江集本
遇上皇	新刊关目好酒赵元遇上皇	—	好酒赵元遇上皇（抄）	—	—	—	—
	新刊关目好酒赵元遇上皇终	—	无	—	—	—	—
气英布	新刊关目汉高皇濯足气英布	—	—	—	汉高皇濯足气英布杂剧	—	—
	新刊的本关目汉高皇濯足气英布全	—	—	—	汉高皇濯足气英布杂剧终	—	—
衣锦还乡	新刊的本薛仁贵衣锦还乡	—	—	—	薛仁贵荣归故里杂剧	—	—
	新刊的本薛仁贵衣锦还乡关目全	—	—	—	薛仁贵荣归故里杂剧终	—	—
竹叶舟	新刊关目陈季卿悟道竹叶舟	—	—	—	陈季卿误上竹叶舟杂剧	—	—
	新刊关目陈季卿悟道竹叶舟终	—	—	—	陈季卿误上竹叶舟杂剧终	—	—
博望烧屯	新刊关目诸葛亮博望烧屯	—	诸葛亮博望烧屯（抄）	—	—	—	—
	新刊关目诸葛亮博望烧屯毕	—	无	—	—	—	—

续表

	元刊本	改定元贤传奇本	脉望馆本	古今杂剧选本	元曲选本	阳春奏本	酹江集本
疏者下船	大都新编楚昭王疏者下船	—	楚昭王疏者下船杂剧（抄）	—	楚昭王疏者下船杂剧	—	—
	大都新编楚昭王疏者下船终	—	无	—	楚昭王疏者下船杂剧终	—	—
老生儿	新刊的本散家财天赐老生儿	—	—	—	散家财天赐老生儿杂剧	—	天赐老生儿
	新刊散家财天赐老生儿终	—	—	—	散家财天赐老生儿杂剧终	—	无
铁拐李还魂	新编岳孔目借铁拐李还魂	—	—	—	吕洞宾度铁拐李岳杂剧	—	铁拐李
	新编岳孔目借铁拐李还魂	—	—	—	吕洞宾度铁拐李岳杂剧终	—	无
赵氏孤儿	赵氏孤儿	—	—	—	赵氏孤儿大报仇杂剧	—	赵氏孤儿
	赵氏孤儿终	—	—	—	赵氏孤儿大报仇杂剧终	—	无
公孙汗衫记	大都新编关目公孙汗衫记	—	相国寺公孙汗衫记杂剧（抄）	—	相国寺公孙合汗衫杂剧	—	—
	大都新口关目公孙汗衫记全	—	无	—	相国寺公孙合汗衫杂剧终	—	—

续表

	元刊本	改定元贤传奇本	脉望馆本	古今杂剧选本	元曲选本	阳春奏本	酹江集本
任风子	新刊关目马丹阳三度任风子	—	马丹阳三度任风子（抄）	—	马丹阳三度任风子杂剧	—	三渡任风子
	新刊关目马丹阳三度任风子的本全毕	—	无	—	马丹阳三度任风子杂剧终	—	无
看财奴	新刊关目看钱奴买冤家债主	—	看钱奴买冤家债主杂剧（刊）	—	看钱奴买冤家债主杂剧	—	—
	新刊关目看钱奴买冤家债主	—	看钱奴买冤家债主杂剧终	—	看钱奴买冤家债主杂剧终	—	—
魔合罗	新刊关目张鼎智勘魔合罗	—	张孔目智勘魔合罗（刊）	—	张孔目智勘魔合罗杂剧	—	智勘魔合罗
	古杭新刊张鼎智勘魔合罗终	—	无	—	张平叔智勘魔合罗杂剧终	—	无
陈抟高卧	新刊的本泰华山陈抟高卧	西华山陈抟高卧	西华山陈抟高卧（刊）	西华山陈抟高卧	西华山陈抟高卧杂剧	西华山陈抟高卧	—
	新刊的本泰华山陈抟高卧毕毕	无	西华山陈抟高卧终	西华山陈抟高卧终	西华山陈抟高卧杂剧终	无	—

《元刊杂剧三十种》与《改定元贤传奇》和《阳春奏》、息机子《古今杂剧选》本复出者均只有 1 种，与《脉望馆》本复出者有 10 种，其中刊本 4 种，抄本 6 种，与《元曲选》本复出者 13 种，与《酹江集》复出者 6 种。通过比

较可以看出：

（1）在刊刻上，“元刊”本总题字体一般较正文为大，比较醒目，行宽为正文的2倍，比较唱词为粗。所有明刊本其余总题大小粗细均同唱词，较科白为粗大，总题行宽与正文行宽亦同。脉抄本情况稍杂，可能由于抄本的原因，书写相对随意，总体来说总题与正文字体亦差别不大。

（2）元刊本的剧尾总题是整部杂剧不可或缺的一部分。从整体来看，元刊本的刊刻是本着降低成本、节约纸张的原则进行的，它们版面拥挤，字间距特密，行文省略很多，即使这样30本元刊杂剧皆保存了完整的剧尾总题。《任风子》《紫云庭》两本杂剧正文和题目正名已到末页最后一行，已没有空白书写总题，在这种情况下仍为剧尾总题另独辟一页，这种情况在明本中是完全没有的。总题在明本中似乎并不是完全不可以舍弃的。《改定元贤传奇》《阳春奏》以及《酹江集》中七部杂剧均无剧尾总题，脉望馆本中六部抄本及一部刊本亦无剧尾总题，脉望馆3部刊本、《古今杂剧选》及《元曲选》有所保留。《元曲选》是由专人负责校刊，剧本体制形式比较统一，这说明剧尾总题在明代刊本中已经远远不如元刊本那么重要。

（3）元刊本剧尾总题较剧首总题或者完全相同，或者在剧首总题的基础上做出变动，变动的形式多样。其中首尾总题完全相同的杂剧有11部，占总数的1/3强，其他19种均有所改动。变动的方式一般剧尾总题在剧首总题上直接加字词，5部杂剧“终”字，1部加“古杭……终”，3部杂剧增加“毕”字，3部增加“全”字，1部增加“的本毕”，1部增加“关目全”字词，1部增加“的本全毕”，1部增加“的本全”，1部增加“的本……关目全”。也有少数剧尾总题相对剧首总题信息各有减加，1部去掉剧首总题“的本”后加“终”，1部“新刊关目”变为“古杭新刊”后加“终”。明本凡有剧尾总题的剧本，剧尾总题都是直接在剧首总题的基础上加“终”字，无一例外。这说明虽然剧尾总题的存在与否已变得不再十分重要，但其基本形态已经固定下来，以“终”字表示一剧之完结。

（4）元刊本总题所蕴含的信息量大于明本。都冠有“新编”“新刊”“大都”“古杭”“的本”“关目”等字，“大都”和“古杭”都是元代杂剧演出最为繁盛的地区，这两个地区刊刻的剧本是最“正宗”的。明本总题只保留了元刊本中关于故事情节的主要部分，刊刻地点皆已消失。脉望馆本有 3 部杂剧总题除了主体部分外增加“杂剧”二字，表明了明代中后期经过文人参与和提倡，杂剧作为一种文学读物的文体意识已经确立，这一意识最终在《元曲选》中得以巩固成熟。《酹江集》总题最为简单，直接使用简名。大概随着杂剧阅读的普及，人们对许多杂剧已经不再陌生，故事人物也耳熟能详，《岳孔目借铁拐李还魂》一剧只题“铁拐李”三字，使用简称读者已经能够明了剧情了。

元杂剧通常用一联或二联对句，概括全剧主要关目。学界论及元本“题目正名”，常以“随意”“不规则”冠之。① 细审 30 种元刊杂剧，8 种杂剧题目、正名皆无②，6 种仅有正名③，4 种仅有题目的④，12 种题目、正名全有⑤。即使有题目 / 正名，又有一句、两句、四句、八句之分，从形式上看却系如此。元刊本对于“题目正名”的概念尚未十分清晰，对两者的区分也不够严谨，本书不再赘述，在接下来的论述中将其作为一个整体，统称“题目正名”。成书时间与元刊本杂剧相近的天一阁本《录鬼簿》情况与之却不大相同，天一阁《录鬼簿》根据卷首之序成书于永乐二十年，其在元杂剧目录的记录上使用简名，在简名之下又记录各剧的题目正名，题目正名各一句。且不论这部《录鬼簿》所依据的底本即是如此，又或者为其作者（一般认为贾仲明）所添补，似乎都已表明部分明初曲学家已经有了较为明确统一的题目正名观念。人们对剧本故事人物的熟悉导致了杂剧简名的使用，简名使用又易引起剧作混淆，在剧目记录上采用题目正名的方式，可以使某些简名相近的剧作得以区分。30 种元刊本杂剧见于天一阁《录鬼簿》的共 25 本，见于《录鬼簿续编》的共 2 本，仅《诈妮子》《三夺槊》和《竹叶舟》三部两者所录题目正名完全相同，《博

① 孙楷第、冯沅君、徐扶明、曾永义、汪诗珮等学人皆曾论及。

② 分别是《关张双赴西蜀梦》《闺怨佳人拜月亭》《楚昭王疏者下船》《泰华山陈抟高卧》《张鼎智勘魔合罗》《李太白贬夜郎》《晋文公火烧介子推》《范张鸡黍》等 8 种。

③ 分别是《诈妮子调风月》《赵氏孤儿》《诸宫调风月紫云亭》《公孙汗衫记》《严子陵垂钓七里滩》《岳孔目借铁拐李还魂》。

④ 分别是《关大王单刀会》《马丹阳三度任风子》《萧何月夜追韩信》《看钱奴买冤家债主》。

⑤ 分别是《好酒赵元遇上皇》《散家财天赐老生儿》《尉迟恭三夺槊》《汉高皇濯足气英布》《薛仁贵衣锦还乡》《东窗事犯》《霍光鬼谏》《辅成王周公摄政》《陈季卿悟道竹叶舟》《诸葛亮博望烧屯》《张千替杀妻》《小张屠焚儿救母》。

望烧屯》《张千替杀妻》《汗衫记》《东窗事犯》《老生儿》和《单刀会》6 部天一阁《录鬼簿》题目正名与元刊本题目正名的后两句相同，其余具体语句均有差异，这似乎说明了明初尚有 20 部与元刊本同剧的有不同版本的杂剧存在，并且存在这样一种可能，那就是天一阁《录鬼簿》所采用的元杂剧版本已经有了比较规范的题目正名。如果真是这样，那么虽然《元刊杂剧三十种》所代表的应该是比元末明初元杂剧文本更为早期的形态。

为了更清晰地说明问题，我们依然将明代各本中与元刊本同名杂剧进行对比，详见表 2-4：

表 2–4　元明版本同名剧作题目正名之比较

	天一阁本《录鬼簿》	元刊本	脉望馆本	元曲选本	阳春奏本	酹江集本
范张鸡黍	第五伦举善继贤	无	义烈传子母荣华	义烈传子母褒扬	—	义烈传子母褒扬
	死生交范张鸡黍	无	死生交范张鸡黍	死生交范张鸡黍	—	死生交范张鸡黍
单刀会	鲁子敬索荆州	乔国老谏吴帝 司马徽休官职 鲁子敬索荆州 关大王单刀会	孙仲谋独占江东地 请乔公言定三条计	—	—	—
	关大王单刀会	无	鲁子敬设宴索荆州 关大王独赴单刀会	—	—	—

续表

	天一阁本《录鬼簿》	元刊本	脉望馆本	元曲选本	阳春奏本	酹江集本
遇上皇	无	丈人丈母狠心肠 司公倚势要红妆	丈人丈母狠心肠 司公倚势要红妆	—	—	—
	好酒赵元遇上皇	雪里公人大报冤 好酒赵元遇上皇	雪里公人大报冤 好酒赵元遇上皇	—	—	—
气英布	—	张子房附耳妒随何	—	隋大夫衔命使九江	—	—
	—	汉高王濯足气英布	—	汉高王濯足气英布	—	—
衣锦还乡	张士贵赖功治罪	白袍将朝中隐福 黑心贼雪上加霜	—	徐茂公比射辕门	—	—
	薛仁贵衣锦还乡	唐太宗招贤纳士 薛仁贵衣锦还乡	—	薛仁贵荣归故里	—	—
竹叶舟	吕洞宾显化沧浪梦	吕洞宾显化沧浪梦	—	吕洞宾显化沧浪梦	—	—
	陈季卿悟道竹叶舟	陈季卿悟道竹叶舟	—	陈季卿误上竹叶舟	—	—

续表

	天一阁本《录鬼簿》	元刊本	脉望馆本	元曲选本	阳春奏本	酹江集本
博望烧屯	关云长白河放水	曹丞相发马用兵 夏侯淳进退无门	关云长提闸放水	—	—	—
博望烧屯	诸葛亮博望烧屯	关云长白河放火 诸葛亮博望烧屯	诸葛亮博望烧屯	—	—	—
疏者下船	—	无	伍子胥怀冤雪恨	伍子胥一战入郢	—	—
疏者下船	—	无	楚昭公疏者下船	楚昭公疏者下船	—	—
老生儿	指绝地苦劝糟糠妇	主家妻从夫别父母 卧冰儿祭祖发家私 指绝地苦劝糟糠妇 散家财天赐老生儿	—	指绝地苦劝糟糠妇	—	指绝地苦劝糟糠妇
老生儿	散家财天赐老生儿	无	—	散家财天赐老生儿	—	散家财天赐老生儿
铁拐李还魂	韩魏公潛托柄遭司	无	—	韩魏公断借尸还魂	韩魏公断借尸还魂	—
铁拐李还魂	吕洞宾度脱铁拐李兵	岳孔目借尸还魂 吕洞宾度脱李岳	—	吕洞宾度铁拐李岳	吕洞宾度铁拐李岳	—

续表

	天一阁本《录鬼簿》	元刊本	脉望馆本	元曲选本	阳春奏本	酹江集本
赵氏孤儿	象公逢公孙杵臼	无	—	公孙杵臼耻勘问	—	公孙杵臼耻勘问
	冤报冤赵氏孤儿	韩厥救舍命烈士 陈英说妒贤选子 义逢义公孙臼耻 冤报冤赵氏孤儿	—	赵氏孤儿大报仇	—	赵氏孤儿大报仇
公孙汗衫记	金沙院父子再团圆	无	金沙院子父再团圆	—	—	东岳庙夫妻占王玟
	相国寺公孙汗衫记	马行街姑侄初结义 黄河渡妻夫向抛弃 金山院子父再团圆 相国寺公孙汗衫记	相国寺公孙汗衫记	—	—	相国寺公孙汗衫记
任风子	王祖师特重七香堂	为神仙休了脚头妻 菜园中摔杀亲儿死 王祖师双赴玉虚宫 马丹阳三度任风子	甘河镇一地断荤腥	甘河镇一地断荤腥	—	甘河镇一地断荤腥
	马丹阳三度任风子	无	马丹阳三度任风子	马丹阳三度任风子	—	马丹阳三度任风子

续表

	天一阁本《录鬼簿》	元刊本	脉望馆本	元曲选本	阳春奏本	酹江集本
看钱奴	贪财汉空使悻劳财	疏财汉典孝子顺孙孙	穷债主卖嫡亲儿男	穷秀才卖嫡亲儿男	—	—
	看钱奴买冤家债主	无	看钱奴买冤家债主	看钱奴买冤家债主	—	—
魔合罗	曹司屈推货郎汉	无	小叔图财欺嫂嫂 故将毒药摆哥哥	李文道毒药摆哥哥 萧令史暗里得钱多	—	李文道毒药摆哥哥 萧令史暗里得钱多
	张鼎智勘魔合罗	无	高山屈下河南府 张鼎智勘魔合罗	高老儿屈下河南府 张平叔智勘魔合罗	—	高老儿屈下河南府 张平叔智勘魔合罗
陈抟高卧	无	无	识真主买卦汴梁 醉故知征贤敕佐	识真主汴梁卖课 念故知征贤敕佐	识真主买卦汴梁 醉故知征贤敕佐	—
	西华山陈抟高卧	无	寅宾馆勅使遮留 西华山陈抟高卧	寅宾馆天使遮留 西华山陈抟高卧	寅宾馆勅使遮留 西华山陈抟高卧	—

通过表 2-4，参考剧本在各个版本的刊刻情况，可以得出以下结论：

（1）在刊刻形式上，元刊本题目正名字体比较随意，基本上根据版面空白的情况而定，如一剧结束后版面余白尚多，则使用与总题相同大字刊刻，行宽为正文行宽的两倍，《老生儿》《调风月》等剧就是如此；如一剧正文已达页末而不愿省略，则使用与曲文大小字体，行宽与正文行宽相同。“题目”“正名”偶尔会使用阴文，比较醒目。如果抛开版面限制引起的字体缩小这一现象，元刊本题目正名的刊刻方式似乎有意引起读者的注意。明代《改定元贤传奇》与《古今杂剧选》本仅一本《陈抟高卧》，均没有题目正名，故未在上表中列出，其他各本情况都比较统一。题目正名的使用改变了元刊本有题目无正名、有正名无题目等混乱现象，已经比较规范，无论是抄本还是刊本，字体同曲文大小相同，题目一行，正名一行，题目正名各一句或两句，每句五言或七言的形态基本确立。

（2）元刊本的总题除去“新编关目”“大都新刊”等词以外，主要部分尚未完全固定在题目正名的最后一句。最明显的是“新编岳孔目借铁拐李还魂”剧，而其正名两句为：“岳孔目借尸还魂 吕洞宾度脱李岳”，两者相差很大；此外，“赵氏孤儿”剧正名末句为“冤报冤赵氏孤儿”；“大都新编关目公孙汗衫记”剧正名末句为“相国寺公孙汗衫记”，总题主要部分的信息量比之正名末句皆呈现出缩减的状态。这种情况在除《酹江集》以外的其他各本中得到改观，正名末句作为杂剧总题的《铁拐李》尚有脉望馆本和元曲选本，总题均为：“吕洞宾度铁拐李岳杂剧”，正名为“吕洞宾度铁拐李岳”。《赵氏孤儿》存《元曲选》本，总题：赵氏孤儿大报仇，正名：赵氏孤儿大报仇。《公孙汗衫记》存脉望馆抄本，总题：相国寺公孙汗衫记杂剧，正名：相国寺公孙汗衫记。明本总题与正名完全对应起来了，然从另一角度讲，元刊本在处理总题与题目正名的关系上显得更为灵活。

二、元杂剧曲辞基本体制的建立

（一）四套大曲必要有，宫调之外尚可加

元刊本的重点是曲文，从刊刻形式上看，虽然元刊30种杂剧刊刻体例并不十分统一，但总体讲曲辞字体与科白及舞台提示字体大小相差很小。从文本上看，对照周德清《中原音韵》，元杂剧一本四套大曲的体制已经得以确立，不标宫调名，亦无折名，稍有例外。某些套曲标明宫调名，不标首只曲之曲牌名，如《三夺槊》杂剧第四折套曲前著明宫调【正宫】，缺少【端正好】曲牌；《周公摄政》第三折标明【越调】，缺少【斗鹌鹑】曲牌；《东窗事犯》第三折宫调【越调】缺少【斗鹌鹑】曲牌。仅少数套曲宫调名与曲牌名俱有，《铁拐李还魂》第三折首曲前【双调·新水令】，《公孙汗衫记》第二折首曲前著录【越调·斗鹌鹑】，《范张鸡黍》第四折首曲前有【中吕·粉蝶儿】。由此可见，

与后世刊本每折之前均标明宫调名的方式不同，宫调名和折名的省略是元刊杂剧的一般形式。

众所周知，元杂剧的结构是严密完整的，一本四折，有时为了剧情的需要或多加一楔子，每一折用一个套曲，每一个套曲一般都连缀同一宫调的若干只曲牌组成，每套曲均由一人主唱。元刊本 30 种杂剧中有八种是不符合这种规律的，至少在曲牌、结构的安排上是不严谨的，具体情况如下：

《东窗事犯》有二楔子，分别位于第一套与第三套曲子之前，末套曲使用【正宫】套，正末扮何宗立，【尾】曲之后仍有【后庭花】【柳叶儿】二曲不入【正宫】，韵部与全套不符，按语义应为岳飞魂子所唱。

《贬夜郎》末套使用【双调】套曲，【收江南】曲后仍有【后庭花】【柳叶儿】二曲不入【双调】，韵部亦与全套不符。

《单刀会》末套使用【双调】套曲，正末扮文子，【离亭宴带歇指煞】曲后有【沽美酒】【太平令】二曲不入【双调】，韵部亦与全套不符。这两支曲子为谁所唱，说法尚不同，一说为关羽①，一说为周仓②。

《范张鸡黍》第三套使用【商调】套，【挂金索】与【三煞】之间有【仙侣】七曲：【村里迓鼓】【元和令】【上马娇】【游四门】【胜葫芦】【后庭花】【青哥儿】。

《竹叶舟》第四套【正宫】套前有【黄钟】：【节节高】一曲，【仙侣】：【元和令】【上马娇】【游四门】【胜葫芦】【幺】【后庭花】【柳叶儿】七曲。

《张鼎智勘魔合罗》第四套首曲名为【子母调醉春风】，根据《中原音韵》，【正宫】中【滚绣球】与【倘秀才】称作【子母调】，【醉春风】属【中吕】，两者并没有联系，不知此"子母调"是否为宫调名。从整套曲来看，【子母调醉春风】【叫声】【喜春来】【红绣鞋】【迎仙客】属【中吕】宫，【白鸿子】【幺】【幺】【幺】【幺】【幺】六曲属【正宫】，【叫声】【醉春风】回到【中吕】，【滚绣球】【倘秀才】【蛮姑令】三曲又转到【正宫】，余下【快活三】【鲍老儿】【古

① 孙楷第《沧州集》下册《元曲新考：北曲剧末有楔子说》："而此【沽美酒】【太平令】二曲在第四折【新水令】套后者，亦为正末关公唱。审其词，似公回荆州后，亦设宴邀肃，谢之。肃至，乃盗公追风骑，欲窘公。发觉拿住，遂见缚也。此是单刀会余波。"

② 刘知渐《读〈单刀会〉札记》："元刊本第四折末尾，还多了一个次要人物的唱词。这个人物，可能就是周仓……语气非常粗鲁，极似周仓。大约关羽上船之后，周仓发现自己的坐骑被鲁肃部下偷去，因而愤怒地对偷马者唱出这支曲文。"

鲍老】【三台】【剔银灯】【蔓青菜】【穷河西】【柳青娘】【道和】【尾】回到【中吕】。本套以【中吕】为主，四次转调，在元刊杂剧中实属仅此一例。

《紫云庭》末套使用【双调】套,【收江南】后有【鹧鸪天】一曲不入【双调】，韵部亦与全套不符，元夏庭芝《青楼集》魏道道小传：“勾栏内独舞〈鹧鸪〉四篇打散。”“打散”即“打散场”，此【鹧鸪天】一曲，盖打散场时用。

《霍光鬼谏》末套使用【双调】套，全套至“安排祭出了”剧情已全部结束，此后有【落梅风】一曲，演唱不似正末霍光魂子，而似第三者口吻。

这种一折中使用两种或两种以上宫调曲牌的现象在曲学上称作“借宫”，所借宫调应是音调较为接近，并且各种宫调之中只限于少数的曲牌可以借出，并不是可以任意借用。元刊杂剧的所借之曲可以位于一套曲之首，拟称为套首借宫，如《竹叶舟》，也可以位于一套曲子中间，拟称为套中借宫，如《魔合罗》剧，上述两剧所借皆【仙侣】之曲，曲牌亦相似，这说明当在剧中或剧首需要借【仙侣】宫时，所借出的曲牌是较为固定的。元·芝菴《唱论》有：“大凡声音，各应于律吕，分于六宫十一调，共计十七宫调：‘仙吕宫唱清新绵邈，南吕宫感叹伤悲，中吕宫唱高下闪赚，商调唱凄怆怨慕，正宫唱惆怅雄壮。”[①]《范张鸡黍》第三套讲范式刚得知友人张劭去世噩耗，采用凄怆怨慕之【商调】音乐符合剧情的需要，借【仙侣】的清新绵邈有助于调节气氛。《竹叶舟》第三套使用感叹伤悲之【南吕】，第四套使用惆怅雄壮【正宫】，两者音乐风格相差过大，借用【仙侣】可以做到有效过渡。《魔合罗》剧采用【中吕】和【正宫】转调，此二宫调在音乐表现上相似，都具有激昂雄壮的特点，将此二套联转使用，可以增加剧曲的表现力，以便达到声情并美。借宫位于一套之末，拟称套末借宫，套末借宫在形式上更加灵活，所借用的曲子也更加多样。可以作为剧情的补充，增强杂剧的趣味性，如《单刀会》【沽美酒】【太平令】二曲，据曲辞判断，势必演绎有坐骑被偷的情节，此情节的设计无疑伴随着大量的插科打诨，只是在元刊本上被省略了；可以在剧情结束之后散场之前以第三者的口吻再对整个剧情做一个简单的概括，增加观众对整剧的记忆，如《霍光鬼谏》【落梅风】曲；也可以歌伴舞，做打散场用，如《紫云庭》

① （元）燕南芝庵：《唱论》，《中国古典戏曲沦著集成》（一），中国戏剧出版社 1959 年版，第 160—161 页。

【鹧鸪天】曲。

借宫只有元人杂剧有之，散曲没有，元刊杂剧确立的这种突破一折一套的固定的曲辞表现形式在某些明刊杂剧中得到了继承，上述八种杂剧中有四种在明本中有所保留，分别为《单刀会》《范张鸡黍》《竹叶舟》和《张鼎智勘魔合罗》，具体情况如表 2-5 所示：

表 2–5　元明版本借宫情况对照表

	单刀会	范张鸡黍	竹叶舟	魔合罗
元刊本	末套【双调】套曲后【沽美酒】【太平令】	第三套【商调】内有【仙侣】:【村里迓鼓】【元和令】【上马娇】【游四门】【胜葫芦】【后庭花】【青哥儿】七支	第四套【正宫】套前有【黄钟】:【节节高】一支,【仙侣】【元和令】【上马娇】【游四门】【胜葫芦】【幺】【后庭花】【柳叶儿】七支	第四套首曲为【子母调醉春风】,【中吕】与【正宫】四次转调
脉望馆本	无	第三套【商调】内有【仙侣】:【村里迓鼓】【元和令】【上马娇】【游四门】【胜葫芦】【后庭花】【青哥儿】【柳叶儿】八支	—	第四套【中吕】首曲为【粉蝶儿】,【中吕】与【正宫】四次转调
元曲选本	—	同脉本	第四套【正宫】套前有【仙侣】四曲:【村里迓鼓】【元和令】【上马娇】【胜葫芦】	同脉本，较脉本缺少【古鲍老】一曲

从表 2-5 可以看出，套中借宫在不同的版本中比较稳定，套首借宫和套末借宫似乎更加随意，元刊《单刀会》套末借宫在脉望馆本中就被删掉，元

刊《竹叶舟》套首借宫八支曲子在《元曲选》本中被删掉四支。也存在明本有借宫而元刊本没有的情况,《任风子》剧第三套使用【中吕】套,正末扮吕洞宾,末曲【尾声】由二屠演唱,元刊本和《元曲选》本则无,《任风子》剧元刊本和明本曲辞差异不大,二屠所唱【尾声】是一个值得注意的地方。《元曲选》本《薛仁贵》第三折使用【中吕】套,前有丑扮禾旦唱【双调·豆叶黄】一支,元刊本无,这可能是元刊本在刊刻时遗漏,也可能是在剧本的流传过程中为艺人所加,总之套首借宫和套末借宫不如套中稳定。

从体制上看,元刊三十本杂剧均遵守了一本四套大曲或外加一【赏花时】或【端正好】的准则,《东窗事犯》比较特殊,有二楔子,由于只存有元本,其他版本的情况已经不能够得知了。

(二)"第一身与第三身的叙述与描状"

诸宫调与元杂剧的关系一直是学者关注的重点,不少人将两者在人称的使用上的不同作为元杂剧与诸宫调的主要区别,如郑振铎认为元杂剧的唱词是"代言体或以第一身的口吻出之的",而诸宫调是"第三身的叙述与描状"①。然在早期的元杂剧版本中,元杂剧同诸宫调的这种区别还不甚明显,在一定程度上尚保留着诸宫调的特征,或者在人称的使用上稍显混乱,或者因人称的过分省略而使文意难明。随着元杂剧文本及杂剧表演的成熟,在明代中后期的元杂剧版本中,这种代言体的特征才逐渐稳定下来。如果将元刊本与明代各本相比较,可以更清楚地看到这种演变轨迹。如《看财奴》第一套末曲,讲述圣帝让增福神与贾弘义加福二十年,贾弘义嫌短,尚要求增加。此曲为增福神对贾弘义唱,在各版本中情况如下:

元刊本【赚煞尾】

他成家人未身安,破家人先生下!借与他个钱龙入家,有限次家私交你权掌把。借与你二十年不管消乏!你待告增加,祸福无差,贫富天公定论下……

脉望馆藏息机子本【赚煞尾】

① 郑振铎:《中国俗文学史》,东方出版社1991年版,第29页。

则你这成家人未安身，那破家鬼先生下。我则是借与你那钱龙儿入家。有限次的光阴你权掌把。我则是借与你那二十年不管你消乏。他那里告增加，祸福无差……

元曲选本【赚煞】

则你这成家子未安身，那一个破家鬼先生下。我则是借与你那钱龙儿入家。有限次的光阴你权掌把。我则是借与你二十年仍旧还他。你还待告增加，怎知这祸福无差……

这里可以直接使用第二人称，然在元刊本和息机子本中都有用第三人称，且与第二人称混用，显然是唱说诸宫调艺人所有的腔调，叙述人与故事人物尚保持着一定的距离。《元曲选》本注意到这个问题并做出了相应修改，对贾使用第二人称，指代自己还出现第一人称，这样叙述人与剧中人物增福神终于合二为一。再看《魔合罗》剧第四折正末张鼎已探出杀害李德昌的凶手就是李文铎（明本为李文德），为了让他认罪，设下一个圈套，说老相公夫人染病，对李文铎唱【剔银灯】，在各本中情况如下（斜体字部分为宾白和提示）：

元刊本【剔银灯】

又不是多年旧积，则是些寒冷物重伤皮胃。子那见中汤我想堪医治，你则多加些附子和当归……[唤老大夫上了]。那老子还问他，他便实道与，见有人当官告者。

脉望馆藏息机子本【剔银灯】

他又不是多年旧积，则是些冷物重伤了脾胃。则你那建中汤我想也刊医治。你则是多加些附子当归。[正末云]张千，你着他司房里去，你与我一步一棍打将那老子来者。那老子我亲身的问他便是。张千你道是见有人当官将你告只。

元曲选本【剔银灯】

他又不是多年旧积，则是些寒冷物重伤了脾胃。则你那建中汤我想也刊医治。你则是加些附子当归。[正末云]张千，你着他司房里去，你与我一步一棍打将那老子来者。那老子我亲身的问他是实。[带云]张千。你只道见有人当官来告执。

此曲涉及三个人物，李文铎、张千、李文铎之父李伯英。根据明本，本曲前半部分为正末对李文铎唱，元刊本“子”指代第二人称，句意明确。后半部分为正末对张千唱，由于曲词中没有相应的转换用语，很难得知正末交代对象的转变。“那老子还问他”由于省略了第一人称“我”，句意不明；“他便实道与”是张鼎对张千说话，应该直接使用第二人称“你”，这里使用“他”，又出现了叙述人同故事人物的分离，貌似叙述人以第三人称的身份交代张鼎与张千之间的对话。息机子本和《元曲选》本或在曲词中或在宾白中加上“张千”二字，后半部分交代对象明确，“我亲身的问他”点明了第一人称的叙述视角，通过使用间接引用词“你只道”，既实现了“以自己之肾肠，代他人之口吻”的代言体叙事，同时又解决了因人称混乱而引起的语义不明的问题。

紧接上曲为正末所唱【蔓青菜】，张鼎对张千交代去捉拿李文铎之父李伯英：

元刊本【蔓青菜】

新刷案的张司吏，一径俺勾追来唤你。但若分毫不依随，拖入衙门内。

脉望馆藏息机子本【蔓青菜】

你说道是新刷卷的张司吏，一径的将你紧勾追，教我火速来唤你。但若有分毫不依随，你将他拖向囚牢内。

元曲选本【蔓青菜】

你说道是新刷卷的张司吏，一径的将你紧勾追，教我火速来唤你。但若有分毫不遵依，你将他拖向囚牢内。

前一句是张鼎让张千向李伯英转述自己的话，元刊本因缺少间接引用“你说道”，说话对象不明，这里“俺”也不清楚指代谁。后一句为张鼎对张千的交代，“拖入衙门内”的执行者和被执行者被省略，文意不明。明本通过“你说道”“将你”“教我”“你将他”人称代词，曲中人物关系得以明确。

元刊杂剧中，也存在相当人称指代清楚、人物关系明确的范例，表明了“表演者以第一人称身份扮演或模拟节目中的人物”[①]的代言体叙事结构已经基本确立，还是《魔合罗》剧，元刊本第一折末，李文道病重于寺庙避雨，拜

① 见《中国曲学大辞典·曲论》“代言体”条。

托高山给妻子带信，对高山唱【尾】：

> 是必记心怀，休疑虑，祝付了重还祝付，自己担疾难去家，或交他借马寻莫惆憪，这里又纸笔全无，你去何须要写书。你个哥哥莫阻，道与俺看家拙妇，交他早些儿扶策我这病身驱。

这里是李文道对于高山的殷殷嘱咐，里面包含着李能够活下去的希望，从言谈举止到表现人物的心理气质，都做到了设身处地、把握分寸。这说明元刊本杂剧已经开始有意识地做出尝试，通过人称代词将说话者、说话对象、其他人物对应起来，说话者以第一人称的身份进入角色，以直接引用的方式对说话对象展开叙述，所涉及的其他人物则统一使用第三人称。这种尝试比起后期版本尚显拙稚，但毕竟已为明代杂剧版本指明了一条更为规范之路。正如王国维所言："元杂剧之视前代戏曲之进步，约而言之，则有二焉……其二则由叙事体而变为代言体也。"①

三、可以省略的科白

三十种杂剧中《楚昭王疏者下船》《关张双赴西蜀梦》《赵氏孤儿》三本完全无科白，《岳孔目借铁拐李还魂》《晋文公火烧介子推》《陈季卿悟道竹叶舟》《小张屠焚儿救母》《看钱奴买冤家债主》《马丹阳三度任风子》六本除正色以外有其他角色部分科白，其他二十一本只记录部分正色宾白。正色宾白的省略常常会以"正末云了""正旦上了"的形式记录，外角科白的省略形式要复杂得多，有"某某云了"如"小旦云了""驾云了""卜儿云了"等，如果下面接正色宾白，则"等某某云了"；外角出场时或"某某上了"如"外末上了"；或"某某一折了""等某某一折了""等某某一折下"，如"等净一折了""等众屠户上 一折下 等马一折上""卜儿上 一折了"；或"某某做住""某某云住"，如"老孤做住""卜儿叫住"等。明本的宾白多是齐全的，不仅将元刊本"了"的内容补全，而且即使元本没有科白提示，为了情节的完整性，也会相应补全。这点学界已有不少论述，此不赘述。

① 王国维：《宋元戏曲史》，上海古籍出版社1998年版，第54页。

四、元刊杂剧的脚色与人物扮演

元杂剧代言叙事结构的形成是以演员装扮脚色为中心的，在宋金杂剧院本的基础上又有所发展和创新。南宋吴自牧《梦粱录》卷二十“伎乐”条所云：“杂剧末泥为长，每一场四人或五人…… 末泥色主张，引戏色分付，副净色发乔，副末色打诨，或添一人，名曰‘装孤’”。[①] 元人陶宗仪在《辍耕录》卷二十五“院本名目”中对院本的脚色有记载：“院本则五人，一曰副净，古谓之参军，一曰副末，古谓之苍鹘，鹘能击禽鸟，末可打副净，故云。一曰引戏，一曰末泥，一曰装孤。又谓之五花爨弄。”[②] 宋金杂剧院本中的脚色有四种：末泥色、引戏色、副净色、副末色，它们之间并无主次，也无性别，各自在剧中担任一定的功能。元杂剧的脚色有了更为细致的划分，夏伯和在《青楼集志》中言：“‘杂剧’则有旦、末。旦本女人为之，名妆旦色；末本男子为之，名末泥。其余供观者，悉为之外脚。”[③]《青楼集》保存了一些元杂剧脚色信息：

珠帘秀条：姓朱氏，行第四。杂剧为当今独步；驾头、花旦、软末泥等，悉造其妙。

米里哈条：貌虽不扬，而专攻贴旦。

孙秀秀条：都下小旦色。

事事宜条：其夫玳瑁敛，其叙象牛头，皆副净色，浙西驰名。[④]

元杂剧的脚色不仅有了按照剧中人物性别划分末和旦，有了主次的划分，主要角色称末或旦，其余“供观”的次要人物，称为“外脚”，而且花旦、贴旦、小旦等脚色名称的出现，说明了当时在女性脚色内部又形成了一个更为详细的系统，在元刊杂剧中我们就可以看到具体的表现形态。30 种中完全不录脚色的有四种，分别是《西蜀梦》《疏者下船》和《赵氏孤儿》《七里滩》，其余 26 种有三个旦本三，26 个末本。

① （宋）吴自牧：《梦粱录》，浙江人民出版社 1980 年版，第 176 页。

② （元）陶宗仪：《辍耕录》，中华书局 1985 年版，第 366 页。

③ （元）夏庭芝：《青楼集》，《中国古典戏曲论著集成》，中国戏剧出版社 1959 年版，第 7 页。

④ （元）夏庭芝：《青楼集》，《中国古典戏曲论著集成》，中国戏剧出版社 1959 年版，第 7 页。

表 2-6　元刊杂剧三十种脚色一览表

	旦色	末色	外脚	无脚色名
拜月亭	正旦、小旦	正末、外末	孤、	夫人
单刀会	—	正末、外末	驾、净	关舍人
调风月	正旦、外旦	正末	外孤、老孤、卜儿	夫人
遇上皇	旦	正末	驾、孤、孛老、净	
看钱奴	旦儿、外旦	正末、外末、小末	俫儿、净、卜儿	尊子
陈抟高卧	—	正末、外末	驾	使臣
任风子	旦	正末、外末	俫儿、小邦	马、众屠、神
老生儿	小旦	正末、外末、小末	卜儿、俫儿	小梅、穷民
三夺槊	—	末	匹先、驾	—
气英布	—	正末、外末	驾	—
紫云亭	正旦	正末、外末	卜儿、老孤	乐探
汗衫记	外旦	正末、外末、小末	卜儿、俫儿、孤、净、外净	—
衣锦还乡	老旦、旦	正末、外末	驾、净	—
魔合罗	旦（儿）	正末	孤	李伯英
贬夜郎	旦	正末、外末	驾	龙王
铁拐李	旦	正末、外末、	官	阎王
介子推	旦	正末、外末	卜儿、净、驾	太子、申生、重耳、使臣
东窗事犯		正末	驾	
霍光鬼谏	小旦	正末、外末	卜儿、驾、净	昌邑王
范张鸡黍	—	正末、外末、	驾、卜儿	第五伦、仲山、元伯
周公摄政	—	正末	驾、小驾、净	太后、微子、管叔
追韩信	旦	正末、外末	卜儿、驾、净	霸王、萧何

续表

	旦色	末色	外脚	无脚色名
竹叶舟	旦（儿）	正末、外末	卜儿、孛老、净、孤	—
博望烧屯	—	正末、外末	驾、俫儿	曹操、张飞、夏侯惇、管通
替杀妻	旦	正末、外末	—	—
焚儿救母	正旦、外旦	正末、外末	—	—

元刊本三十种杂剧中，旦色系统包含了正旦、外旦、小旦和老旦，正旦为旦之正角，扮演一剧主要女性人物，三种由正旦主唱的本子中，《紫云亭》正旦扮演女主韩楚兰，《拜月亭》扮演女主王瑞兰，《调风月》正旦扮演女主翁燕燕。在旦本中与正旦相对的男主即正旦的恋人皆称做“正末”。有意思的是，在以正末为主唱的二十三个本子中，除了《焚儿救母》剧以外，其他女性脚色皆不称“正旦”，大部分直接称“旦”“旦儿”，《汗衫记》仅有一女性脚色称“外旦”。造成这种差别的原因可能是三个旦本剧皆为婚恋剧，在婚恋剧中，男女主角尽管有不唱和主唱的差别，但故事是围绕双方的感情纠葛展开的，因此在重要性上是相同的，有正旦，就必须要有正末。末本剧女性脚色在剧中所起的作用有限，大多与剧本主题关联不大，出现的次数也不多，仅《焚儿救母》中存在正旦扮演张千之母，此剧表现的是行孝的主题，张屠之母无论是在剧作者还是在剧中故事人物心中无疑具有最为重要的地位，只有她才能在末本剧中其他女性人物中脱颖而出，称做“正旦”。

旦本剧《拜月亭》和《调风月》在正旦之外尚有一个较为次要的女性人物脚色，《拜月亭》中称小旦，扮蒋世隆之妹蒋瑞莲，这里的“小”可以解释成在年龄和剧情重要性上小于正旦的意思。末本剧中亦有小旦，《老生儿》中扮演刘禹之女刘引璋，《霍光鬼谏》扮演霍光之女霍成君，在年龄上相对剧中其他人物均比较小；《调风月》中称外旦，扮演小姐莺莺。莺莺在身份地位上要高于燕燕，在剧情分量上又次于燕燕，外有与正相对的含义，表示地位仅次于正旦的配角。《焚儿救母》正旦之外也有外旦，于第一折和第三折分别扮正末张屠之妻和外末王员外之母，情况与《调风月》剧相同，均指正旦之外的另一次要女性人物。《看财奴》外旦扮财主贾弘义之妻，《汗衫记》扮外末张孝友之妻，这两个剧中均没有正旦，前剧中有一旦儿扮贫民周荣祖之妻，后剧除外旦为唯一的女性脚色，可见在没有重要女性人物的情况下，外旦也可以单独使用，其所扮演的人物在身份地位上甚至还高于“旦”或“旦儿”。《衣锦还乡》剧中还出现“老旦”和“禾旦”，这里的“老旦”扮演薛仁贵之母，与“小旦”相对，指年龄较大的女性人物；老年妇女在元刊杂剧中多称作“卜儿”，这里称“老旦”，大概是由于薛仁贵衣锦还乡，而底层老年女性脚色“卜儿”不再适合扮演将军之母的缘故吧，“老旦”略带有尊称的意味。

元刊杂剧中旦色没有出现《青楼集》所载“花旦”和“贴旦”，“花旦”《青楼集》有解释：“凡妓，以墨点破其面者为花旦。”朱权《太和正音谱·杂剧十二科》把花旦杂剧列为“烟花粉黛”一科；李斗《扬州画舫录》曾对贴旦进行解释：“贴旦谓之风月旦，又名作旦”[①]，可见上述两种旦色均与妓女角色相关，在明代版本中有所保存，暂不详论。

与旦色系统相比，末色系统脚色更为统一，主要有正末、外末和小末。正末有时也可以简称末，与旦本中正旦多扮演故事的女主不同，正末在末本剧中可以扮演多个人物，他们可以是故事的主角，如《遇上皇》剧中正末扮赵元，《任风子》剧中扮演任风子，《贬夜郎》剧中扮演李白，也可以是烘托气氛、交代背景的重要人物，如《单刀会》第一折正末乔国老和第二折正末司马徽，《赵氏孤儿》第一折正末韩厥和第二、三折正末公孙杵臼；或者是可以复述剧情的“探子”，如《气英布》第四折正末探子，《竹叶舟》第三折正末渔翁。总之，正末这一脚色所扮演的人物虽然皆是贯穿全剧的关键人物，又不刻板地固定在故事主角身上，这样做的目的是使故事的叙述突破第一人称代言体的限制，将代言体与叙事体结合起来，最大限度发挥杂剧文本的叙事功能。

仅次于正末的又一脚色为外末，外末与外旦类似，扮演次于主唱者的人物，这一人物大多有一定的社会地位，或者为老成持重的有德之士，或者为员外或

---

① （清）李斗：《扬州画舫录》，中华书局 2001 年版，第 124 页。

官吏等。有学者认为“外”的这种脚色特征始自臧懋循等元曲选家[①]，实则不然，元刊杂剧中已经出现这种倾向，如《单刀会》中的外扮鲁肃、《看财奴》中扮陈德甫、《陈抟高卧》中扮赵匡胤使臣郑恩、《老生儿》扮刘禹之侄刘端、《气英布》扮汉朝谋士张良、《遇上皇》中扮赵匡胤近臣楚昭辅、《赵氏孤儿》扮程婴、《汗衫记》扮张员外之子张孝友等，均符合上述特征。当然也有少数外末扮演较为反面的人物，如《李太白贬夜郎》中扮高力士和安禄山，《魔合罗》中“外”扮李文铎，只能说元刊杂剧在外末脚色上尚未完全定型，但已经迈出了倾向性的一步。小末与小旦相似，这里的“小”均指年龄小，《老生儿》中“小末”扮刘禹女婿张郎，《看财奴》扮周荣祖之子周长寿，《汗衫记》正末张文秀之孙。

除了旦、末系统以外，元刊杂剧尚有驾、净、孤、外净、外孤、老孤、卜儿、孛老、小邦、俫儿、匹先等脚色。驾表示帝王，孤表示重要官员或者故事主角之父，净表示反面角色的人物，俫儿扮演幼儿，孛老和卜儿分别扮演社会地位不高的老年底层男女人物，皆不必赘言。值得注意的是元刊本出现了几个特有的脚色名称：小邦、外孤和匹先。“小邦”仅在《任风子》剧第四折中出现，扮演任屠之子，元本有“等小邦杀了”提示，明代各本此处皆改作“俫儿杀正末”。元刊本脚色习惯在主要名称前加表示年龄大小的修饰词，如小末、老旦，此“小邦”概与“邦老”名目相关。焦循《剧说》卷一：“邦老之称，一为《合汗衫》之陈虎，一为《盆儿鬼》之盆罐赵，一为《朱砂担》之铁番竿白正，皆杀人贼，皆以净扮之，然则邦老者，盖恶人之目也。”[②]焦循所举三例元刊有《公孙汗衫记》第四折“等外净扮邦老赵兴孙”，邦老之前有外净扮似乎说明邦老并非脚色名，类似情况还有本剧第三折“等小末扮孤上”，元刊《衣锦还乡》第三折“正末扮孛老”，由此可见，元刊杂剧在脚色和角色人物的应用上并不十分严谨，有时显示出相当的随意性。“邦老”“孛老”“孤”等名称即可以作为脚色名称使用，也可以作为某种类型的角色人物。此处“小邦”应该指年纪较小的杀人贼，元刊本脚色提示既可以使用脚色名称，也可以使用人物角色名称，因此视“小邦”为两者皆可。

① 谢玉峰：《北杂剧“外”辩释》，《文献》2000 年第 1 期，第 155—161 页。

② （明）焦循：《剧说》，上海古典文学出版社 1957 年版，第 15 页。

"外孤"出现在《调风月》剧，此剧人物关系较为复杂，主唱为正旦燕燕，正末是其恋人小千户，老孤扮演小千户之父，外旦为小姐莺莺，外孤扮演莺莺之父，这说明元刊杂剧的脚色称谓有一定的对应性，可以依随基础脚色进行创新。《汗衫记》中"外净"情况亦是如此。该剧净扮反面人物陈虎，外净扮赵兴孙，他出场时与净陈虎情况相似，却在后面的故事中表现出不同于陈虎的知恩图报的性格特征，在净之前加一外字，表示与净形成鲜明对比。"匹先"出现于《三夺槊》第一折"匹先扮建成，元吉上开"，匹先应该是一脚色名称，其究竟有何渊源，所扮演何种角色尚不可考。

此外还有某些人物无脚色名称，他们在剧中的地位次之又次，多为过场性人物，剧本直接以其名称之，如夏侯惇；或者加以尊称，如夫人。

通过对于元刊本26种杂剧脚色的梳理，我们可以清楚地看到元刊杂剧的脚色命名与所扮人物的身份地位、故事中的重要性，故事中其他人物的对应关系以及角色人物的性格都有关联。虽然元刊本数量有限，尚不能完全反映元代杂剧脚色的全貌，但以旦色和末色为中心，以众外脚为辅助的系统表演体制已经相当成熟，明代杂剧版本只是在此基础上进行细致的划分，在定型上更为严谨，却始终是在元刊本所建立的脚色表演体制内部进行的。

《元刊杂剧三十种》保存了海内14种罕见的孤本，建立了基本完整的元杂剧文本艺术体制，为研究者提供了宝贵的比勘资料。元杂剧与元杂剧文本是不同的概念，元杂剧又称北杂剧，是元代用北曲演唱的融合各种表演艺术形式而成的一种完整的戏剧形式，属于一种综合性的艺术。元杂剧剧本是元杂剧艺术的物化形式，是其文学载体，最初是具有文学性的舞台表演的底本，起到提示演员表演的作用，后来由于功能的转变，在话本、词曲、讲唱文学的基础上形成了成熟的文学剧本。《元刊杂剧三十种》的版本价值在于，它是舞台演出本与民间通俗读物相结合的产物。作为唯一幸存的元代杂剧文本，它"是元杂剧刊本的一种本貌、真貌"①，是元剧初期文本的原生态。这种特殊时代的特殊产物，对研究剧本本身的演化及思想艺术特点有很大帮助，是我们研究元代杂剧的珍贵资料。

---

① 赵天为：《从戏曲选本看元杂剧之流变》，《求索》2010年第12期，第190—192页。

第三章 元杂剧多种版本系统的杂糅

——《脉望馆校钞古今杂剧》中的元杂剧抄本系统

《脉望馆钞校本古今杂剧》，又称《也是园古今杂剧》，最初是由明代藏书家赵琦美收集和抄校的大型杂剧总集。1938年于上海被发现，郑振铎极力搜寻，终由北京国家图书馆购入。关于这部书的基本情况，郑振铎《跋也是园古今杂剧》和孙楷第《也是园古今杂剧考》做了相当细致的描述，特别是后者目前仍是研究脉望馆杂剧重要的参考著作。另外蒋星煜《常熟赵氏〈脉望馆钞校本古今杂剧〉的流传与校注》等单篇学术论文，亦有不少参考价值。下面主要结合学术界现有研究的成果，对于《脉望馆钞校本古今杂剧》作一个简略的概述。

赵琦美（1563—1624），明著名藏书家。原名开美，字仲朗，一字如白，号玄度，一作元度，自号清常道人。常熟（今属江苏）人。赵用贤子。以父荫补官太仆丞，南京都察院照磨、太常寺典簿、都察院都事、迁刑部郎中。其藏书楼名曰"脉望馆"，"脉望"是古书中的蛀虫，《仙经》记载："蠹虫三食神仙字，则化为此物，名为脉望。"把藏书之室取名"脉望馆"，赵用贤、赵琦美父子对书的奢爱可见一斑。赵琦美著有《脉望馆书目》，但该书目中却并未有杂剧著录。赵琦美殁后书归同乡钱谦益，清初常熟地区收藏脉望馆钞校本古今杂剧的有钱曾、何煌、张远、陆敕先、秦西岩等人①。最早著录脉望馆杂剧的即为钱曾《述古堂书目》，录抄本300种，随后钱曾在《也是园书目》中又增添41种（现存14种），可知赵琦美所收集的杂剧至少有341种。钱曾殁后二十余年书归何煌，今所见脉望馆杂剧中有何煌跋五处（刊本四处，抄

① 蒋星煜：《常熟赵氏〈脉望馆钞校本古今杂剧〉的流传与校注》，《文学遗产》1980年第2期，第114—118页。

本一处），均题雍正年号，可知其得书时间为康熙末年或者雍正初年。何煌后是书经顾氏试饮堂归黄丕烈，时间为嘉庆九年。据黄丕烈手书《也是园旧藏书古今杂剧目录》所载为 270 种，实际当时存本为 268 种，较钱曾时期已佚 71 种。该目录据《太和正音谱》定钱曾目录之失，并为之编册，是对脉望馆杂剧的第一次整理。黄丕烈之后，是书又经过汪士钟、赵宗健、丁祖荫等藏书家，据今本古今杂剧第一册，继黄丕烈后目录后还存一目录，不记名称，据孙楷第考证为丁祖荫字。该目录较黄丕烈目又缺少 27 种，与今存本同。丁祖荫得书时间为民国四年。抗日战争时期是书由苏州流至上海，民国二十七年，这部宏伟的戏曲宝库终被收入国库。

第一节　脉望馆杂剧概述及抄本元杂剧剧目之考证

今存本《脉望馆钞校本古今杂剧》按目录共收元明杂剧刊本、抄本共 242 种，误将徐渭的《翠乡梦》杂剧（共二折）分为《玉通和尚骂红莲》和《月明和尚度柳翠》两剧，所以，实际收录杂剧 241 种。其中刊本 69 种，包括《古名家杂剧》41 种（《也是园古今杂剧考》计 40 种，误漏《吕洞宾花月神仙会》一剧），息机子刊《元人杂剧选》15 种，不知名刊本 13 种[①]；抄本 178 种，包括赵琦美录内务府本 95 种，赵琦美录于小谷本 34 种（《也是园古今杂剧考》计 33 种，误漏《黄廷道夜走流行马》一剧），以及不知来历本 43 种（《也是园古今杂剧考》计 45 种，多计《黄廷道夜走流行马》以及《古名家杂剧》本《吕洞宾花月神仙会》）。其中的刊本在后面章节会详述，现主要针对抄本元杂剧进行研究。

今本《脉望馆钞校本古今杂剧目录》共收元杂剧 92 种，其中刊本 45 种，抄本 47 种。该目录是根据钱曾《也是园目录》制定，按目录可以分为以下三类：

（1）赵琦美抄内务府本杂剧：共 95 种，其中元杂剧 25 种。

（2）赵琦美抄校于小谷本杂剧：共 34 种，元杂剧 8 种。

---

① 历来人们认为《脉望馆抄校古今杂剧》刊本系统只包括《古名家杂剧》本和息机子本，其实不然，误将不知何人刊本中的 13 种剧置于《古名家杂剧》中，本书在第四章中有详细的辨析。

（3）赵琦美抄校来历不明本杂剧：共43种，元杂剧14种。

然今存《脉望馆钞校本古今杂剧》所收抄本元人杂剧并非仅有这些，钱曾在编写《也是园书目》时并没有对剧目进行详加的考证，因此不少作者、时代可以明确的杂剧没有在目录中呈现出来。孙楷第《也是园古今杂剧考》在历史故事、杂传及神仙类故事中亦考出部分其他类型的杂剧亦应为元人所作[①]，下面将前人观点有所争议并笔者认为有所疑义者列出，逐一进行辨析：

（1）元无名氏类有《二郎神醉射锁魔镜》，古今无名氏神仙类复有《二郎神醉射锁魔镜》。

按：两者前三折曲文相似，元无名氏本为《古名家杂剧》本，第四折所用宫调为【越调】，古今无名氏神仙类本为内务府本，第四折所用宫调为【双调】，主唱亦不同，两者应出于同一祖本，内务府本末折带有明显宫廷杂剧的特点，可能为教坊艺人所改，不可视为一剧，古今无名氏神仙类本《二郎神醉射锁魔镜》不应视为元杂剧。

（2）元关汉卿名下有《钱大尹智勘绯衣梦》，古今无名氏杂传类复有《王闺香夜月四春园》。

按：《钱大尹智勘绯衣梦》为《古名家杂剧》本，赵琦美抄本杂传类《四春园》无题识，不知其来历。天一阁《录鬼簿》关汉卿名下有《绯衣梦》，题目正名：王闺香夜月四春园，钱大尹智勘绯衣梦。赵琦美抄本杂传类《四春园》的第三折，有长篇幅宾白，讲述昏官断案，主人公救苍蝇，为后来孤判斩，苍蝇抱笔救主人公做铺垫，情节完整，《古名家杂剧》本《绯衣梦》无该情节，但两者曲文相似，可看作一剧，可入赵琦美抄不知来历本。

（3）元尚仲贤名下有《玉清殿诸葛论功》，古今无名氏三国故事剧复有《十样锦诸葛论功》。

按：孙楷第认为《十样锦诸葛论功》即尚仲贤所作《玉清殿诸葛论功》。王季烈《孤本元明杂剧提要》否定这一说法，认为该剧并非尚仲贤原作，应为明人颂圣之作[②]；《元代杂剧全目》亦言："元明间无名氏撰。作者姓名，今

① 孙楷第：《也是园古今杂考》，上杂出版社1953年版，第200—202页。

② 王季烈：《孤本元明杂剧提要》，台湾商务印书馆1971年版。

无可考。”严敦易同意孙楷第的说法，驳斥王季烈说，维护尚仲贤的著作权[1]。曹楝亭本《录鬼簿》题：武成庙诸葛论功；天一阁本《录鬼簿》题：诸葛论功，受顾命诸葛论功，其他诸本《录鬼簿》及《太和正音谱》均只题简名《诸葛论功》，看来各名称中诸葛论功之前的三字是问题的关键。《也是园杂剧目录》尚仲贤名下有《玉清殿诸葛论功》已佚，三国故事类《十样锦诸葛论功》存，题目“八府相齐贤定座”，正名“十样锦诸葛论功”，“八府相”据严敦易考证为“元代称谓，《元史・百官志》三之内八府宰相，掌译写润色诏令，虽有宰相之名，并无授受宣命”[2]。一般来讲，杂剧的题目正名与故事内容有紧密的联系。该剧演宋初李昉、张齐贤奉命建武成庙，选古来安邦定国之武臣 13 人入庙奉祀。天帝命姜尚等十三人自陈功业，以定座次。诸葛亮与韩信为座次发生争执，韩信自陈佐汉十大功，诸葛亮也自陈辅佐刘蜀十大功，诸葛亮累数韩信于十大功外有十大罪，韩无言以对。李昉、张齐贤二人突然梦醒，原来南柯一梦，遂按梦中情景，排定十三位武将牌位。今存本剧名中的“十样锦”不明何义，疑似诸葛亮的十大功劳？按照剧本故事内容，题“武成庙”似更为合适，但为什么要将之改为“十样锦”呢？“十样锦”是指曲牌名吗？实在令人费解，难道因题目之“八府相”而求对偶之意？钱曾《也是园杂剧目录》中“玉清殿诸葛论功”题元尚仲贤作，不见他书。按《也是园古今杂剧考》，钱曾目录中杂剧作者之考证皆出自赵琦美，主要依据为《太和正音谱》，《录鬼簿》仅用过一两次。赵琦美当年所依据的《太和正音谱》的本子亦仅题杂剧简名，可据赵抄本《立成汤伊尹耕莘》剧尾赵琦美跋“《太和正音谱》有《伊尹扶汤》剧，或即此……”[3]；如有一剧两名的情况，亦时作“《太和正音谱》一作‘某某某某’”，如《尉迟恭单鞭夺槊》，赵琦美题“《太和正音》名《敬德降唐》，所题亦为杂剧简名。赵琦美在为“玉清殿”一剧考订作者时，根据《太和正音谱》所题“诸葛论功”而定，并没有特别留意“玉清殿”三字，也没有根据《录鬼簿》再详加考证。“玉清殿”为道教词汇，玉清元始天尊道教最高尊神“三清”之一，又称“元始天王”“虚皇道君”。元始天尊居

① 严敦易：《元剧斟疑》，中华书局 1960 年版，第 30 页。

② 严敦易：《元剧斟疑》，中华书局 1960 年版，第 30 页。

③ 《脉望馆抄校古今杂剧》，《古本戏曲丛刊》第四集影印本。

三十六天之上的清微天玉清境。《宋史》卷四百六十二《方伎下·林灵素传》《皇朝通鉴》及《老学庵笔记》等书均有载，宋徽宗崇奉道教，遇道士林灵素。林灵素宣称徽宗为最高天界的代表“长生大帝君”所降生，并称权臣如蔡京、王黼、童贯等也都是天上神霄界玉清殿的辅佐神降临人间，目的是维护北宋首脑统治的权威，这里未必没有争功论绩的情节。《玉清殿诸葛论功》杂剧可能是根据此事敷衍，因都与北宋皇室有关，又有诸葛论功一节，故与《武成庙诸葛论功》容易混淆，赵琦美误题在尚仲贤名下。这里依然将抄本《十样锦诸葛论功》复归尚仲贤之作，因无赵琦美题识而置于来历不明类，而将《玉清殿诸葛论功》置于无名氏之作，其时代为元为明尚不可知，但因其剧已佚，故可暂不多论。

（4）戴善夫名下有《赵江梅诗酒玩江亭》，古今无名氏神仙剧复有《瘸李岳诗酒玩江亭》。前剧已佚，后剧尚存，无赵琦美题识。严敦易考证，《瘸李岳诗酒玩江亭》虽非戴善夫作，但天一阁《录鬼簿续编》“诸公传奇失载姓氏”项下有“玩江亭”一目，题目正名作：朱原外花下平康巷，病李兵诗酒玩江楼，“朱”当系“牛”之误，“病”当系“瘸”之误，“兵”为“岳”之误，“楼”为“亭”之误，今本题目为“牛员外得悟平康巷”，仅二字不同，故续编所记，当即此剧。[①] 严氏结论甚允，这里依此将之置入来历不明元无名氏之类。

（5）元无名氏类有《雁门关存孝打虎》，古今无名氏五代故事剧复有《飞虎峪存孝打虎》。《雁门关存孝打虎》，李玉《北词广正谱》越调类套数分题以为陈存甫剧。按：前者为于小谷本，后者为内务府本。雁门关是李克用做梦被虎咬的地点，飞虎峪为存孝打虎的地点，这两剧均有演绎。严敦易有考，两剧具体关目及曲白虽有所差异，但也没有太大的出入，可以肯定同出一个祖本[②]，此剧并非陈存甫剧，观点甚允，可从。天一阁《录鬼簿续编》诸公传奇失载姓氏项下著录“存孝打虎”，正名雁门关存孝打虎。《太和正音谱》古今无名氏下亦著录“存孝打虎”，今可置入元无名氏作品下。

（6）古今无名氏唐朝故事剧有《程咬金斧劈老君堂》，乃元郑德辉剧。按，

① 严敦易：《元剧斟疑》，中华书局1960年版，第22页。

② 严敦易：《元剧斟疑》，中华书局1960年版，第108页。

孙氏所据乃为董其昌之跋语，今《录鬼簿》与《太和正音谱》下俱无《老君堂》一剧，似不为元人手笔，故不从，不列入本文研究范围之内。

（7）神仙剧有《张天师断风花雪月》，即《张天师夜祭辰勾月》，乃元吴昌龄剧。按：此剧无赵琦美题识，不知来源何处。这两剧是否为一剧并作者是否为吴昌龄，前人论述甚多。有做肯定答案的，也有表示怀疑态度的。《元曲选》有《张天师断风花雪月》杂剧，题元吴昌龄作，与本剧关目相同，四折宫调、用韵亦相同，可视为同一祖本所出。但具体曲白差异不小，不可认为《元曲选》本全为臧懋循所改写，可能这两种本子均已经过不少伶人加工。《录鬼簿》中不著此剧，天一阁本唯吴昌龄下著“辰勾月”，题目正名为“文曲星搭救太阴星，张天师夜祭辰勾月”，《太和正音谱》吴昌龄下著简称《辰勾月》。本剧有月宫桂仙正值月食之难，赴考举子陈世英中秋之夜鼓琴，琴声感动娄宿仙前来搭救，解了月宫之难一节（头折），亦有张天师设祭场、念咒语，为陈世英驱妖治病之关目（第三折）。是皆与《太和正音谱》所著题目正名相符合。唯“辰勾月”三字曾备受质疑，成为否定本为一剧之主要证据。笔者认为，“辰勾月”实为与“太阴星”对仗，不可过度计较其内涵。由于这剧本身就经过不同程度的篡改，早已非本来面貌，孰是孰非已经很难断定了。因此，本文依臧懋循及孙楷第之见，将之列入元人吴昌龄下。

（8）水浒故事剧中有《黑旋风双献功》，即《黑旋风双献头》，乃元高文秀作。严敦易否定此说，言“《双献功》一剧并非高文秀《双献头》，是在元剧旧有规律濒于破坏及演进之际，后编的一种水浒故事。”[①] 但其自言也只是一种“设想”，并没有十分的肯定。按：诸本《录鬼簿》于本剧皆称“黑旋风双献头”，天一阁本著题目正名：“孙孔目上东岳，黑旋风双献头”。《太和正音谱》标简称“双献头”。本剧为“双献功”，与以上诸书所题仅有一字之差，似乎仅为讹字。今《元曲选》本剧名同赵抄本，关目曲辞亦大致相同，作者题高文秀，题目正名为“及时雨单责状，黑旋风双献功”，与《录鬼簿》“孙孔目上东岳”不符。该剧第一折讲述孙荣祖在衙门中任孔目之职，与妻子去泰安神庙还愿，即“孙孔目上东岳”；李逵自告奋勇为孙荣祖保镖，宋江知他生性

① 严敦易：《元剧斟疑》，中华书局1960年版，第633页。

鲁莽，临行叮咛他事事忍让。李逵按捺火性，立下了军令状，即“及时雨单责状”。两者关目完全吻合，只不过侧重点不同而已。且第四折末有宋江断语：“孙孔目反遭缧绁，有口也怎得伸冤？黑旋风拔刀相助，双献头号令山前”，因此今传本之“双献功”很有可能是“双献头”之误，本文不从严说，暂将之置于元高文秀剧下。

（9）《也是园古今杂剧考》认为：宋朝故事剧《十探子大闹延安府》，杂传类《海门张仲村乐堂》，水浒故事剧《鲁智深喜赏黄花峪》《延安府黄花峪》俱见天一阁本《录鬼簿续编》附载失名氏传奇目。古今无名氏春秋故事剧中有《守贞节孟母三移》，明周宪王《香囊怨》剧第一折引杂剧有《孟母三移》。三国故事剧有《诸葛亮挂印气张飞》，《香囊怨》第一折引杂剧有《诸葛亮挂印气张飞》，唐朝故事剧有《小尉迟将门将将鞭认父》，元无名氏《蓝采和》引杂剧有《小尉迟鞭对鞭》。孙楷第还将一些本题为元无名氏的剧作考订出其作者：元无名氏类《下高丽敬德不服老》本元·杨梓剧。《大妇小妻还牢末》本元·李志远剧。《讲阴阳八卦桃花女》本元·王晔剧，《刘玄德醉走黄河楼》本元·朱凯剧。《降桑葚蔡顺奉母》疑即《蔡顺摘椹养母》，本元·刘唐卿剧。笔者进行一一核对，确如孙氏所说，今从之不辨。

现在我们可以根据以上内容列出《脉望馆钞校本古今杂剧》中抄本元人杂剧目录（无标记者为《脉望馆钞校本古今杂剧目录》里著名的元人杂剧，带有下划虚线者为孙楷第或者笔者于其他类型杂剧中考订出的元人杂剧）：

表 2-7　赵琦美抄内务府本元杂剧（共 95 种，其中元杂剧 27 种）

剧名	作者	赵琦美抄校时间
马丹阳三度任风子	元　马致远	万历四十三年正月人日（七日）
破苻坚蒋神灵应	元　李文蔚	万历四十三年正月二十一日
张子房圯桥进履	元　李文蔚	万历四十三年三月二十三日
吕蒙正风雪破窑记	元　王实甫	万历四十三年四月十二日
相国寺公孙汗衫记	元　张国宾	万历四十三年五月三十日
山神庙裴度还带	元　关汉卿	万历四十三年七月八日
保成公径赴渑池会	元　高文秀	万历四十三年七月八日
刘玄德独赴襄阳会	元　高文秀	万历四十三年八月二日

续表

剧名	作者	赵琦美抄校时间
立成汤伊尹耕莘	元　郑德辉	万历四十三年五月十九日
楚昭公疏者下船	元　郑廷玉	万历四十四年二月二十八日
刘夫人庆赏五侯宴	元　关汉卿	—
邓夫人苦痛哭存孝	元　关汉卿	—
状元堂陈母教子	元　关汉卿	—
钟离春智勇定齐	元　郑德辉	—
虎牢关三战吕布	元　郑德辉	—
同乐院燕青博鱼	元　李文蔚	—
降桑椹蔡顺奉母	元　刘唐卿	—
诸葛亮博望烧屯	元　无名氏	万历四十三年正月二十九日
飞虎峪存孝打虎	元　无名氏	万历四十三年二月十二日
朱砂担滴水浮沤记	元　无名氏	万历四十三年三月二日
施仁义刘弘嫁婢	元　无名氏	万历四十三年三月五日
摩利支飞刀对箭	元　无名氏	万历四十三年三月十六日
阀阅舞射柳蕤丸记	元　无名氏	万历四十三年三月二十一日
刘千病打独角牛	元　无名氏	万历四十三年三月二十三日
狄青复夺衣袄车	元　无名氏	万历四十三年七月五日
讲阴阳八卦桃花女	元　王　晔	万历四十三年八月一日
刘玄德醉走黄鹤楼	元　朱　凯	万历四十五年十二月十九日

表 2-8　赵琦美抄校于小谷本元杂剧（共 34 种，元杂剧 8 种）

剧名	作者	赵琦美抄校时间
董月英花月东墙记	元　白仁甫	万历四十三年 二月十九日
老庄周一枕蝴蝶梦	元　史九敬先	万历四十三年五月二十四日
好酒赵元遇上皇	元　高文秀	万历四十三年 六月七日
雁门关存孝打虎	元　无名氏	万历四十三年六月七日
苏子瞻风月贬黄州	元　费唐臣	—
陶母剪发待宾	元　秦简夫	—
宋上皇御断金凤钗	元　郑廷玉	—
郑月莲秋夜云窗梦	元　无名氏	—

表 2-9　赵琦美抄校来历不明本元杂剧（共 43 种，元杂剧 19 种）

剧名	作者
关大王独赴单刀会	元　关汉卿
尉迟恭单鞭夺槊	元　关汉卿
王闺香夜月四春园	元　关汉卿
崔府君断冤家债主	元　郑廷玉
十样锦诸葛论功	元　尚仲贤
张天师断风花雪月	元　吴昌龄
黑旋风双献功	元　高文秀
下高丽敬德不服老	元　杨　梓
大妇小妻还牢末	元　李志远
庞涓夜走马陵道	元　无名氏
货郎担	元　无名氏
断杀狗劝夫	元　无名氏
玎玎珰珰盆儿鬼	元　无名氏
关云长千里独行	元　无名氏
孟光女举案齐眉	元　无名氏
逞风流王焕百花亭	元　无名氏
随何赚风魔蒯通	元　无名氏
瘸李岳诗酒玩江亭	元　无名氏

第二节　赵琦美抄内务府本元杂剧

明代内务府本杂剧乃是明代宫廷中演出过的杂剧剧本，具有两个特点：一是供宫中贵人观看；二是为实际演出本，而非案头读物，戏剧场面和规模宏大。元杂剧进入宫廷之后，在形式和内容上都发生了一系列的变化，但却保留了舞台表演的特征，为我们窥探元杂剧的原貌提供了重要的参考。

一、教坊司、钟鼓司、御戏监

明代的宫廷演出体制上外朝与内廷分开。隶属礼部的教坊司掌管外朝承应。《明史·职官志》:"教坊司。奉銮一人，正九品，左、右韶乐各一人，左、右司乐各一人，并从九品。"[①] 其具体职能为:"专备大内承应，其在外庭，维宴外夷朝贡使臣，命文武大臣陪宴乃用之。"[②] 钟鼓司则承担内廷供奉职能。《明史·职官》之"宦官·四司·钟鼓司"条注明它的人员设置及职能情况云:"掌印太监一员，佥书、司房、学艺官无定员，掌管出朝钟鼓，及内乐、传奇、过锦、打稻诸戏。"这本不难理解，问题在于现存的内府本元杂剧是源自教坊司还是钟鼓司，学界一直存在分歧。孙楷第、长松纯子等人认为，内务府本杂剧有钟鼓司保存，教坊司编演。郑莉、邹代兰等学者却指出，内务府本元杂剧是由钟鼓司艺人编演。也有学者如高志忠观点比较折中，即"内府本既有教坊司的编演，也有钟鼓司的参与，并非由其中之一完全创作"[③]。高文并没有具体的论证。笔者同意这种比较通融的观点，理由有二:

第一，明代中后期，钟鼓司在今地安门东南，教坊司在今黄华坊附近，两者相距并不远。万历时人沈德符所著《野获编·补遗》卷一中说:"内廷诸戏剧俱隶钟鼓司，皆习相传院本，沿金、元之旧，以故事多与教坊相通。"[④] 既然同为宫廷演奏机关，地理位置相近，交流起来非常方便。

第二，两者的"业务"虽有内外庭之分，但又大有交叉之处。有时候，钟鼓司也组织外戏进宫。明人蒋之翘《天启宫词》透露:"钟鼓司有水傀儡戏。秋收打稻戏，又有过锦戏……备极世间昏庸受欺，奸谗巧诈情事，虽市井商匠杂耍把戏，皆可承应。祖宗设此，无非欲以广后人之耳目也。"[⑤] 教坊司的演员也可以调任钟鼓司，于慎行《谷山笔麈》卷六有教坊司的书官臧贤受皇帝宠遇，入钟鼓司为官的记载:"正德中，乐长臧贤甚被宠遇，曾给一品服饰，然官名体秩则不易也……未几，上有所幸，伶儿入内不便，诏尽宫之，使入为钟鼓司官，后皆赐玉。"[⑥] 既然官员都可以调动，那么它们演出的剧本就不会壁垒森严，而是相互参考借鉴了。

---

① （清）张廷玉:《明史·职官三》，中华书局 1974 年版，第 1818、1827 页。

② （明）沈德符:《万历野获编》，中华书局 1959 年版，第 271—272 页。

③ 高志忠:《明代宦官文学与宫廷文艺》，商务印书馆 2012 年版，第 185 页。

④ （明）沈德符:《万历野获编补遗》，中华书局 1959 年版，第 798 页。

⑤ （明）蒋之翘:《天启宫词》，北京古籍出版社 1987 年版，第 56 页。

⑥ （明）于慎行:《谷山笔麈》卷 6，中华书局 1984 年版，第 67 页。

基于以上分析，笔者认为，内务府本主要是钟鼓司和教坊司艺人相互交流切磋供宫廷演奏的本子。这些本子在演出之前要受到史官严格的审查，宋懋澄《九龠别集》有载：

> 院本皆作傀儡舞，杂剧即金、元人北九宫。每将进花及时物，则教坊作曲四折，送史官校定，当御前致词呈伎，数日后，复有别呈，旧本更不复进。南九宫亦演之内庭，至战争处，两队相角，旗杖数千，别有女伎，亦几千人，特设内侍领其职。凡傅朱粉人，虽司礼亦时加厚犒，恐于至尊前有所讽刺也。然此辈多行无礼，上时毙之仗下。①

所以内务府本一定经过教坊或者钟鼓艺人的改编。而明代宫廷收藏的杂剧肯定不止这些，还有多数杂剧被收集起来，因为不适合宫廷演出或者没有被皇帝点到又或者要避讳而被搁置，尚未经过艺人改编的元杂剧。“御戏监”一词是机构名或者职官名，史书没有明确记载。郑振铎和孙楷第均认为御戏监即钟鼓司，御戏监所藏曲本，就是钟鼓司所藏内府本。笔者认为，内务府本是宫廷上演的带有“穿关”的本子，而御戏监所藏的曲本应该是宫廷收藏的所有剧本，包括尚没有改编以供史官审查的杂剧。所以御戏监曲本的范围应该是包括内府本的。也就是说，内府本只是御戏监所藏剧本的一部分。

日本学者长松纯子《明代内府本杂剧研究》总结出明代内务府本杂剧采取统一的剧本书写体制特点：第一，开头剧名统一采用以全名标示，形式为□□□□□□杂剧，不使用简名。第二，题目正名共两句，题目一句，正名一句。第三，楔子独立使用，首折题“头折”，非“第一折”。第四，剧中主唱称“正旦”或者“正末”，不使用简称“旦”或“末”。第五，剧末附带有杂剧“穿关”。该研究是以包括明杂剧在内的所有95种赵抄杂剧为研究对象的，已包括元杂剧，这里不再赘述。我们可以做的工作是，根据该研究成果判断其他元杂剧刊本中有哪些杂剧是直接以内务府本为底本的，哪些杂剧是在内务府本基础上进行删润的。明刊本是以案头读物为目的出版的，均不录“穿关”，第五条可暂不论。经过比勘我们发现，息机子本现存元杂剧23种，有9本元杂剧是与内务府本体例相符合的，分别为《范张鸡黍》《㑳梅香》《赵礼

① （明）宋懋澄：《九龠别集》，《四库禁毁书丛刊》集部第117册，北京出版社2005年版，第784页。

让肥》《忍字记》《谇范雎》《合同文字》《碧桃花》《度柳翠》《风雪渔樵记》；此外尚有《切鲙旦》《东堂老》《看财奴》《连环计》《留鞋记》《符金锭》《生金阁》7剧是经赵琦美以内务府本校过，异文极少，并在其后录穿关，可以肯定其为内务府嫡系本子。因此本节将此16剧亦纳入内务府本元杂剧研究的范围。其他刊本如《古名家杂剧》本、《古杂剧》本等除少数剧以外均在书写体制上做出了一定的改动。除了它们与息机子本杂剧重出的内容十分相近的部分杂剧外，其他是否为内务府本，单从刊刻体例上难以判定。

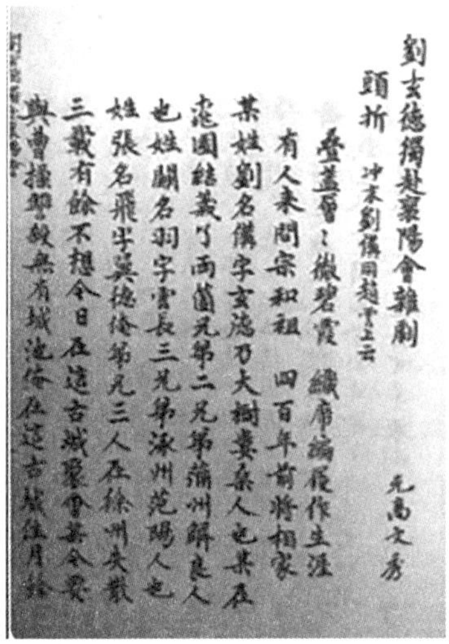
劉玄德獨赴襄陽會雜劇　元高文秀
頭折　冲末劉備同趙雲上云
叠盖層層徹碧霄　織席編履作生涯
有人來問宗和祖　四百年前將相家
某姓劉名備字玄德乃大樹婁桑人也某在
桃園結義了兩個兄弟二兄弟蒲州解良人
也姓關名羽字雲長三兄弟涿州范陽人也
姓張名飛字翼德俺弟兄三人在徐州失散
三載有餘不想今日在這古城聚會安營
與曹操㓨殺無有城池俺在這古城住月餘

图3-1　赵琦美抄内务府本《襄阳会》首页

二、赵琦美抄内务府杂剧的来源

赵抄内务府本元人杂剧26种，有赵琦美题识校内务府本，并注明抄校日期者20种；有赵琦美题识校内务府本，并无抄校日期者3种；其中仅有穿关者3种。赵琦美抄内务府本元杂剧的时间虽然从万历四十三年正月开始的（以内务府本校勘刊本元人杂剧却是从万历四十二年底就开始了），至四十五年十二月结束，持续三年时间，但四十四年仅录《楚昭公疏者下船》一剧，四十五年仅录《刘玄德醉走黄鹤楼》一剧，其余均为万历四十三年抄录。赵琦美在抄校时，元人杂剧和明人杂剧，内务府本与于小谷本均是同时进行的，并没有区别对待。如他在万历四十三年三月二日一天时间内同时录内务府杂剧元无名氏《浮沤记》、明无名氏《升堂记》和于小谷本明无名氏《风月南牢记》；在二月二十二日抄内务府本《伐晋兴齐》与于小谷本《误失金环》。

长松纯子推测赵琦美录校的内务府原本不是从钟鼓司直接借的剧本，而是从于小谷家借的内务府抄本。此论断的得出是根据赵琦美于万历四十二年至四十五年担任太仆寺丞，离钟鼓司距离不是很近，而且明代伶人地位很低，一般官人不会经常过来。[①] 笔者最初阅读时觉得甚为牵强，《也是园古今杂剧考》已论，明代中晚期，钟鼓司保存的剧本管理混乱，很容易被外借[②]。由太仆寺丞赵琦美一次性借出多本抄录的可能性也不是没有。从许多元杂剧的明刊本都属于内务府系统可以看出，内务府藏元杂剧的泄露情况是非常严重的。但从以上的分析看，长松纯子的推断是有可能的。因为按常理推断，赵琦美不会在同一天之内来往于钟鼓司和于小谷家借阅抄录杂剧，更为合理的解释是赵琦美进行抄录时，内务府本和于小谷本杂剧，元人杂剧和明人杂剧是在同一地方保存并混合在一起的，这样他才能在一天之内完成大量的抄录工作。事实上在赵琦美抄录完这些杂剧之后也没有对它们进行分类和整理，直到钱曾《也是园书目》才开始分目。[③] 赵琦美唯一记录校录内务府本的地点是在“真如邸”中，他曾两次到过这里抄校杂剧。第一次是万历四十二年十二月二十日，以内务府本校息机子本《望江亭》后跋，这也是他第一次看到内务府本杂剧；第二次是在两年之后，抄校于小谷本《桃符记》。那么这个“真如邸”到底是谁的府邸呢？首先最有可能的是于小谷的府邸，因为他也在这里录过于小谷本，将于小谷本杂剧带到其他人家抄录虽有可能但稍觉勉强。但翻阅于小谷及其父于慎行的相关材料，找不到关于“真如邸”的任何信息。赵琦美记录过在于小谷家抄录过的杂剧，均为于小谷本，如《登瀛洲》剧后跋：“于小谷本录校。乙卯二月初八日。有事昭陵书于公署。”并无一个是内务府本。而且于慎行藏书楼称“谷城山馆”，与“真如邸”似乎没有关系，这使我们不得不考虑“真如”是否另有其人。《四库全书存目丛书 · 第 94 册 · 子部 · 杂家类》有《真如子醒言》一书，题“广汉真如子王化隆撰”，现存明万历家刻本。《翁

① ［日本］长松纯子：《明代内府本杂剧研究》，中山大学 2009 年博士学位论文。

② 孙楷第：《也是园古今杂剧考》，上杂出版社 1953 年版。

③ 孙楷第：《也是园古今杂剧考》，上杂出版社 1953 年版。

方纲纂四库提要稿》言：“《真如子醒言》九卷，明王化隆撰。化隆，广汉人，自号真如子。尝以贡生官主簿。”[①] 王化隆尚有《真如子全集》一部，“因卷六内十七页《过朱仙镇渴武穆王祠》一首，多偏谬。”[②] 在清代乾隆时期被禁毁，因此不为后人所熟悉。真如邸的主人是否即为王化隆呢?

笔者怀疑真如邸的主人为王化隆主要基于以下理由：

（1）王化隆号真如子，与真如邸名称吏合。

（2）《真如子醒言》为万历家刻本，与赵琦美抄校杂剧时间相吻合。

（3）王化隆是“以贡生官主簿”，明清时期朝廷于各地生员中选拔成绩优异者，入京师国子监读书，称“贡生”，他至少在京师待过一段时间，与赵琦美有接触的可能性。

（4）明万历刻本《曲典》卷首有王化隆《谚谟曲典序》有一大段论元曲之言，他推崇元曲的教化作用，这说明他对元曲是相当熟悉的，内容如下：

> 至于排场戏曲，古诗古乐府之余音也。盛行于元，流通于今日，慧业文人，与庸夫孺子，所共传唱而愉情者也。奈何淫荡猥媟之语杂于其间，人只以侑壶觞供笑谑，而不知反而后和。被围而援琴，是日哭而不歌，歌固宣尼平日所不废矣。乃摘其有裨风化者约为三科：一曰忠孝节义；二曰感慨悲歌；三曰警悟解脱。庶几旁敲暗击，古所谓善为医者遍地皆良药也。宝训日陈于闹市，金诰时播于梨园，孰为谚乎，孰为曲乎。吾于是谟之典之。[③]

王化隆知曲懂曲，有散曲集《曲典》一卷（署题翠竹山房真如子撰），《全明散曲》辑撮其小令六十首。最重要地，他曾将“忠孝节义”“感慨悲歌”“警悟解脱”三种类型的杂剧摘录出来，说明他拥有丰富的杂剧文本。王化隆自言其选编戏曲“谟之典之”，是为了“宝训日陈于闹市。金诰时播于梨园”。“宝训”是指皇帝的言论诏谕，明朝新皇帝登基后，命史官编纂前任皇帝的《实录》和《宝训》。“金诰”指朝廷的诰命。明人金銮《出队子·早春宴徐王孙西园》套曲：“一簇儿彩花金诰，耀龙文宫锦袍。”他特意提出在朝廷颁布诰命之日，

① （清）翁方纲纂：《翁方纲纂四库提要稿》，上海科学技术文献出版社 2005 年版，第 561 页。

② 《四库馆准奏抽毁书目》。

③ 俞为民、孙蓉蓉编：《历代曲话汇编·明代编》第二集，黄山书社 2009 年版，第 407 页。

期待这些具有教化作用的杂剧可以在市井梨园上演，暗示了这时他是在京师，赵琦美从他那里得到内务府本元杂剧，是完全有可能的。

赵琦美有时来王化隆的“真如邸”抄录杂剧，有时也从王化隆处将剧本借出来，校勘抄录的时间比较随意。他曾在深夜时间抄录，《立功勋庆赏端阳》跋“万历四十二年（1614 年）甲寅正月二十一日灯下校内务府本”；在家里有大事的时候，也要抽空校勘抄录，《海门张仲村乐堂》跋“万历四十三年（1615 年）乙卯七月初十日校内务府本，是日瑞五成婚并记”。在上朝、奉差的间隙，也会见缝插针，反正一有时间，就会勤奋工作，抓紧校勘剧本。

关于王化隆，留下的资料比较少，只是明万历《汉阳府志》卷八选举志中“皇明贡士汉阳府〔汉阳县在内〕”一节提到王化隆，注“崇明主簿，才高学富”。[①] 明代举人参加京城“会试”，合格者被称为“贡士”，也就是说王化隆在国子监读书，完成学业之后，顺利通过会试。唯翁言王为广汉人，而《汉阳府志》言其为汉阳人。这两种文献可能由于地名之中均有一“汉”字而导致其出现误记。他是如何、从哪得到这么多剧本的，也很难弄清楚了。

三、赵琦美抄内务府杂剧的艺术体制

元杂剧本属于民间文学，服务和观赏的对象为广大的人民群众，产生和发展都根植于元代特殊状况，是一种战斗性和群众性较强的文艺形式。元代民族矛盾、阶级矛盾尖锐，吏治混乱，百姓生活苦不堪言，因而才产生了一大批如《窦娥冤》等反映社会现实的优秀剧作。杂剧文学进入宫廷之中，便产生了变异，因为杂剧的观赏者极为特殊，他们是整个帝国的统治者，对政治、文艺等各方面均有专制控制权。他们一方面非常喜爱元杂剧这种艺术形式，对元杂剧的剧本进行收集和整理，另一方面又对元杂剧中不利于自己统治的部分进行删改修正。元杂剧文本在明代宫廷中发生了很大的变化。

① 明万历《汉阳府志》（1613 年刻本）。

（一）曲牌与宫调

表 3–1　内务府杂剧与元刊杂剧所用宫调之比较

	元刊杂剧三十种	所占比例（%）	明内务府元杂剧	所占比例（%）
【仙吕·点绛唇】	32	27	42	25
【双调·新水令】	23	19	37	22
【中吕·粉蝶儿】	22	18	26	15.5
【正宫·端正好】	16	13	22	13
【南吕·一枝花】	12	10	20	11.9
【越调·斗鹌鹑】	8	6	14	8.3
【商调·集贤宾】	5	4	4	2.3
【黄钟·醉花阴】	2	1.7	1	0.6
【大石调·六国朝】	0	0	2	1.2

以上数据显示，元杂剧在从元走向明，由民间走向宫廷的过程中，使用的宫调基本没有改变。宫调的改变意味着整套曲子所有曲牌都要改变，全部需要重新填词，这样的工作量是很大的，宫廷艺人很少具备这样的功力。虽然宫调基本没变，在具体的曲牌运用上，较元刊本，内务府本元杂剧却发生了较大的改变。表 3-2 为具有元刊本、内务府本复出元杂剧的曲牌数量及差异之比较：

表 3–2　元刊本、内务府本复出杂剧所用曲牌之比较

剧名	宫调	元刊本	内务府本	元刊本较内务府本多出曲牌	内务府本较元刊本多出曲牌
任风子	【仙吕】	10	9	醉中天	—
	【正宫】	11	10	呆古朵	—
	【中吕】	16	16	—	—
	【双调】	2（以下缺）	10	未知	—

续表

剧名	宫调	元刊本	内务府本	元刊本较内务府本多出曲牌	内务府本较元刊本多出曲牌
范张鸡黍	【仙吕】	12（以下缺）	14	未知	—
	【南吕】	8（前阙）	15	未知	—
	【商调】	17	18		柳叶儿
	【中吕】	23	12	满庭芳、普天乐、快活三、墙头草、九煞、八煞、七煞、六煞、五煞、四煞、三煞	—
看钱奴	【仙吕】	11	10	幺	—
	【正宫】	17	10	呆古朵、滚绣球、脱布衫、小梁州、幺、三煞、二煞	—
	【商调】	16	8	双雁儿、清歌儿、村里迓鼓、元和令、上马娇、游四门、圣葫芦、后庭花	—
	【越调】	—	—	东原乐、绵答絮、秃斯子、鬼三台、金蕉叶、圣药王	—
博望烧屯	【仙吕】	14	8	哪吒令、鹊踏枝、寄生草、幺、金盏儿、后庭花	—
	【南吕】	13	9	牧羊关、骂玉郎、感皇恩、采茶歌	—

续表

剧名	宫调	元刊本	内务府本	元刊本较内务府本多出曲牌	内务府本较元刊本多出曲牌
博望烧屯	【双调】	13	5	步步娇、水仙子、川拨棹、七弟兄、梅花酒、收江南、沽美酒、太平令	—
	【中吕】	10	7	朱履曲、快活三、鲍老儿	—
疏者下船	【正宫】	10	10	—	—
	【越调】	13	6	小桃红、凭阑人、寨儿令、雪里梅、紫花儿序、鬼三台、络丝娘	—
	【中吕】	13	13	—	—
	【双调】	9	8	—	—

据上表比较，除《范张鸡黍》【商调】套内务府本较元刊本多【柳叶儿】一曲外，其余剧本差异比较明显，内务府本曲牌数量远远小于元刊本。至于这种情况出现的原因，小松谦在《中国古典演剧研究》中曾提及：一是为了考虑演出效果，删掉繁冗的曲文；二是删掉了触犯明代禁令、政治批评的内容。长松纯子言者是“由于能唱北曲的艺人减少，艺人能唱的北曲减少”[①]。笔者同意上述学者观点。但除此之外，笔者认为，尚有以下几点原因：

第一，内务府杂剧在宫廷演出，观看杂剧演出的观众主要为皇亲贵胄，非富即贵。这就要求元杂剧收敛起太过于锋芒毕露、慷慨激愤的言辞，对于权势富贵之人的谩骂与嘲讽显然不适合宫廷演出的需要。《范张鸡黍》第四折被删曲辞有的言法司官的断案昏暗不明。

【普天乐】今日个法司官多偏向，则近的县承主簿，不敢望宰相

① ［日本］长松纯子：《明代内府本杂剧研究》，中山大学2009年博士学位论文。

平章。有人告取受赃，则不与招伏状……

有的言富豪以财货当官，贫民有才如董仲舒也无晋身之道。

【六煞】有钱的张打油提在不次选用科，没钞的董仲舒也打入杂行常选房，调你两遭儿早镜中白发三千丈。常选房满堂火煨老些英雄汉，选用科里海青马撺翻田舍郎……

还有的对富贵奢靡、身居高位却毫不为国利民的官员极尽讽刺之能事。

【五煞】他每不理会万邦安万民，且对付百人食百羊，出来的一个个黑胡肥大如俺萧丞相。凭大体呵则倚着急喉咙健啖是人中宝，论治道呵全靠那壮脾胃消食的是海上方。宰相每可恁也托着先帝开今上，玳瑁筵羊羹受用，曾将那滹沱何麦饭思量？

《看财奴》第二折【正宫】套被删的【滚绣球】【脱布衫】【小梁州】【幺】诸曲，第三折【商调】套【双雁儿】【清歌儿】主要写周荣祖对贾仁利用解典库重利盘剥的愤怒指斥，如：

【滚绣球】典玉器有色泽你写没色泽，解金子赤颜色写着淡颜色，你常安排着九分厮赖，把雪花银写作杂白。解时节将烂钞扠，赎时节将料钞抬，恨不得十两钞先除了折钱三百，那里肯周急心重义疏财。今日孟尝君紧把贤门闭，交你个柳盗跖新将解库开，又不是官差。

【双雁儿】这的是你亏心枉爇万炉香。要儿孙忘上长，休把那陷百姓羊羔儿利钱放。儿开不的敌客坊，爷收不的不死坊。儿恋不的富贵乡，爷已卧在安乐堂。

第三折【元和令】【上马娇】【游四门】讲周荣祖在庙中遭豪家义儿贾长寿赶打，他义正辞严地对其进行斥责：

【上马娇】为他把恶语伤，匹面抢，先打后商量。你这般欺良压善心偏向，将性命偿，自身做自身当。

【游四门】你也养着亲生儿女老爷娘，各自要到家乡。五陵豪气三千丈，打扮的不寻常，强穿着些慌衣裳。

【胜葫芦】你子是驴粪球儿外面光，卖弄星斗焕文章，没些个夫子温良恭俭让。我人贫志短，你才高语壮，是王子入学堂。

元刊本中被删掉的曲词大都言辞激烈、情绪激动，如若台下观众为平民百姓，终日被权贵欺压，这类的言辞必定能获得喝彩。但实际上接受杂剧演出的观众正是曲辞中指骂的官员，他们听到后必定心惊胆战，因此此类曲辞必定会被删掉。

第二，宫廷杂剧演出更注重温柔敦厚的风格，除了在一些特殊的场合如祭祀以外，大都是节令、婚宴、朝贺时节演出，气氛是欢乐祥和的，过于悲伤哀怨的言辞也容易被删改掉。如《看财奴》第二折【三煞】【二煞】主要表达周荣祖卖子，亲生父子生死离别后的伤心痛苦，这里曲辞凄惨悲伤，加之音乐的渲染，这种呜怨伤感的情怀必定更加浓重。

【三煞】我不是侍亲娘弃子明达卖，又不是敬老母疏儿郭巨埋。卖子的四海声扬，卖子的万年名在。干赔了十月怀耽，刚剥的两贯钱来。怎生擎的住我这眼泪，把的住我这情肠、放的下这愁怀！明日将印板旋开，形着孩儿年月日时胎。

【二煞】比及他这曲茶儿岁寒成松柏，闪得我这莲子花干枯了老骨揣。终有个人急偎亲，否及生泰。怕孩儿福心灵，便是我苦尽甘来。急去不了斗筲之器，倒不了粪土之墙，坏不了朽木之材。这厮不分个菽麦，恨不的揽尽世间财。

《疏者下船》第二折楚昭王带领妻、子、兄准备外逃，面临伍子胥大兵压境的险境，眼看着马上就要国破家亡，满腹忧愁。这种“不详”之辞更不适宜在宫廷之中演唱。

【小桃红】眼前烦恼腹中愁，泪落在杯中酒，痛泪偷淹锦袍袖。死临头，便道锦封未折香先透。准备着截舌豁口，剐皮割肉，休想一醉解千愁。

【凭阑人】你道帘懒卷空垂玉控勾，风送兵尘满画楼。俺残生头刻休，您逃生疾快走。

【寨儿令】你道腰胜柳，袜如钩，亡家败国有甚羞？身似海底沉舟，命似水上浮鸥。低多少风雪替花愁。急煎煎不敢抬头，意迟争忍迎眸。口不做声儿哭，泪不做点儿流。不自由，怕心去意难留。

第三，从艺术上考虑，与故事高潮关系不大，过于冗长、烦沓的剧情被高度概括，使故事主线更为清晰，剧情更为简练。如《博望烧屯》第二折【南吕】套【骂玉郎】【感皇恩】【采茶歌】三支曲词，主要是叙述诸葛亮交代关羽守白河渡，设计提闸放水，水淹曹军。在关羽之前，诸葛亮分别派了赵云诱敌、刘封设伏、糜竺糜芳火烧曹军粮草，每人均使用一支曲子，这里派关羽使用3支曲子，并对自我谋略得意洋洋。

【骂玉郎】关公与我牢把白河渡，差军役偃江湖。夜深勒马向高冈上觑。把水骤住，若军过去，到低洼处。

【感皇恩】便与我放开沟渠，交淹了军卒，向浪涛中，波面上，狗扒伏。便休夸壮士，都偎了虾鱼。便逃灾难，躲性命，也中机谋。

【采茶歌】一半火烧得没，一半水淹得无，抵多少一钩香饵钓鳌鱼。拿取何须施英武，我得来全不费工夫。

内务府本将这一情节高度概括，删去了此三支曲词，新增一支【隔尾】，新曲不仅语词凝练，曲辞结构与之前派众将保持一致，而且将【采茶歌】中诸葛亮之自我陶醉之辞删去，换之以“你若是得胜还营，你将我来自然许”，态度谦虚谨慎多了。

【隔尾】关云长你去瀚陵渡，用土布袋把长江紧当住，水渰杀的军兵死无数，他活时节是战夫，死后做了水卒。你若是得胜还营，你将我来自然许。

第三折【双调】套讲述除张飞外，众将得胜归来之后，诸葛亮对于众位将军的赞赏之辞。赵云、刘封、糜竺糜芳各一曲，关羽四曲。

元刊本

【步步娇】…… 赞赏赵云

【风入松】想刘封武艺有谁当，天生的壮貌堂堂。得空便猛望着军心撞，似闹垓垓的虎荡群羊。饮过酒今番不枉，你若不为帝决为王。赞赏刘封

【水仙子】……赞赏糜竺、糜芳

【川拨棹】……
【七弟兄】……
【梅花酒】……
【收江南】……
（以上四曲）赞赏关羽

内务府本将除【风入松】外其他各曲删去，并将该曲的主人公“刘封”改为“您众将”，将末句“你若不为帝决为王”也删改了。这首曲辞就由仅赞赏刘封改为了赞赏众位将军，一首曲子完成了元刊本七支曲子的功用。

内府本

【风入松】您众将军武艺委实强，更那堪状貌堂堂。舍性命便往垓心里撞，恰便似闹垓垓虎荡群羊。饮过酒今番不忘，为将帅显高强。

内务府本作这样的删改恐怕与关羽的封帝有关系。明代之前，关羽封号虽一路飙升，但最高也不过王而已，封关羽为帝始于明代。明建文三年，明成祖朱棣发动武装政变，以“清君侧”为由攻克南京，朱棣自诩他当皇帝乃是“天意”，行动得到了关羽显灵佑护。自此之后，全国上下均把关羽当作神来敬，正德四年，朝廷下令将全国的关庙统一改为“忠武庙”。据《解县志》记载，万历十八年，神宗朱翊钧晋封关羽为帝，封“协天护国忠义帝”。万历二十二年，应道士张通元的请求，关庙的称谓亦由“忠武”改为“英烈”。万历四十二年十月，又封关羽为“三界伏魔大神威远震天尊关圣帝君”。关羽作为帝王，扮演关帝戏违禁不说，而且还受到臣子诸葛亮的调遣和居高临下的夸赞，显然是不妥当的。

第四，故事情节发生变化，曲辞相应也要产生增删，《疏者下船》剧是比较典型的例子。故事差异主要有二：一是战事起因，元刊本是伍子胥报父兄之仇；内务府本是昭公不肯归还飞入楚国湛卢剑。二是故事的结尾，元刊本昭王之妻、子已死，战争结束后又娶妻生子；内务府本叙昭公妻、子下水之后有龙神保护，战争结束后，夫妇、弟兄、父子重获团圆。[①] 这两个情节分别见于第一折和第四折。第四折虽然内务府本较元刊本仅少一曲，具体曲牌使用却有很大不同。

元刊本：

【双调】新水令—驻马听—沉醉东风—滴滴金—折桂令—落梅风—燕儿落—得胜令—水仙子

① 参见邓绍基：《元杂剧版本探究》，《古典戏曲评论集》，中国社会科学出版社2013年版，第178页。

内务府本：

【双调】新水令—驻马听—沉醉东风—落梅风—甜水令—折桂令—沽美酒—太平令

第一折情况比较特殊，元刊本与内务府本曲牌数量相同，连缀方式亦相同，但唱词却完全不同，这在现存所有元杂剧中都很罕见。严敦易《元剧斟疑》对于该剧的元明版本进行了详细的比勘，此不再赘述。①

总之，由于接受对象的特殊性、在实际演出中艺人对杂剧艺术上的追求，内务府本元杂剧在宫调与原本保持一致的基础上，曲牌与唱词都发生了较大的改变（以减少曲牌数量为主），以适应宫廷演出的需要。

（二）科介与宾白

与曲文减少相对，内务府本元杂剧宾白部分却增加不少。元刊杂剧以正色唱词为主，正色宾白很少，其他角色宾白就更少了。在内务府本元杂剧中，科白所占比例要比唱词大得多。宾白篇幅增加主要表现在以下几个方面：

第一，重复性表述。主要表现在：

（1）剧中人物相继出场时，而且即使做同样的动作，说同样的语言，也不厌其烦地重复。

如《博望烧屯》第二折：

赵云上场	**刘封上场**
（正末云）赵云安在？	（正末云）刘封安在？
（赵云云）师父呼唤小将那厢使用？	（刘封云）军事呼唤刘封那厢使用？
（正末云）你领五百人马……	（正末云）你也领五百人马……
（赵云云）小将得令。	（刘封云）小将得令。
【四块玉】……	【牧羊关】……
（正末云）小心在意者。	（正末云）小心在意者。

① 严敦易：《元剧斟疑》，中华书局1960年版，第387—400页。

（赵云云）得令，则今日领五百人马……走一遭去。我出的这门来。
（张飞云）赵云你那里去?
（赵云云）我奉师父将令，着我去……
（张飞云）我道是这村夫不会行兵……
（张飞见正末科，云）我去……走一遭去。
（正末云）张飞，你那枪快么
（张飞云）枪快
（正末云）马饱么
（张飞云）马饱
（正末云）你敢厮杀么
（张飞云）敢厮杀
（正末云）我不用你，出去
（张飞云）这村夫，兀的不气杀我也。

（刘封云）得令，奉军师的将令，领五百人马……走一遭去。我出的这门来。
（张飞云）刘封你那里去?
（刘封云）我奉师父将令，领五百人马……
（张飞云）你看这村夫不会行兵……
（张飞见正末科，云）我去……走一遭去。
（正末云）张飞，你那枪快么
（张飞云）枪快
（正末云）马饱么
（张飞云）马饱
（正末云）你敢厮杀么
（张飞云）敢厮杀
（正末云）我不用你，出去
（张飞云）这村夫，兀的不气杀我也。

接下来糜竺糜芳、关羽上场，上述情节再三再四重演，台词除了人名和省略号内的内容不同外，其余几乎相同。这在内务府本元杂剧中是极常见的现象，特别是历史、军事题材的杂剧中，地位相似的人物前后相继出场时除了上场诗和自报家门以外，其余内容反复表演。内务府元杂剧这种特点不是新创，元刊本中即已出现，虽然元刊本宾白不全，但也并非没有蛛丝马迹可循。元刊本《博望烧屯》上段情节叙述如下：

赵云上场	刘封上场	糜竺糜芳上场	关羽上场
（正末做喝了）一壁去，不用你！赵云来听吾将令。	正末云：一壁去，不用你！叫刘封听吾将令。	正末云，一壁去，不用你！唤糜竺糜芳听吾将令。	正末云，一壁去，不用你！关某听吾将令。

【四块玉】…… 张飞云了	【牧羊关】…… 张飞云了	【贺新郎】…… 张飞云了	【骂玉郎】【感皇恩】【采茶歌】…… 张飞云了

元刊本的表述虽然简单，但这种重复性的宾白架构已然成型，内务府本是在元刊本的基础上进行敷衍深发，目的是为了增加诸葛亮气张飞的喜剧性效果。这种类似“扯皮”的宾白是演员舞台互动的一个表演程式。

（2）对于有关剧情发展的重要关目或者对故事主题起到映衬作用的情节进行的反复性渲染。舞台表演时，情节比较复杂时，观众可能会在随后的观剧中忘记前面的内容，某些关键性关目，需要艺人反复叙述来增加观众的印象。内务府本元杂剧是宫廷舞台演出本，这种现象较其他元杂剧版本就比较突出。如《任风子》剧马丹阳为了度脱任风子，教化的一方人吃素，让以卖肉为业的屠户无法生存，引出任风子主动来找自己。这个情节是马丹阳度脱任风子的方法，是整个故事的奠基。在前两折中就出现了四次。

①第一折马丹阳出场，叙述自身得道经历、道教五祖七真、教义之后：

（扮马丹阳上云）……贫道昨宵看见青气冲天，下照终南山甘河镇，有一人任屠，此人有半仙之分。因而禀过师祖，前去点化他。若到的甘河镇，将一方之地都化的不吃腥荤。你道为何？此人是屠户之家，他见我化的一方之地都吃了斋素，搅了他买卖，他必然来伤害我性命。他若来时，点化此人归于正道。

②二屠向任风子借钱，任风子询问为何亏了本钱，二屠言：

……（大屠云）哥哥问俺为甚么折了本钱。哥哥你还不知道，数日前不知那里走将一个先生来，头上挽着三个髽髻，将俺这坊人都化的喫了素，宰下的牲口无人买，所以本钱都折了。如今大的小的都修善，一个个不吃羶。那先生每闹满了终南县，道士们住满了全真院。且休说城里的人，庄家每出来的都看神仙传。那先生好生了的也……

③第二折马丹阳自叙来到甘河镇之后所做之事：

（马丹阳上云）……无百日光景，化的这一方之人不喫荤腥，尽皆食素，却是为何？因任屠是个操刀的屠户，杀生为事，闻知贫道化的一镇居民都不吃腥，搅坏了他的买卖营生。此人性如烈火，必然与我为仇。或白昼而来，或黑夜而至。他若善来我便善应他，他若恶来，着他见个恶境，点化此人……

④任风子黑夜持刀去杀马丹阳，马丹阳问其原因，任风子解释：

（正末云）我是一个屠家汉，卖肉为生，你走将来化的俺这一方之地都食了素，俺这屠家卖不得肉也，我因此上杀你。

《裴度还带》讲述的是一个道德和命运博弈的主题[①]，在裴度故事之内，又包含韩琼英一家故事。韩琼英一家人的命运令人同情，与裴度的命运正好起到相互映衬的作用。韩琼英父亲因拒绝国舅索贿被诬下狱，别无出路的情况下，不顾小姐的身份，挺身而出，沿街卖诗挣钱救父。对当时黑暗官场的揭示和对纯孝主题的宣扬形成了本剧另外两个主题。本剧自第二折前后分五次详细叙述其身世情由：

①韩琼英母女上场，自述身世。

为因上司差国舅傅彬计点河南府钱粮，至此洛阳，问我夫主要下马钱一千贯；因我夫主在此洛阳秋毫无犯，家无囊畜之资，亦难去科敛民财，我夫主未曾应酬，以此傅彬怀恨。不期傅彬使过官钱一万贯，后来事发到官，问傅彬追征前项脏物；不想傅彬指下夫主三千贯脏。都省无好官长，奏闻行移至本府，提下夫主下于缧绁，赔脏三千贯。事以不明，难为伸诉，争奈下情不能上达，何须分辩！休越朝廷法例，舒心赔纳。家中收拾只勾送饭日用而已，俺两口儿面上，众亲戚赍助一千贯。老身只生的这个孩儿，因父祖名家，老身严加训教，此女读书吟诗写字。在城里外多亏我这女孩儿怀羞搦笔题诗，救父之难，得市户乡民恻隐，一则为他父清廉，二则因我这女孩儿孝道，半年中抄化到一千贯。陆续纳入官，前后二千贯，

① 徐子方：《命运和道德的博弈——关汉卿〈裴度还带〉剖析》，《曲学与中国戏剧学论稿》，东南大学出版社 2012 年版，第 156 页。

尚有一千贯未完，夫主未能脱禁……

②韩琼英为筹钱卖诗，遇到李公子，向其言及自身家世：

（琼英云）妾身洛阳太守韩廷干之女。为因朝廷差国舅傅彬计点河南各府钱粮，来至此洛阳，问家尊要下马钱共起马钱；为因家尊治官廉洁，秋毫无犯，家无囊畜之资，也难去科敛民财，正道公行，不曾应酬，傅彬怀恨。不想傅彬贼心，侵使过官钱一万贯，后因事发，问傅彬追征前项赃物；谁想傅彬怀挟前仇，指下家尊三千贯！都省无好官长，奏闻行移文书至本府，提下家尊下于缧绁，赔赃三千贯。事以不明，难为申诉，既下情不能上达，何须分辨！休越朝廷法例，舒心赔纳。家中收拾只勾送饭日用而已，父母面上众亲戚处赍助了一千贯。父母只生妾一个，因父祖名家，老母家训，教妾读书吟诗写字。城里城外，妾身怀羞，无计所奈，搠笔题诗，救父之难。得市户乡民恻隐，一则为父清廉，二则因妾孝道，半年来抄化到一千贯。陆续纳入官府，前后纳够二千贯了，如今尚有一千贯未完，父亲未能脱禁。

③韩琼英将李公子赠送的玉带忘在山神庙，裴度捡到，韩琼英向裴度诉说其身世：

（琼英云）哥哥不嫌絮烦。听妾从头至尾说一遍咱。妾身乃洛阳韩太守的女孩儿，这个是我母亲，嫡亲的三口儿家属。父亲在此为理，与人秋毫无犯。为因上司差傅彬来河南点检钱粮，傅彬到此洛阳，问我父要上马钱下马钱，我父不肯与他；后来傅彬为侵使过官钱，追赃赔纳，不想傅彬贼子怀挟前仇，指家父三千贯赃；奏闻行移至本府，提下家父于缧绁，赔赃三千贯。事以不明，难为申诉；下情不能上达，何须分辩！不敢越朝廷法例，舒心赔纳。家中收拾止勾送饭日用而已，父母面上亲戚处助一千贯。父母止生妾身一个，因父祖名家，老母家训，教妾读书吟诗写字。在城里外，妾身怀羞搠笔题诗救父难，得市户乡民恻隐，一则为父清廉，二则因妾孝道，半年中抄化了一千贯。陆续纳入官，前后二千贯，尚有一千贯未完，父亲未能脱禁……

④裴度第二次遇到赵野鹤，赵野鹤再次为他相面，奇怪他的气色与之前大不相同，裴度做出解释，他遇到韩琼英：

他乃是洛阳韩太守之女，他父为傅彬指下三千贯赃——韩公平昔奉公守法，廉于公谨——上司行移到本府，提下太守追赃。韩公恐越朝廷法例，舒心赔纳。其家甚窘，众亲戚赍助了一千贯。其太守有一女小字琼英，为无钱赔赃，自己提灰罐在街搠笔，城里关厢市户乡民，怜其父清女孝，众人赍助有一千贯。尚少一千贯未完，韩公不能脱禁。

⑤韩太守出狱，叙述自己一家遭遇：

老夫韩廷干是也。先任洛阳太守，为因傅彬侵使过官钱一万贯，事发到官追征。不想傅彬怀恨，指下老夫三千贯赃，屈囚牢内，依命赔赃。家下止有夫人、小女琼英。为老夫家缘窘迫，众亲戚处赍助一千贯；小女题诗抄化到一千贯……

像此类大段的重复在内务府本杂剧中并不少见，《襄阳会》中刘备借城池之事，七次言及；刘备跳檀溪之事，四次言及。《黄鹤楼》剧五次言及赤壁之战的情况，以致在后来的元杂剧文人选本如《元曲选》中，类似内容仅用一两句言语概括，让读者明白即可，形成了案头读本与舞台演出本的差异，详见后文，此不再赘述。

第二，内务府本元杂剧中，常有某一个角色大段的对故事的发展并不起重要作用的独白，在案头读本中看似啰嗦，在舞台表演中却是一种技艺。这种表现方式有些类似于现代曲艺中所谓的“贯口”，要求艺人以较快的速度，用富有节奏的语言叙述事物。一般在不换气或不明显换气的情况下进行。有犹如大河决堤、一泻而下的气势，让听众的耳朵享受到快速跳动的节奏之美。《破苻坚》一剧，作者通过“老丞相”之口，以棋论兵，用了近千字详尽地罗列了有关围棋理论和实践的问题：

（谢安云）夫围棋者，乃运天地之机。造化阴阳之像。此棋尧王所制，以为悦豫之戏。棋盘有四角，按四时春夏秋冬。上有方圆动静，方者为盘．圆者为子；动者为阳，静者为阴。棋有一十九路。（王坦之云）老相公，是那一十九路？（谢安云）是一天、二地、三才、四时、五行、六律、七星、八方、九州、十干、十一冬、十二支、十三闰、十四相、十五望、十六松、十七生、十八却、十九朔。外有五盘小棋势。（王坦之云）是那五盘小棋势？（谢安云）是小巧势，小妙势，小角势. 小机势，小屯势。棋盘有三百六十路，按一年三百六十日。又有二十四盘大棋势。（王坦之云）老丞相，是那二十四盘大棋势？（谢安云）是独飞天鹅势. 大海求鱼势，蛟龙竞宝势，蝴蝶绕园势，锦鲤化龙势，双鹤朝圣势，黄河九曲势，华岳三峰势，寒灰发焰势。枯木重荣势，彩凤翻身势，游鱼脱网势，虎护山峪势。两狼斗虎势，七熊争霸势，六出岐山势，七擒七纵势。九败章邯势，对面千里势，兔守三穴势。野马跳涧势，批亢捣虚势，三战吕布势，十面埋伏势。若论下棋者，一安详，二布置，三用机，四舍弃，五温习，六究理，七自见，八知彼，九从心，十远意。远不可太疏，疏则易断；近不可太促，促则势微。欲下一子，先观满盘。从初至末，着着当先。追杀兮不可太过，妙算兮恭心却战，认真兮弃少就多。初间布置张罗，次后往来规措。攒三聚五死难移，角盘曲四休疑误。内外相连，周回四顾。士大夫智量相瞒，小儿曹推棋抹路。有眼杀无入，问君知不知？河临海岸浅，山势有高低。各寻智中智，斗搜机内机。只因一着错. 输了半盘棋。若论下棋者，气清意美，生智添机。须观紧慢，要见迟疾。外静内动，身定心逸。喜中隐怒，安里藏危。省语者高，强语者低。自强者败，本分者宜。赢了的似那无声之乐，无故生欢；讴歌小令，鼓腹忻然；巧言相戏，冷语相搀；精神抖擞，语话谦谦。输了的似那无丧之痛，嗟叹哀怜；速速的胆战，紧紧的眉攒；双关里胡撞，死眼里胡填；打劫处胡纽，虎口里胡钻。棋乃尧王制，相传到至今。手谈消郁闷，遣兴度光阴。舍命往前撞，亡生向里寻。怀恨生嫉妒，低首谩沉吟。常存斟酒意，莫使下棋心。似那遍地野田争种土，周天躔度旋添星。诗曰：数着残棋用意深，包藏天地在其中。用智施谋生妙算，局中已有定乾坤。

这种技艺要求艺人对台词倒背如流，气势充沛。试想在杂剧表演中能来一段行云流水、酣畅淋漓的念白，听众还不掌声雷动，叫好四起？有时“贯口”

是用来打诨，如《飞刀对箭》中张士贵说军令，语言有趣诙谐，使用“先天”韵，背诵起来朗朗上口，一个无用军人的形象跃然纸上。

（净扮张士贵领卒子上，云）自小从来为军健，四大神州都走遍。当日个将军和我厮相持，不曾打话就征战。我使的是方天画杆戟，那厮使的是双刃剑。两个不曾交过马，把我左臂厢砍了一大片。着我慌忙下的马，荷包里取出针和线。我使双线缝个住，上的马去又征战。那厮使的是大杆刀，我使的是雀画弓带过雕翎箭。两个不曾交过马，把我右臂厢砍了一大片。被我慌忙下的马，荷包里取出针和线。着我双线缝个住，上的马去又征战。那厮使的是簸箕大小开山斧，我可轮的是双刃剑。我两个不曾交过马，把我连人带马劈两半。着我慌忙跳下马，我荷包里又取出针和线。着我双线缝个住，上的马去又征战。那里战到数十合，把我浑身上下都缝遍。那个将军不喝彩，那个把我不谈美。说我厮杀全不济，嗨！道我使的一把儿好针线……

有时艺人为了展现自己的“说功”，同一剧中会出现几次这样的“贯口”，如《飞虎峪存孝打虎》扮演“李克用”的伶人第一折开头用近四百字介绍北番情景，折末又用三百字颁布军令，第二折用三百字布置打围猎之事。“贯口”有时也使用书信、祭文等文体。如《黄鹤楼》周瑜给刘备的书信，《哭存孝》中李存孝死后，周德威书写的祭文，篇幅也很长，在演出中也很考验演员技能。

（3）上下场诗的增加是内务府杂剧宾白繁多的又一原因。一般认为“到了《元曲选》产生的明代中叶……杂剧逐渐开始脱离演出进入文本化阶段，它的文本体制也不断成熟……宾白作为元杂剧的重要组成部分被大量刊刻出来，上下场诗也成为一种固定的体制被延续下来”。[①] 其实，上下场诗被大量使用是从内务府杂剧中开始的。在赵琦美抄内务府 26 种和其以内务府本所校的 7 种息机子元杂剧中，上场诗最少的有 3 首，最多的达到 68 首。下面为有其他版本存在的杂剧上下场诗数量之比较。

① 杜桂萍主编：《明清文学与文献》第 1 辑，黑龙江大学出版社 2012 年版，第 32 页。

表 3–3 各个版本元杂剧上下场诗数量之比较

剧名	元刊本	《古名家杂剧》本	于小谷本	内务府本	元曲选
任风子	0	—	—	12	4
疏者下船	0	—	—	33	22
博望烧屯	0	—	—	24	—
存孝打虎	—	—	9	30	—
燕青博鱼	—	—	—	9	8
桃花女	—	—	—	15	11
浮沤记	—	—	—	11	7

内务府本元杂剧上下场诗要多于《元曲选》，小松谦认为“这些齐言体台词是说唱文学系统的问题，以说唱要素的导入来克服元人杂剧一人独唱的不足之处。”① 正末上、下场从无诗，其他角色均可有上下场诗来看，这种说法是有一定道理的。

内务府杂剧的上下场诗的数量与故事的题材内容和出场人物的数量有关，表 3-4 详细列出三种题材的元杂剧出场人数与上下场诗数量。

表 3–4 三种题材的内务府本元杂剧出场人数与上下场诗数量之比较

其他题材			历史题材			战争题材		
剧名	出场人数	上下场诗	剧名	出场人数	上下场诗	剧名	出场人数	上下场诗
《东堂老》	9 人	3 首	《连环计》	10 人	15 首	《飞刀对箭》	7 人	12 首
《冤家债主》	10 人	5 首	《哭存孝》	9 人	25 首	《衣袄车》	11 人	21 首
《生金阁》	14 人	5 首	《渑池会》	8 人	24 首	《博望烧屯》	12 人	24 首
《切鲙旦》	7 人	9 首	《黄鹤楼》	12 人	26 首	《射柳蕤丸》	12 人	26 首
《独角牛》	9 人	9 首	《五侯宴》	13 人	38 首	《伊尹耕莘》	15 人	27 首
《陈母教子》	6 人	11 首	—	—	—	《圯桥进履》	17 人	27 首
《浮沤记》	11 人	11 首	—	—	—	《襄阳会》	23 人	28 首
《任风子》	8 人	12 首	—	—	—	《存孝打虎》	15 人	30 首

① 小松谦：《中国古典演剧研究》，汲古书院 2001 年版。

续表

其他题材			历史题材			战争题材		
《燕青博鱼》	7人	12首	—	—	—	《破苻坚》	15人	32首
《刘弘嫁婢》	13人	12首	—	—	—	《疏者下船》	16人	33首
《裴度还带》	10人	13首	—	—	—	《智勇定齐》	15人	37首
《桃花女》	10人	15首	—	—	—	《三战吕布》	33人	68首
《破窑记》	7人	16首	—	—	—	—	—	—
《留鞋记》	9人	17首	—	—	—	—	—	—
《符金锭》	19人	20首	—	—	—	—	—	—
《降桑椹》	24人	38首	—	—	—	—	—	—
平均	11人	13首	—	10人	25首	—	16人	30首

从表3-4可以看出，战争题材上下场诗最多，其次是历史题材，其他题材的元杂剧人物的上下场诗最少。战争题材的杂剧场面比较宏大，要求清楚地介绍战争双方的主要领导：主帅，先锋、副将等。每一人物上场时都需要一段开场白＋上场诗，下场诗则需要下场白＋下场诗，结构整饬，不厌其烦。“众多人物或一一、两两、三三分批上场，每位或每两位、三位中的一个，总要来段开场白，或讲述历史，或自述身世，或夸说功劳。”① 下场时与之相似。下面以《破苻坚》剧苻坚派兵遣将攻打晋国一节来看战争剧中出现的演员上下场诗的情况。

（苻坚云）……小校，与我请阳平公苻融来者。

（卒子云）理会的。阳平公安在？

（苻融上云）威镇群凶透胆寒，常怀义胆与忠肝。

为臣竭力施公正。赤心辅弼立江山。

小官乃阳平公苻融是也

……

（苻融云）公既不听小官之言，须索回避，他日若有差迟，莫道苻融不曾劝谏也。

收拾献策呈言意，且做抽头缄口人（下）

① 郑莉、杨静：《浅谈明代宫廷杂剧的总体特征》，故宫博物院院刊2008年第6期，第43—50页。

（苻坚云）小校，与我唤将大将梁成来者。

……

（净梁成上，云）人中之灵，卒中之精。西秦名将，大将梁成。某乃大将梁成是也……

（梁成云）公子，唤小官那厢使用？

（苻坚云）且一壁有者，小校，与我唤将慕容垂来者。

……

（净慕容垂上，云）鹊桦雕弓把铁胎，弦粗面阔用人抬。

力打三石腰间挂，临军对阵拽不开。

某乃慕容垂是也

……

（梁成云）得令！某则今日统领人马，与晋相持厮杀，走一遭去。

我做先锋稀奇，准备厮杀相持。

擂槌上抹上些稀蒜，就马上辣作一堆。（下）

……

（慕容垂云）得令！则今日同梁成领兵五万，先取寿阳，走一遭去。大小三军，听吾将令！

忙擂战鼓，筛铜锣；

战鼓响三军进步，铜锣鸣准备收兵。

大将英雄实是奇、六韬三略尽皆知。

军行禁约须当记．五十四斩尽依随。

敢勇当先能挟将，扬威耀武敢夺旗。

古来自有能征将，谁比我将军快吃食。

白米闷饭吃二十碗，硬面烧饼嚷九十。

经带阔面轮五碗，卷煎烂蒜夹肉吃。

酸酒饮上五十盏，下酒肥羊烂牛蹄。

馒头吃上五六扇，赚鹅吃了一大只。

元帅领兵当先去，我撑的肚胀动不的！（下）

（苻坚云）慕容垂去了也。大小三军，听吾将令！

到来日将士威风若虎彪，咆哮战马统戈矛。

征尘滚滚兴戈甲，放心，不过长江不肯休！（下）

战争剧最为典型的例子为《三战吕布》，该剧有演员33个，上下场诗68首，是所有内务府杂剧包括明杂剧中上下场诗最多的作品。除了正末以外，其余每个演员均有上下场诗，至少两首。上下场诗最集中的部分是十八路诸侯与吕布的八健将，这26位演员中戏份很少，基本属于“跑龙套”性质。剧作者让每人至少有几句台词，这样既增添了热闹气氛，又给了他们一些表演的机会。这些诗多大同小异，或抒发战时的豪情壮志，或像净角色做些打诨，或随便凑合几句，没有什么实际的意义，更没有特别出色的作品。

表3-5　《三战吕布》战争双方上下场诗对照表

<table>
<tr><th colspan="3">正方</th><th colspan="2">反方</th></tr>
<tr><td rowspan="2">领导</td><td>袁绍</td><td>上场3次，上场诗3首，下场诗2首</td><td rowspan="2">吕布</td><td rowspan="2">上场4次，上场诗2首，下场诗4首</td></tr>
<tr><td>曹操</td><td>上场5次，上场诗3首，下场诗3首</td></tr>
<tr><td>监军</td><td>孙坚</td><td>上场6次，上场诗4首，下场诗1首</td><td></td><td></td></tr>
<tr><td rowspan="4">战员</td><td>众诸侯</td><td>两次分6批相继出场，上场诗12首，下场诗6首。</td><td>杨奉</td><td>上场1次，上场诗1首，下场诗1首</td></tr>
<tr><td>刘备</td><td>上场5次，上场诗1首，下场诗1首</td><td rowspan="3">八健将</td><td rowspan="3">每人上场诗2首，共16首，下场诗1首，共8首</td></tr>
<tr><td>关羽</td><td>上场5次，上场诗2首，下场诗2首</td></tr>
<tr><td>张飞</td><td>正末扮，无上、下场诗</td></tr>
</table>

历史题材杂剧所演述的是王侯将相之事，虽然人数不如战争剧多，很少出现像战争剧中那样集中式的上下场诗，但由于剧中角色人物地位也都比较高，几乎每个人物上下场时均要念诗。历史剧中人物的上下场诗除了表明人物身份，定下善恶基调外，多与剧情有紧密的联系。以《渑池会》剧为例，

该剧上下场诗24首，7首为秦昭公、赵成公或大将的自我介绍，3首为净之打诨，其余14首或是对前面剧情的总结回顾，或是对下面即将要进行的故事做预先介绍，具体情况见表3-6。

表3-6 《渑池会》剧情简介与人物上下场诗对应表

剧情介绍	角色人物	上下场诗的情况
天下诸国皆伏于秦，唯赵成公不伏于秦，昭公遂召将军白起商议。即伪称愿以十五座连城换取赵国和氏璧，如果赵国送璧来，则扣下玉璧，不与连城；如果赵国不送玉璧，再兴师问罪。	秦昭公下场诗	则为这无瑕玉璧有光莹， 差使命火速离京。 若送入秦邦境界， 我看他休指望十五座连城。
秦国派使臣到达赵国传达昭公命令。	使命上场诗	奉命离京出帝都， 驱驰鞍马又当途。 只因玉璧亲临赵， 弧矢之间显丈夫。
	使命下场诗	只因这赵国玉璧好无瑕， 故教两处起争差。 今乘驿马回京兆， 休辞海角与天涯。
赵成公急招众大臣商量对策。上卿廉颇主战，不给秦国玉璧；中大夫蔺相如愿持璧入秦，称秦若无意偿城，则将完璧归赵。赵成公同意了蔺相如的意见。	赵成公下场诗	则为这昭公使计用心机， 故教两国起相持。 你若是完璧偿城得两便， 那其间封官赐赏把名题。

续表

剧情介绍	角色人物	上下场诗的情况
蔺相如入秦献璧，秦昭公妄言此璧非贵，不值十五城。让蔺相如把玉璧留下，先回驿亭休息。蔺相如知其毫无诚意，假称来日在秦国文武百官面前献璧，方显得赵国诚意，并要求秦国准备好十五城图样，好回去复命。昭公料他即入秦邦，必然插翅难飞，遂允许他将玉璧携回驿亭，再在满朝文武面前献宝。	秦昭公下场诗	无瑕玉璧价千金， 故使机谋用计深。 休夸赵国英雄将， 怎出秦邦京兆城？
蔺相如回到驿亭后，连夜携璧逃出秦关。秦昭公要白起追赶，白起认为追赶无益，不如定下计策，约赵成公会盟渑池，然后暗藏甲士，将其擒下。	秦昭公上场诗	莫使直中直， 堤防人不仁。
	白起下场诗	赵国相如胆量高， 入秦为使显英豪。 略施小计难逃命， 教你目前一命丧荒郊。
相如全璧归赵，被封为上大夫。廉颇心中颇为不悦。廉颇主张起兵对敌，相如力阻起兵，并愿保成公赴会，廉颇与蔺相如打下赌注。	廉廉颇下场诗	则为这秦昭公使计兴邦， 为玉璧惹起刀枪。 领大兵齐临秦地， 土平了京兆咸阳。
秦国约赵成公会盟，赵成公带蔺相如赴约。	赵成公下场诗	玉璧离秦惹战争， 故教白起统军兵。 渑池会上怀奸诈， 怎得秦邦十五城。
渑池会上，秦昭公蓄意侮辱赵王，要其鼓瑟为乐。赵王鼓瑟后，相如以颈血溅秦王，要秦王击缶；秦王要赵国以十五城为自己祝寿，相如则要秦以成阳回赠；秦王令人舞剑，妄图加害赵王，相如拔剑揪住秦王，逼其保护赵王安全而归。	秦昭公下场诗	相如谋略胜孙吴， 渑池会上要相图。 休言白起千般勇， 天下相如真丈夫。

续表

剧情介绍	角色人物	上下场诗的情况
赵成公设宴庆赏，封蔺相如为上卿。廉颇不服，先行告退，出门时令门口众人殴打相如。	廉颇上场诗	恨小非君子， 无毒不丈夫。
	廉颇下场诗	恼的我发乍冲冠， 怒的我气冲牛斗。 他怎做我列臣僚， 见廉颇躬身叉手?
相如染病在家，廉颇与参谋吕成前往蔺府，吕成将相如以国事为重、不计私仇之心告诉廉颇，廉颇遂负荆向相如请罪，二人和好。	赵成公下场诗	相如用计运机筹， 廉颇英雄志未酬。 二将若肯同心意， 觑那六国秦邦一鼓收。
秦昭公没有得到便宜，便帅大军来讨战。	秦昭公上场诗	使尽自己心，笑破他人口。

由于没有过多程式化的东西，角色人物的上下场诗随着剧情的发展不断变化，比起战争剧人物诗的毫无生机，历史剧人物上下场诗倒给人一种清新的感觉。历史剧和战争剧人物上下场诗基本是和出场人物的数量成正比的，也就是说剧中人物的数量多，上下场诗的数量也就随之增多。

其他题材的元杂剧总体来讲出场人数少，上下场诗数量也少。但相比之下出场人物较多的杂剧，上下场诗并不一定多。如《生金阁》剧，出场人数是 14 个，上下场诗有 5 首;《破窑记》出场人数为 7 人，上下场诗却有 16 首。此类元杂剧题材类型比较复杂，如公案剧、神仙度脱剧、婚恋剧，发迹变泰剧等，故事涉及社会生活的方方面面，人物角色种类繁多，上至朝廷重要官员，下至店小二、媒婆等三教九流都成为其塑造的对象。上下场诗的数量与人物的社会地位有关。一般来说有两种人物上下场诗也比较多。一种是高官显贵，一般是正面人物；另一种是经过长期积淀已经定型了的人物。具体情况见表 3-7：

表 3–7　人物类型与上下场诗数量对应表

人物类型	上下场诗数量	例子
高官显贵	24 首	殿头官（《蔡顺奉母》） 淡淡濛濛映晓星，海潮捧现日东升。 九重阊阖开宫殿，文武班齐贺圣明。
神仙类	16 首	太尉（《浮沤记》） 休将奸狡昧神祇，祸福如同烛影随。 善恶到头终有报，只争来早共来迟。
小本生意人或农户	12 首	陈德甫（《看财奴》） 耕牛无宿料，仓鼠有余粮。万事分已定，浮生空自忙。 孛老儿（《独角牛》） 急急光阴似水流，等闲白了少年头。 月过十五光明少，人到中年万事休。
秀才书生	10 首	吕蒙正（《破窑记》） 倚仗胸中七步才，攀蟾稳步上天阶。 布衣走上黄金殿，风池夺得状元来。
僧道	7 首	白姑姑（《望江亭》） 道可道非常道，名可名非常名。 长老（《裴度还带》） 老老禅僧不下阶，两条眉似雪分开。 有人问我年多少，洞下枯松是我栽。
酒店店小二	5 首	店小二（《燕青博鱼》） 买卖归来汗未消，上床犹自想来朝， 为甚当家头先白，晓夜思量计万条
媒婆	4 首	媒婆（《符金锭》） 我做媒人兜答，一生好吃蛤蟆。若还要我说亲，十家打脱九家。 媒婆（《破窑记》） 说合先定千条计，花红谢礼要十倍。 打发的媒婆不喜欢，调唆的两家乱一世。

续表

人物类型	上下场诗数量	例子
财主	3 首	刘员外（破窑记） 僧起早道起早，礼拜三光天未晓； 在城多少富豪家，不识明星直到老。
权豪势要	3 首	杨衙内（《望江亭》） 花花太岁为第一，浪子丧门势无对。 街下小民闻吾怕，则我是势力并行杨衙内。
富家公子哥	2 首	扬州奴（《东堂老》） 四脉八肢身带俏，五脏六腑却无才。 村入骨头挑不出，俏从胎里带将来。

上表中的前两类属于地位比较高的正面人物。高官显贵上场诗多的原因，一方面是由于他们与朝廷有密切的关系，出场或下场时念一首宣扬皇恩浩荡或者为国尽忠之词，具有宣扬朝廷教化政治的作用。如《留鞋记》中包待制上场诗："心无谄曲理公平，万事无私颂自明。忠心一片扶社稷，保助皇朝四海清。"《符金锭》中赵弘殷上场诗："腰金衣紫受天恩，累辈居官教子孙。自从五代兴王业，民物雍和气象新。"另一方面，每剧剧末几乎都会出现一个身份比较高的官员出来"下断"，颁布命令或者加官赐赏。神仙类人物一定有上下场诗，没有例外，作者可以借助神仙人物的上下场诗，以全知视角对事件作出善恶黑白的评价，起到教化人心的作用。如《刘弘嫁婢》中增福神："中和直正烈英才，玉帝亲临圣敕差。休道空中无神道，霹雳雷声那里来。"《桃花女》中七星官："莫瞒天地莫瞒心，心不瞒人祸不侵，十二时中行好事，灾星变作福星临。"告诫人们不要做亏心的事，神明在暗地里看得很清楚，善恶到头终有报。

第三类开始至表末列举了三教九流人物，上下场诗基本已经定型，无论在哪本杂剧中，只要此类人物一出现都可以套用，因此出现的重复率很高。如表 3-7 中小本生意人或农户陈德甫的上场诗，《燕青博鱼》中的燕大、《裴度还带》中王彦实、《桃花女》中石增福也都使用。《独角牛》中卜儿之诗、《浮沤记》中孛老儿、《桃花女》中任二公、《刘弘嫁婢》中卜儿也都使用。富家公子哥扬州奴之诗，出现在《看财奴》贾长寿上场时。权豪势要杨衙内之诗，更是成为此类人物的经典台词。这些人物的上下场诗不仅在内务府本杂剧，在其他版本的元杂剧中也经常使用，可见这些都是约定俗成的语言，被称为“留文”，观众一听之下就会立刻认同。王利器曾谈到这种留文“是书会积古师师相传的枕中秘本。是书会才人们‘馈贫之粮’的随身宝”[①]。《醉翁谈录·小说开辟》所说的“说收拾寻常有百万套”虽然在数量上可能有些夸张，但也充分说明了这些语言的固定和灵活。

（4）“您众人望阙跪者，听圣人的命”是内务府元杂剧宾白增多的又一原因。上文提到内务府本杂剧剧末总会出现一位身份地位比较高的官员“下断”，意为这些故事都是在皇帝允可的范围内进行的。范丽敏《宋元小说、讲唱与戏曲关系研究》将杂剧剧末的因袭分为五种，内务府元杂剧涉及其中的两种：加官赐赏类和颂圣表忠类[②]，其实这两种类型的下断经常是混合在一起的。下断词为齐言体，一般为七言，也有五言、六言的情况，篇幅以二十句左右为多。其程式为：引导词“您众人望阙跪者，听圣人的命”+总结剧情+“论功次加官赐赏”+颂圣标忠。当然不一定每一个剧这几个部分都完整地出现，可能只出现其中的两个或三个，或者顺序有些颠倒，但基本的结构应该是这样的。比较标准的为《三战吕布》中袁绍的下断词：

（袁绍云）曹参谋并刘、关、张望阙跪者，听圣人的命：

因董卓独霸专权，仗吕布虎视中原。十万兵扬威耀武，八健将勇敢当先。威镇在虎牢关下，一心谋汉室山川。曹参谋催粮举将，刘关张立国安邦。凭骁勇战退吕布，奉君命极品升迁。

曹操加你为左丞相之职，整朝纲执掌兵权。封刘备为越殿襄王之位，享天恩每听皇宣。关云长加你为荡寇将军之职，真义勇文武双全。张飞加你为车骑将军之职，万人称四海名传。

赐御酒群臣庆贺，金銮殿大设华筵。齐祝赞千千载皇都永固，万万年圣寿齐天。

---

① 王利器：《〈水浒〉留文索隐》，《耐雪堂集》，中国社会科学出版社1986年版，第269页。

② 范丽敏：《宋元小说、讲唱与戏曲关系研究》，齐鲁书社2009年版，第144页。

很明显这些下断词是演给看戏的皇帝看的。内务府本杂剧中虽然没有皇帝出现，但一切事务均是在皇帝的旨意下进行的，只要出现“圣人”一词，都要换行顶格书写，以表示对皇帝的尊重。“圣人”既是指故事中的皇帝，也是指现实中看戏的皇帝。元刊本中有 3 个剧本《遇上皇》《东窗事犯》和《博望烧屯》剧末提示有“驾断出”或“驾断了”，表明剧末“下断”的形式在元杂剧中原本是存在的，但下断的主体为皇帝本人。那么“断”的内容也就可能存在差异，至少颂圣的部分可能不会存在，因为即使是在戏中，皇帝也不可能自己称颂自己。内务府本杂剧这样改编，一是因为明代有禁演“驾头”杂剧之令，二也是由于杂剧改编者对当今皇帝阿谀拍马的缘故。

总之，由于在特殊的场合，面对特殊的观众，内务府本杂剧都经过了谨慎加工，离元杂剧原来的面貌已经比较远了。

第三节　赵琦美抄校于小谷本元杂剧

万历四十二至四十三年，赵琦美抄校杂剧以内务府本为主，于小谷本的抄录仅不到十种，并且只有抄，没有校。万历四十四年之后，于小谷本的抄录占了压倒性的优势，且边录边校《古名家杂剧》。于小谷为于慎行之子。于慎行，《明史》有传，曾授编修，官礼部尚书、太子少保兼东阁大学士、翰林院史官，藏书为当地一流，清代道光年间《重修东阿县志》记：“于慎行家富二酉之藏，尤好元明杂剧。藏曲之富，几与中麓相埒。其书大抵抄自内府本。”[①]《万历野获编》卷二十五词曲“杂剧院本”条载：“杂剧三星下界、天官赐福种种吉庆传奇，皆系供奉御前，呼嵩献寿，但宜教坊司、钟鼓司肄习之并勋戚贵藩鉴赏之耳。”[②]宋懋澄《九籥集》卷 10“御戏”条云：“院本皆作傀儡舞，杂剧即金、元人北九宫。每将进花及时物，则教坊作曲四折，送史官校定，当御前致词呈伎，数日后，复有别呈，旧本不复进。南九宫亦演之内

① （清）李贤书修、吴怡纂：《东阿县志》，清道光九年刻本。

② （明）沈德符：《万历野获编》，中华书局 1959 年版，第 648—649 页。

庭。”[1] 教坊司属礼部，所演院本又皆需送史官校订，曾做过礼部尚书及翰林院史官的于慎行当然非常有机会见到这些剧本。加之《重修东阿县志》的“其书大抵抄自内府本”的记载，赵琦美所抄于小谷本元杂剧很有可能也是来自内务府本。

但问题是如果同样是内务府杂剧，赵琦美在抄校于小谷本时为什么不直接写“内务府本”？在校明刊本时，他以内务府本校息机子本，以于小谷本校《古名家杂剧》本，这说明赵琦美很清楚地知道内务府本和于小谷本是不同的两种本子。小松谦曾以内务府搬演时间的先后予以解释，认为：“于小谷本是明正德、成化年间的宫廷演出本，内务府本为万历年间的宫廷演出本。”然而，笔者一直有一个疑问，所有于小谷本杂剧均没有“穿关”。明代前中期是元杂剧搬演的黄金时期，万历年间，随着南戏的鼎盛，杂剧搬演渐渐衰落。很难理解为什么在杂剧搬演繁盛的时候，宫廷杂剧不记载“穿关”，而杂剧搬演衰落的时候，却详细地记载了演员的装扮情况？赵琦美在抄录杂剧时，非常注意保存剧本的原貌，如对内务府本的抄校：“版式整齐，字体工稳、疏朗清楚，通常每半页十行，行十七字。曲牌单列，不用括号，降两格写。上场诗低一格抄写。曲、白字体大小统一。科范提示语前后空格，曲词中极少衬字。另外，涉及尊者的字，要换行抄写，并抬两格。如圣人、圣明、明君、天子、皇恩、太祖、朝廷等。”[2] 即使是校对明刊本时，有可用的内务府穿关本，也要在刊本之后补齐穿关，如果于小谷本带有穿关，是绝不可能遗漏不抄的。赵琦美抄校的于小谷本杂剧，行款、版式、字数均不同，有的剧本曲牌外加括号，有的不加；曲牌不单列；有的剧本剧末在题目正名之前有“杂剧卷终也”字样，有的没有。于小谷本的抄校看似随意，但却反映了它们原是不同于内务府演出的本子。

---

① （明）宋懋澄：《九龠别集》，《四库禁毁书丛刊》集部第117册，第784页。

② 杜海军：《赵琦美校勘杂剧之功及对戏曲文学发展的贡献》，《戏曲艺术》2011年第7期，第48—51页。

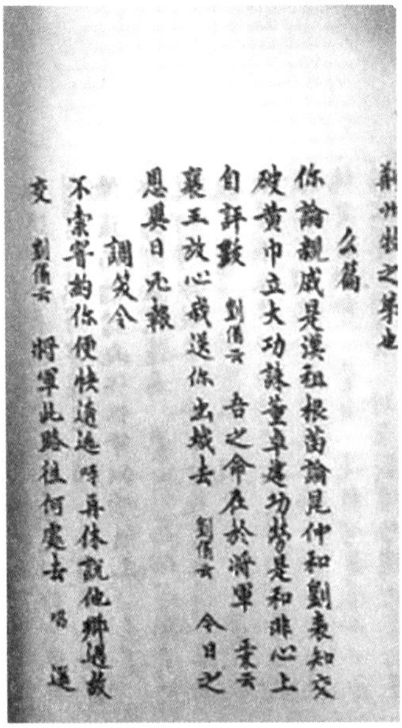

图 3-2　赵琦美抄内务府本《襄阳会》某页

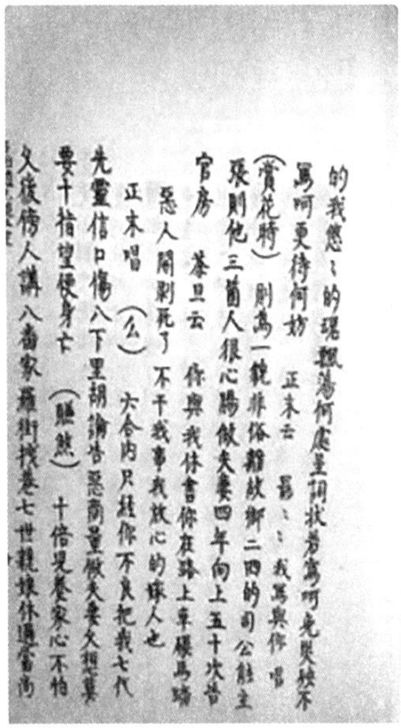

图 3-3　赵琦美抄于小谷本《单刀会》某页

一、于小谷本并非全为宫廷演出本

《脉望馆钞校本古今杂剧》赵琦美手抄两本《存孝打虎》，一本是抄自于小谷本的《雁门关存孝打虎》（以下简称《雁门关》）剧，另一本为抄自内务府本的《飞虎峪存孝打虎》（以下简称《飞虎峪》），两者同一祖本，比较发现，它们在重大的关目上没有很大差别，但在具体细节的处理上，还是有不小的差异。

1. 剧情的差异

（1）唐朝与黄巢战事的起因：《雁门关》本作者借李克用之口言黄巢起兵主要原因是由于唐朝朝政腐败，人民惨不聊生："唐僖宗信任田令孜等贪财好贿，人民失散四野，饥荒盗贼并起，黄巢纵横天下，文武并不以社稷为重。"黄巢占领京城，唐天子派李克用领李存孝等过来交战，挑起战争的一方为唐天子。

《飞虎峪》本言引起战争的一方为黄巢，“听的大唐家兵微将寡，缺少用武之将”才领兵侵犯大唐边界，唐朝是被侵略的，具有被迫的、正义性质的反抗。

（2）对于被朝廷征用去攻打黄巢的态度：《雁门关》本李克用一开始是拒绝的，明确表示是对朝廷不用自己时加以罪责，有用才想起自己的不满。这里有李克用与家将之间的对话：

李从珂、康君利云：父亲不可去。

李克用云：怎生不可去。

李从珂、康君利云：想父亲在幽州带酒打了国舅段文楚，圣人大怒，贬在沙陀歇马。今日黄巢反乱，可来喧咱，父亲不可去。

李克用云：吾儿说的是，不去。

直到第一折结束时，李克用才勉强答应：“罢罢罢，便好道用之则行，舍之则藏，义儿家将，则今日拔寨起营破黄巢走一遭去。”

《飞虎峪》本陈敬思刚一来宣，李克用欣喜欲狂，立马答应，言：“即做一个庆喜的宴席，量黄巢到的哪里？”并表明忠心：“国家用人之际，正当赤心报国，舍死忘生也。”还多次表达对于朝廷不用自己的担忧：“此一去则怕不用某么！”自己的“卑”与对朝廷的“忠”是整个杂剧的主旋律。

（3）黄巢是否称帝，建立新王朝。《雁门关》本唐朝已经灭亡，黄巢称帝，并有黄圭出场唱【古竹马】并言：“某乃御弟黄圭是也。”《飞虎峪》本唐朝并未灭亡，黄巢只是在局部地区兴兵作乱，皇帝依然是大唐天子。

2. 曲辞的差异

（1）《雁门关》里有些对于描述唐朝文武大臣无能，使得皇朝倾覆，皇帝失魂落魄逃出京城的唱词，在《飞虎峪》中均被删掉或者改为无关痛痒之辞了。

《雁门关》

【鹊踏枝】若说俺朝野公卿，无一个将相之才，因此上万乘君向西蜀避乖，谁曾见这一场兴衰。

【寄生草】降灾殃从天至，起干戈动地来。惊的那一朝帝王无精彩，唬的那两班文武緤魂魄，慌的那六宫粉黛无颜色。见如今龙车凤撵尚迁移，知他那雕梁玉砌今何在？

《飞虎峪》

【鹊踏枝】你若是用智谋破黄巢小哉，稳情取重封官挂印悬牌。

【寄生草】无

（2）《雁门关》对于描述闯入皇宫，对皇帝，哪怕是伪皇帝皇朝，有不敬的言语，在《飞虎峪》中也被删掉了。

《雁门关》

【尾声】不是勤王存孝相轻慢，我觑的叛国黄巢一似等闲。休俄延，莫怠慢，我将它特小看。好还咱两阵间，看存孝这一番。不许当，不许拦，一飐军没揣的撞入长安。忙离宝镫，跳下征鞍，直临内苑，撞入皇宫，一只手可答地拖离宝殿，滴溜扑捽下瑶阶。比及挑筋剔骨，摘胆剜心，大拳头揾住嘴缝，阔脚板踏住胸脯，我只问你因何将大唐天下反。

《飞虎峪》

【尾声】不是这英雄存孝相轻慢，我将那大胆黄巢觑的等闲。休俄延，莫迟慢，若还咱军阵前，不许当不许拦，我可便一丢军没揣的活挟过他征鞍。我则问他因甚的起兵来你可便欺负俺。

（3）《雁门关》有表现李克用功劳巨大，大唐江山依靠他而定之辞，亦不见于《飞虎峪》中，替而代之的为李克用之“显忠孝”。

《雁门关》

【圣药王】李存孝非是我自矜夸，我扶立起大唐家。

【二煞】凭着我忠心扫荡烟尘散，捉将手扶持社稷安。华严大战那其间，上的那骏马雕鞍。恁般儿虽不似跨海征辽那汉，黄金铠不须擐，凭着背上雕弓月样弯，我则要定了天山。

《飞虎峪》

【圣药王】李存孝非是我自矜夸，我显忠孝恶征伐。

【二煞】无

3. 宾白的差异

（1）与唱词情况类似，《雁门关》宾白中一些对朝廷“不恭”之辞尽被《飞虎峪》篡改或者删掉。《雁门关》黄巢作乱，朝廷屡战不能取胜，皇帝要派李克用去征伐黄巢，李克用听说有朝廷使命至，对宣召自己表示怀疑：“想来车驾见今幸西川，怎生得宣敕来？今日无甚事，在此闲坐一会，看有甚么人来。”《飞虎峪》中李存孝的态度十分肯定：“必然有天朝人至”，并早早地救，“远远的望着，若有军情事报复某知道。”表达了对与朝廷使命殷切的盼望。

当朝使到达，宣布诏李克用对抗黄巢时，《雁门关》本李克用对朝廷无能加以讽刺：“大唐家手下的文武全才英雄济济、状貌堂堂，那等好汉无限，量小官到的哪里？”《飞虎峪》中却改为：“某是得罪的人，怎生敢去？”不仅没有一丝抱怨，反而认为自己是有罪之人，不配替朝廷出力。在肯定皇上召他破黄巢之后，又一再担心：“此一去则怕不用某么！”这里的李克用不仅没有大将军的气度，反而是一个完全没有尊严的奴隶。

（2）《雁门关》本中保留了一些古老的少数民族的语言，历史上的李克用为沙陀族人，这样的语言更符合他的身份特征。如第二折末李克用下场白：“口旨呵哩哪阑吗那哈儿屿屿言，不实我克熈儿哦八迟哈儿布侄儿何狗不狼也，这也雇而铁哩古雷都脑刻实可不巡。”具体为何意不仅今天无法解释，估计在明代的时候，人们已然不明白它的含义了，所以《飞虎峪》本直接将其删掉了。这可以说明《雁门关》本是比较接近作品创作原貌的。

（3）《飞虎峪》本为了增加剧本的热闹程度，增加了李克用射箭收服了占山为王的周德威一节；在李存孝与黄巢交战时，又增加了净张归霸打诨的言语，使得原本紧张激烈的战争变得轻松幽默：

> 张归霸云：某乃黄巨天麾下大将张归霸是也，你及早下马受降，你乃何人？
>
> 正末云：我乃李存孝，是你爹爹。
>
> 张归霸云：唉，不听见。
>
> 正末云：我乃李存孝，是你爹爹。
>
> 张归霸云：唉，风不听的。

正末云：李存孝，我是你爹爹。

张归霸云：唉，风大不听的。

正末云：你来者何人？

卒子云：将军，你可说大着些。

张归霸云：不得你这伙畜生也送不了我的性命。你休管他，我则有分晓。兀那厮，某乃黄巨天手下大将张归霸，是你重孙儿哩。

卒子云：将军，你可怎生与他做重孙儿？

张归霸云：傻厮，倘赢了便好，或造化低输了，被他拿过我去，见了我这嘴脸就要杀，他说是我的重孙儿哩，他就饶了我。

卒子云：也饶不得。

（4）《雁门关》第一折李克用义儿家将出场时，七人一起上场，并无上场诗。《飞虎峪》义儿家将每人单独上场，每人上场诗一首，等李克用调兵遣将后，七将每人又有下场诗一首。

4. 叙述视角的差异

主要体现在第四折。这一折主要讲述的李存孝打了胜仗之后，探子向李克用报喜。《雁门关》是以有限视角，李克用不在战争现场，并不知道战争进展的情况，由探子向他一一诉说，这是符合情理的。《飞虎峪》李克用说自已经知道战况了，但还是要探子再叙述一遍，探子每唱完一曲，都有李克用的评论，并用七言四句诗进行概括，不符合常理。

根据以上分析，可以基本肯定，于小谷本《雁门关》并非宫廷演出本，最有可能的是比较接近作者创作原貌的本子。它有可能在比较早的时期被御戏监收藏，然后被改编为《飞虎峪》在宫廷演出，《雁门关》作为底本也被保存了下来。进而说明，于小谷本元杂剧并非全部为宫廷演出杂剧，它们的来源是很复杂的。

二、于小谷本元杂剧来源并非一处

上文提到内务府杂剧刊刻格式比较统一，如剧名使用全名＋杂剧，题目正名共两句，由“冲末”开场，正色称“正末”或“正旦”，不使用简称，等等，明显经过专门整理。于小谷本是否也是有统一体例呢？于小谷本统一的体例就是不分折，除此之外，剧本之间均有所差异，表示了其来源是非常复杂的。下面就赵琦美抄录 8 种、校《古名家杂剧》本 5 种元人杂剧为例进行分析。

表 3–8　于小谷本元杂剧剧本体例表

剧名	题目正名句数	开场角色	特殊脚色	正色称呼
江州司马青衫泪	4 句	末同二外	孤扮驾（唐宪宗）	正旦、旦
郑月莲秋夜云窗梦	2 句	冲末卜儿		正旦、旦
河南府张鼎勘头巾	4 句	外扮王小二	丑扮庄家	正末、末
张孔目智勘魔合罗	4 句	冲末李彦实		正末、末
赵元好酒遇上皇	4 句	外扮孛老	驾（宋太祖）	正末
苏子瞻风月贬黄州	4 句	王安石上开	驾（宋帝）	正末、末
董月英花月东墙记	4 句	冲末扮马生	生（马生）	正旦、旦
宋上皇御断金凤钗	4 句	正末同旦儿倈儿		正末
包待制智斩鲁斋郎	2 句	冲末扮鲁斋郎		正末、末
钱大尹智宠谢天香	2 句	正末引旦		正末、末
陶母剪发待宾	2 句	冲末孤上	生扮陶侃	正旦、旦
庄周蝴蝶梦	2 句	冲末扮蓬壶仙长	生扮庄子	末
存孝打虎	4 句	殿头官上		正末、正、探子

从表 3-8 可以看出，与内务府本不同，于小谷本元杂剧的情况比较复杂，体制多样。剧名标示既有全名，也有简名；题目正名既有四句，也有两句；开场角色既有冲末，也有其他脚色；正色既可以称“正旦”/“正末”，也可以有简称“末”/“旦”/“正”。这些杂剧应该没有进行统一整理，反映了剧本存在的本来的样子。

于小谷本元杂剧出现了三个比较特殊的脚色，“驾”“生”和“丑”。驾指皇帝的角色，演述帝王故事的杂剧又称“驾头杂剧”。《元刊杂剧三十种》中 15 种剧本中皆出现“驾”的人物。元代杂剧创作、演出环境比较宽松，明初朱权将“君臣杂剧”单独分类，可见驾头杂剧在当时是比较兴盛的。明代建立之后颁布了严格的禁令，洪武三十年颁布的《大明律》规定："凡乐人搬做杂剧戏文，不许装扮历代帝王后妃、忠臣烈士、先圣先贤神像，违者杖一百；官民之家，容令装扮者同罪。"[①] 永乐九年颁布的榜文，明顾起元《客座赘语》有载："但有亵渎帝王圣贤之词睦、驾头杂剧，非律所该载者，敢有收藏、传诵、印卖，一时拿送法司究治。"[②] 这两条禁令出现的直接后果是内务府 95 本杂剧中，不仅没有一本"驾头杂剧"，而且"驾"的角色也不出现了。于小谷本中出现了三个有"驾"角色的杂剧，《青衫泪》《贬黄州》和《遇上皇》，它们可能是宫廷演出本吗？

《青衫泪》在明代有 5 个版本，差异都很小，尤以于小谷本和《改定元贤传奇》本相似度最高。如【双调】套尾曲，《古名家杂剧》本、顾曲斋本、《柳枝集》本均题【离亭宴煞】，《元曲选》本作【鸳鸯煞】，只有于小谷本与《改定元贤传奇》本作【双鸳鸯煞】。《改定元贤传奇》虽然刻于嘉靖年间，但却代表了明初民间杂剧系统（详见《改定元贤传奇》一节），可见于小谷本《青衫泪》尚保持着元杂剧比较古老的形态。

《遇上皇》除于小谷本外，还有《元刊杂剧三十种》本，两者曲辞几乎完全相同，元刊本科白不全，有舞台提示的地方，于小谷本均是完整的，亦属于明初民间杂剧的系统。

《贬黄州》为孤本，无法比勘，但该剧有四个特点：

（1）保留了人物出场时"开"的形式。第一套有"王安石上开"，第二套有"马正卿引童上开"，第三套有"马正卿上开""王安石上开"。"开"在《元刊杂剧三十种》中比较常见，《改定元贤传奇》、息机子本尚存，其他刊本则很少见到了，内务府本已然消失。

（2）剧中有不少批判朝政、揭露官场政治的险恶之言，通篇充斥着苏轼对于忠臣遭贬、奸臣当道的不平与愤懑。苏轼云："奈王安石虐害百姓，蒙蔽朝廷。我上万言书谏主，反被奸党论劾。贬我湖南。……想忠臣义士，好难处世也。"而一些无才无能的小人却能够凭着阿谀奉承当朝权贵爬上高位，如

① 《大明律》卷 26，《搬做杂剧》。

② （明）顾起元：《客座赘语》卷 6，中华书局 1987 年版，第 188—189 页。

杨太守“自幼读了几句儿书之乎者也，哄得一举及第。也是祖宗积庆，又蒙王安石丞相抬举，直做到黄州太守之职”。鞭挞了朝廷的不公不平，就连黄州致仕官员马正卿也为苏轼打抱不平：“大人今远处炎方，朝廷公道何在？后世史官必有记录。”苏轼将官场比作“虎狼之道”：

【赚煞】则为不入虎狼群，躲离鲸鲵浪，直贬过汹汹大江，不信行人不断肠。赤紧的接天隅烟水茫茫，助凄凉衰草斜阳，休想我筑起高台望故乡。这里有当途虎狼，那里有拍天风浪。我要过水云乡，则是跳出是非场。

首折御史臣李定言弹劾苏轼诗章有干政化，出现不少批判君王之言，虽然于史有据，全为诬陷迫害，但这样“大逆不道”之语，绝不可能演出给皇帝和高官贵胄看的。

（3）剧中对社会世风的淡薄，趋炎避凉的控诉，对于为富不仁的痛斥，与《元刊杂剧三十种》之《看财奴买冤家债主》周荣祖对于贾仁的批判如出一辙，抒发了中下层人民的心声。内务府本《看财奴买冤家债主》此类的言辞大都删掉了，宫廷演出本是不会允许类似声音出现的。这点也可以证明该剧并非宫廷演出本。

【川拨棹】这世里欠田文，都是些吃敲的石季伦。屋也似金银，山也似珠珍。有一千个为富不仁，傲贫人谄富人。

【七弟兄】清浊不分，仁义不存。只理会得自推尊，饥寒壮士无人问。似昌黎重作《送穷文》，鲁褒再作《钱神论》。

【梅花酒】这厮每世不闻，倚主欺宾，仗富欺贫，倚势欺人。富而骄贫而谄，贫无义富无恩。富无恩，岂是人？岂是人？类飞禽。类飞禽，频曾论。频曾论，处人伦。处人伦，傲饥贫。傲饥贫，莫生嗔。莫生嗔，闭贤门。闭贤门，使牛人。

（4）皇帝召回苏轼，让其作诗，苏轼云：“臣不敢承旨也。”“本是个咏月嘲风，翻做了罔上欺君”“免陛下丁宁，非臣不逊，其实难效殷勤。”皇帝让苏轼官复原职，苏轼云：“臣旷久，不能供职，不愿为官也。”只愿远离官场，做一个自在闲人。

【雁儿落】臣宁可闲居原宪贫，不受梦笔江淹闷。乐陶陶三杯元亮酒，黑娄娄一枕陈抟困。

【得胜令】则愿做白发老参军，怎消得天子重儒臣！那里显骚客骚人俊，倒不如农夫妇蠢。绕流水孤村，听罢渔樵论，闭草户柴门，做一个清闲自在人。

这里没有“做一个庆喜的筵席”，没有“望阙跪者，感谢圣恩”，有的只是一个正直之士敢于拒绝君主的胆气与潇洒，是一代文士的风骨与傲然，是一位忠臣对于朝政的不满与绝望。从这点看，与“奴颜”味甚重的内务府本杂剧相差甚远。根据以上几点可以判断，《贬黄州》应该也是属于明初民间杂剧系统。

《勘头巾》《东墙记》《剪发待宾》《庄周蝴蝶梦》出现“丑”“生”脚色。“丑”“生”非杂剧而是南戏脚色。南戏中生为戏中的男主角，一般扮演书生、秀才、状元之类的人物。《东墙记》中生扮马生；《剪发待宾》生扮陶侃；《庄周蝴蝶梦》生扮庄周。丑所扮演是的插科打诨一类的人物。徐渭《南词叙录》对“丑”有介绍：“丑，以墨粉涂面，其形甚丑，今省文作‘丑’。”《勘头巾》丑扮庄家。以上皆与南戏脚色相符。然而我们也不能说这四个剧受南戏的影响一定遭到改编，因为有可能只是脚色记录的疏误，具体情况怎样还要具体分析。

《东墙记》元杂剧和元传奇均有之，《录鬼簿》记杂剧作者为白仁甫，《永乐大典目》《南词叙录》皆记传奇作者为史九敬先。于小谷本《东墙记》五折一楔子，开场冲末扮马生，以后概称之为“生”，这里的“生”，有学者言为马生的简称，不做脚色解；元杂剧中亦不乏有五折之剧，内务府本杂剧有不少剧本四折故事情节已演述完毕，最后还要再加上一个“庆功宴”做第五折。如果说这些还可以勉强说得过去，但《东墙记》的主唱却显得极为混乱：

表 3-9 《东墙记》主唱一览表

主唱	生	正旦	梅香
楔子	【赏花时】【幺】	—	—

续表

主唱	生	正旦	梅香
【仙吕】	—	全套	—
【正宫】	—	除【上小楼】以外15曲	【上小楼】【幺】
【中吕】	【粉蝶儿】【醉春风】等9曲	【快活三】【贺圣朝】	【脱布衫】等5曲
【越调】	—	全套	—
【双调】	【新水令】【驻马听】等11曲	【雁儿落】等4曲	—

我们已然弄不清楚这是“旦本戏”或者“末本戏”了，完全打破了元杂剧一人主唱的规则，而与南戏靠的很近了。此外还有一个值得注意的地方，正旦在唱完【仙吕·赚煞】要下场时有下场诗一首：“睡起金炉香尽寒，宝钗斜插碧云鬟。愁低杨柳梢头月，花落莺啼春又残。”我们知道，元杂剧的上下场诗主要是为了弥补一人主唱的不足，几乎没有主唱脚色念上下场诗的例子。南戏不受一人主唱的限制，由于所有脚色均可以有上下场诗。从这一点来看，《东墙记》恐怕已经遭人改编，或者融入了元传奇《东墙记》的若干要素也未可知，不再是白朴创作的原貌了。

《庄周梦蝴蝶》中讲述本为大罗神仙的庄周因犯错被贬为凡人，太白金星奉旨至凡尘为其指点迷津，助其重归仙班一事。该剧属于神仙道化剧的范畴，本有两个男主角，一为庄周，一为太白金星。按照元杂剧度脱剧的规律，被度脱者为正色主唱，度脱者脚色或为“外”，或只记名字，不记脚色。如《马丹阳三度任风子》，正末扮任屠，马丹阳首次出场称“冲末”，其余均称“马”；《吕洞宾度铁拐李岳》，正末扮岳孔目，吕洞宾首次出场称“外”，其余皆称“吕洞宾”。《庄周梦蝴蝶》生扮庄周，末扮太白金星，度脱者“末”太白金星为主唱。末也是南戏中的脚色，扮演次要男性。此外，该剧【正宫】套首有旦唱南曲【柳摇金】四首。元杂剧除主唱外有其他脚色唱小曲的例子，称为借宫，《古今杂剧》中就已经出现，《古名家杂剧》本《蝴蝶梦》也有正旦的最小的儿子唱两首曲子，但所唱之曲均为北曲，没有借南曲的情况。明初贾仲明的

《升仙梦》有南北合套，旦末互唱一支曲子，朱有燉《曲江池》标“末旦全本”，元杂剧创作规律这时已遭到破坏，本剧应该是在这之后人的删改。该剧剧末【收江南】后亦有末下场诗一首，也是受南戏影响的一个证据。

《剪发待宾》与《勘头巾》除了脚色记录有南戏痕迹外，《剪发待宾》中生扮陶侃，这里的“生”相当于“末”，《勘头巾》中丑扮庄家，元杂剧中庄家脚色常为“禾”，其余均符合元杂剧的规则。《剪发待宾》与内务府杂剧比较相似，内务府杂剧的特点几乎全都具备，题材上也较适宜宫廷演出，可能为早期的宫廷演出本。《勘头巾》孤“下断”之后末只称赞张鼎的清廉，并没有“圣旨”“恩诏”“望阙谢恩”等颂圣情节，可能为民间流传的本子。

《云窗梦》《魔合罗》《金凤钗》《雁门关存孝打虎》在脚色上没有特别之处，但依然可以从各自的特点判断其所属的杂剧系统。

《云窗梦》虽为孤本，但李开先《词谑》亦收录第一折，明张禄编选的《词林摘艳》选录了第一折和第三折曲文。三者曲文仅有非常细微的差异，除去校勘的错误，基本是一致的。《云窗梦》第一、三折曲文《盛世新声》不收，为张禄所录，《词林摘艳》嘉靖四年（1525 年）刊行，《词谑》也成书于嘉靖年间，将《云窗梦》视为明中期民间杂剧系统，[①] 应该问题不大。

《魔合罗》剧有《古今杂剧》本，清人何煌曾做过校勘，两者差距显而易见。邓绍基《元杂剧〈魔合罗〉校读记》一文作过比较详细的比较，认为明刊本（经赵琦美校，与于小谷本几乎完全相同）的曲辞和句式都是明初之后更改的，笔者同意。[②]

《金凤钗》从题目上看，“御断”二字说明该剧末折应该是由宋上皇亲自下断的，现存于小谷本则剧末是由孤扮张天觉来下断。这可能是于小谷本为了不违背朝廷禁令，将原本的人物设置改变，题目又没来得及改换形成的矛盾。即使不能证明此为宫廷艺人所为，该剧曾经过明人的改编或许是事实。

综上所述，于小谷本元杂剧内部包含着复杂的版本系统：《青衫泪》《贬黄州》《遇上皇》《雁门关》面貌比较古朴。它们是在内务府作为编演的底本，

---

① 本文第四章通过比较《盛世新声》等明代曲选中的元杂剧与李开先《词谑》《改定元贤传奇》《太和正音谱》等所选元杂剧，判定《盛世新声》等明代曲选和《词谑》中的元杂剧为明中期民间杂剧系统。

② 邓绍基：《元杂剧〈魔合罗〉校读记》，《殷都学刊》1994 年第 1 期，第 63—69 页。

还是一直在民间流传，由于慎行将其汇集抄录，已经不得而知了。可以肯定的是，它们并没有在宫廷演出过，甚至较《元刊杂剧三十种》更接近作者的创作原貌。《云窗梦》《东墙记》《庄周蝴蝶梦》视为明中期民间杂剧系统；《鲁斋郎》《魔合罗》《谢天香》《勘头巾》均经过明人改编，似文人所为；《剪发待宾》与内务府杂剧同源。

第四节　赵琦美抄校来历不明本元杂剧

赵琦美抄本中还有一种杂剧既没有标注抄录时间，亦无注明版本来源。虽然如此，但也并非完全不可辨识。十几种赵琦美抄来历不明本元杂剧中，抄写纸张、版式、字体的不同杂剧，具有不同的特点。具体可以分为四类：

第一类，印刷纸，四周单边，半页十行，曲辞、科白均单行排列，曲辞大字，科白小字（如图 3-4 所示）。使用这种版式的元杂剧有：《百花亭》《杀狗劝夫》和《断冤家债主》三剧。

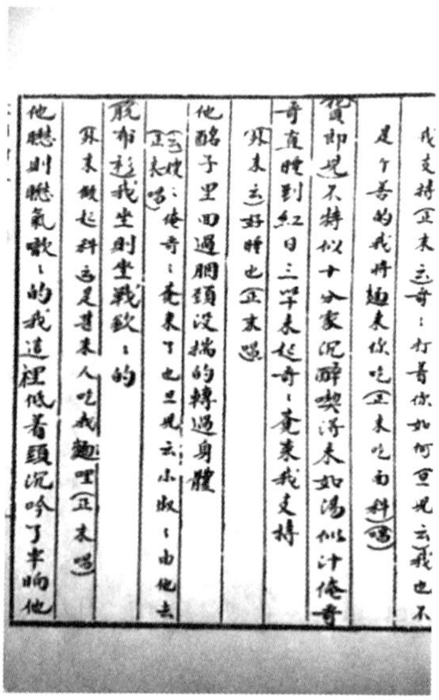

图 3-4　赵琦美抄不知来历本《杀狗劝夫》某页

该类元杂剧剧本体制的特点为：

（1）剧首总题名使用简称，无剧末总题。《逞风流王焕百花亭》简称《百花亭》，《王修然断杀狗劝夫》简称《断杀狗劝夫》，《崔府君断冤家债主》简称《断冤家债主》。

（2）题目正名两句，题目一句，正名一句。《百花亭》："花艳里贺赏郊园怜，逞风流王焕百花亭"，《断杀狗劝夫》："杨氏女劝兄弟和睦，王修然断杀狗劝夫"，《断冤家债主》："张善友论土地闫神，崔府君断冤家债主。"

（3）剧本分折，楔子独立，首套曲标示为"头折"。

（4）剧中人物多以脚色标示，没有"冲末"名称，主唱记"正末"或者直接简称"末"。明代早期的杂剧版本如《元刊杂剧三十种》，人物出场时均以脚色命名，而内务府本及明中后期刊本元杂剧，外脚人物在第一次出现的时候使用脚色名称，再次出现时则多直接称呼人名或官职。《古名家杂剧》本《谢天香》剧，钱大尹首次出场时记"孤扮钱大尹引张千上云"，后文再有他的说白，则记"钱云"；内务府本《刘玄德醉走黄鹤楼》剧，刘封首次出场时记"净扮刘封上云"，再次提到他则直接称"刘封云"。已有学者指出这种现象出现的原因是：《元刊杂剧三十种》本以脚色为中心，而明中后期元杂剧版本则以人物为中心的倾向①。但赵琦美抄来历不明A类元杂剧依然保持了人物脚色的记录方式：《百花亭》中有卜儿、高净、种外柳净，《杀狗劝夫》中有二净、外末、外旦，《冤家债主》中有卜儿、崔末等。这点可以说明，它们带有早期元杂剧的特征。另外，内务府本及明中后期刊本元杂剧，特别是内务府本，第一个出场的人物皆称"冲末"，如内务府本《哭存孝》头折"冲末净李存信同康军利上"。A类元杂剧剧首有两个剧不用"冲末"，《百花亭》为"卜儿引旦儿梅香上"，《杀狗劝夫》为"外末大郎旦儿同上"。《元刊杂剧三十种》没有使用"冲末"的例子，于小谷本凡可以基本断定保持比较古老面貌的元杂剧，开场亦不出现"冲末"。主唱记"正末"或者直接简称"末"说明没有经过比较刻意的整理。在此，我们或许可以下个结论，A类元杂剧尚保持着比较随意的元杂剧早期的面貌。

---

① 甄炜旎：《〈元刊杂剧三十种〉研究——以元明版本比较为中心》，复旦大学博士学位论文，2007年。

第二类，印刷纸，四周单边，半页十行，曲辞大字单行，科白小字双行（见图 3-5），使用这种版式的元杂剧为《尉迟恭单鞭夺槊》。

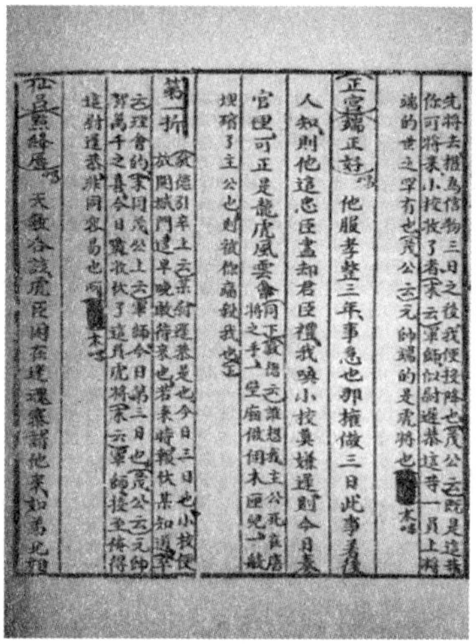

图 3-5　赵琦美抄来历不明本《单鞭夺槊》某页

该版式仅此一剧，该剧剧首总题为全称，无剧末总题。题目正名两句，题目一句，正名一句。楔子独立，首套标示为“第一折”。《古名家杂剧》本亦有此剧，对比发现，两者分折方式、剧本体例和内容完全相同。赵琦美抄本冲末扮徐茂公的四句上场诗为单行大字书写，赵琦美有言“此二行亦作小字写”，《古名家杂剧》本即为小字书写。另外，抄本楔子中徐茂公的说白“在美良川交锋”有赵琦美增加的“被俺使倒城之计”一句，这句话在《古名家杂剧》本并没有。可知赵琦美并不是使用《古名家杂剧》本校其抄本的，他所使用的是当时另外的一种。抄本校对的痕迹并不是很多，除此句以外，仅个别字的校勘，说明这两种本子差别不大。总之，《尉迟恭单鞭夺槊》当时至少有三个本子存在，赵琦美抄本与《古名家杂剧》本来源于同一个底本，赵琦美校本为另一种本子。这两种本子总体上差异不大，可知，皆为该剧在当时的通用本。

第三类，白纸抄写，舞台提示为小字，曲辞、宾白为大字，曲辞之间、曲白之间无空白，排版很密，几乎没有空白（见图 3-6）。使用这种版式的元杂剧有：《马陵道》《货郎旦》《盆儿鬼》《风花雪月》《举案齐眉》《玩江亭》《双献功》《诸葛论功》《四春园》几剧。

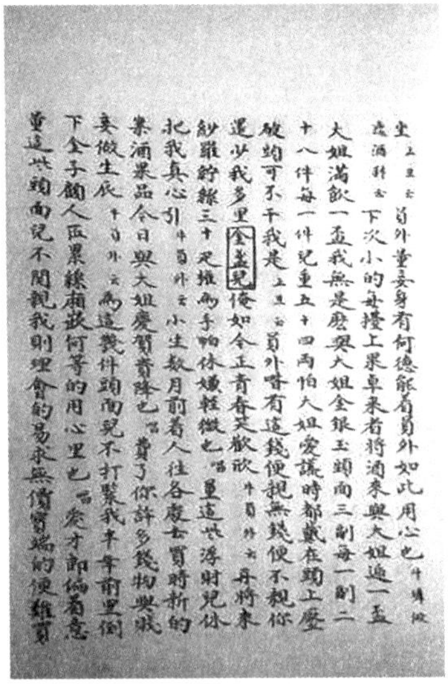

旦上 旦云 員外量妾身有何德能着員外如此用心也
送酒科 云 下次小的每擡上果桌來者將酒來與大姐遞一盃
大姐滿飲一盃我無是麽與大姐金銀玉頭面三副每一副二
十八件每一件兒重五十四兩怕大姐愛議時都戴在頭上麽
破鉤可不干我是 旦云 員外嗜有這錢便覩無錢便不覩你
還少我多里 金盞兒 俺如今正青春芙蔽欣 員外云 再將來
紗羅紵絲三十疋推兩手帕休嫌輕微也 唱 量這些濤財兒休
北我真心引 員外云 小生數月前着人往各處去買時新的
果酒果品今日與大姐慶賀前降也 唱 費了你許多錢物與賤
妾做生辰 員外云 兩這幾件頭面兒不打緊我半年前里倒
下金子顧人匠累絲廂嵌何等的用心里也 唱 受才郎偏着意
量這些頭面兒不間覩我則理會的易求無價寶難的便難買

图 3-6　赵琦美抄不知来历本《玩江亭》某页

该类元杂剧剧本体制特点为：

（1）除《货郎旦》外，剧首总题使用全名 + 杂剧的形式，无剧末总题。有《庞涓夜走马陵道杂剧》《货郎旦杂剧》《玎玎珰珰盆儿鬼杂剧》《张天师断风花雪月杂剧》《孟光女举案齐眉杂剧》《瘸李岳诗酒玩江亭杂剧》《黑旋风双献功杂剧》《十样锦诸葛论功杂剧》和《王闺香夜月四春园杂剧》

（2）除了《货郎旦》和《双献功》外，其余剧本均题目正名两句，题目一句，正名一句。

（3）剧本分折，首套曲称“头折”，楔子独立。

（4）剧本首个出场的人物称“冲末”，没有其他称呼。《马陵道》冲末扮鬼谷子领道童上；《货郎旦》冲末净扮外旦上；《盆儿鬼》冲末扮孛老儿上；《风花雪月》冲末扮陈太守；《举案齐眉》冲末扮官人同夫人领祗从上；《玩江亭》冲末扮东华仙上；《双献功》冲末扮孙孔目上；《诸葛论功》冲末扮李昉领张千上；《四春园》冲末扮王员外上。

（5）剧中有不少“颂圣”语句。《举案齐眉》剧有：“（正旦云）圣主万岁万岁万万岁”。剧末有使命上场下断，形式为：“您众人望阙跪者”+总结剧情+“今日个加官赐赏，一齐的望阙谢恩。”《诸葛论功》先有李昉奉皇帝命下断“张齐贤你望阙跪者，听圣人的命”+描述君圣臣贤+加官赐赏+“祝愿皇图万万春”；再有增福神奉玉帝命“为朝廷重武崇儒，塑图像、显忠良”，祝愿“千千载光辉荣耀，万万年永固皇图”；再有正末唱【呆骨朵】：“感神明圣德洪威大，荷天恩拜舞在金阶。圣明君溥济千邦，见如今威伏四海。今日个君圣臣贤洽，化育的岁稔年丰快，一齐的谢神天来降福，则顾你保家邦千万载。”最后是增福神的下场诗，末句为“永保皇图万万龄”。

以上5条除《货郎旦》使用简名，并和《双献功》无题目正名，其余均符合内务府演出本的特征，可以基本断定为内务府本。《货郎旦》剧比较特殊，不仅使用简名，无题目正名，而且宾白、舞台提示也不全，在有些地方人物何时出场，是不是在舞台上，交代得并不清楚。第二折讲述李彦和之妾张玉娥与奸夫李彦实设计，将李彦和房屋烧掉，几人逃难至河边，渡河时将李彦和推入水中淹死。渡河一节场上之人有稍公、李彦和、外净旦张玉娥、正旦三姑和俫儿，并没有李彦实。剧本相关内容如下：

(李彦和云)兀的不是一只船，唤稍公将船来

(稍公上云)

(外旦云)咱上船河那边去

(上船科)

(李彦和落水科)

(稍公上救落科了)

(李彦实扯科)

稍公上场时说些什么？李彦实何时出现在舞台上的？均没有交代。接着正旦亦落水，误以为是稍公谋杀，愤怒之下殴打稍公，所以后文才有她知道并非稍公之错后非常惭愧所唱【水仙子】：“呀，错掴打了别人怎罢休。”这前应该有“正旦打稍公科”之类的舞台提示才对，剧本仅剩了正旦与稍公的对白：

(正旦云)有杀人贼也

(稍公云)干我甚事

再无其他科介了，虽然仅是几个字的区别，但人物冲突和因误会而造成

的戏剧效果被极大地削弱了。作为宫廷演出底本，由于特殊的观剧对象，为了谨慎起见，重复性的内容都不必麻烦，一一详述，不可能在人物出场和舞台提示中有如此的疏忽。因此，本剧可能并没有在宫廷演出过。

第四类，白纸抄写，唱词大字，宾白和舞台提示用小字，每行较唱词低一格（见图3-7）。使用这种版式的元杂剧有：《还牢末》《敬德不伏老》《单刀会》和《关云长千里独行》几剧。

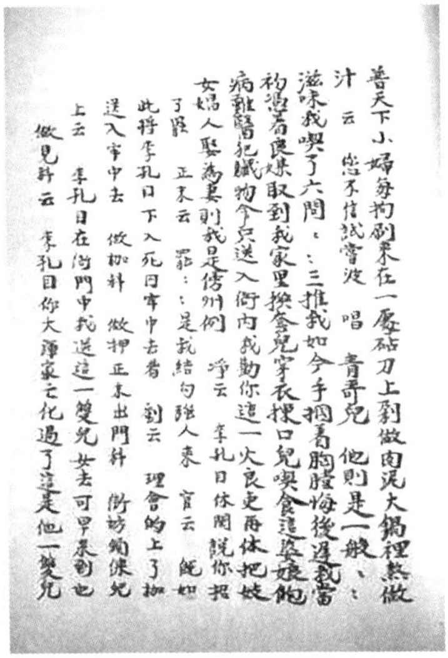

图3-7　赵琦美抄不知来历本《还牢末》某页

该类元杂剧的特点是：

（1）剧首总题有的剧使用全称，有的使用简称。使用全称的有：《大妇小妻还牢末》《关云长千里独行》，使用简称的有《敬德不伏老》《单刀会》。无剧尾总题。

（2）杂剧不分折。

（3）题目正名有的为4句，有的为2句。4句的为《还牢末》和《单刀会》，2句的为《千里独行》和《敬德不伏老》。

（4）《敬德不伏老》《单刀会》剧末原有“杂剧卷终也”字样，后又被划线删掉。

以上均符合于小谷本元杂剧的特点，特别是第（2）、（4）点，为于小谷本所特有（其他唯《古名家杂剧》本《墙头马上》末有“杂剧卷终”，《古名家杂剧》本与于小谷本有很深的渊源关系，详见下文），它本均无。赵琦美抄于小谷 34 本元、明杂剧中，有 14 本剧末出现“杂剧卷终也”，部分如《庄周梦》《贬黄州》《云窗梦》等原本也有，后又被划掉了。

断定这四种元杂剧为于小谷本应该是符合实际的。《敬德不伏老》武将上场各有上下场诗，【收尾】全曲用来“颂圣”。剧末有徐茂公下断，“老将军你望阙跪者，听圣人的命”+总结剧情+加官赐赏；《千里独行》刘末下断，“俺三人永保皇图帝业昌”，可能在宫廷演出过。《单刀会》有《元刊杂剧三十种》本，前文有过分析，不再详述，可能是属于明代中期民间演出杂剧系统。

第四章　明中叶梨园清唱元杂剧系统

——三大曲选及《词谑》所载元杂剧

明代中期，就在元杂剧选本刊刻即将进入繁荣的前夕，在民间出现了几部大型的散曲、戏曲选集，它们所录均是当时在民间流行的脍炙人口的曲子。这些曲子没有经过宫廷文人的改编，也很少特意修饰的痕迹，大部分都是经过民间艺人传唱而流传下来的，虽然只录曲文，且为散套，没有完整的剧本存世，但依然可以看到，它们是有别于其他版本的本子。

第一节　明中叶三大曲选所载元杂剧剧目初探

《盛世新声》是明代第一部戏曲选集，据明嘉靖乙酉（1525 年）刘楫序《词林摘艳》："顷年梨园中搜辑自元以及我朝，凡辞人骚客所作，长篇短章，并传奇中奇特者，宫分调析，萃为一书，名曰《盛世新声》。"[①] 这部选集是当时艺人把一些经过舞台考验的作品荟萃而成，有明正德十二年（1517 年）戴贤刻本，署"樵仙戴贤愚之校正刊行"、嘉靖间刻本。

赵山林在《中国戏曲传播接受史》一书中，统计出了《盛世新声》所收的元杂剧名目 30 种，漏收《追韩信》【双调】套，《范张鸡黍》【商调】套，一并记之如下：

①《汉公卿衣锦还乡》第四折：【正宫・端正好】"一班儿扶社稷众公卿"。

②《梧桐雨》第二折：【中吕・粉蝶儿】"天淡云闲"、第四折【正宫・端正好】"自从幸蜀回京兆"。

① 蔡毅编：《中国古典戏曲序跋汇编》（四），齐鲁书社 1989 年版，第 2694 页。

③《气英布》：第四折【黄钟·醉花阴】“楚汉争锋定寰宇”。

④《魔合罗》：第二折【黄钟·醉花阴】“满腹阴阴似刀绞”。

⑤《翰林风月》：第一折【仙吕·点绛唇】“书丧秦嬴”、第二折【太石调·念奴娇】“惊飞幽鸟”。

⑥《黄粱梦》：第三折【大石调·六国朝】“风吹羊角”。

⑦《汉宫秋》：第四折【中吕·粉蝶儿】“宫殿凉生”（中吕一折）。

⑧《范张鸡黍》：第二折【南吕·牧花】“天不生仲尼”【商调·集贤宾】“二十年死生交同志友”。[①]

⑨《三夺槊》：第二折【南吕·一枝花】“箭空攒自风翎”。

⑩《丽春堂》：第三折【越调·斗鹌鹑】“操一曲流水高山”、第四折【双调·五供养】“穷客程旧行装”。

⑪《虎头牌》：第二折【双调·五供养】“愁冗冗恨绵绵”。

⑫《两世姻缘》：第三折【越调·斗鹌鹑】“翡翠窗纱”。

⑬《严子陵垂钓七里滩》：第三折【越调·斗鹌鹑】“蔓笠作变游”。

⑭《倩女离魂》：第二折【越调·斗鹌鹑】“人去阳台”。

⑮《海门张仲村乐堂》第一折：【仙吕·村里迓鼓】“正值春丽人天气”。

⑯《苏子瞻醉写赤壁赋》第一折：【仙吕·点绛唇】“十载寒窗”。

⑰《金水桥陈琳抱妆盒》第二折：【南吕·一枝花】“虽不是八位中紫绶臣”第三折【双调·五供养】“则听的后宫中推勘女娇姿”。

⑱《追韩信》第二折：【双调·新水令】“恨天涯流落客孤寒”。[②]

（以下为佚本）

⑲《罗公远梦断杨贵妃》：【正宫·端正好】“传将令马体行”。

⑳《流红叶》：【正官·端正好】“我恰才秋香亭上正欢浓”。

㉑《箭射双雕》：【中吕·粉蝶儿】“赛社处人齐”。

㉒《芙蓉亭》：【仙吕·点绛唇】“天霁云开”。

㉓《贩茶船》：【中吕·粉蝶儿】“这些时浪静风恬”。

---

① 赵山林：《中国戏曲传播接受史》漏收该折。

② 赵山林：《中国戏曲传播接受史》漏收该剧。

㉔《叹骷髅》:【仙吕·点绛唇】“散诞逍遥”。

㉕《苏武还乡》:【中吕·粉蝶儿】“羊角风蹩地蹩天”。

㉖《谒鲁肃》:【南吕·一枝花】“苍天老后生”。

㉗《栾巴噀酒》:【南吕·一枝花】“茜红袍锦压裥”、【双调·五供养】“五更朝马聚富门”。

㉘《范蠡归湖》:【双调·新水令】“越王台元道似摘星楼”。

㉙《秦少游》:【双调·新水令】“似一江春水向东流”。

㉚《鸳鸯冢》:【黄钟·醉花阴】“行色匆匆意伤感”、【南吕·一枝花】“柳拖烟翡翠黍”。

㉛《罟罟旦》:【中吕·粉蝶儿】“心下疑猜”。

《词林摘艳》明张禄辑。戏曲、散曲选集，十卷。张禄字天爵，号友竹山人，别署吴江主人、蒲东山人。南直隶吴江（江苏吴江）人。词林指《盛世新声》，言其收戏曲、散曲甚多如林，保留原著部亦称之为林。增补而使其更加美好丰满者称为艳，《说文解字》：艳，好而长也。从丰；丰，大也。“《盛世新声》所收近广，欲成太速，不暇考其讹舛，见者病焉。因正其鲁鱼，增以新调，不减于前谓之林，少加于后谓之艳，更名曰《词林摘艳》。”[①] 则此书为增订《盛世新声》而作，有嘉靖四年（1525 年）刊本。

既为《盛世新声》修订之作，《词林摘艳》与《盛世新声》所收元杂剧套数比较相近，又有所异。

《盛世新声》收《词林摘艳》未录的杂剧套数有7剧，分别是:《魔合罗》【黄钟】套、《黄粱梦》【大石调】套、《三夺槊》【南吕】套、《丽春堂》【越调】套、《海门张仲村乐堂》【仙吕】套、《叹骷髅》【仙吕】套、《罟罟旦》【中吕】套。

《词林摘艳》收，《盛世新声》没录的元杂剧有 5 种：

①《云窗梦》:【中吕·粉蝶儿】“皓月澄澄”、【仙吕·点绛唇】“骄马吟鞭”。

②《秋夜竹窗雨》:【仙吕·点绛唇】“红雨纷纷”。

③《风雨像声货郎旦》:【南吕·一枝花】“也不唱韩元帅偷营劫寨”。

---

① 《词林摘艳》十卷，明嘉靖刻本。

④《楚金仙夜月杜鹃啼》:【仙吕·点绛唇】“杨柳丝柔”。

⑤《诗酒玩江楼》:【商调·集贤宾】“家住在碧澄澄绿杨湾官渡口”。

(以上皆为佚文)

⑥《两世姻缘》较《盛世新声》多收【商调·集贤宾】“隔纱窗日高花弄影”一套。

⑦《倩女离魂》多收【黄钟·醉花阴】“行李萧萧倦修整”、【中吕·粉蝶儿】“执手临岐”两套。

⑧《秦少游》多收【正宫·端正好】“支楞的断了冰弦”一套。

《雍熙乐府》明郭勋辑。二十卷(另有十三卷选本,题“海西广氏编”,万历间内府刊印)。选录金、元、明人作品,除散曲外,兼收南戏、杂剧、诸宫调曲文及时调小曲。依宫调、曲牌排列。此书以《词林摘艳》为基础,收北曲三百三十一套,并大抵保留《词林摘艳》中已被删除的曲文中衬字,但对作者姓名及戏曲出处则颇多忽略。此书对后世影响很大,各种曲谱于此集中选录颇多。有嘉靖十年(1531年)王言序刻本、嘉靖十九年长春山入序刻本、嘉靖四十五年春山居士序刻本,以及商务印书馆《四部丛刊》影印本。

隋树森《(雍熙乐府)曲文作者考》(书目文献出版社1985年版)共得戏曲98种,又黄仕忠《雍熙乐府曲文作者补考》[①]考得戏文6种,去其重复,得101种。《雍熙乐府》所收元杂剧有44种,与《词林摘艳》《盛世新声》重复者有31种,新收剧目13种,具体如下:

①《扬州梦》:【仙吕·点绛唇】“绵揽龙舟”。

②《金钱记》:【仙吕·点绛唇】“书剑生涯”。

③《苏子瞻风雪贬黄州》:【仙吕·点绛唇】“万顷潇湘”。

④《城南柳》:【仙吕·点绛唇】“别却蓬壶”。

⑤《松阴梦》:【仙吕·点绛唇】“颜子箪瓢”。

⑥《卓文君》:【南吕·一枝花】“青袅袅垂杨近画楼”。

⑦《王粲登楼》:【仙吕·点绛唇】“子为我家业凋残”。

⑧《狄青复夺衣袄车》:【商调·集贤宾】“贪荒忙棘针科抓住战衣”。

---

① 黄仕忠:《中国戏曲史研究》,中山大学出版社1997年版,第288—290页。

⑨《王粲登楼》(次本):【仙吕·点绛唇】“一介寒儒”。

⑦《千里独行》:【仙吕·点绛唇】“我则待创立刘朝”。

⑪《望思台》:【商调·集贤宾】“殿头官恰才传宣敕”。

⑫《诗酒玩江楼》:【商调·集贤宾】“家住在碧澄澄绿杨湾官渡口”。

⑬《女学士三劝后姚婆》:【越调·斗鹌鹑】“想当初”。

《盛世新声》《词林摘艳》所收近九成的元杂剧同时也被《雍熙乐府》所收，对比发现它们之间非常相近，这部分杂剧《雍熙乐府》可能直接采自《盛世新声》和《词林摘艳》，较后者多出的杂剧套数则是从其他地方搜罗补充的。

第二节　曲选、《词谑》与《元刊杂剧三十种》之关系

以上曲选所载元杂剧与《元刊杂剧三十种》共有的杂剧折目有:《气英布》第四折【黄钟】套、《魔合罗》第二折【黄钟】、《三夺槊》第二折【南吕】套、《范张鸡黍》第一折【仙吕】套、第二折【南吕】套和第三折【商调】套、《追韩信》第二折【双调】、《七里滩》第二折【双调】。如果从《太和正音谱》的成书时间洪武三十一年(1398年)算起，到《盛世新声》成书的正德十二年(1517年)，经过了近120年的时间，元杂剧在明代中叶完成了第一次文本上的沉淀。通过比较发现:

(1)以文人生活为题材的元杂剧，曲选本与元刊本尽管曲牌数量上少数会有增减，但曲辞比较稳定，变化不大，如:

《范张鸡黍》:《盛世新声》本【南吕】套曲子数量与元刊本相同,【商调】套较元刊本多【柳叶儿】一曲。

《七里滩》:《盛世新声》本【双调】较元刊本多【小桃红】一支，元刊本【调笑令】曲辞并入上曲【金蕉叶】，无【调笑令】曲牌名。

《追韩信》《盛世新声》本【双调】套较元刊本少【水仙子】【夜行船】及【尾声】三曲。

《盛世新声》所删减的曲子有两种情况，一是语气比较激烈，抨击性较强的曲辞，如《追韩信》剧【水仙子】曲:

【水仙子】想当日子牙守定钓鱼滩，遇文王亲诣磻溪登将台。如今一等盗糠杀狗为官宦，天那，偏我干功名的难上难。想岩前傅说贫寒，平粪土把生涯干。遇高宗一梦间，他须不曾梗筑在长安。

如“如今一等盗糠杀狗为官宦”这类曲辞，在民间杂剧系统中也都不能相容了，内务府杂剧进行大幅度的删改也就不足为奇了。

二是曲辞与宾白结合得比较紧密，舞台表演性较强之辞。如《追韩信》剧【夜行船】曲：

【夜行船】看承的自家如等闲，我早则没福见刘亭长龙颜。（萧何云了）谁受你那小觑我的官职？（萧何云了）谁吃你那淹留咱的茶饭？（萧何云了）划地说功名半年期限。

该曲由正末主唱并穿插萧何的宾白，两者一问一答，相互配合。韩信唱：“谁受你那小觑我的官职？”是承前面“萧何云了”而来，根据剧情推测，省略的萧何的宾白应该是要向刘邦谏言，授予韩信官职；韩信唱：“谁吃你那淹留咱的茶饭？”也是承所省略的萧何要留韩信茶饭之言。这样的内容显然适合两人表演，并不适合一人清唱，在清唱的曲选中被删掉是可以理解的。

以上三剧这两种版本的曲辞，一句之中两者正字基本相同（当然也有少数相异者），在一句之首或句子中间增加或减少衬字，使曲辞朗朗上口，更适合演唱的需要。句首减少衬字者如《追韩信》中【七弟兄】一曲：

元刊本兀良我子见沙鸥惊起芦花岸可便似禹门浪急桃花泛

《盛世新声》本兀良见沙鸥惊起芦花岸似禹门浪汲桃花泛

句中增加衬字者如《七里滩》中【紫花儿序】：

元刊本您道我不达实物，我是个避世严陵

《盛世新声》本您道我不达一个实物，我是一个避世的严陵

《范张鸡黍》剧重在表现儒家思想中的“信”与“义”，明高儒《百川书志》卷六将其与《㑳梅香》《两世姻缘》《王粲登楼》并列为“杂剧四段锦”;《七里滩》歌颂的是严光不慕荣利，鄙视功名的精神，表现出“隐居乐道”的思想。《追韩信》写韩信有志难投，终遇贵人荐举，封将拜侯。这几种都是文人比较青睐的剧作，主题相对来讲比较严肃，用典较多，改编曲词需要一定的文化功底，艺人在舞台演唱中不便随意改动，因此此类剧作在版本流传过程中的

变化不大。

（2）杂传故事类元杂剧，曲选与《元刊杂剧三十种》相比，曲辞变动比较大。

《三夺槊》剧【南吕】套《盛世新声》本较元本少【贺新郎】【隔尾】及【斗奄亭】三曲，《气英布》【黄钟】套、《魔合罗》【黄钟】套曲子数量与元本相同，曲辞较元本发生较大变化。如《三夺槊》剧【哭皇天】曲：

元刊本　　交我忍不住微微地笑，我迭不得把你慢慢地交。来日你若那铁幞头红抹额，乌油甲皂罗袍，敢交你就鞍心里惊倒！若是来日到御园中，忽地门旗开处，脱地战马相交，这一番要把交！那鞭不比衡钢枪槊，双眸剑凿。

《盛世新声》本　　可着我忍不住微微笑，我若是迭不得的慢慢交。那将军铁幞头红抹额，乌油甲皂罗袍，敢把你鞍心里、鞍心里諕倒！到来日门旗开处，咚咚的战鼓齐敲。众军纳喊，二马相交，我着你这一番、这一番你便要把捉。

再如《魔合罗》剧【喜迁莺】曲：

元刊本　　那些儿最难熬，一阵头疼似劈碎脑。却待交谁人医疗？奈无人家野外荒郊。想着，则怕歹人来到，不由咱常怀着逢贼盗，的薛薛心惊胆战，普速速肉眺身遥。

《盛世新声》本　　我待着谁人医疗？无人处野外荒郊。难熬，又则怕歹人来到，不由我心中自懊恼，一会家心内焦，好着我心惊胆怕，一会家肉颤身摇。

这几种剧本内容与文辞都非常平民化，很可能是以下层受众为对象而刊行的，里面伴随着大量的插科打诨，在不改变剧本大意的基础上，艺人改编发挥的空间相对较大。因此在剧作的流传中版本差异比较明显。

《词谑》，李开先著，成书于嘉靖三十五年（1556年）。第二部分“词套”选录评论几十套风格各异的散曲和杂剧曲文，其中的元杂剧套数有《王粲登楼》【中吕】套、《金钱记》【正宫】套、《两世姻缘》【越调】套、《芙蓉亭》【仙吕】套、《倩女离魂》【中吕】套、《城南柳》【正宫】【双调】套、《范蠡归湖》【双调】套、《追韩信》【双调】套、《昭君和番》【双调】套、《梧桐雨》【中吕】套、

《贬夜郎》【仙吕】套、《扬州梦》【仙吕】【正宫】套、《岳阳楼》【仙吕】套。

李开先著《词谑》之外，尚有同为嘉靖年间刊刻的元杂剧选集《改定元贤传奇》，将两者所收同剧套数：《两世姻缘》第三折【越调】、《梧桐雨》第二折【中吕】、《扬州梦》第一折【仙吕】进行比较，发现曲辞呈现较大差异。特别是《梧桐雨》剧，这曾是令许多研究者感到疑惑，甚至一度怀疑《词谑》并非李开先所著。

《词谑》于《梧桐雨》剧下题有："白仁甫所制也。亦甚合调。但其间有数字误入先天、桓欢、监减等韵，悉为改之。"表明《词谑》所收的杂剧套数并非严格按照底本刊录，而是经过了他有意地改动。将《盛世新声》本《梧桐雨》【中吕】套、【正宫】套与《词谑》本、《改定元贤传奇》本进行比较，就会发现《盛世新声》本与《词谑》本《梧桐雨》曲辞数量相等，曲文极为接近，《改定元贤传奇》本较《词谑》本和《盛世新声》本多【满庭芳】【普天乐】二曲，其他的曲文差异也比较明显。如【快活三】曲具体曲辞如下：

《盛世新声》本嘱咐那仙音院莫要怠慢，上膳局快叠办，将一个太真妃簇捧在翠盘间，能结束宜宫扮。

《词谑》本嘱咐那仙音院莫要怠慢，上膳局快叠办，将一个太真妃簇捧在翠盘间，能结束宜宫扮。

《改定元贤传奇》本嘱咐你仙音院莫怠慢，道与你教坊司要迭办。把个太真妃扶在翠盘间，快结束宜宫扮。

《梧桐雨》【中吕】套使用"寒山"韵，仔细比较《词谑》与《盛世新声》，发现两者还是有一些细小差异的，如《盛世新声》【叫声】曲："共綵女喜开筵"，《词谑》作"共綵女喜冯栏"，"筵"字《中原音韵》属"先天"韵，李将其改作"栏"入"寒山"韵；《盛世》【红绣鞋】曲："恰便是绛纱襄笼罩水晶丸"，"丸"字入"桓欢"韵，《改定元贤传奇》将"丸"改作"寒"；【迎仙客】曲："娇滴滴色初妍，"妍"字亦入"先天"韵，《词谑》作："娇滴滴色由丹"，"丹"字入"寒山"韵，正符合李氏所言"其间有数字误入先天、桓欢、监减等韵，悉为改之"之言。

再看《两世姻缘》剧，《盛世新声》和《词谑》均选入第三折【越调】套，将《改定元贤传奇》与之相比较，发现《盛世新声》较《改定元贤传奇》和《词谑》少【麻郎儿】【幺】【络丝娘】【东原乐】【拙鲁速】《改定元贤传奇》【拙鲁速】曲牌名原阙）五曲，三者俱有的曲子总体来讲差别均不大，大多数都是一句之首衬字有无或稍作改动的问题，也有几处如《盛世新声》本与《词谑》本作："我去那灯影儿下孜孜的觑咱"，《改定元贤传奇》作："我在空便里孜孜觑罢"；《盛世新声》本与《词谑》本作："玉箫年方二八"，后者："玉箫年十八"等。《词谑》多《盛世新声》五曲，说明其底本并非《盛世新声》，但这两者属于同一个系统的本子则是可以肯定的。笔者推测，这两者所用的底本是相同的，《盛世新声》的编者由于版面的原因，也或者是舞台艺人为了表演省力的需要将其底本的五曲删去，从而导致了《词谑》与《盛世新声》的差异。

另外，《词谑》与《盛世新声》均还收罗贯中《赵太祖龙虎风云会》【正宫】套，《汉宫秋》【双调】套，曲辞几乎没有差异。但对于《雍熙乐府》所收，而《盛世新声》未收的《扬州梦》和《岳阳楼》两剧，《词谑》本与之均有不小的差异，这说明李开先在编选"词套"时，参考到《盛世新声》，却并没有参考时间稍早的《雍熙乐府》，原因尚不清楚。

《词谑》所选的"词套"，并没有以全本元杂剧为底本，使用的本是明中叶的元杂剧散套清唱版本，《词谑》与《盛世新声》所选元杂剧都来自这个系统，它们比较真实地反映了明中叶元杂剧散套清唱表演的状况，它们与元刊本以元代舞台演出本为底本的刊刻是一脉相承的，既有对于元刊本的继承，也经过了艺人的增删和加工。与《改定元贤传奇》所代表的文人选本、赵琦美抄校本也有差别，它们是单独流传的特殊的元杂剧版本。

第五章　元杂剧的文人选本系统（一）
——《元曲选》之前的明代刊本

第一节　嘉靖之后戏曲选本刊刻的繁荣

有元一代，元杂剧的演出和剧本创作经过了极度的繁荣之后，在元代后期剧本创作逐渐文人化[①]。到了明代初期，尚有元杂剧能够表演杂剧的艺人："国初词人，仍尚北曲，累朝习用，无所改更。至正德之间特盛。毅皇帝御制乐府，率皆此调，京师长老，尚能咏歌之。"[②]明代中后期，南戏蒸蒸日上，"世异习殊，古音渐废"，北音近绝，如沈宠绥《度曲须知》所言："自南调繁兴，以清讴废弹拨。"[③]"弹拨"即指北曲伴奏的乐器。除了宫廷藏剧之外，在民间，书坊刊刻的小册子质量低下，几页一本，缺少收藏价值，元杂剧演出的衰落直接导致了剧本的散佚。嘉靖之后，文人的介入使得元杂剧的传播形式发生了重大的变化，由舞台传播转变成了文学传播，文人对元杂剧有意地收集和整理，使元杂剧的发展终于又进入了第二个黄金时期。

元杂剧文本的刊行在这一时期出现繁荣并非偶然，而是应时代的需求而生的。

首先，北曲衰落之后，南戏这种新鲜的艺术形式虽然取得了决定性的胜利，但其毕竟体格纤弱，柔婉糜艳，音律不正，为正统的士大夫所弊病。如沈永隆《南词新谱后序》云：

---

① 反映社会现实的剧作减少了，历史剧和文人剧增加了。

② （明）张羽：《古本董解元〈西厢记〉序》，吴毓华编著：《中国古代戏曲序跋集》，中国戏剧出版社 1990 年版，第 58 页。

③ （明）沈宠绥：《度曲须知》，《中国古典戏曲论著集成》（五），中国戏剧出版社 1959 年版，第 239 页。

《南九宫谱》，谱南人之曲也。曷言乎南？异北也。何异乎北？盖自我明祖回百六，跻三五，始风吴会，嗣格幽燕。以故播诸诗歌，奏诸明堂清庙，咸取南词以载赓明德，顾其流及下，声律允和，去抗激，趋婉柔；卑疏莽，崇绵丽，诚犹江汉化美，歌始二南也。[①]

张羽亦言："今之缙绅先生，既多南士，渐染流俗，异哉所闻，故率喜南调，而吴越之音靡靡乎不可止已。"[②]冯梦龙也认为，吴人根本不知到底该如何作曲：

夫北词畅于金元杂剧，本勾栏之戏，后稍推广为传奇，而南词代兴，天下便之。《荆》《刘》《蔡》《杀》而后，坊本彗出，日益滥觞。高者浓染牡丹之色，遗却精神；卑者学画葫芦之样，不寻根本。甚至村学究手摭一二桩故事，思漫笔以消闲；老优施腹烂数十种传奇，亦效颦奏技。中州韵不问，但取口内连罗；九宫谱何知，只用本头活套。作者逾乱，歌者逾轻。调罔别乎宫商，惟凭口授；音不分乎清浊，只取耳盈。或因句长而板妄增（如《荆钗记》"小梅香"之类）。或认调差而腔并失（如《琵琶记》"把土泥独抱"之类）。弄声随意，平上去入之不精（如读"忿"为上声，"脏"为去声之类）；识字未真，唇舌齿喉之无辨。[③]

既然如此，就要重新确立制曲典范，元杂剧所用音律乃北方古之中州之音，曲调高亢昂扬，慷慨朴实，具有传统优势，好古、习惯追流溯源的文人视元杂剧为"古曲源流"，嘉靖二十八年蒋孝编《南词旧谱》就认为：

完颜之世有董解元者，以北曲擅场，骚人墨客一时宗尚。类能抒思发声，下至矇瞍贱工，亦皆通晓其义。于是乐府之家，有门户，有体式，有格势，有剧科，有声调，有引序，作者非是不取。以故音韵之学，行于中州……人各以耳目所见妄有述作，遂使宫徵乖误，

① （明）沈永隆：《南词新谱后序》，吴毓华编：《中国古代戏曲序跋集》，中国戏剧出版社1990年版，第437页。

② （明）张羽：《古本董解元〈西厢记〉序》，吴毓华编著：《中国古代戏曲序跋集》，中国戏剧出版社1990年版，第58页。

③ （明）冯梦龙：《〈双雄记〉叙》，吴毓华编：《中国古代戏曲序跋集》，中国戏剧出版社1990年版，第1342页。

不能比诸管弦，而谐声依永之义远矣。[①]

明代制曲以元曲为典范，就要学习元曲，在北音几经废绝之时，欲习北曲音律，只能从文本下手。而元杂剧剧本在世面上又很不常见，仅掌握在内务府和少数人手里。由文人收集整理、由书坊分批刊刻以便流通的元杂剧文人选本的刊行势在必行。

其次，随着戏曲理论的成熟，文人将目光投向元杂剧，元杂剧剧本的文学价值被发现，它们不只是演出的脚本，“不再胶合于舞台性之中，开始蜕变为独立的审美存在”[②]。杂剧文本的主体是曲辞，脱离了音乐的束缚，其“言志”与“缘情”的审美取向与传统的诗词一脉相承，可为文人“风雅”之事。《龙眠古文》一集，附吴道新《文论》言：

> 昔王季重谓：“古今文人，取左丘明、司马迁、刘义庆、欧阳永叔、苏子瞻、王实甫、罗贯中、徐文长、汤若士，以其文皆写生也。”袁中郎谓案头不可少之书：“《葩经》、《左传》、《国语》、《南华》、《离骚》、《史记》、《世说》、杜诗、韩、柳、欧、苏文、《西厢记》、《牡丹亭》、《水浒传》、《金瓶梅》。岂非以其书皆写生之文哉！”[③]

李贽《焚书》卷三《童心说》：

> “诗何必古选？文何必先秦？降而为六朝，变而为近体，又变而为传奇，变而为院本，为杂剧，为《西厢记》，为《水浒传》，为今之举子业，大贤言圣人之道，皆古今至文，亦不可得而时势先后论也。”[④]

知识分子开始从戏曲文学的教化功能入手，努力将戏曲小说从边缘文学向正统文学拉拢，王思任《批点牡丹亭序》也说：

> 火可画，风不可描；冰可镂，空不可斡。盖神君气母，别有追似之手，庸工不与耳。古今高才，莫高于《易》。《易》者，象也；

① （明）蒋孝：《南词旧谱》，吴毓华编：《中国古代戏曲序跋集》，中国戏剧出版社 1990 年版，第 57 页。

② 杜桂萍：《文学性与舞台性的失衡》，《求是学刊》1997 年第 2 期，第 70—74 页。

③ （清）李雅、何永绍：《龙眠古文一集》附，据清道光十五年乙未芳晖馆重刊本。

④ （明）李贽：《焚书》卷三《童心说》，中华书局 1975 年版，第 99 页。

象者，像也。其次则五经递广之，此外能言其所像人亦不多。左丘明、宋玉、蒙庄、司马子长、陶渊明、老杜、大苏、罗贯中、王实甫，我明王元美、徐文长、汤若士而已。①

文人对戏曲的推崇，使得戏曲文学在社会上得到前所未有的重视，为元杂剧文本在社会上的刊行流通提供了舆论支持。

再次，晚明个性解放思潮兴起，民间文学登上大雅之堂，有更多的知名学者如李卓吾等加入元杂剧文本的批评研究，批评语言的通俗、论断的精辟，在社会上引起广泛影响。市民阶层的崛起，及他们文化需求的旺盛刺激了通俗文学的推广，"今书坊相传射利之徒，伪为小说杂书，南人喜谈如汉小王（光武）、蔡伯喈（邕）、杨六使（文广），北人喜谈如《继母大贤》等事甚多。农工商贩，抄写绘画，家畜而人有之，痴騃女妇，尤所酷好，好事者因目为《女通鉴》，有以也"。② 而刻书业的发展为杂剧文本的刊刻提供了便利，书商为了追求利润，迎合市民的文化需求，开始请名人编撰、作序、评点，名人的参与又客观上推动了戏曲文本的流通，一时间刊刻元杂剧选本的文化氛围极为浓厚。

现今保存下来的完整的元杂剧版本，除了《元刊杂剧三十种》外都刊刻于这一时期，明文人选刊元杂剧剧本的目的有二：其一，重在元杂剧的普及和流通，使世人能够见到并熟悉元杂剧。其二，供人案头阅读，发扬有元一代之文学的光辉，而非为剧班搬演。因此选编的原则是求"善"、求"美"而不求"全"，这里的"善"是指根据主观意愿精选出符合自己审美的杂剧，所选杂剧多为字词工整、音调和谐，具有教化意义，而不是指"善本"。出版者更为重视的是选本的商品属性，对古籍版本并不太注重，因此对于使用的底本亦多不作重点交代，甚至为达到"善"的目的不惜对原本进行大规模的增删和修改。明代中晚期元杂剧文人选本与元刊本杂剧相比，有以下几个特点：

第一，在刊刻质量上，明本有了很大的提高，版面安排上，不像元刊本那样紧张，字体上曲辞与科白有了区分，文本结构一目了然，曲辞采用大号

① （明）王思任：《批点玉茗堂牡丹亭序》，汤显祖著、徐朔方笺校：《汤显祖集》，中华书局1962年点校本，第1543页。

② （明）叶盛：《水东日记》卷二一《小说戏文》，中华书局1980年版，第213—214页。

字体，科白使用小号字体，有些本子曲辞中的衬字亦使用小字，字间距适中，方便案头阅读。

第二，由于经过了专门的整理，剧本中的俗体字、异体字、错字等得到校正，文本结构完整，刊刻版式、字体大小统一，辞藻华丽，文人气息较重。

第三，明代整理刊刻者根据现有资料考证出杂剧作者，并根据自己的审美标准对元杂剧进行增删改订，使得明本杂剧在一定程度上偏离了元刊杂剧的面貌。

第二节 《改定元贤传奇》对于剧本之“改定”

《改定元贤传奇》是继《元刊杂剧三十种》之后年代最早的元人杂剧版本，也是明代第一部由文人主持选编的元杂剧选集，其文献价值之重要自不待言。

一、李开先与《改定元贤传奇》的编刻

《改定元贤传奇》，明李开先主持，其门人张诚庵、高应玘等于嘉靖年间选编刊刻，现藏于南京图书馆。

李开先（1502—1568 年），山东济南章丘人。明代文学家、戏曲作家。字伯华，号中麓子、中麓山人及中麓放客。嘉靖八年（1529 年）进士，历官户部主事、吏部考功主事、员外郎、郎中，后升提督四夷馆太常寺少卿。性好蓄书，藏书甲于齐东，与金陵焦竑称为“南北两大家”。修建“词山曲海”“藏书万卷楼”，所以又有“词山曲海”之誉。曾编辑有《李中麓书目》，早佚，据其《藏书万卷楼记》称：“乃仿刘氏《七略》分而藏之。楼独藏经学时务，总之不下万卷，余置别所凡五。”[①] 李开先对戏曲文学情有独钟，造诣很高。其散曲《中麓小令》流传很广，当时乡村街头到处有人歌唱，为这部曲题“跋”的名流多达 84 人之多。传奇剧《宝剑记》也颇负盛名。撰有戏曲理论著作《词谑》，用金元院本形式定成杂剧《园林午梦》等六种。《改定元贤传奇》即是

① （明）李开先著，路工辑：《李开先集》（中册），中华书局 1959 年版，第 658 页。

他对元杂剧的改订整理之作，开启了文人选编元杂剧的先河，对万历时期的元杂剧选本影响很大。

《改定元贤传奇》现存两册，共收杂剧6种，其中元杂剧5种，明初王子一杂剧1种。南图藏《改定元贤传奇》原本卷首残缺，序文及《青衫泪》开头说白部分佚去，周越然1938年5月于《晶报》上发表《元曲》言："第一种之首叶，有"彭城""致爽阁""钱曾之印""遵王""序东氏一字风村"五印记，皆出于真源，非伪造也。"[①]"彭城"，鼓声之城，即今江苏徐州；"致爽阁"乃明代江苏常熟人秦四麟的室名。四麟字景阳，号季公，一字西岩，万历贡生，精解音律，善填词曲，喜藏书，曾手抄过《太和正音谱》和不少元杂剧；"序东氏一字风村"不知何人之印。可知明清时期，主要在江苏地区流传，直至民国，卷首页仍然完整，丢失缘由尚不可知。卜键《李开先全集》回忆1984年去南京图书馆访书，"记得该馆一位老先生告曰：……又称卷首散佚部分在北图善本部……后来我曾多次询问国家图书馆有关专家，皆无结果"。[②]

近年来，较早对《改定元贤传奇》进行版本解读的解玉峰，其在《读南图馆藏李开先〈改定元贤传奇〉》一文中对该书的版式情况做了描述：

> 书无序跋、牌记、印章等。四周双边，黑口，书口有刻工姓名，双黑鱼尾，版心间刻杂剧简名及页码。书版高二十六公分，宽十七公分。半页九行，行十八字，小字单行，行格疏朗，刻工精良。[③]

较之刊刻于嘉靖二十六年之《宝剑记》，标称"明嘉靖刻本"之《闲居集》，[④]其秀雅之字体、页面之清佳，版式刻工风格一致，应为同一书局在不同的时间所刊刻。题为"雪蓑渔者"之《宝剑记》序言："邑侯平岗，恐是记失传，托刻之"，《宝剑记》由章丘知县陈东光主持刊刻，则知李开先作品均是由家乡某一书局刊刻。《改定元贤传奇》刊刻的时间，路工先生认为《改定元贤传

---

① 周越然：《近世文化书系》，《言言斋古籍丛谈》，辽宁教育出版社2001年版，第253页。

② （明）李开先著，卜键辑：《李开先全集》，上海古籍出版社2014年版，第1页。

③ 解玉峰：《读南图馆藏李开先〈改定元贤传奇〉》，《文献》2001年第2期，第158—169页。

④《闲居集》嘉靖三十六年原刻本未见流传，国家图书馆、中国科学院图书馆、台北中央图书馆等所藏刻本，均皆标称"明嘉靖刻本"，由于收录了李开先作于隆庆元年和二年的诗，当知刊行应在嘉靖朝之后。这几册虽然册数不等，个别地方也有编排和文字上的差异，但版式、边框、字体等全通，因为通版在不同时间的刷印和装订。

奇》编刻于嘉靖三十四年至隆庆元年之间[①]，解玉峰认为："时间上限或应提前数年。"[②]查《明代版本图录》，《改定元贤传奇》仿宋字体、疏朗文风以及精细的刻工带有明显的嘉靖风格，因此二位先生的观点是允当的。

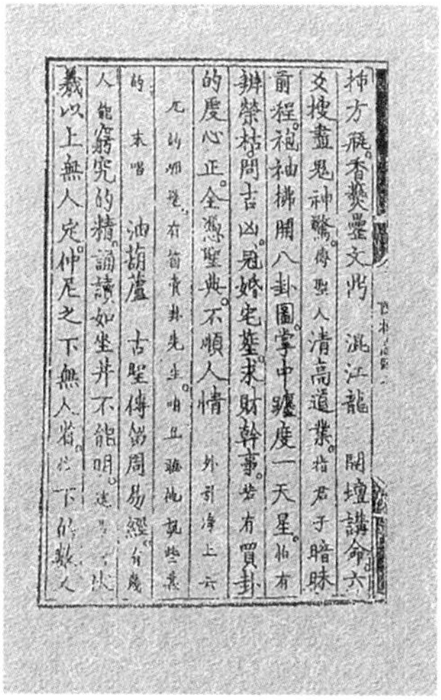

图 5-1　《改定元贤传奇》本《陈抟高卧》某页

关于是集的选编动机、选编标准和改编过程等情况，两篇《序文》交代得很清楚。"夫汉唐诗文布满天下，宋之理学诸书亦已沛然传世，而元词鲜有见之者。见者多寻常之作、烟粉之馀。"作为一代之文学的元曲在明代后期已经很少能够见到了，即便能见到也是一些寻常之作，"美恶兼蓄，杂乱无章"，不足以代表元曲之成就，李开先编刻的目的就是"欲世之人得见元词，并知元词之所以得名也"[③]。他有意识地将汉文、唐诗、宋理学、元词曲相提并论，表明李开先不仅已然将元杂剧视作案头文学读物，而且认为元杂剧与传统的雅文学是一脉相承的。从残存的6剧看，所选的杂剧或者摹写文人的诗酒风流，或者宣扬文人隐士的高雅节操，插科打诨基本没有，徐大军在他的研究中指出："元杂剧在元代有两种文体意义的称谓：'杂剧''传奇'。两种称名所根由

① 路工：《李开先的生平及其著作》，详请参《李开先集》，中华书局 1959 年版，第 1035 页。

② 解玉峰：《读南图馆藏李开先〈改定元贤传奇〉》，《文献》2001 年第 2 期，第 158—169 页。

③ 李开先：《改定元贤传奇序》，（明）李开先著，卜键辑：《李开先全集》，上海古籍出版社 2014 年版。

的戏剧观念明显不同，称名‘杂剧’者着眼于其伎艺扮演性质，称名‘传奇’者着眼于其文学创作性质。”[①] 李开先将他的集子命名为“传奇”，既是“以其字面稍雅致云”，也暗含了这部杂剧选的着眼点在于戏剧的文学属性。

李开先及其门人从千余卷中选出 50 种，再从 50 种精挑 16 种，可谓精中选精，选择的标准有二：一则要求作品的功用性。正因为李开先将元杂剧视为雅文学读物，因此他认为元杂剧要担负起文学应有的教化功用，“要之激劝人心，感移风化，非徒作，非苟作，非无益而作”，因此《改定元贤传奇》所选俱为“词意高古，音调谐和，与人心风教俱有激劝感移之功”之剧；二则看重文本的文学性。“尤以天分高而学力到，悟入深而体裁正者，为之本也”。

《改定元贤传奇》没有完整的目录保存下来，然据现存几剧看，《诗酒扬州梦》《青衫泪》等剧，似乎第一点并没有得到严格地执行，无非是写文人与歌伎的风流韵事，放在李氏列为最末等的“烟花粉黛”剧中亦不为过。至于第二点，所谓“天分高”“学力到”“悟入深”“体裁正”，笔者认为编者最为注重的还是曲辞的抒情典雅及语言的华美清丽。《改定元贤传奇》改选马致远、乔梦符各 2 剧，白仁甫、王子一各 1 剧。马致远词被认为如“朝阳鸣凤”，乔梦符词如“神鳌鼓浪”，有“波涛汹涌、截断众流之势”，白仁甫词如“鹏抟九霄。风骨磊块，词源滂沛，若大鹏之起北溟，奋翼凌乎九霄，有一举万里之志，宜冠于首”。[②]《改定元贤传奇》所选的又是上述作家中较具有代表性的作品，可以说《改定元贤传奇》是元杂剧元明版本中最具有文人特点的本子。

二、佚失的十种杂剧

傅惜华《元代杂剧全目》附录“引用书籍解题”于“改定元贤传奇”一书下著：“明李开先校订。明嘉靖间刻本。原书所收元人杂剧，共若干种，今已不详。现传于世间者，仅知七种，为常熟瞿氏铁琴铜剑楼旧藏，继归乌程张氏适园，南京国民党统治时期，复入藏于伪‘中央图书馆。’。”[③] 不知“七种”

① 徐大军：《从“杂剧”、“传奇”的称名看元人戏剧观念的分野及其意义》，《上海戏剧学院学报》2004 年第 6 期，第 101—106 页。

② （明）朱权：《太和正音谱》《中国古典戏曲论著集成》（三），中国戏剧出版社 1959 年版，

③ 傅惜华：《元代杂剧全目》，作家出版社 1957 年版，第 369 页。

之说何来？李开先《闲居集》的《序文》言：“欲世之人得见元词，并知元词之所以得名也，乃尽发所藏千余本，付之门人诚庵张自慎选取，只得五十种。力又不能全刻，就中又精选十六种，删繁归约……”则知原书本刻有杂剧 16 种。《改定元贤传奇》付梓之后首见于王道明《笠泽堂书目》“集部 · 曲词”类：《改定元贤传奇》，八册。[①] 王道明为明末人，《（同治）长兴县志》云：“王道明字口口，继贤子。以明经考授鸿胪寺寺丞。廷臣以边才荐，改授江南滁州知州。南都继立，阁部史可法驻兵扬州，道明参赞军前，颇资筹画。擢兵部职方司郎中。”[②] 又卷二十二人物门云：“王继贤……万历二十九年进士。”王道明所言“八册”虽无具体数目，但肯定多于现存的六种，可知 16 种剧本的《改定元贤传奇》是可能的。随后清康熙八年钱曾的《述古堂藏书目录》卷十《续编杂剧》著录《改定元贤传奇》：“李中麓选刻本：《江州司马青衫泪》《西华山陈传高卧》《杜牧之诗酒扬州梦》《唐明皇秋叶梧桐雨》《玉萧女两世姻缘》《刘晨阮肇误入天台》。”[③] 剧本名字、数量与顺序均与今存本相同，钱曾所见应该即是今存本，则知《改定元贤传奇》迟至清初已经不全。但成书于康熙二十年的黄虞稷《千顷堂书目》却又著：“张自慎改定元贤传奇十六卷（字诚庵，李中麓门人）。”[④] 虽然黄虞稷之书较钱曾成书较晚，但《千顷堂书目》乃是在其父黄居中《千顷斋藏书目》的基础上增订而成的，乃有四分之三的内容是后者原有，钱谦益《黄氏千顷斋藏书记》载：“虞稷之先人……藏书千顷斋中，约六万余卷，余小子褒聚而附益之，又不下数千卷。”[⑤] 又《清史列传》：“二世藏书至八万余卷”，因此，《改定元贤传奇》很有可能在《千顷斋藏书目》中就有记载。黄居中生于嘉靖四十一年，万历十三年举人，83 岁时明亡而亡，距离李开先时代较近，根据卜键的推断：“开先编辑诗文多以时序相从，极少舛乱。该序前各篇均作于嘉靖四十五年，下一篇则可系于隆庆元年，故可认为此篇序文大致作于嘉靖四十五年。”[⑥] 黄居中能看到整卷的《改定元贤传奇》

① （清）钱谦益等编：《稿抄本明清藏书目三种》，北京图书馆出版社 2003 年影印版，第 265 页。
② （清）赵定邦修：《（同治）长兴县志》，上海古籍出版社 2005 年版。
③ （清）钱曾：《述古堂藏书目录》，《四库全书存目丛书》第 277 册，第 756 页。
④ （清）黄虞稷撰：《千顷堂书目》，上海古籍出版社 1990 年版，第 768 页。
⑤ （清）黄虞稷撰：《千顷堂书目》，上海古籍出版社 1990 年版，第 795 页。
⑥ （明）李开先著，卜键辑：《李开先全集》，上海古籍出版社 2014 年版，第 4 页。

是相当有可能的，由此可知16剧本之《改定元贤传奇》在明末尚存，今6剧之外的余下10种杂剧可能是在明清易代时随着战火遗失的。

三、《改定元贤传奇》所收剧作版本来源及其对于元剧之“改定”

既然李开先号称“词山曲海”，他的剧本是从哪里来的呢？有人怀疑来自宫廷藏书，近来台湾地区学者陈富荣的相关研究为这一说法提供了新的考据学证据，其在《明史》中发现一则关于李继先的材料始，继而推断出李开先所藏元杂剧底本很可能来自正德文渊阁，为了更清楚地说明问题，我们转引考证过程如下：

> “正德十年，大学士梁储等请检阅内阁并东阁藏书，残缺者，令原管主事李继先等次第修补。”恰巧的是，在李开先的家族中，也有一位李继先。李开先的祖父李聪生子二人，长子李淳，即开先之父，次子李温，即继先之父。（笔者按，陈自卜键《李开先传略》所附“李氏世系图”推）由此推断，开先与继先为从兄弟，年龄相距应该不大。在明史上，有两位李继先……孝宗时期的李继先，虽无法掌握其确切的生卒年代，但从他在正德十年尚主事文渊阁的事实可知，他与李开先生存的时代应该是重叠的。因此推向，这位主事文渊阁的李继先，极有可能与李开先的从兄弟李继先为同一人。关于《明史》中李继先的记载，《明会要》有更详细的叙述：“正德十年，大学士梁储等请检阅内阁并东阁藏书残缺者，令原管主事李继先等次第修补，从之，由是其书为继先等所盗，亡失者多矣。”可见李继先不仅曾经主事文渊阁，更藉着整理内阁藏书之机会，从中窃取图书，而且可能为数不少。可想而知，这批图书的珍贵性。其中必然包括不少宋朝或元朝旧刻，也不乏明初善本。合理的推论是，爱书如李开先，不可能错过向自己从兄弟借阅这批珍本的机会，更或许这批图书即流入李开先之手也未可知。如此想来，则便不难理解，为何李开先的万卷藏书楼，能保有“古刻三千”如此耀眼的藏书成绩了。[①]

① 陈富荣：《明代流传之元杂剧版本及其曲文改编研究》，《古典文学研究辑刊》，花木兰文化出版社2014年版，第70—74页。

这一推断是否正确，可以拿《太和正音谱》与之验证。因为《太和正音谱》作者朱权为朱元璋第十六子，明初又有赐杂剧千本于亲王的传统，据载“洪武初年，亲王之国，必以词曲一千七百本赐之”，朱权家亦有藏书楼曰“云斋”，所藏元杂剧应该多为朝廷所赐。如果李开先藏曲多来自文渊阁，那么《改定元贤传奇》与《太和正音谱》的差异应该不大。

《改定元贤传奇》与《太和正音谱》收有《梧桐雨》七支曲子，其中第二折【叫声】[①]【鲍老儿】【古鲍老】【红芍药】四曲；第四折【伴读书】【蛮姑儿】【芙蓉花】三曲，收有《两世姻缘》第二折【集贤宾】【上京马】【金菊香】三曲。通过比较，我们发现《改定元贤传奇》与《太和正音谱》极为相似，凡《改定元贤传奇》与《词谑》相异之处，皆与《太和正音谱》相同，如《梧桐雨》剧《改定元贤传奇》与《太和正音谱》作“后园中列肴馔”，《词谑》作“趁良辰排佳馔”；前两者“作两袖香风拂散”，后者作“两袖拂香风四散”；前两者词牌名作【红芍药】，后者作【红绣鞋】；《两世姻缘》剧《改定元贤传奇》与《太和正音谱》作“趁着那游丝儿恰飞过竹坞桃溪”，《盛世新声》作“恰离了游丝儿竹坞桃溪边”。

这样看来，李开先所藏元杂剧剧本来自内阁，可能性是很大的。日本学者赤松纪彦注意到《青衫泪》一剧赵琦美所校“《古名家杂剧》本与于小谷本的异同。然而，与《改定元贤传奇》本符合的占其大部分”[②]，与前文判定的于小谷本《青衫泪》与《改定元贤传奇》本最为相近，正好殊途同归。如果《改定元贤传奇》出自正德内阁，那么于小谷本杂剧很可能也来自同一地方。要说明的是，它们虽然藏自内阁，均尚未经过宫廷艺人的改编，尚属于元末明初民间杂剧系统。

《太和正音谱》与《元刊杂剧三十种》共有的曲子有《太白贬夜郎》之【迎仙客】，《陈抟高卧》之【牧羊关】【红芍药】，《竹叶舟》之【三煞】【新水令】【梅花酒】，具体内容见表5-1：

---

① 《改定元贤传奇》没有标出曲牌名，“叫声”二字以正文的方式并入上曲【粉蝶儿】。

② （日本）赤松纪彦：《〈改定元贤传奇〉小考——〈陈抟高卧〉与〈青衫泪〉》，《中华戏曲》2005年第2期，第138—149页。

表 5-1 《元刊杂剧三十种》与《太和正音谱》同支剧曲对照表

	《元刊杂剧三十种》	《太和正音谱》
贬夜郎迎仙客	比及沾雨露，恨不得吐虹霓，沧海倒倾和月吸。向翠红乡，图画里，不设着歌舞筵席，枉辜负了迟日江山丽。	比及沾雨露，恨不得吐虹霓，沧海倒倾和月吸。翠红乡，图画里，若不设歌舞筵席，枉辜负迟日江山丽。
陈抟高卧牧羊关	我恰游仙阙，谒帝阍，猛惊得我跨黄鹤飞下天门。你挥的玉尘特迟，打的金钟旸紧。又不是纸窗明觉晓，布被暖知春。惊的梦庄州蝶飞去，尚古自炊黄粱锅未滚。	我恰游仙阙，谒帝阍，猛惊得我跨黄鹤飞下天门。你挥的玉麈特迟，打的金钟煞紧。又不是纸窗明觉晓，布被暖如春。惊的梦庄周蝶飞去，尚古自炊黄粱锅未滚。
红芍药	开基创业圣明君，舜迹尧仁，玉帛万国尽来尊，一统乾坤。灭狼烟，扫战尘，恩泽及万姓黎民。招贤纳士礼殷勤，幣帛似微尘。	开基创业圣明君，舜德尧仁，玉帛万国尽来尊，一统乾坤。灭狼烟，扫战尘，恩泽及万姓黎民。招贤纳士礼殷勤，币帛似微尘。
竹叶舟煞	趁着那哑咿数声橹响离了江口，见明滴溜一点渔灯古渡头。则见春江雪浪拍天流，更月黑云愁，束刺风狂雨骤。这天气甚时候？白莽莽银涛不断流，那里也楚尾吴头。	趁着咿哑数声橹响离了江口，见明滴溜一点渔灯古渡头。春江雪浪拍天流，更月黑云愁，疏刺刺风狂雨骤。这天气甚时候？白莽莽银涛不断流，那里也楚尾吴头。
新水令	我曾向五湖三岛自遨游，则我这拂天风两枚袍袖。唤灵童采瑞草，同仙子上瀛州。散淡优游，叹尘世几昏昼。	我曾向五湖四海自遨游，则我这拂天风两枚袍袖。唤灵童采瑞草，共仙子上瀛州。散诞优游，叹尘世几昏昼。

续表

	《元刊杂剧三十种》	《太和正音谱》
梅花酒	休待两鬓秋，与天子分忧。叹岁月如流，呀！早白了人头。你献赋长杨临帝阙，我乘彩凤上瀛洲。俺三个是故友，一个吹玉笛对岩幽，一个倚银筝步沧州，这个弹锦瑟上扁舟。	休待两鬓秋，与天子分忧。叹岁月如流，早白了人头。待献赋长杨临帝阙，我乘彩凤上瀛洲。俺三个是故友，一个吹玉笛对岩幽，一个倚银筝步沧州，一个弹锦瑟上扁舟。

表中下划线部分为两者不同之处，从上表中可以看出，除去某些同音异体字的差别，如“州”“周”与“洲”，“束”与“疏”等，和因刊刻出现的误字“尘”（繁体字为“塵”）与“麈”之外，以上三剧与《太和正音谱》差异极小。所以，《改定元贤传奇》与《元刊杂剧三十种》亦属同一系统。

李开先及其门人择定元剧之后，并不是按照原本进行刊刻，而是对于元杂剧进行“改定”，他自言主要做的工作是“删繁归约，改韵正音，调有不协，句有不稳，白有不切及太泛者，悉订正之”。李开先到底做了哪些改动？改动的程度有多大？欲要清楚这个问题，依然需要以《太和正音谱》所收十支曲子为参照，找到《改定元贤传奇》修改以上曲文的方式，从而推定《改定元贤传奇》对于明初元杂剧的改定程度，具体情况见表 5-2：

表 5–2 《太和正音谱》《改定元贤传奇》同一剧曲差异对照表

剧名	曲牌名	太和正音谱	改定元贤传奇
梧桐雨	叫声	共妃子喜开颜	对风景喜开颜
	鲍老儿	寿宁锦筝	寿宁锦瑟
	古鲍老	相同①	相同
	红芍药	羌鼓声繁	腰鼓声乾

① 只有句首衬字的差别，如“这的是”“想着他”等，也视为相同。

续表

剧名	曲牌名	太和正音谱	改定元贤传奇
梧桐雨	伴读书	夜眼难交	业眼难熬
	蛮姑儿	无	惊我来的又不是楼头过雁，砌下寒蛩，簷前玉马，架上金鸡
	芙蓉花	相同	相同
两世姻缘	集贤宾	相同	相同
	上马娇	相同	相同
	金菊香	相同	相同

从上表可以看出，《改定元贤传奇》改动的曲子占总数的二分之一，除了《蛮姑儿》一曲外，都是对于个别字词的改动，没有进行大范围的修改。对于【叫声】【红芍药】和【伴读书】的改动，是在曲律和韵律确定的范围内进行的，因为无论是《太和正音谱》还是《改定元贤传奇》，均符合曲牌要求的声律和韵律，不牵扯“改韵正音，调有不协”的问题。【鲍老儿】“寿宁”句对韵脚没有要求，《太和正音谱》这句声律为“去平上平”，《改定元贤传奇》将“筝”改为“瑟”，是将末字平改为了仄，反而是不符合曲律要求的。

【蛮姑儿】两者差异比较大，吴梅对此的解释是：“此支《太和正音谱》将‘楼头过雁’四句删去，于是臧晋叔《元曲选》仍之，举世不知有此格矣。凡词中叶韵少，则作法更难，须一气呵成故也。末韵须去声。”[①] 意思是此曲原有以上四句，只是《太和正音谱》将其删去了，臧懋循延续了《太和正音谱》的错误。按：元本《魔合罗》杂剧第四折【正宫】亦有【蛮姑儿】曲，原文为：

我则道在那壁，原来在这里。谁想这底座儿下包藏着杀人贼。呼左右，上阶基，谁把高山认的？

三、三、九、三、三、六的曲律正与《太和正音谱》相同，可见【蛮姑儿】曲本只六句，“惊我来的又不是楼头过雁”四句并非《太和正音谱》和《元曲选》所删，而是为《改定元贤传奇》所加。元杂剧有增句的传统，《中原音韵》载丹丘《论曲》言“诸曲调中，剧字不拘，可以增损者，一十四章”，并列出【正宫】之【端正好】【货郎儿】和【煞尾】三曲。从现存杂剧剧本来看，尚不止

① 吴梅：《南北词谱》卷上，《吴梅全集》，河北教育出版社2002年版，第35页。

这些。《梧桐雨》中的【蛮姑儿】曲正是剧情发展到高潮，这里明皇正在梦中与贵妃相见，却被梧桐雨惊醒，梧桐秋雨的意象搅动沉淀在人们意识中的凄怨感受。六句之曲已不能满足抒情的需要，故李增其为十句，将这种伤感细腻情感抒发得淋漓尽致。

总体来说，李开先《改定元贤传奇》对于元杂剧的改动不大，基本上保持了元杂剧在明初的面貌，在曲辞上他所作的工作有二：第一，对少数字词进行审字定音，尽管这些改动有些可能并不是确切的。第二，对于少数曲辞，根据剧曲旋律的要求，有“代为作者”。但这些改定毕竟只是很小的一部分，或许《改定元贤传奇》主要的精力并非放在曲文，而是放在宾白上。

《元刊杂剧三十种》之后《改定元贤传奇》之前的元杂剧没有完整地保存流传下来，因此我们没有可以校对的参考，但仍可以根据一些零碎的资料推断出当时元杂剧宾白的情况。何煌校《醉思乡王粲登楼》跋中亦称李开先抄本元杂剧“录钞本不具全白，白之缪陋不堪更倍于曲，无从勘正”[①]，与《元刊杂剧三十种》情况相似。而《改定元贤传奇》宾白典雅清朗，叙事清晰完整，基本是文白参半，并无插科打诨之际，明显经过有意地整理。如果李开先是元杂剧藏本由内阁转向私人收藏，并最终流向市井的关键环节，那么现在流传下来的剧本中，有不少宾白经过他的加工、整理或增删是非常有可能的。

在体制结构上，《改定元贤传奇》也表现出了从元到明的演进。《元刊杂剧三十种》所有杂剧均不分折；《改定元贤传奇》本《青衫泪》未分折，其他五剧虽有分折，多缺少第一折标目；虽然“折”“楔子”的使用尚未严格，但毕竟有了最初的区分，万历时期的元杂剧刊本，除了《元曲选》和《古今名剧合选》以外，尚未突破《改定元贤传奇》开启的折、楔子使用规则。

李开先《改定元贤传奇》是元杂剧经过长期舞台演出的实践之后，由文人进行统一整理的第一部杂剧选本，李开先对于杂剧十分重视，并将杂剧与套曲分开，为剧本增添宾白，使剧情的发展更具有逻辑，并单独编选杂剧集，揭开了明代晚期文人刊刻整理元杂剧的序幕。可以说在它之后的几部文人选本基本上都受到过它的影响。

---

① 见《古名家杂剧》本《醉思乡王粲登楼》，《脉望馆钞校本古今杂剧》，《古本戏曲丛刊四集》影印本。

第三节　陈与郊与《古名家杂剧》的辑刊

《古名家杂剧》是万历时期第一部面向市场的大型的元明杂剧选集，所选剧目多达60种，仅次于臧懋循的《元曲选》，在元杂剧版本演进史上，地位相当重要。如果说嘉靖年间李开先的《改定元贤传奇》尚属文人自选自刻以供玩味的兴趣之作，那么，自《古名家杂剧》始，由著名文人选编，由民间书坊负责刊刻的商业盈利性元杂剧选本正式出版发行，由此为元杂剧的版本带来一系列新的变化。

一、《古名家杂剧》剧目探究

《古名家杂剧》首次见著为清嘉庆年间顾修《汇刻书目》，其中分为《古名家杂剧》与《新续古名家杂剧》。前者正集分为金、石、丝、竹、匏、土、革、木八集，前六集每集四剧，后两集每集八剧，收录元明杂剧四十种；后者今存残本，卷首尚有总目，分为宫、商、角、徵、羽五集，每集四剧，共收录杂剧20种。

而几乎同时的《黄丕烈藏曲目》著录的《古名家杂剧》则为文、行、忠、信四集，所收剧目与上述金、石、丝、竹四集相同。金、石、丝、竹所收皆为元人作品（至迟为元末明初贾仲明等人杂剧），从匏集开始就收录有明朱有燉杂剧，这说明黄丕烈所藏文、行、忠、信四集本很可能是后人单独将它们摘录出来，以符合“古”名家杂剧之名，并冠以新的名称而刊的。也就是说《汇刻书目》所载的《古名家杂剧》正续十三集本应该早于《黄丕烈藏曲目》所载的文、行、忠、信四集本。

《古名家杂剧》原书已无足本传世，其中北京图书馆藏有三部，一部5种，一部4种，一部续集8种。南京图书馆藏一部27种，天一阁藏一部4种。一般认为，《脉望馆钞校本古今杂剧》中收有散本55种。《古本戏曲丛刊》四集曾将不见于《脉望馆钞校本古今杂剧》的10种，汇集影印。除去重复的3种，实存65种，其中15种为《汇刻书目》所未载，[1]《汇刻书目》有个10种剧目为今本所不存[2]。《汇刻书目》有个10种剧目为今本所不存，容易理解，在流传过程中佚失了，问题是为何现存的《古名家杂剧》的15剧《汇刻书目》会不载呢?

据余嘉锡《新续古名家杂剧》介绍："凡宫、商、角、徵、羽五集，每集四剧，剧为一卷。此其宫、徵两集也，各宫集之首有总目一纸，每集之首有一图，率作官吏据案状，与四种剧情，不能悉合。雕绘亦殊不工。盖聊以见意而已。"[3]经笔者实证，存本总目与《汇刻书目》同。

民国十一年（1922年）任讷抄本《元明杂剧六种》书衣吴梅墨笔题"江南图书馆抄录杂剧六种:《风云会》《寒衣记》《骂座记》《整猿听经》《赤壁赋》《蓝采和》，扬州任中敏见赠。"尾页任讷墨笔小楷题"钱塘丁氏旧藏"。《元明杂剧》六册，共27种。其中十种系《古名家杂剧》匏、土、竹三集残本，八种系《续古名家杂剧》宫、商、角三集残本，版心具载卷数，与《汇刻书目》亦同。从现存文献来看，顾修的《汇刻书目》是可靠的。

笔者拟以《古本戏曲丛刊》四集所收《脉望馆钞校本古今杂剧》与现存《古名家杂剧》残本为据，按照刊刻体例将被认为是《古名家杂剧》的六十五个剧本作出版本梳理。

（一）不分卷本。现存元明杂剧共13种，其中元杂剧六种，具体包含以下剧目（加粗为元人杂剧，不加粗为明人杂剧，以下俱同）:

丽春堂 **赤壁赋** **单鞭夺槊** **汉宫秋** **王粲登楼** **豫让吞炭** 继母大贤 香囊怨 洞天玄记（中有无鱼尾页）骂座记 寒衣记 团圆梦（中有无鱼尾页）苦海回头

不分卷本的十三个剧本正是《汇刻书目》所不载十五个的剧目（《玉通和尚骂红莲》和《月明和尚度柳翠》二剧原是明徐渭《玉禅师翠乡一梦》的二折，不在计数之内），它们均为《古本戏曲丛刊》四集影印本《脉望馆钞校

① 分别为《汉宫秋》《王粲登楼》《丽春堂》《豫让吞炭》《赤壁赋》《度柳翠》《洞天玄记》《骂座记》《寒衣记》《骂红莲》《继母大贤》《香囊怨》《团圆梦》《单鞭夺槊》《苦海回头》。

② 《借尸还魂》《任风子》《翠乡梦》《高唐记》《范蠡归湖》《京兆记》《洛神记》《秦苏赏夏》《韩陶月宴》《戴王访雪》。

③ 余嘉锡著:《余嘉锡论学集》，沈云龙:《近代中国史料丛刊续编》，文海出版社1979年版，第610页。

本古今杂剧》所录。不分卷本无编者及刊刻者姓名，白口，版心标有杂剧简名。不知《古本戏曲丛刊》编委何以认定这 13 种杂剧为《古名家杂剧》中的剧目？这些剧本具有以下相似的特征：

第一，在刊刻上，字体圆润疏朗，曲辞顶格书写，正字使用粗体大字，曲辞衬字与科白及舞台提示使用细体小字，科白空一格书写，半页 10 行，行大字 21，小字 20，除了版心鱼尾的使用上比较随意以外，其他如字体与版式刊刻均较为统一。

第二，说白第一人称时“某”字常写作“厶”。如《汉宫秋》毛延寿：“厶再三苦谏”“厶因此带得此美人图献于单于”；《尉迟恭单鞭夺槊》敬德：“厶与唐将秦叔宝交战百余合”“厶因追赶唐元帅到此介休城”；《丽春堂》四丞相：“报伏去道厶来了也”；《王粲登楼》曹植：“封皮上也着厶的名字”，荆王：“厶乃是兵马大元帅，厶后复夺长沙贵阳等处地方”，《豫让吞炭》韩魏：“他既为主帅，厶等裨副谁不戒惧”；《赤壁赋》王安石：“苏轼与厶同在帝学读书。”

第三，在杂剧体制上比较一致。主要表现①在当剧本有楔子时，“楔子”二字单行顶格标出，在剧中成为一个独立的组成部分，与“第一折”“第二折”等折目是并列关系。标有楔子的剧目有《汉宫秋》《王粲登楼》《团圆梦》等。②所有杂剧均无剧末总题。

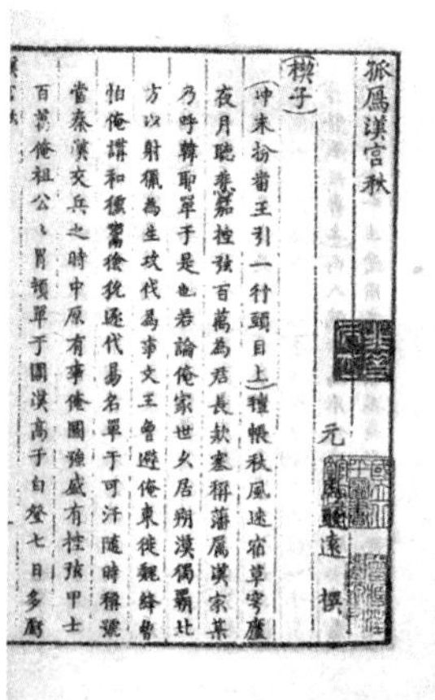

图 5-2　《脉望馆钞校古今杂剧》本《汉宫秋》首页

这说明它们原属同一部刊本，但没有证据表明它们属《古名家杂剧》，自郑振铎《也是园古今杂剧跋》《古本戏曲丛刊》本《脉望馆钞校本古今杂剧》，到孙楷第《也是园古今杂剧考》对这一问题均没有加以辨别。这 13 剧是被误收入《古名家杂剧》下的，由此看来，《脉望馆钞校本古今杂剧》的版本系统就又多出明代无名氏刊本一种了。

（二）四卷本。存剧 38 种，其中元人杂剧 26 种，各卷剧目和它们在《汇刻书目》中的卷集如下：

卷　**风云会（角）　鸳鸯被（徵）**

一卷　**帝妃春游（木）、荐福碑（商）、陈抟高卧（角）、救风尘（宫）、梧桐雨（匏）、倩女离魂（木）、勘头巾（徵）、梧桐叶（土）**、常春寿（羽）、渔阳三弄（革）（一卷终）

二卷　**诗酒扬州梦（匏）、红梨花（土）、竹坞听琴（商）、绯衣梦（木）魔合罗（徵）、罗李郎（宫）**、十长生（羽）、玉通和尚度柳翠（二卷终）（革）

三卷　**两世姻缘（匏）（有剧尾总题）、金钱记（商）、误入天台（角）、蝴蝶梦（宫）、窦娥冤（木）**、对玉梳（土）、蟠桃会（羽）、木兰女（革）（三卷终）

四卷　**墙头马上（土）、刘行首（商）、野猿听经（角）、锁魔镜（徵）、蓝采和（宫）**、城南柳（木）、神仙会（羽）、花酒曲江池（匏）、女状元（革）（四卷终）

四卷本白口，《帝妃游春》剧末有“万历己丑孟秋书林□，泥蟠斋”字样，《女状元》剧末有“万历戊子夏五西山樵者校正，龙峰徐氏梓行”字样，版心标有杂剧简名、卷数（一卷、二卷等），半页 10 行，行大字 21，小字 20，如图 5-3 所示：

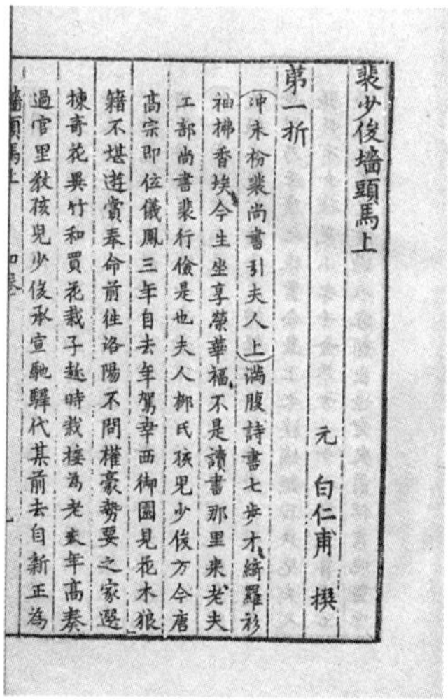
裴少俊墻頭馬上
元 白仁甫 撰
第一折
（沖末扮裴尚書引夫人上）滿腹詩書七步才綺羅衫袖拂香埃今生坐享榮華福不是讀書那里來老夫工部尚書裴行儉是也夫人柳氏孩兒少俊方今唐高宗即位儀鳳三年自去年駕幸西御園見花木狼籍不堪遊賞奉命前往洛陽不問權豪勢要之家選揀奇花異竹和買花栽子趁時栽接為老夫年高奏過官里教孩兒少俊承宣馳驛代某前去自新正為

图 5-3　《脉望馆钞校古今杂剧》本《墙头马上》首页

此本刊刻特点是：

第一，在形式上，整本风格比较随意。主要表现在（1）版心卷数比较混乱，《风云会》和《鸳鸯被》两剧版心仅有“卷”字，不清楚具体所属，如《罗李郎》剧中两页亦只有“卷”，其他页均有“二卷”字样；《月明和尚》剧版心二卷、三卷混用，《风云会》和《鸳鸯被》的卷数可能在刊刻时遗漏掉了。（2）曲辞正字使用粗体大字，科白及舞台提示使用细体小字，多数剧中曲辞衬字用小字标出，如《罗李郎》《魔合罗》《救风尘》《金钱记》等，而另一些剧如《倩女离魂》中衬字较正字则没有明显不同。

第二，在杂剧体例上诸剧亦不统一。（1）除了《梧桐叶》《鸳鸯被》两剧外，其他诸剧剧首如有被称为“楔子”之《赏花时》或《端正好》均并入第一折，《罗李郎》《曲江池》《魔合罗》《城南柳》《神仙会》《倩女离魂》《扬州梦》《两世姻缘》无“楔子”之名称，《梧桐雨》第一折内曲牌名【正宫·端正好】下有“楔子”二字。（2）《梧桐雨》《倩女离魂》《绯衣梦》《两世姻缘》《城南柳》五剧有剧末总题，其形式为“剧首总题 + 终”，其他诸剧均无。（3）《绯衣梦》第三折仅有说白，并无唱词，第四折使用两个宫调，分别为【双调】和【越调】，这可能也是校刊不精的结果。《窦娥冤》一剧前三套大曲首均标“出”，即“第一出”“第二出”“第三出”，第四套大曲前又标“第四折”，把元杂剧之“折”与明传奇之“出”混合了。

第三、四卷本将《古名家杂剧》和《续古名家杂剧》原有的剧本顺序全部打乱，重新分卷，虽然存本不全，但从各剧在《汇刻书目》的分布来看，每卷可能都选有金、石、丝、竹、匏、土、革、木、宫、商、角、徵、羽集的剧目，仅有第一卷选了木集的两个剧目，其余各卷都是每集一剧。而且这四卷每卷所收的最后一个杂剧《渔阳三弄》《玉禅师》《木兰女》《女状元》正好是明代徐渭的《四声猿》，它们在《汇刻书目》中都属于“革”集，说明这种剧目编排方式是刊刻者有意进行的。

（三）文行忠信四卷本。存剧 14 种，元人杂剧 11 种，元末明初人杂剧 3 种，具体剧目和它们在《汇刻书目》中的卷集如下：

文卷一　**玉镜台（金）**　文卷二　**青衫泪（金）**　文卷四　金童玉女（金）

行卷一　**风光好（石）**　行卷二　箫淑兰（石）　行卷三　**黄粱梦（石）**　行卷四　**岳阳楼（石）**

忠卷一　**鲁斋郎（丝）**　忠卷二　**后庭花（丝）**　忠卷三 升仙梦（丝）

信卷一　**金线池（竹）**　**信卷二　谢天香（竹）**　**信卷三酷寒亭（竹）**　**信卷四　还牢末（竹）**

此本无编者及刊刻者姓名，白口，版心标有杂剧简名、单鱼尾以及 × 卷 ×（如文卷二），半页 10 行，行大字 21，小字 20，如图 5-4 所示：

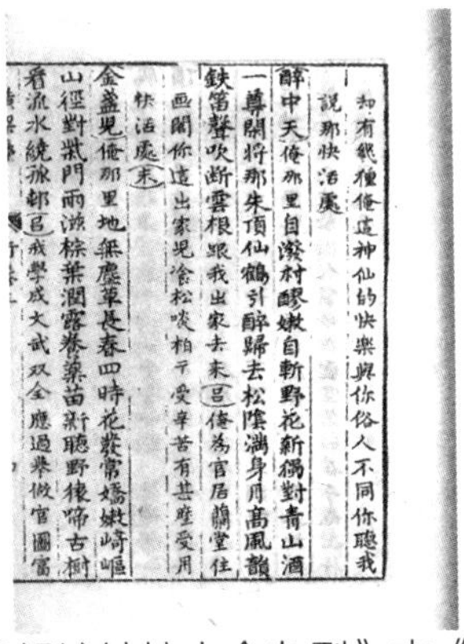
知有幾種俺這神仙的快樂與你俗人不同你聽我
說那快活處
醉中天俺那里自潑村醪嫩自斬野花新獨對青山酒
一尊閑將那朱頂仙鶴引醉歸去松陰滿身月高風韻
鉄笛聲吹斷雲根跟我出家去來（呂）俺為官居蘭堂住
画閣你這出家兒傍松喫柏子受辛苦有甚麼受用
快活處（末）
金盞兒俺那里地無塵草長春四時花發常嬌嫩崎嶇
山徑對柴門雨滋棕葉潤露養藥苗新聽野猿啼古樹
看流水繞孤邨（呂）我學成文武双全應過舉做官圖富

图 5-4　《脉望馆钞校古今杂剧》本《黄粱梦》某页

此本刊刻特点是：

第一，在形式上，整本风格比较统一，字体方正遒劲，曲辞顶格书写，正字使用粗体大字，曲辞衬字与科白及舞台提示使用小字，科白空一格书写。

第二，在杂剧体制上，诸剧亦比较一致。（1）在楔子问题上，《谢天香》《鲁斋郎》《酷寒亭》等剧剧首之《赏花时》或《端正好》，并无“楔子”标志，皆并入第一折，仅《金线池》第一折内曲牌名【端正好】下有“楔子”二字。（2）所有杂剧均无剧末总题。

第三，该本的文卷、行卷、忠卷、信卷正是原《古名家杂剧》的金集、石集、丝集、竹集四卷，与《黄丕烈藏曲目》所载的书目正相吻合，只是黄丕烈所藏的是题为“古名家杂剧”的完整的本子，现存的多是散落在《脉望馆钞校本古今杂剧》中的单本。

四卷本与文行忠信本才是真正的《古名家杂剧》的残本，它们也都不是《古名家杂剧》的初刻本，四卷本刊刻质量稍差，根据牌记陆续刊刻于万历戊子（十六年）夏年间与万历己丑（十七年）孟秋，中间至少延续了多半年的时间，比较可能是后来书商的挖改重印版。文行忠信四卷本刊刻较为精湛，所收剧目又排除了《古名家杂剧》中明人的本子，也是后人的重印版本。

二、编刊者之辨

现存的两种《古名家杂剧》均不著编者，据清顾修《汇刻书目》记载，《古名家杂剧》与《新续古名家杂剧》的编者皆为明玉阳仙史。最先对于编者进行确定的是王国维，他在《曲录》卷六种断定玉阳仙史即明人陈与郊，此后成为学界共识。郑振铎在《跋脉望馆钞校本古今杂剧》中根据《女状元》卷末的牌记断定《古名家杂剧》编刊者并非陈氏，而是龙峰徐氏。其后孙楷第中和两者观点，认为《女状元》末的“龙峰徐氏”与《帝妃春游》末的“书林徐□”当是同一人，进而推论“龙峰徐氏”是徽州歙县人氏，而陈与郊曾寓居此处，其与徽州书商应颇有往来，故得出结论：陈与郊为《古名家杂剧》的选编者，龙峰徐氏为实际刊行者。

《古名家杂剧》杂剧的两种本子可能并非由同一家书坊所刻，孙楷第所言或可以解决四卷本的刊者问题，但文行忠信本无刊者信息，不能认定它一定也为龙峰徐氏所刻。沿着孙氏思路，我们仍有两个问题亟待澄清：

（1）龙峰徐氏到底为何人，孙楷第认为他是为徽州歙县人氏，并没有确切的证据，孙氏在论述中用“疑”字，可见其亦不能十分肯定。近观黄裳《来燕榭书跋》：

> 草堂诗馀……万历闽书林郑云竹梓新刻《注释草堂诗馀评林》六卷，皆是全书。箧中尚有万历书林本残存下半，连此共四本，皆为残卷……《新刻注释草堂诗馀评林》，存卷四至六。大题下三行：“翰林九我李廷机批评　启东翁正春校正　书林龙峰徐宪成梓行”。万历刻。九行，十八字。栏上录评语……明万历中闽中书林刻《草堂诗馀》余旧藏有二本，俱有牌记。其一亦李九我评也。此册龙峰徐氏所刊，残存卷四之六一册，不知与旧藏之本孰先孰后，并藏之亦妙事也。丁酉十月初三日，雨中游姑苏旧肆，得之景德路上。黄裳记。[①]

黄裳所见万历闽中书林刊李廷机评、翁正春校正《草堂诗余》有两个本子，一本为万历二十二年郑世豪宗文书舍刻本，为六卷全本，另一本则同为万历年间龙峰徐宪成刻本，为四至六卷残本，可惜的是后者现已看不到了。徐宪成，生卒年不详，福建建阳书商，《明代版本综述》第四卷在其下注其所刊书籍有：

> 道德经解二卷 明沈一贯撰 明万历十六年书林徐宪成刊
>
> 彭会魁类编古今文体六卷 明彭好古辑 明万历书林徐宪成刊
>
> 李翰林批点四书初问讲义八卷补一卷 明徐爌撰 明天启书林徐宪成刊 半页十一行，行二十五字，白口，四周单边。

这里的李翰林亦是指李廷机，在刊刻时间上亦与《古名家杂剧》相符合，因此笔者断定这里的龙峰徐宪成很可能就是《古名家杂剧》四卷本的实际刊刻者。

（2）浙江省一些出版史类书籍如《浙江省出版志》常提到《古名家杂剧》有一种“泥蟠斋刊陈与郊编”本。[②]是否真实存在这样一种本子值得探讨。

---

① 黄裳：《来燕榭书跋》，中华书局2011年版，第195页。

② 浙江省出版志编纂委员会编：《浙江省出版志》，《浙江历代版刻书目》，浙江人民出版社2008年版，第187页。

据《浙江省出版志》与《全明分省分县刻书考》记载，泥蟠斋为浙江省上虞车任远的室名。车任远，字远之，号梠斋，别署舜水遽然子。明代万历时戏曲家，浙江省上虞县人，生卒年不详。《上虞县志》谓其为邑廪生，性耿介，常闭户著书，非其人不纳焉。博学多识，追慕“竹林七贤”，与杨秘图、徐渭、葛易斋等七人结社倡和。并撰有多部杂剧、传奇，祁彪佳《远山堂剧品》称赞其剧《福先碑》说：“以皇甫先生之狂，因宜写以豪爽之调，如万斛泉源，滚滚不竭，真才人语也。”据史料记载车任远是一位文学家而非出版家，因为我们找不到任何关于其刻书的原始材料。《浙志》根据或是《古本戏曲丛刊》四集《脉望馆钞校本古今杂剧》本《帝妃春游》剧末的“万历已丑孟秋书林□ 泥蟠斋 ”记。但傅惜华《明代杂剧全目》已经提出：“此剧版本，今存《古名家杂剧》木集本，卷首有署‘泥蟠斋’序文一篇”，也就是说“泥蟠斋”是这篇序文的作者，而非《古名家杂剧》的刊刻者。造成这种误识的原因是《古本戏曲丛刊》将这篇序文由卷首移作剧尾，“泥蟠斋”三字刊刻又与“万历已丑孟秋书林”相距比较近，很容易误认为“泥蟠斋”为民间书坊之名。《古名家杂剧》并不存在这样一种刊本。

另外，对于“玉阳仙史”是何人，学界也仍有分歧，因为时代相近的陈与郊和王骥德都有“玉阳仙史”之号。选编者为陈氏或者王氏目前亦无定论。自王国维之后郑骞亦持编刊者为陈与郊说，但杨家骆在《全元杂剧初二编述例》、李志远《〈古名家杂剧〉、〈新续古名家杂剧〉编选者考》均提出一则陈与郊《蘋川集》中题为《王百朋文学》的信札，有“前奉璧《古名家杂剧》中，记有《倩女离魂》者，更求惠借数日即缴上，决不敢点涴也”之言，杨家骆并以《古杂剧》与《古名家杂剧》互校，发现两者相同的 14 个杂剧之文“并无违异”，两者编者应为一人，证明《古名家杂剧》编选者绝非陈与郊，而应该是王骥德。针对以上材料的质疑，孙楷第早有所闻，他在《也是园古今杂剧考》的看法是《古名家杂剧》为陈与郊早年所编，在与王百朋信札时已过 20 年，且贫困交加，在这种境况中转向王百朋借此书，其事不足为异，此不足以推翻《古名家杂剧》为陈氏所编的结论。陈富荣重校《古杂剧》与《古名家杂剧》却发现不同于杨氏的问题：

其中13剧内文差异委实不大，但在体例上却不尽相同，如《古杂剧》置正目于前，而《古名家杂剧》置题目正名于后，楔子的划分与标记也有部分差异，最可疑的还是《汉宫秋》一剧，两者从第三折开始，文字差异转趋于大，并非完全如杨氏所言之“并无违异”。①

笔者重新检阅两者，发现情况确如陈氏所言，楔子的划分与标记可能为《古名家杂剧》版本不同所致，可以暂且忽略，题目正名的位置和《汉宫秋》曲文的差异是确实存在的，陈与郊与王骥德均是重要的明代戏曲家，从学识上讲，他们均有能力编选这样一部大型的元明杂剧选集，欲厘清编者问题，还需从《古名家杂剧》自身分析。

虽名称“古名家杂剧”，但现存元人杂剧37种多半杂剧并不题作者，标题作者的有马致远5种，关汉卿6种，白仁甫2种，郑德辉1种，孟汉卿、戴善夫、郑廷玉各1种，其余均为无名氏，亦收入不少明初至明中叶的作品，可见这批杂剧作品的选编既不是按照“名家”，也不完全以“古”的标准收录，在题材选择上亦难觅选择规律。这部分剧本来源于何处？编者是如何将它们汇集在一起的呢？

《古名家杂剧》四卷本刻于万历十六年到万历十七年间，初刻本刊印的时间更早，比赵琦美抄校杂剧的时间要早近三十年，市面上除了《改定元贤传奇》的16种杂剧，尚无其他刊本，元杂剧剧本在市面上恐怕不易见到。

赵琦美曾以于小谷本杂剧校《古名家杂剧》，从校文看，两者文字差异并不大，说明它们很可能来源相似。《古名家杂剧》本《还牢末》讲述梁山绿林好汉李逵的故事，该剧还存赵琦美抄于小谷本，对比发现两者在内容上完全相同。只是在分折体例上略有区别，赵琦美抄本《还牢末》不分折，《古名家杂剧》本是分折的，它把本应为楔子的【赏花时】当做第一折，之后依次排列，按每折一套的规律，该剧就应该为五折。但为了不违背一本四折的杂剧规律，第三折安排【商调】和【双调】两套曲辞。这样，该剧的体例形式就成了：第一折【赏花时】，第二折【仙吕】，第三折【商调】【双调】，第四折【中吕】。

① 陈富荣：《明代流传之元杂剧版本及曲文改编研究》，《古典文学研究辑刊》，花木兰文化出版社2014年版，第76页。

赵琦美于本剧名下有题识："别作马致远，非也，依《太和正音》作无名氏。"《古名家杂剧》本正作"元 马致远撰"。因此我们可以判断，《古名家杂剧》本与赵琦美抄于小谷本是同一个祖本的两个子本。

意识到这一点，我们再重新审视赵琦美校勘元杂剧的规律。他在使用抄本校对刊本杂剧时，是以内务府本校息机子本，以于小谷本校《古名家杂剧》本，息机子与内务府本校者7种，与于小谷本校者仅《误入天台》和《九世同居》两剧（这两个剧本不存在于内务府本），没有一本内务府本与于小谷本相校者。在校息机子本时没有内务府本可以使用时才用于小谷本。赵琦美这样做的原因是他清楚地知道这几个本子谁与谁相近，谁与谁不同，他校勘的目的不是找出异文，而是要纠正抄写或刊刻的错误。赵琦美在抄内府本《阀阅舞射柳蕤丸记》跋语说："内务府本与世本稍稍不同，为归正之。"抄内府本《马丹阳三度任风子》跋语说："内务府本、世本，各有损益。今为合作一家。"可见，他是要"归正"，要"合作一家"，并不是作不同版本的比较。赵琦美的校勘曾被清人何煌和孙楷第批评为"劳而无功"[①]，可能是误会他了，因为赵琦美的本意并非要找出版本之间的差别。遇到版本差别比较大的剧本，就如《张公艺九世同居》跋所言："此册与于小谷本大同小异，又别录一册。"所以赵琦美在抄校古今杂剧时，就已意识到于小谷本与《古名家杂剧》的渊源关系了。

问题是这些剧本的分折是从《古名家杂剧》本开始的吗？答案应该是否定的。因为《古名家杂剧》杂剧的分折方式既有比较规范的，也有如本剧一样比较混乱的。如果由《古名家杂剧》选编者统一对这些剧本进行分折，不至于如此大意。可见，《古名家杂剧》虽然与于小谷本元杂剧为同一系统的本子，但也并非直接录自于小谷本，而是又经过了中间人进行分折的过程。从这一点也可以看出，于小谷本元杂剧是继《元刊杂剧三十种》之后，现存最早的元杂剧的版本。

再次校对《古名家杂剧》与《改定元贤传奇》重复的6个剧目，发现两者对比相似度极高，曲辞上基本完全相同，仅有数处宾白有所增加，变动幅

① 孙楷第：《也是园古今杂剧考》，上杂出版社1953年版，第155—156页。

度并不大。《古名家杂剧》这几个剧本在很大程度上受到《改定元贤传奇》的影响，两者或同出一源，或者《古名家杂剧》这 6 部杂剧就是以《改定元贤传奇》为底本进行刊刻的。

如果前文推断的李开先《改定元贤传奇》和于小谷本元杂剧的来源是出自正德内阁无误，那么《古名家杂剧》的底本也应该是来自于此。

《汇刻书目》载《古名家杂剧》和《新续古名家杂剧》时所题的是“明玉阳仙史编刊”，也就是说玉阳仙史不仅是编者，而且是刊者。这就意味着《古名家杂剧》的编刊者要有能够见到内阁藏书的可能性，也要有自己的书坊可供刊刻。

据徐朔方《陈与郊年谱》一文介绍，陈与郊（1544—1611 年），字广野，号隅阳、禺阳、虞阳，别署玉阳仙史，亦署高漫卿、任诞轩等，海宁盐官人。明万历二年（1574 年）甲戌科进士。官太常寺少卿提督四夷馆。“太常寺”乃掌管掌宗庙礼仪的最高行政机关，卿掌礼乐、郊庙、社稷、坛壝、陵寝之事，少卿为卿的副职，其中一项重要职责就是掌管“乐律、乐舞、乐章以定宫架、特架之制”，正巧的是，李开先也曾做过这一官职，他的部分藏书就有可能来自宫廷内阁。同理，陈与郊也很有可能接触到内阁所藏的元杂剧剧本。

陈与郊于万历二十四年上疏乞归乡里，隐居盐官隅园，后即以刻书、藏书、著述为乐，藏书甚富，其书室为赐绯堂，现存多部陈与郊赐绯堂刻本古籍：

> 《隅园集》十六卷，八册，陈与郊撰，万历四十五年陈与郊赐绯堂刻本，国家图书馆有藏。
>
> 《隅元集》十八卷，陈与郊撰，万历四十五年至天启元年陈与郊赐绯堂刻本，故宫博物院、北京大学图书馆有藏。
>
> 《黄门集》十二卷，《贻谋四则》四卷，十二册，明许相卿撰，万历二十五年陈与郊赐绯堂刻本，国家图书馆有藏。
>
> 《文选章句》二十八卷，陈与郊撰，万历二十五年其侄陈之问赐绯堂刻本，南京图书馆、浙江图书馆有藏。
>
> 《樱桃梦》二卷，陈与郊撰，万历四十四年（1616 年）陈与郊赐绯堂刻本，浙江图书馆、南京图书馆有藏。
>
> 《灵宝刀》二卷，陈与郊撰，任诞轩辑，万历四十五年（1617 年）

陈与郊刊本，国家图书馆、南京大学图书馆有藏。

《广修辞指南》Z- 十卷，陈与郊辑；《礼记疏意参新》一卷，《辅轩使者绝代语释别国方言类聚》四卷，陈与郊撰，万历（1573—1620）间陈氏刻本；《颏川集》八卷，陈与郊撰，万历四十六年（1616年）至天启元年（1621年）陈氏赐绯堂刻本，《中国古籍善本书目》均著录。

陈与郊既可借官职之便借到剧本，也有自己的书坊进行刊刻。

王骥德，字伯良，号方诸生、秦楼外史。会稽（今浙江绍兴）人。生年不详，徐朔方《晚明曲家年谱》假定为嘉靖二十一年（1542年）。祖父王炉峰博学高才，著述甚富，有集数十卷，但虽有文名，却学而未仕，一生潦倒。王骥德一生无功名。早年师事同里徐渭，与徐仅一垣之隔。徐渭作《四声猿》时，"每了一剧，辄呼过斋头，朗歌一过，津津意得。"（《曲律》）万历十五年（1587年）至十八年（1560年）。吴江毛寿南任山阴知县，聘王骥德为其子以蝰、以燧的教师。毛寿南本人又是吴江沈璨的老师，因此王与沈得以结交。王骥德一生书剑飘零，曾游历金陵、维扬、吴江一带，又与毛以燧同游洛阳、汴梁等地。晚年两次进京，曾考察燕京风土人情，为校注《西厢记》而调查当地方言流变。万历三十六年春，出京南归，开始撰写《曲律》，历时十余年，临终前不久才搁笔。卒于天启三年（1623年）。王骥德虽为戏曲家，家藏有不少剧本，在徐渭处、京城游历中也有可能收集到大量杂剧，但他的书籍、作品均是刻于他处，没有发现王骥德有自刻书籍的资料，因此说他为《古名家杂剧》编刊者可能性不大。

综上所述，《古名家杂剧》原本的编刊者为陈与郊，《古名家杂剧》原与《改定元贤传奇》一样，原是文人自选自刊的本子，成书之后销量甚好，后来才被其他书坊翻印。现存的四卷本是由书商徐宪成根据《古名家杂剧》原本，重新编排剧本顺序，印刷出版的产物，文行忠信本的刊刻者为谁暂不可知，估计也是书坊肆意删选的结果。

第四节 万历间其他的书坊“杂凑”文人选本

《古名家杂剧》之后，相继有出现了一系列的元杂剧选本，它们选曲的数目没有《古名家杂剧》多，所选剧目多与《古名家杂剧》相同，有的以内务府杂剧为底本，有的以《古名家杂剧》为基础，总体来说没有很大特色。尽管如此，其中还有些问题亟待辨清。

一、息机子与《古今杂剧选》

（一）版本概况

《古今杂剧选》是继《古名家杂剧》之后又一元明杂剧总集，明息机子编。是书版高十九公分，宽十四公分，单边白口单鱼尾，半叶 9 行，仿宋体字带有典型的万历时期长体特征，曲辞单排，正字大字，衬字小字，行 18 字，宾白小字双排，行 34 字。曲牌名使用阴刻，即黑底白字。书口刻有“古今杂剧”字样，中缝有“陈行甫刻”标识，书前有署名“息机子”作于明万历二十六年（1598 年）的一篇序文曰“刻杂剧选序”。

息机子《古今杂剧选》在明清各目录学著作里的记载名称与卷数不一致，首次见著为祁承㸁《澹生堂藏书目》，该书成书于明万历四十八年（1620 年），集部“余集”类“艳诗”目下附列“词曲”，录有《古今杂剧》二十册，二十卷，不著撰人。康熙三十年徐乾学《传是楼书目》史部·宇字四格·乐下著有“元人杂剧百种，明臧晋叔”；“又一部，明息机子”，似息机子所著的元杂剧选本亦称“元人杂剧百种”。《汇刻书目》题“元人杂剧选，明万历戊戌息机子编刻”，故亦称《元人杂剧选》或《息机子元人杂剧选》。原书总目已不可知，《续修四库全书提要》及《也是园古今杂剧考》称残本卷首有总目，今存佚不详。《汇刻书目》及《黄丕烈藏曲目》列杂剧 30 种，收剧总数正好是《古名家杂剧》的一半，其中元人杂剧 27 种，明人杂剧 3 种。《黄丕烈藏曲目》列最后 5 种《碧桃花》《度柳翠》《鸳鸯被》《玉壶春》《风雪渔樵》为有目无书。唯《踏雪寻梅》一剧作者原题马致远，有学者考证实为明朱有燉作，此系误题[①]，观点甚允，这样算来，原收元人杂剧 26 种，现已不全。

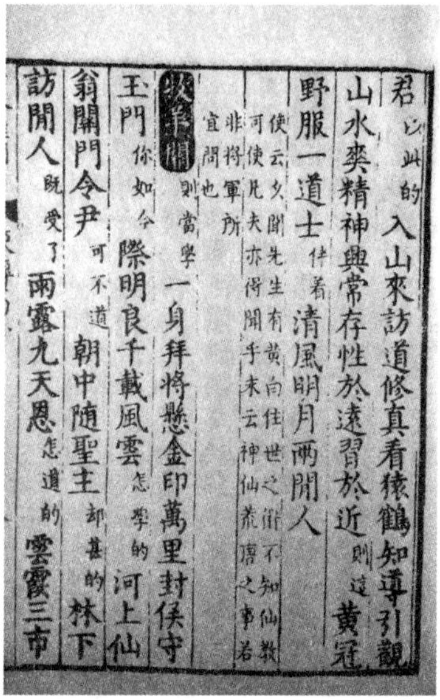
君以此的入山來訪道修真看猿鶴知導引觀
山水奕精神與常存性於遠習於近則這黃冠
野服一道士伴着清風明月兩閒人
使云久聞先生有黃白住世之術不知仙教可使凡夫亦得聞乎末云神仙荒唐之事若非將軍所宜問也
【收尾】則當學一身拜將懸金印萬里封侯守
玉門你如今際明良千載風雲怎學的河上仙
翁開門令尹可不道朝中隨聖主却甚的林下
訪閒人既受了兩露九天恩怎道的雲霞三市

图 5-5 息机子本《陈抟高卧》某页

古籍书目记载之所以出现不一致，可能也是因为该书在流传过程中经过书坊翻印，各定卷册名目。现存北京图书馆购武进董康诵芬室藏残本八册 25 卷，元人杂剧 21 种，其中第 7 种到第 11 种佚，分别为《翰林风月》《倩女离魂》《老生儿》《竹坞听琴》《秋胡戏妻》，可见黄丕烈之藏本并非今存本，但已不知所向。《脉望馆钞校古今杂剧》中存有 15 种，其中包括残本所佚之《翰林风月》。其中部分原书未著明作者的杂剧，如《谇范雎》《生金阁》等，可据《录鬼簿》及《太和正音谱》考出，总体来讲，这部书所收剧有：马致远《陈抟高卧》，关汉卿《切鲙旦》，高文秀《谇范雎》，郑庭玉《看财奴》《忍字记》，武汉臣《生金阁》《玉壶春》，李寿卿《度柳翠》，宫天挺《范张鸡黍》，曾瑞卿《留鞋记》，乔梦符《两世姻缘》，秦简夫《赵礼让肥》《东堂老》，罗贯中《风云会》，无名氏《连环记》《九世同居》《符金锭》《合同文字》《碧桃花》《鸳鸯被》《渔

① 严敦易：《元剧斟疑》，中华书局 1960 年版，第 549 页。

樵记》。《古本戏曲丛刊》第四集将《脉望馆杂剧》之外的 11 种集结影印，取名《杂剧选》。

息机子姓名生卒均不详。陈万鼎《六十年来元明杂剧的发现》一文提出："因见明万历十七年进士，亦有作嘉靖三十五年进士者。方九功字允治，南阳人，历官南京工部侍郎，有'息机堂稿'，我国古人辄以道号为堂名者，如王世贞道号弇州山人，其著有《弇州堂别集》，因之笔者疑息机子即方九功。"[①] 据《南阳府志》载："方九功，字允治，明代南阳人。生卒年月无确考。九功性高洁，博学能文，为当时名儒，举进士。万历十七年（1589 年）知江都县，后迁任吏部主事、郎中，升任太常少卿，又改任南京鸿胪寺卿，累迁至南京吏部右侍郎。虽荣显而家居寒素。仕归后筑息机堂，以立为乐。有《白下藕》《息机堂稿》行于世，卒年 52 岁。"[②]

而根据息机子《刻杂剧选序》言："余少时见云间何氏，藏元人杂剧千而羡，不及录也，用以为缺。既而，□□□□余友人自京师来，所□□□□□□□元续梓之。"[③] 既然方九功曾在京师为官，又做过太常寺少卿，又怎会羡慕云间何氏藏有丰富的元人杂剧？就算是其少时羡慕，那么在京师时为何不抄录，反而在晚年刊刻友人从京师带来的剧本？

"息机"乃道教用语，"息机者，忘机也……即以始觉之净心，反照而人于霖穴，澄之静之，使合于息，久久神凝息住，俪然人定；定久湛然，六根虚寂，一念无为，十方坐断，是云息机。"[④] 息机子可能仅是一个化名，与方九功的息机堂一致纯属巧合而已。

陈行甫，皖南池州府青阳县人，[⑤] 生活在嘉靖、万历年间，不仅是一位刻工，而且是一位文人，曾跟随其师了斋参加过江西复真书院嘉靖四十三年除

① 张敬、曾永义等：《中国古典戏剧论集》，幼狮文化事业公司 1985 年版，第 1 页。

② （清）康熙三十四年《南阳府志》（五），南阳市地方史志编纂委员会：《南阳市志》，河南人民出版社 1989 年版，第 894 页。

③ （明）息机子：《刻杂剧选序》，《古今杂剧选》，《古本戏曲丛刊》本。

④ 徐海印：《天乐集》，宗教文化出版社 2013 年版，第 279 页。

⑤ 刘邦采：《复真书院志》："甲子岁，皇明嘉靖之四十三季也，同志之讲业于复真者……已而忽报庐陵周原山至，携其子姓命阼、命官、德进，并其受业者吉水王汝玉、肖章节、肖汝宣，彭德天凡七人，乃廿五日也。越三日又泾邑吴竹山、太平杜了斋偕其弟龙崖、婺源詹东镜、广德濮省愚，了斋有徒太平杜汝缉、青阳陈行甫，凡七人。"

夕讲学活动，后来与卜梦熊[1]相交友好。卜梦熊，字仲登，别号景川，生于明嘉靖十五年（1536年）[2]，万历元年（1573年）中苏州府武举人[3]，随师参加讲学的年龄比较可能是在二三十岁，那时卜梦熊28岁，以此推论二人年龄差距应该不会太大。卜梦熊《九日同陈行甫登碧霞楼》一诗言："虽有绨袍好兄弟，遥怜故乡白发生。今年归卧东篱曲，惟是年饥苦不足"[4]，知卜氏晚年曾返还家乡江苏吴江生活，并时同陈行甫游玩盛湖。万历二十六年《古今杂剧选》刊刻之时卜梦熊63岁，陈行甫之年龄应该也是在60岁左右，且生活之地大概也是在吴江附近，故断定《古今杂剧选》的刊刻地点在于江苏吴江，或许离事实不远。

自李开先始，晚明文人开始重视元杂剧的教化作用，并有意识地将元词与汉文、唐诗、宋理学并论，在观念上不仅把元杂剧舞台表演之底本转变为供人案头阅读之读物，而且将元杂剧从"小道"之俗文学中解放出来，与传统雅文学一脉相承。息机子很明显继承了李开先的观念，其在《刻杂剧选序》言："一代之兴，必有鸣乎其间者，汉以文，唐以诗，宋以理学，元以词曲，其鸣有大小，其发于灵窍一也。"并在李开先的基础上进一步提高元杂剧的地位，"则夫理学之所不能喻，诗文之所不能训且戒者，词曲不有独收其功者乎？焉得小之？"可见息机子依然强调的是元杂剧的"喻"与"教"，但他同时提出词曲的社会效益与功用要大于传统的诗文与理学，这是对元杂剧至高的评价，这以前从未有人有过如此论断。与李开先选刻元杂剧是"欲世之人得见元词并知元词之所以得名也"相似，息机子刊刻元杂剧的目的也是"刻之以传"。

（二）底本来源

关于其底本来源，息机子自言《古今杂剧选》所用的底本乃是其友人从京师带来的秘本。

---

① 《中国地方志集成·乡镇志专辑11·里睦小志》存四首卜梦熊与陈行甫同游盛湖之诗。
② 盛泽镇地方志办公室编纂：《盛泽镇志》，江苏古籍出版社1991年版，第465页。
③ 江苏省地方志编纂委员会：《江苏省通志稿·选举志》，江苏古籍出版社1993年版，第332页。
④ 盛泽镇地方志办公室编纂：《盛泽镇志》，江苏古籍出版社1991年版，第557页。

现存26种剧中，与《古名家杂剧》本重出者7种，与《改定元贤传奇》者重出者3种[1]。经过比对发现，除了《月明和尚》一剧之外（《月明和尚度柳翠》一剧《古名家杂剧》本仅存【双调·新水令】一套，与息机子本全异，《古本戏曲丛刊四集》所收《古名家杂剧》本《月明和尚度柳翠》实为徐渭《玉禅师翠乡一梦》第二折），其他诸剧息机子本与《古名家杂剧》及《改定元贤传奇》本内容大同小异。唯息机子本与《改定元贤传奇》本在人物上场时保留了较多的"开"字,《古名家杂剧》大都直接省略，或者改为"云"字，孙楷第认为息机子本尽依底本原文，可谓"精慎"：

> 宋元以来伎艺人上场表白语谓之"开呵"，其收场时表白语谓之"收呵",《水浒传》为元人书，故所记白秀英说诸宫调、宋江于揭阳镇观卖药人弄伎作场时，皆有开呵、收呵之文。变其文则曰"开念"，如周宪王《得驺虞》剧作开念是。《古今杂剧选》不适用省字，带"开"字者:《陈抟高卧》(第一折): 冲末扮赵大舍引郑恩上开省其文则曰"开"，如元刊本杂剧凡上场白皆标开字是。后人刻书，不知开字之义，概改宾白中开字为云，诸本贯习，大率皆然，而此本独作开，即此一字之微尚不改原文，则其精慎可知矣。[2]

《古今杂剧选》在刊刻形式上最大的特点就是"仿古"，曲牌名使用阴线刻，剧尾有总题，这些均与元刊本杂剧形式相同，另外一改之前杂剧刊刻使用写刻字体，改为仿宋，字体拉长，这些都表明在明代晚期随着元杂剧商业化的普及，书坊之间的竞争亦日趋激烈，为了能够获得更多的读者，书坊主开始在摹古方面花费心思，尽力宣扬自己所刊刻的本子最接近元杂剧的原貌。

《脉望馆钞校本古今杂剧》收15种息机子本元杂剧中，有12种经过赵琦美校对，其中与于小谷本校者4种，内容大同小异，涂改很少；与内务府本校者7种，在剧末根据内务府本补入穿关；有校对痕迹但不知所用何本校者1种，均是以息机子本为底本，在其上进行校对涂改，版本差异比较大。情况同上，可见息机子本乃是书坊采《改定元贤传奇》《古名家杂剧》本、内务府本杂凑

---

① 分别为《陈抟高卧》《两世姻缘》《误入天台》《鸳鸯被》《城南柳》《风云会》和《月明和尚》，前三者与又《改定元贤传奇》重复。

② 孙楷第著：《戏曲小说书录解题》，人民文学出版社1990年版，第428页。

的本子。

二、尊生馆主人与《阳春奏》

明尊生馆主人编刻。版框高 20.5 厘米，宽 13.4 厘米，单边，版心白口，单鱼尾，上端刻剧目简名，如“风光好”“风云会”，下端刻页码；半叶 9 行，曲文顶格书写，正字大字粗体，曲辞衬字用小字刻，以别于正字，每行 18 字，宾白小字细体，缩进 1 格，每行 17 字，每剧开头之首页首行顶格刻剧本正名，次行下端署元 某某 撰，三行下端署 明 尊生馆 校。原书已散佚，仅存卷首之于若瀛万历三十七年（1609 年）序、凡例以及罗贯中《风云会》、马致远《陈抟高卧》、戴善夫《风光好》三剧，分别为卷一之第一、二、四剧。北京图书馆存残卷一册 3 种，《古本戏曲丛刊四集》据以影印。1982 年麻国钧发现北京图书馆另藏残本一部《阳春奏》，存明人杂剧 10 种，其中《元微之重访蒲东寺》残缺，全剧仅存 1/5 左右。[①] 为《汇刻书目》所未载，这样算来《阳春奏》共收元明杂剧 40 种。

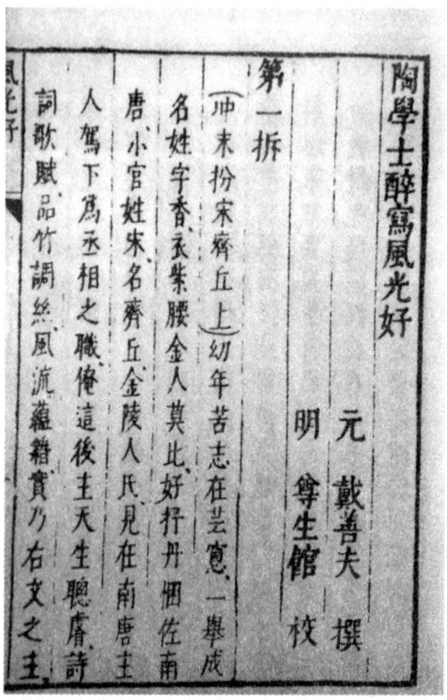
陶學士醉寫風光好
元 戴善夫 撰
明 尊生館 校
第一折
（冲末扮宋齊丘上）幼年苦志在芸窗，一舉成
名姓字香。衣紫腰金人莫比，好扶丹桂佐南
唐。小官姓宋名齊丘，金陵人氏，見在南唐主
人駕下為丞相之職。俺這後主天生聰睿，詩
詞歌賦品竹調絲，風流蘊藉，實乃右文之主。
風光好

图 5-6　《阳春奏》本《风光好》首页

① 麻国钧：《关于许潮杂剧四种的发现》，《中国戏剧年鉴（1982）》，中国戏剧出版社 1983 年版，第 384 页。

《阳春奏》10种本版式字体均与3种本相同，唯每剧首页三行下端署名小有异处，三种本署“明 尊生馆 校”，十种本署“新都尊生馆 校”。这两种本子可能并非同一版印刷出版，三种本卷首题“新刻阳春奏凡例”，表明此种本子可能至少是第二次刊刻，这样看来10卷本或者是首次出版。明代名“新都”者有二：其一为四川新都府。《明史・地理志》：“新都府北。东有雒水，自什邡县流经此，下流至泸州入大江，亦曰中水。北有湔水，即大江别流，自灌县东北出，流经此，至汉州入雒水。东北有绵水，自汉州流至此入雒江。三水同流，亦曰郫江也。”①东晋常璩《华阳国志・蜀志》：“蜀以成都、广都、新都为三都，号名城。”②其地在今四川新都县西北二十里军屯乡清白江边。《明史・杨慎传》：“杨慎，字用修，新都人，少师廷和子也。”即指此。其二为徽州古称新都或新安。汉献帝建安十三年孙权将休阳县、黎阳县、新定、始新和黟县并从丹阳郡分出，建立新都郡，晋太康元年晋灭吴，新都郡更名为新安郡，唐武德初年改为歙州，宋宣和三年以后改称徽州，明代仍沿用此名。戴廷明《新安名族志》即专门记录徽州各宗族历史的著作，可见在明后期依然有记徽州古称的习惯。汪廷讷《坐隐先生集・卷一》有自序篇，题“新都汪廷讷昌朝著”，首句：“坐隐先生者，黄山白岳间人也。尝筑坐隐园居之，因号坐隐先生。”③《坐隐先生集》内亦有多人题“新都某某”，如“新都王之芳、之甫拜书”，王之芳、王之甫为汪廷讷之通家后学，应该同属安徽人。欲清楚尊生馆所处何地，尚需先识别尊生馆主人。

《阳春奏》于若瀛序称：“吾友黄叔，气禀醇和，志棉慕古，往所镌《草玄》《虞初》诸书，悬之国门，纸价为高。”又云：“黄叔博学才高，其于纯成药黝，尤日孜孜不倦，兹箕踞北窗之下，潜心著刻，以嘉后人，其志盖有足多者。”④可知尊生馆主人为黄叔。《藏园群书经眼录》载日本内阁文库藏书存《缉柳编五卷》：沈麐元撰，日本旧写本，九行二十字。题“吴兴沈麐元善长集，新都黄正位黄叔校”。国家图书馆藏《新增格古要论》淑躬堂重修本，书前有题“新

① （清）张廷玉：《明史・地理四》，中华书局1974年版，第1022页。

② （晋）常璩：《华阳国志》，刘琳校注本，巴蜀书社1984年版，第261页。

③ （明）汪廷讷：《坐隐先生全集》，《四库全书存目丛书》集部・别集类188。

④ （明）于若瀛：《阳春奏序》，《阳春奏》，《古本戏曲丛刊》本。

都黄正位叔重校”。可以断定尊生馆为明万历间黄正位的室名。又汪廷讷有《寄黄叔》一诗：“叔度风流远俗情，一时豪客尽知名。人因鉴古能追古，斋号尊生见达生。常以高吟鸣侠烈，每缘对弈废逢迎。卜居更与鸡笼近，爽气朝来喜乍情。”[①] 黄正位，名黄叔，别名尊生馆主人，为人豪迈义气，不事逢迎，亦是一位具有文人气节的书坊主。早年曾为官署和士大夫世家刻书，经历年积资，开设书铺，专事刻书、藏书、售书。黄氏“博学能文章，尤喜稗官小说诸书”[②]，喜刻文学、戏曲、书画等艺术类作品，还印过《庄子南华真经》8 卷，瞿佑《剪灯新话》4 卷，李昌祺《剪灯余话》4 卷，唐冯贽《云仙杂记》10 卷，元高明《琵琶记》2 卷等。《剪灯新话》残存 1 卷，书前题“新安黄正位黄叔校”《剪灯余话》残存 3 卷，书前题“新安黄正位订正”。《琅环记》三卷本曹学佺序亦言：“姑苏沈从先有抄本，携至予署中，新安黄黄叔见欲梓之。”[③] 可见黄正位亦属于徽州黄氏家族的成员。明清时期徽州黄氏家族甚是有名，据《虬川黄氏宗谱》记载，从明代正统至道光年间，就有四百多人从事刻书行业，其中不乏名家。所刊书籍不仅刻工精细，且配插图和图谱，艺术价值极高，如《琵琶记》《北西厢记》《古杂剧》及《元曲选》等戏曲作品，均是丁云鹏、郑重等名画家与徽州黄氏家族合作的成果，代表了当时书籍版画的杰出成就。

是书之所以名《阳春奏》，主要是编者以为杂剧之名不雅，因取“阳春白雪”之意。所选标准有二：第一为“金元名家”之作。刊者认为：“元时善曲藻者不下数百家，而所称绝伦，独马东离、白仁甫、关汉卿、乔梦符、李寿卿、罗贯中诸君而已。”第二为以“情思深远、词语精工”及“有关风教、神仙、拯脱”者为标准，兼顾内容形式，可以说是从艺术性和思想性两方面着眼的。中有涉及男女私情，或有较露骨之描写者，如《菩萨蛮》《鸳鸯被》等，则皆被认为“淫奔可厌”，敦不入录。与之前其他杂剧刊本一样，《阳春奏》亦宣扬元杂剧之雅文学传统，以树立杂剧正统文学的地位。不仅指明其与诗经、楚辞、汉诗、宋词等一脉相承，“自伏羲画卦而文字肇兴，宇宙景色翕然焕矣。六经森布，炳如日星，此圣人立言垂训之大法也。降之三百篇，率皆采闾巷

① （明）汪廷讷：《坐隐先生全集》，《四库全书存目丛书》集部·别集类 188。

② （明）谢肇淛：《虔初新志序》江中柱点校本，福建人民出版社 2009 年版，第 125 页。

③ 杜泽逊撰：《四库存目标注·子部》卷四，上海古籍出版社 2007 年版，第 2023 页。

歌谣而播之声诗。宜尼父所谓可兴可观，良有旨也。《离骚》，则楚之变也；五言，则汉之变也；律（诗），则唐之变也；至宋词、元曲，又其变也。时代既殊，风气亦异，元曲兴而其变极矣”，[①] 而且将诗文理论之“不平则鸣”说运用在杂剧作家身上，“盖金元以外夷据我中华，所用胡乐，嘈嘈杂杂，凄紧缓急，词不能按；乃复更为新声，其抑扬高下，足媚人耳。一时名士如马东篱辈，咸富才情，兼善音律，以故擅一代之长。要而言之，实所以宣其牢骚不平之气也者。”[②] 它不仅揭示了元杂剧创作的动力来自于作家“不平”的际遇和情感，而且为将作品与元代社会生活结合起来看，隐隐透露出元杂剧批判现实的精神。这就比它之前元杂剧选本对于元杂剧的认识更深刻、更进了一步。

《续汇刻书目》著录《阳春奏》八卷39种，前六卷每卷4种，卷七6种，卷八9种。后5种：《王羲之兰亭显才艺》《陶处士栗里处交游》《桓元帅龙山会僚友》《汉相如昼锦归西蜀》及《卫将军元宵会僚友》为明嘉靖、隆庆作家许潮《泰和记》中的作品。全书在体例安排上亦有自己的特点，这在《凡例》中交代得十分清楚：

> 一　次序以《龙虎风云会》居先，而《陈华山》次之，取其君明臣良，太和景象为可臻嘉，而时代前后，则在勿论。
>
> 一　曲中折白等语，是皆金元习音，不必求其洞烛，若以已意强解，至或妄易佳句，反失其真矣。今尽依旧本考定。
>
> 一　您是你字，恁是这般，俺、咱、喒是我字，而沙，波、价、呵、么，则是助语辞也。世人多以您、恁二字混淆，读者宜探辨之。
>
> 一　卷内俱是元曲，末以明曲附之，亦见我明作者一斑，且司马为昭代词宗，全阳实东吴英哲，故并存之以彰盛美。
>
> 一　卷内俱是北调，末乃附以南音，盖北音峻劲，恐为世俗所憎，特附新声以快时眼，博雅君子其尚鉴焉。

《阳春奏》的选编按主题而不按时代，忠诚于原文而不臆改，选剧重古而不轻今（“凡例”中的“司马”为徽州戏曲家汪道昆，官至兵部左侍郎，俗

① 吴毓华编：《中国古代戏曲序跋集》，中国戏剧出版社1990年版，第101页。

② 吴毓华编：《中国古代戏曲序跋集》，中国戏剧出版社1990年版，第101页。

称“少司马”，著有《大雅堂杂剧》；“全阳”为朱有燉，号诚斋，又号全阳道人等，著《诚斋乐府》），重北而不轻南，反映了黄正位进步的戏曲观。

据《续汇刻书目》，《阳春奏》前34种《古名家杂剧》均收有相同剧目，从仅存的三种元人杂剧看，与《古名家杂剧》无论是从刊刻形式或者内容上，相似度均极高，甚至连异文也是一致的。如《陈抟高卧》一剧，现存六个版本，分别为《元刊杂剧三十种》本、《改定元贤传奇》本、《古名家杂剧》本、《元人杂剧选》本、《阳春奏》本和《元曲选》本。仅有《古名家杂剧》本和《阳春奏》本第四折首曲为【双朵花辰令】，其他四个本子均为【双调新水令】。由此看来，《阳春奏》与《古名家杂剧》同出一源的可能性极大，《阳春奏》序中所提到的不屑收录的《菩萨蛮》《鸳鸯被》两剧也见于《古名家杂剧》，因此可认为甚至《阳春奏》就是直接选取《古名家杂剧》的部分剧本为底本而进行重新刊刻的。

三、顾曲斋本《古杂剧》

《古杂剧》得名于卷首玉阳仙史《古杂剧序》及目录首行《古杂剧目录》，因版心又有“顾曲斋藏版”，亦称《顾曲斋元人杂剧选》。序文后有“王氏伯良”（阳文）、“白雪斋”（阳文）印各一方及“黄德新镌”四字，黄德新亦为歙县虬村黄氏家族成员，字源明，黄德懋弟。除《古杂剧》外尚刻有《淮南鸿烈解》（汪一鸾本）、《秦汉印统》（树滋堂本）、《方初庵先生集》（贺灿然本）、《南华真经旁注》（孙平仲本）、《奕图史序》等书籍。

《古杂剧》版高20厘米，宽14厘米，单边，版心白口，无鱼尾，上端刻剧目简名，如“玉镜台”“两世姻缘”，下端刻页码、“顾曲斋藏版”；半叶9行，曲文单排，顶格书写，正字大字粗体，曲辞衬字用小字刻，以别于正字，也有些剧作曲辞不分正衬字均使用大字粗体的，可能是底本原本不同，完全按照底本刊行的结果，每行20字；科白双排，小字细体，缩进1格，每行19字。每剧开头之首页首行顶格刻剧本总题，次行为作者，三行为正目，即杂剧的题目正名，双行排列，亦有单行竖排者。该书所收杂剧二十种，时代最晚至元末明初之贾仲明、罗贯中，是现存唯一一部真正意义上的元人杂剧选本，虽然总数不算多，但基本都是名家名作，刊刻精美，间有插图，图右上有刊工姓名新安黄一凤、黄桂芳、黄瑞甫、黄翔父、黄告甫、黄德新、黄一楷、黄鸣岐、黄庭芳、黄德修、黄原明，亦甚典雅。每剧原定四幅图，每折一幅，书中《两世姻缘》《柳毅传书》《对玉梳》《梧桐雨》《红梨花》五本，各缺半页，《金线池》缺两个半页，《曲江池》《菩萨蛮》各缺四个半页。文字衔接没有出现问题，所阙为该折的绘图，这又不可能为后来遗失的，书籍刊刻时应该就没有绘制完毕，或者将其遗漏掉了。

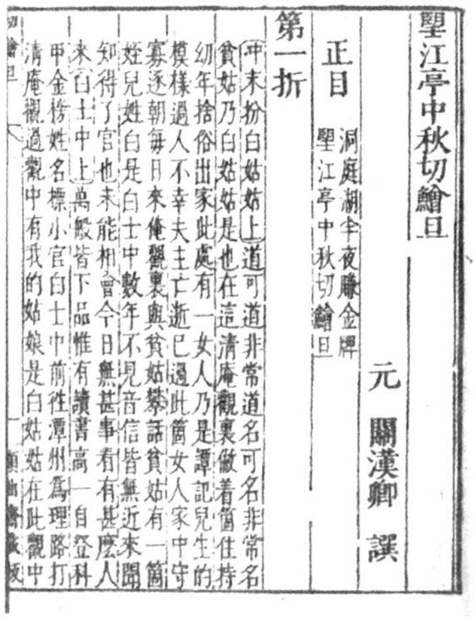
望江亭中秋切鱠旦
元 關漢卿 譔
正目 洞庭湖半夜賺金牌
望江亭中秋切鱠旦
第一折
沖末扮白姑姑上道可道非常道名可名非常名貧姑乃白姑姑是也在這清庵觀裏做着箇住持幼年捨俗出家此處有一女人乃是譚記兒生的模樣過人不幸夫主亡逝已過此箇女人家中守寡逐朝每日來俺觀裏與貧姑攀話貧姑有一箇姪兒姓白是白士中數年不見音信皆無近來聞知得了官也未能相會今日無甚事看有甚麽人來白士中上萬般皆下品惟有讀書高一自登科甲金榜姓名標小官白士中前往潭州爲理路打清庵觀過觀中有我的姑娘是白姑姑在此觀中

图 5-7 《古杂剧》本《望江亭》首页

该书现存版本据吴晓铃言："北京图书馆今藏足本二十种，又残本十六种，又通县王氏旧藏残本四种，称最富；上海图书馆藏残本十二种及八种；余藏残本二种，日本监谷温氏所藏残本四种今归天理大学……余藏《古杂剧》之第六种《洞庭湖柳毅传书》及第七种《李太白匹配金钱记》二种系初印本，较《古本戏曲丛刊》四集所据底本为胜。"[①] 吴晓铃逝世后其所藏图书全数赠与首都图书馆，这里所提"初印本"，可惜笔者没有找到原书，不知其较《古本戏曲丛刊》四集影印本胜出者为何，但《古杂剧》亦分次印刷，则可知矣。据悉该书尚有日本早稻田大学演剧博物馆藏本存十六卷十六种。《古本戏曲丛刊》第四集卷扉题"古书戏曲丛刊编辑委员会据北京图书馆、上海图书馆及长乐

① 吴晓铃：《吴晓铃集》第 2 卷，河北教育出版社 2006 年版，第 44 页。

郑氏藏明万历顾曲斋刊本汇印”。

是编不著编者姓氏，自来藏书家目及曲目皆未著录，亦不知全书有多少卷。《古名家杂剧》与《古杂剧》的关系长期因序者“玉阳仙史”而模糊不清。一般学者根据“王氏伯良”“白雪斋”二印，加上序者“玉阳仙史”为王骥德的别号，断定该书为王骥德所辑。从吕天成《曲品》：“吾友玉阳生又有《题红叶》”，《南词新谱》：“《王玉阳方诸乐府》，名骥德，字伯良，别号方诸生。”及王伯良《新校注古本西厢记自序》之落款“万历甲寅春日大越琅邪生方诸仙史伯良氏书”来看，王骥德之有“玉阳仙史”之称是可信的，但为书作序者并留下斋印，并不一定是该书的选编者，于若瀛为《阳春奏》作序，却没有人认为于若瀛为《阳春奏》的选编者，这是需要分清楚的。“王氏伯良”为王骥德是没有问题的，但“白雪斋”是否亦为王骥德呢？

经检阅明代以“白雪斋”为号者，共有三人。一是临淮侯李惟寅言恭，号青莲居士，且著有《白雪斋诗集》二卷，卷首有二序：一、《李惟寅白雪斋诗集序》，署“万历庚辰夏四月既望友人晋江庄履中熙甫序”。二、《白雪斋诗集叙》，署“万历庚辰春二月朔吴郡友人王世懋书”。正文各卷头题“白雪斋诗集卷上（下）”，署“盱眙李言恭惟寅著，兰溪胡应麟元瑞编定，寿州宗吉朱汝修校梓”。万历十九年陈文烛所撰《青莲阁诗序》谓“今惟寅春秋五十”，可知其生于明世宗嘉靖二十年，根据《明史》卷一百零五、一百二十六及本集卷首二序的记载，李惟寅，“盱眙人，岐阳武靖王裔孙，临淮侯庭竹子。万历三年袭封临淮侯，明年授中府佥书，加少傅。十四年总督京营，二十七年加少保。好学能诗，折节寒素，海内文士，宗附如归。庄履中序称其‘诗取格盛唐，大历以还无论也’，故颇为王世贞兄弟所称。世懋序评其诗有三变：‘年少气盛，有触易形，意恒在多；既得于鳞诗习之，乃检括为深沉之思，刻商引徵，宛似其家言；已稍稍纵其性灵，时复倏然自得，博采旁引，未见其止。’”①可见其确是一位饱学之士，但《明史》记其卒于万历二十七年，距离《古杂剧》的刊刻尚有二十年的时间，如果说是其后人收藏过《古杂剧》并留下斋印似乎有些勉强。

① 黄仁生著：《日本现藏稀见元明文集考证与提要》，岳麓书社2004年版，第249页。

另一人是秀水姚绍科，著有《白雪斋诗稿》。《长兴县志》云："绍科，字伯道，长兴人。诗学摩诘书，肖子敬，与盛明七子唱和。尝构白雪斋、凌云阁，购汉、唐以来敦彝图史、书画实其中。三吴名士过从相接。有《白雪斋诗稿》若干卷。"① 其生卒年月已不可考，盛明七子是明嘉靖、隆庆年间的文学流派，除王世贞与吴国伦分别于万历十八年和万历二十一年去世外，其余众人均于万历之前就已去世。姚绍科的生活时代与《古杂剧》的刊刻时间尚有一段距离。

还有一人为杭州人张师龄，万历间武林（杭州）书坊主。查阅《明代版刻综录》"张师龄"条下注有徐爔《晋安风雅》12 卷题"明万历二十六年张师龄白雪斋刊"；《曲律》一卷题"明魏良辅撰，明崇祯十年武林张师龄白雪斋刊"；《白雪斋选订乐府吴骚合编》4 卷，张楚叔、张旭初辑，该书前有崇祯丁丑春仲骚隐居士楚叔父于小墨墨居序，云："丙子冬杪余病卧无聊，因手拈新本阅之，快然破闷，而师龄侄知音以授诸梓，越二月梓成，余喜书其端。"张师龄白雪斋是活跃在明万历中后至崇祯时期的一位书坊主，《古杂剧》的刊刻正是在这期间，我们基本可以断定，如果张氏没有负责刊刻，但至少他于《古杂剧》付梓之后没多久就已经收藏过本书。

言王骥德为《古杂剧》的选编者是有问题的。众所周知，王骥德之室名曰"诸生馆"，没有直接的证据显示其还有一室名曰"顾曲斋"。较早怀疑王骥德为《古杂剧》编辑者是学者郑骞，他认为："从这些版本的质量看，这些剧本编辑、剪裁得很草率，像一个业余爱好者干的，而不像王骥德其他剧本所有的那种优秀质量。把这些刊印粗陋的剧本归到王骥德名下，纯粹是为提高这些剧本在市场上的身价。"② 这种观点似乎也过于激进了，因为"玉阳仙史序"与王伯良之印章可以证明，王骥德的确与本书的出版有着密切的联系。明晚期杂剧刊刻市场繁荣，竞争亦相当激烈，不少书坊在刊刻杂剧时常邀请名人作序，以提高所刻书籍的身价。《古杂剧》一书亦很有可能是顾曲斋主根据市场需求选编毕，邀请王骥德作序。王骥德自言："余家旧藏（杂剧），及见

① 浙江省通志馆编，浙江省地方志编纂委员会整理：《重修浙江通志稿》，方志出版社 2010 年版，第 3867 页。

② 张月中编：《元曲通融》（下册），山西古籍出版社 1999 年版，第 1564 页。

沈光禄、毛孝廉所，可二三百种。”[①]其所藏元杂剧是相当丰富的，观《古杂剧》所选，与《古名家杂剧》重复者有16种，与息机子重复者有两种，仅《潇湘夜雨》和《柳毅传书》两剧不见于之前选本。王骥德从如此丰富的藏书中选出以前选本中没有的杂剧，是很容易的。而《古杂剧》的实际编选情况却相反。徐朔方《晚明曲家年谱》亦在《古杂剧》剧目的选择上提出质疑：“《古杂剧》有玉阳仙史序，序末有王氏伯良，白雪斋二印，似为王骥德所编，然其所收元人杂剧二十种，不见《鲁斋郎》剧。万历三十六年沈璟来信索借此剧，不悉何故不录入其中。”[②]王骥德作为一名曲学大家，对当时在民间流传的坊刻元杂剧选本应该是熟悉的，理不应该如此。合理的解释是《古杂剧》并非王骥德所选编，王只是应邀为之作序而已。

据玉阳仙史之序可知，该书刊刻的目的有二：一者以唐诗、宋词、元曲三者相提并论，有鉴于元曲之传者类多散佚，不似唐诗、宋词传世者多，乃编选是书。二者对当时流行的唱南曲的传奇评价远较唱北曲的杂剧为低，认为传奇数量虽多，“然率多猥鄙，古法扫地，每令见者掩口”，所以此书之选刊有示范之意，故其所选，重在形式完整、章法典雅者。这种观念与万历间其他元杂剧选本的刊行是一致的。

虽然标榜很高，但这部书的刊刻质量却着实不能令人满意，从体例上来看：

首先，楔子的使用比较不规范，仅《柳毅传书》《金钱记》《倩女离魂》《梧桐叶》四剧独立标出，其余多在第一折内，有在折首，如《两世姻缘》《风云会》三剧，仅有【端正好】或【赏花时】一两曲，无“楔子”名，《潇湘夜雨》《汉宫秋》《竹坞听琴》“楔子”使用如折名大字标出，《金线池》《梧桐雨》“楔子”使用如科白小字标出，《对玉梳》楔子使用如科白小字标出，位于一折尾，这种情况实属少见，疑本应在二折首，杂剧分折时误置于一折尾，晚明坊刻杂剧选本中同剧在不同的版本中分折出现抵牾的情形时常发生。

其次，所选二十剧中，有八剧“折”与“出”混合使用，具体情况如下：

---

① （明）王骥德：《曲律》，《中国古典戏曲论著集成》（四），中国戏剧出版社1959年版，第169页。

② 徐朔方著：《晚明曲家年谱》第2卷，浙江古籍出版社1993年版，第289页。

《玉镜台》：第一折、第二折、第三折、第四出

《青衫泪》：第一出、第二出、第三出、第四折

《柳毅传书》：第一出、第二出、第三出、第四出

《金钱记》：第一出、第二折、第三折、第四折

《金线池》：第一出、第二出、第三折、第四出

《潇湘夜雨》：第一折、第二折、第三出、第四折

《梧桐叶》：第一折、第二折、第三出、第四折

《汉宫秋》：第一出（楔子）、第二出、第三折、第四出

“出”的使用明显看出南传奇的影响，可见是书亦不尽依“古法”。在全部使用折的杂剧中，也不完全规范，如《梅香》剧共五折，把楔子当作第一折，其余各折依次排列，《红梨花》最后一套曲子标“第一折”，实应为第四折，这应该也是书坊校勘不精出现的失误。则知《古杂剧》亦为书坊根据之前坊本拼凑而成。

书坊“杂凑本”的出现与元杂剧剧本的难觅有关，李开先就已慨叹“元词鲜有见之者”，成书于万历七年之《曲论》亦言：“祖宗开国，尊崇儒术，士大夫耻留心辞曲，杂剧与旧戏文皆不传。世人不得尽见。虽教坊有能搬演者。然古调既不谐于俗耳，南人又不知北音，听者既不喜，则习者亦渐少。”① 万历前期，除了《改定元贤传奇》以外，民间很少见刻本，即使有也多是以抄本的形式保存在有少数藏书家中。曾授南京翰林院孔目之何良俊言“余所藏杂剧本凡三百种，旧戏本虽无刻本，然每见于词家之书，乃知今元人之词，往往有出于二家之上者”②。另外，“吾姚孙司马家藏亦三百种”③，王骥德家旧藏，“及见沈光禄、毛孝廉所，可二三百种。”④ 但毕竟见到的人非常有限。要想取得好的销量，只能根据已经流通的本子进行加工，要么在刊刻版式上下功夫，

① （明）何良俊：《曲论》，《中国古典戏曲论著集成》（四），中国戏剧出版社 1959 年版，第 6 页。

② （明）王骥德：《曲律》，《中国古典戏曲论著集成》（四），中国戏剧出版社 1959 年版，第 169 页。

③ （明）王骥德：《曲律》，《中国古典戏曲论著集成》（四），中国戏剧出版社 1959 年版，第 169 页。

④ （明）王骥德：《曲律》，《中国古典戏曲论著集成》（四），中国戏剧出版社 1959 年版，第 169 页。

要么宣传所用底本为秘本，实则在内容上都大同小异。

第五节　商业性文人选编本的版本特征

商业性文人选编本的出现，标志着元杂剧正式从舞台脚本转向案头读物，在内容上，《元刊杂剧三十种》被省略的部分得以完整地呈现，不仅是曲牌联套，而是有了比较齐全的科白，元杂剧剧本第一次像话本小说一样，以叙事文学的形式展现在广大读者面前。在形式上，为了方便阅读，折、楔子、出等标目虽然尚未规范，但也有了区分，剧本的结构变得清晰明了，在戏曲文本的文学化过程中迈出了关键的一步。但与后来的《元曲选》等文本相比，由于过度追求商业性，在剧本的整理和刊刻上尚显粗糙，因此，它们是一种过渡性的元杂剧版本形态。

一、普遍逐渐远离明初杂剧系统

即使是在属于明初杂剧系统的《改定元贤传奇》和《古名家杂剧》中，剧本也已遭到不同程度的变动。《曲论》中的两则材料可以证明这一点：

> 乐府辞，伎人传习，皆不晓文义。中间固有刻本原差，因而承谬者，亦有刻本原不差，而文义稍深，伎人不解，擅自改易者。如《两世姻缘》【金菊香】云："'眼波眉黛不分明'，今人都作'眼皮'，一日小鬟唱此曲，金在衡闻唱'波'字，抚掌乐甚，云：'吾每对伎人说此字，俱不肯听，功能正之，殊快人意。'"①

今《改定元贤传奇》与《古名家杂剧》本《两世姻缘》俱作"眼皮眉黛不分明"。引文中之小鬟指的是何良俊之家籍伎人顿仁：

> 余家小鬟记五十余曲，而散套不过四五段，其余皆金元人杂剧词也，南京教坊人所不能知。老顿言："顿仁在正德爷爷时随驾自北京，在教坊学得，怀之五十年。供筵所唱，皆是时曲，此等词并无

① （明）何良俊：《曲论》，《中国古典戏曲论著集成》（四），中国戏剧出版社1959年版，第10页。

人问及，不意垂死，遇一知音。”①

顿仁所习之《两世姻缘》【金菊香】是正德年间的内廷教坊司本，剧本自宫廷流出之后在李开先那里就已变成后来这个样子。而明后期的多种元杂剧文人选本包括《古名家杂剧》在内在收录与《改定元贤传奇》相同的剧目时，也都沿袭了这种改动。

二、与明中叶散套清唱元杂剧的进一步分离

我们再将《古名家杂剧》与代表明中叶民间梨园杂剧系统的《词谑》和《盛世新声》等曲选②的另外一些同名杂剧相比较，发现两者在曲牌数量上存在相当的差距。

表 5-3　《古名家杂剧》与明中叶民间梨园系统杂剧相同剧目比较一览表

	《古名家杂剧》	《词谑》或《盛世新声》
《王粲登楼》第三折【中吕】宫	无	有【喜春来】【哨遍】【三煞】【二煞】
《倩女离魂》第二折【越调·斗鹌鹑】	有【秃厮儿】【络丝娘】【雪里梅】【紫花儿序】【东原乐】【棉搭絮】	无
《魔合罗》	无	有【节节高】
《汉宫秋》第四折【中吕】	【白鹤子】	无
《丽春堂》第四折【双调】	【唐兀歹】【搅筝琶】【沽美酒】【太平令】，另外曲牌有【相公爱】【醉娘子】【金字经】【古都白】	无前四曲，后四曲曲牌为【驸马还朝】【真个醉】【西文经】【慢水鹅】

① （明）何良俊：《曲论》，《中国古典戏曲论著集成》（四），中国戏剧出版社 1959 年版，第 9 页。

② 《词林摘艳》是以《盛世新声》为蓝本的改编，《雍熙乐府》所收戏曲 80% 与《盛世新声》相同，有的直接以之为稿本。

两者在曲辞上也存在相当的差异，《古名家杂剧》可能并非延续明中叶民间梨园系统，这可能和元杂剧两种不同的表演方式有关。

然而我们也应该看到，《古名家杂剧》与明中叶民间梨园系统杂剧也并非完全异流。如果说在李开先那里，明初宫廷杂剧系统与民间梨园系统还处于一种分流的状态，那么到了大型杂剧总集《古名家杂剧》这里，在某些杂剧上已出现合流的端倪，如《岳阳楼》与《黄粱梦》两剧，这两种本子曲牌数量并没有发生变化，曲辞差异也很小，多是一些句首衬字增减的问题。值得一提的是《岳阳楼》【金盏儿】一曲，元人周德清在《中原音韵》中批评的“俗士”修改曲文：

> 此是《岳阳楼》头折中词也。语也，况“酒”字上声以转其音，妙在七字“黄鹤送酒仙人唱”，俊务头在其上。有不识文义，以送为赍送之义，言“黄鹤岂能送酒乎”，改为“对舞”，殊不知“黄鹤事”——仙人用榴皮画鹤一只，以报酒家。客饮，抚掌，则所画黄鹤舞以送酒。初无双鹤，岂能对舞？且失饮酒之意。送者，如吴姬压酒之谓。甚矣，俗士不可医也。”①

这句话在《词谑》中作“黄鹤送酒仙童唱”，而在《古名家杂剧》中正作被周氏所批评之“黄鹤对舞仙童唱”，可见这种修改在元代就已经发生了。至于这种“俗士”是元代之宫廷伎人或是民间艺人，已无从查考了。

三、对内务府本杂剧改动颇大

以关汉卿《绯衣梦》一剧为例，《古名家杂剧》本《钱大尹智勘绯衣梦》，尚存赵琦美抄内务府本，题名《王闺香夜月四春园》，这两种本子的差异多集中在宾白和舞台提示上。

（1）人物上下场诗。内务府本人物上下场诗有上下场诗 11 首，《古名家杂剧》本不仅只有 4 首，而且将王员外 4 句上场诗减为 2 句。

（2）宾白的繁简。内务府本宾白非常繁复，《古名家杂剧》本人物第一次出场时有自我介绍，内务府本人物再次出场也要做自我介绍。如裴炎第一次

---

① （元）周德清：《中原音韵》，《中国古典戏曲论著集成》（一），中国戏剧出版社 1959 年版，第 242 页。

出场去当铺找王员外典当，两个本子均有上场诗和自报家门。第二次出场为天黑之后去杀王员外全家，内务府本有：“（裴炎上云）短刀拿在手，专等夜阑时。自家裴炎的便是。”《古名家杂剧》本裴炎上场后直接表天色已晚，已经来到后花园，不再自报家门。其他人物也是这样，具体数量见表 5-4：

表 5-4　《四春园》杂剧内务府本与《古名家杂剧》本主要人物出场与自报家门数量对照表

	内务府本			《古名家杂剧》本	
	出场次数（次）	自报家门数（次）	例子	出场次数（次）	自报家门数（次）
李庆安	7	5	自家李庆安的便是	6	2
李老	4	3	自家李员外的便是	3	1
王员外	6	4	老汉王员外的便是	5	1
王闺香	4	2	妾身王闺香	3	1

除了自报家门外，内务府本宾白的繁复还表现在说白内容前后重复，大体来说可以分为：对于舞台提示的重复和对于前面人物已经说过的话的重复。

舞台提示的重复是说前面已经有宾白提示马上要有演员的舞台动作，舞台提示后，又有对动作结果的重复性描述，主要针对的是动作性比较强的科介。如李庆安的风筝挂到树上，要翻过王闺香家后花园的墙，李庆安云：“这花园墙较低，我跳过墙，取我那风筝儿去。”接着有李庆安的动作提示“做跳墙科”，动作完成后又有李庆安云：“我跳过这墙来。”裴炎翻墙时情况与之非常相似，内务府本情形如下：

> （裴炎云）……天色晚也，来到这后花园中，我跳过这墙去。
>
> （做跳墙科，云）阿，可绰，我跳过这墙来，一所好花园也。

《古名家杂剧》本这段直接省略为：

> （邦老上，云）天色将晚也……

内务府本裴炎杀梅香的经过：

> （裴炎云）一个妇人来也，我先杀了他。
>
> （做拿住梅香杀科，云）黄泉做鬼休怨我。

（梅香死科）

（裴炎云）我杀便杀了，我试看咱：一包袱金珠财宝……

《古名家杂剧》本宾白和舞台提示都非常简单，整个过程杀害梅香的整个过程仅如下：

（邦老杀梅香科）

（邦老云）得了这一包袱金珠财宝，还我家去来（下）

内务府本有些宾白为本来前面人物已经说过的话，观众已然了解剧情，后面演员依然要重复说明，因而就显得比较啰嗦。裴炎去王员外当铺典被骂，非常愤怒云："当一领绵团袄子你当不当便罢，他骂我是歇案的贼。"人们已经了解杀人一节的起因，天黑之后裴炎去杀梅香时又言："颇奈王员外无礼，一领绵团袄当便当，不当便罢，骂我做歇案的贼！"此类情况在内务府本中比比皆是，不再赘言。《古名家杂剧》本中，这样重复性的语句多被直接删去。

内务府本有不少介绍剧情的大段的个人独白或者人物对白，在《古名家杂剧》中或截取其中的几句话，或进行简短的概括，使观众明白人物去向即可，不再进行细节性的描述。剧首王员外介绍整个故事的背景，内务府本有王员外同嬷嬷的对白：

（冲末扮王员外同嬷嬷上，王员外云）耕牛无宿料，仓鼠有余粮。万事分已定，浮生空自忙。老夫姓王，双名得富，是这汴京人氏。家中颇有万贯家财，人顺口都唤我做王半州。在城有一人，也是个财主，姓李，唤做李十万。俺两个当初指腹成亲，我根前得了个女孩儿，唤做王闰香，年一十六岁也；他根前得了个儿孩儿，唤做李庆安。他当初有钱时，我便和他做亲家；他如今消乏了也，都唤他做叫化李家，我怎生与他做亲家？老夫想来：怎生与他成亲？我心中欲要悔了这门亲事，嬷嬷，你意下如何？（嬷嬷云）老员外，咱如今有万贯家财，小姐又生的如花似玉，年方二八，怎生与这等人家做亲？不教旁人笑话也！（王员外云）嬷嬷，你也说的是。我如今与你十两银子，有闰香孩儿亲手与李庆安做了一双鞋儿，你将的去与李员外，悔了这门亲事。等他不肯悔亲时，你便说："既你不肯，俺员外说，着你选吉日良辰，下财置礼，娶的小姐去。"他那里得那钱钞来？必然悔了这门亲事。停当了呵，可来回我的话。老夫无甚事，且回后堂中去也。（下）（嬷嬷云）老身将着银子、鞋儿去李员外悔亲走一遭去。堪笑乔才家道贫，凄凉终日受辛勤。难成鸾凤双飞友，却向他家去悔亲。

《古名家杂剧》本这段情节叙述如下：

（冲末扮王员外同嬷嬷上，云）万事分已定，浮生空自忙。小可是汴梁人氏，姓王，因有几文钱，人顺口都叫我做半州王员外。在城有个李十万，俺两家指腹成亲。后来我家生了个女儿，唤做闰香，今年十七岁也。他家得了个小厮，唤做庆安，他如今穷了也。嬷嬷，你将这十两银子，一双鞋儿，往李家悔亲去，着庆安穿上这鞋，踏断了线脚，就悔了亲事，疾去早来。（同下）

《古名家杂剧》本由两人对白改为王员外独白。王员外介绍了两家指腹为亲，叙述两家的现状，并派将嬷嬷拿着银子和鞋儿去毁亲，其余的部分均被简短概括或者删掉了。

（3）人物语言的变化产生的人物性格的改变，最典型的是李庆安形象的转变。内务府本李庆安性格较为懦弱，表现在他与王闰香的初次见面中。王闰香问李庆安为谁，内务府本李庆安的回答为："小生是李员外的孩儿，唤做李庆安。因放风筝儿耍子，不想落在你家梧桐树上抓住了，我来取风筝儿来，小娘子恕小人之罪。"迫不及待地向王闰香解释他上树的行为。《古名家杂剧》本李庆安的回答是："我是叫化李家。（旦云）你是那个叫化李家？（小末云）俺父亲此前是李十万，如今无了钱，人叫做李叫化。"多年的邻居，李庆安不会不知道这是王员外家的后花园，他之所以这样回答是以自嘲的方式表达对王员外一家嫌贫爱富的不满，是故意说给王闰香听的。王闰香表明身份后，两人又有一段对白：

（李庆安云）原来是王闰香小姐！天使其然在此相会。恕小生之罪也！

（正旦云）你因何不来娶我？

（李庆安云）小姐不知：俺家当初有钱时，唤俺做李十万；如今穷薄了，唤俺做叫化李家。我无钱，将甚么来娶你？如今人有钱的相看好，无钱的人小看。

《古名家杂剧》本李庆安的回应简洁但有力：

（小末云）你是，可怎的？

（旦云）那小的倒羞我，你怎不来娶我？

（小末云）我家无钱。

很明显，《古名家杂剧》本李庆安更有骨气，对于王家的行径由不满到不屑，维护了一个贫穷书生的人格尊严。此外，内务府本中李庆安“则是万望小姐怜悯小生也”“小姐之恩，小生不敢有忘”之类的言语在《古名家杂剧》本也消失了。

内务府本大量上下场诗的运用，自报家门和重复性宾白的大量出现，最根本的原因还是在于其为舞台演出本。自报家门是为了让观众辨识出场人物的身份，大量重复性宾白是因为剧场演出时演员已经说过的话语，已经表演过的剧情是没有办法回放的，这就需要演员间时提示听众故事发展的进程，包括前情回顾等。这些都是为了适应演出的需要而设计的。《古名家杂剧》本为文人改编的案头文学读本，口头文字转化为书面文字之后，有了人物上场提示之后，再进行自我介绍，就会显得重复和啰嗦。如果忘记前面发生的故事，读者可以随时翻阅前后文，也就不需要演员一再重复了。边说台词边做动作，做完动作之后还要解释，是为了避免观众不了解舞台动作的含义，作为案头读本，简单的舞台提示就可以满足观众了解剧情的需要，也就不需要再进行解释了。

李庆安形象的转变正好说明了文人删改内务府本元杂剧的心态。同为儒生，《古名家杂剧》本的删改者不满内务府本将贫穷的书生李庆安写得如此胆小懦弱，在王闺香面前如此卑微，于是使用改变其语言的方式，使得这一儒生的形象重新变得高大伟岸起来。

通过这个剧本，可以观察到文人选编本元杂剧对于内务府杂剧的改编情况，了解文人删润本与内务府演出本的差异，有助于我们了解元杂剧在明代的版本变迁。

四、商业性文人选本内部存在复杂的关系

《古杂剧》所选 20 种杂剧，除了《风云会》一剧外，其余均为婚恋剧，与之前选本，特别是《古名家杂剧》重复率很高，将两者相同的十六个剧目对比发现，十五部除了《古名家杂剧》折、出混合使用，《古名家杂剧》较统一使用“折”以外，在文字上差异极小，甚至一些特殊的剧目如《绯衣梦》第三折只有说白没有唱词，第四折有【越调·斗鹌鹑】和【双调·新水令】两套曲子也是一致的。唯《汉宫秋》一剧第三、四折差异稍大。与息机子本复出的杂剧中，《㑳梅香》剧宾白差异亦较大。不妨以这两个剧作为突破口，讨论明代中晚期坊刻文人选本之间的关系问题。

《汉宫秋》第三、四折在《古名家杂剧》与《古杂剧》中曲牌连缀方式是相同的，科白亦无差异，曲辞差异见表 5-5：

表 5-5　《汉宫秋》第三、四折曲辞异同一览表

	《古名家杂剧》本	《古杂剧》本
落梅风	可怜俺别离重，你好是回去的忙 一片心先到 为头儿却才魂梦里想	早是俺别离重，只恁般归去忙 寡人心先到 为头儿恰才心内想
得胜令	他去也不沙，架海紫金梁 但听的刀枪，却早小鹿儿心头撞	那里也架海紫金梁 您但听的刀枪，扑扑的小鹿儿心头撞
川拨棹	卧雪眠霜，背井离乡 待他不恋恁春风画堂	背井离乡，卧雪眠霜 那里也春风画堂
七弟兄	哪堪哪散风雪旌节影悠扬	我可甚风流旌节韵悠扬
收江南（以上三折）	我那里供养，便是我高烧银烛照红妆	我将娘娘供养，我可甚高烧银烛照红妆
叫声（以下四折）	无曲牌名，并入上曲【醉春风】	有曲牌名，单独一曲
蔓青菜	到天明团圆梦境 怎知道更有一个人孤另	到天明这梦境 可不道更有一个人孤另

续表

	《古名家杂剧》本	《古杂剧》本
满庭芳	雁过留声	无
尾声	只恁的吾家可也劝不省	只恁的吾当唤不醒

《古名家杂剧》本《汉宫秋》楔子是独立标出的,《古杂剧》本则是在第一折内,从上表可以看出,这两个本子之间并非仅是曲辞衬字或者书坊刊刻疏误的差别,它们所依底本并非一种。依然将两者同《词谑》与《盛世新声》等选本比较发现,总体上来看,《古名家杂剧》与《古杂剧》的差异要远远小于它们与《词谑》与《盛世新声》等曲选本的差异,也就是说《古名家杂剧》与《古杂剧》本《汉宫秋》依然是属于同一个系统的本子。值得注意的是在《古杂剧》与《古名家杂剧》本《汉宫秋》差异之处,皆与上述曲选本相同。如《盛世新声》第四折【叫声】有曲牌名,单独一曲,【蔓青菜】:"到天明的这梦境……可不道更有一个人孤另。"【满庭芳】无"雁过留声"四字,【尾声】作:"恁的吾当唤不醒。"我们以此推测,《古杂剧》本《汉宫秋》所用的底本是在内务府杂剧的基础上融合民间梨园系统的成果,在曲辞上更加简练。

息机子《古今杂剧选》本与《古杂剧》本《㑳梅香》主要差异不在曲辞而在科白。元杂剧曲辞在表演时需要硬性记忆,声律、韵脚不能有所舛误。相比之下,科白在艺人的表演中则带有更多的灵活性,一般来说只要表达出意思即可,对语言的精确性要求不高,表现在剧本上,"一话两说"的情况时有发生。如《㑳梅香》剧白敏中出场,叙述其进京之因,及其父与裴度结亲之故,在《古今杂剧选》中的情况如下:

> 晋国公泣下对俺父亲道:"愿将军调护金鎗为意,此子但勿挂怀,足下倘有不讳,某有一女,小字小蛮,与你令嗣敏中为妻,报足下救某之恩,"就将官里所赐玉带一条,留与为信。那父亲随逝,晋国公亦辞世。某为家事相羁,一向不曾去的。

在《古杂剧》中叙述如下:

> 晋国公泣下对俺父亲道:"勿以此子挂怀,足下倘有不讳,某有

一女，小字小蛮，与你令嗣敏中为妻，报足下救某之恩。”他就将官里所赐玉带一条，留与俺父亲为信。那玉带我今见将着哩！后来俺父亲自为那金鎗弃逝，身亡之后，不想晋国公辞世。某一为家事相羁，不曾去的。

再如小蛮向老夫人请教《孟子》中“西子蒙不洁人皆掩鼻而过”之意，《古今杂剧选》老夫人的回答如下：

（夫人云）此章大意是说人虽终身为善，不可稍有点染，人虽堕落恶道，亦可勉励自新。圣贤勉人谨身与人改过之意也。

《古杂剧》老夫人的回答如下：

（夫人云）离娄章句下，孟子曰：“西子蒙不洁人皆掩鼻而过”，西子，美妇也，蒙犹冒也，不洁者，秽污之物也。虽有恶人斋戒沐浴，则可以祀上帝。此章戒人为善而免礼自新也。

《古杂剧》本老夫人的解释更详细，不仅对具体字词有所训诂，而且指明本句出处，当然对于艺人来说，记忆难度也稍大。诸如此类多是优伶根据己意自行阐释的结果，很难据此判断哪个本子更为接近原本。然再仔细对比发现，除了以上“一话两说”的情况外，《古杂剧》本《㑳梅香》较息机子《古今杂剧选》本宾白增删的情况更为普遍，据笔者统计，前者较后者科白有所增加的共有25处，减少的共5处。由于曲辞基本没有发生变化，宾白的增删亦有一定的规律，两个本子或其底本之间的承继关系还是很明显的。这样两个本子孰先孰后便有两种可能，一是《古杂剧》本或其底本成书在前，息机子本或其底本是前者的删节本。二是息机子本或其底本成书在前，《古杂剧》本或其底本是据息机子本增饰的，下面进行具体分析。

据科白而言，《古杂剧》本有，息机子本仅有部分或者无者，综合来看有以下几种情形：

（1）息机子本仅有少数概括性语言，《古杂剧》本描述的较为详细具体。如白敏中来到晋府，息机子本作“院公作报科”，《古杂剧》本作“院公云，理会的，报的老夫人知道，有白敏中特来拜见”，以上引文是院公所“报”的内容具体化。此外第四折尚有官媒婆、山人到晋国公府说亲，院公向老夫人报告，亦然。（第一折）樊素奉老夫人命去后花园探病，回来向小蛮诉说白敏中病情，息机子本作“那生病体，甚是沉重，看着至死”，《古杂剧》本作“那生病体，甚是沉重，看着至死，不久身亡。着妾身顿首夫人和小姐，称仆之病有死而已，愿勿介怀”。（第三折）白敏中盼日落约会心切，息机子有“偏此一日这样长”一句，《古杂剧》本作“我每番家做些工课，不曾拿起笔来一张纸不曾写了，可有早恹恹的晚了，天那，你有万物与人，何故争此一日”。

（2）息机子本仅有部分，且语言简洁短小，《古杂剧》本在其基础上有所增加。如小蛮评价樊素，息机子本作“（旦儿云）那妮子生的聪明晓事，诸馀可爱”，《古杂剧》本作“（旦儿云）那妮子生的聪明晓事，更能写染吟诗，诸馀可爱”；樊素劝小蛮去后花园游玩，息机子本作“恰才樊素去后花园中烧香，见那景物多有好处，称此好天良夜，不去赏玩咱，却不辜负了这春光？不索讲书……”《古杂剧》本作“恰才樊素去后花园中烧香，见那景物多有诗兴，小姐有如此文学，称此好天良夜，不去赏玩咱，却不辜负了这春光？少不得伴着姐姐出绣房中游玩去，天色晚了，也不索讲书……”；樊素出香囊，与小蛮对质，息机子本作“自从先相国治家，至于仆妾未尝敢出入者，世称其美。今小姐不从母训……”《古杂剧》本作自从先相国治家，闺中穆穆，至于仆妾未尝敢出入者，世称其美。今小姐年方及笄，颜色动人，不从母训……”；樊素感慨“情”之动人，息机子本作“似白敏中，可谓端谨之士”，《古杂剧》本作“似白敏中如此个中人物，名冠天下，磊磊落落，儒业丈夫，可谓端谨之士”。

（3）人物上、下场诗息机子本或者没有，《古杂剧》多出二句或四句，或者息机子本有两句，《古杂剧》本又增多两句，变为四句。白敏中出场，初到晋国公府（息机子本在楔子内，《古杂剧》本在第一折内，下文所标折目俱按息机子本），息机子本作“（白敏中上云）男儿若遇风雷迅，便是书生得志能。”《古杂剧》本作“（白敏中上云）自幼攻书贯九经，穷通周易论经纶。男儿若遇风雷迅，便是书生得志能”。老夫人将白敏中安排在后花园中安歇，白敏中下场，息机子本无下场诗，《古杂剧》本有“萍梗相逢路几千，佳人才子恰青年。谋取配合成缱绻，（今日个）好姻缘作恶姻缘”；第一折白敏中于后花园中安顿下来，不明老夫人之意，扬言要告辞回家，这里下场时息机子本无下场诗，《古杂剧》本有“经史无心笔砚疏，朝思暮想果何如？当初惟愿成连理，意海恩山总是虚”；白敏中得到樊素所传香囊，兴奋等待日落天晚，息机子本无下场诗，《古杂剧》本有两句“眼望旌节旗，耳听好消息”；第一折小蛮出场，息机子本作“（旦儿上云）绣床闲却残针线，云雨巫山去路深”，《古杂剧》本作“（旦儿上云）柳暗花明满树林，昼长无计锁春心。绣床闲却残针线，云雨巫山去路深”；第四折白敏中考中状元，圣上使使命派遣官媒婆与山人奉命去晋国公府提亲，官媒婆上场时，息机子本无诗，《古杂剧》本作“我做媒婆可嬉，人人将我寻觅。黄昏后与人家下亲，赶空儿偷人家酒器”。净婆下场时，息机子本无诗，《古杂剧》本“（净婆云）……天付姻缘事可誇，状元今日配娇娃。洞房花烛团圆后，明年准定抱娃娃”；山人到晋府说亲，上场时，息机子本无诗，《古杂剧》本作“（山人上云）我做山人实可夸，九经八卦念熟滑。有人请我下亲去，夫妻到老不争差”；使命领旨下场时，息机子本有诗两句“今朝匹配红妆女，奉命成合白敏中”，《古杂剧本》下场诗有四句“报国忠良气若虹，舍死忘生救晋公。今朝匹配红妆女，奉命成合白敏中”。在无出场诗的情况下，有时也会多出人物的自我介绍，如第一折樊素出场时，《古杂剧》本就有自我介绍“（正旦上云）妾身樊素，与姐姐在绣房中看书以毕，老夫人在绿野堂上，小姐俺讲书去来（旦云）去来去来”，息机子本无。

（4）《古杂剧》本较息机子本多出一些“引经据典”的儒人之文。如小蛮向老夫人问书，息机子本有两问两答，《古杂剧》本出现第三问“（旦云）您孩儿敢问喜怒哀乐之未发谓之中，发而皆中节谓之和也者，中也者，天下之大本也，和也者，天下之达道也，此章正意如何”；白敏中初到裴府，夫人据礼让坐，息机子本夫人三让敏中二辞，《古杂剧》本夫人四让，敏中三辞，多出二人对白“（敏中云）谦谦君子，利陟大川，敏中虽不敢当谦谦君子之名，颠沛造次礼，不可为也。（夫人云）岂不闻恭敬不如从命乎”；樊素欲引小蛮去后花园玩耍，小蛮却假装要与樊素讲书，多出二人对白“（旦儿云）乾道成男坤道成女，云从龙风从虎，圣人作而万物覩。（樊素云）姐姐圣人道学而时习之不亦说乎？学也，禄在其中矣。温故而知新可以为师矣。子贡曰夫子之文章可得而闻也，吾尝终日不食终夜不寝以思无益，不如学也。姐姐我想圣人模范亦已多矣也呵”；小蛮与白敏中良宵会面，小蛮翻脸变卦，引经据典、义正言词训敏中，这里息机子本作“可不道法得礼而正，人得礼而立。大礼与天地同节，故曰安上治民，莫善于礼。初相见谦谦君子，今作这般行径，是何相待也”，《古杂剧》本作“可不道刑罚以威，礼义以柔。慎终如慎始，不亦美乎？却不道信近于义，言可复也；恭近于礼，远耻辱也。初相见谦谦君子，口诵圣人之言，心怀不仁之行，人而不仁无异于禽兽，你何相待也”。

（5）《古杂剧》本在某些曲辞中较息机子本多出一些插白。如《古杂剧》本【赏花时·幺篇】中有“（带云）一个中庸里讲一章，一个论语里讲一章，一个孟子里讲一章，一个孝经里讲一章”；【油葫芦】中有插白“（旦儿云）这清明可便怎生（旦儿云）游春煞呵，不如看书好，据着你的心却是何如？（正旦云）据着樊素的心呵”；【归塞北】中有“（正旦云）觑一觑立生万祸”。

（6）《古杂剧》本较息机子本多出打诨一则。小蛮与白敏中成亲之时，《古杂剧》本有打诨“（山人撒帐科）百岁姻缘今日成，张生此夕配莺莺。洞房花烛团圆夜，云雨巫山自在行。撒帐已毕，打发花红打发钱来（诨下）”。

息机子本有，《古杂剧》本无之科白有五处，分别为：

（1）第二折 白敏中相思成疾，樊素后花园去探病，息机子本有科介“正旦到门首科”，《古杂剧》本无。

（2）樊素向白敏中评价小蛮，息机子本有“（小姐）年方及笄，割不正不食席不正不坐，不启偏行，不徇私欲”，《古杂剧》本无。

（3）樊素向小蛮言白敏中，息机子本有“那般英气，浩浩乎充乎天地之间”，《古杂剧》本无。

（4）官媒婆前来定亲之时，息机子本有“（净媒婆云）那状元说来，他穿的是三品公服，你家也没什么人，休想他下拜，哪里为个妇人折腰于人，你们准备着”，《古杂剧》本无。

（5）剧末息机子本有天朝使命出场，叙述整个故事，概括剧情，《古杂剧》本无。

表面上看，这两个本子的先后着实不易判断，但也并非完全无迹可寻，先看《古杂剧》有而息机子本仅有部分或全无者。第二条有小蛮评价樊素言，《古杂剧》本较息机子本多“更能写染吟诗”一句，这句话的背景是小蛮绣好香囊，打算送与白敏中，又怕樊素知道会将此事张扬出去，原文“（樊素）性儿飘逸，他若知道呵，便说的一家人都知道了”，“更能写染吟诗”与要表达的主题毫无关系，在此完全是多余。同条樊素拿出香囊，与小蛮对质一句，大意为相国治家谨严，连下人仆妇均不可随意外出，而小姐却不尊母命，私自与秀才香囊，“小姐年方及笄，颜色动人”与主题亦关联不大，同样可以视为多赘言。《㑇梅香》一剧《录鬼簿》题郑德辉撰，李开先曾评价其《王粲登楼》剧言“白处太繁”，从本剧看，亦是如此。上文第四条《古杂剧》本多出的一些腐儒之言，王世贞曾评论：“《㑇梅香》虽有佳处，而中多陈腐措大语。”（《曲藻》），诚为实言。以上所谓“赘言”，如果《古杂剧》本成书在前，息机子本鉴于“太繁”而删之，则可以解释的通；如果息机子本原无，《古杂剧》本据以增之，则很难解释。元杂剧中人物的上、下场诗多有因袭，原本就有二句、四句、八句等多种形式，也有使用词的现象，如果说息机子本原无，《古杂剧》本为了达到一定的效果，增加尚可解释，但将两句扩充为四句则实无必要，倒不如言息机子本为了简便之故将之删去，更为合理。息机子本与内务府本较近，很有可能是宫中优伶为了演出之便将烦琐之文删掉了。

再看息机子本有，《古杂剧》本无的情况。第四条背景为白敏中一举成名，官封翰林大学士，官媒婆前来定亲之时，传达白敏中之言。此句中“哪里为个妇人折腰于人”是为了反讽前面樊素质问他：“（正旦云）先生请起来，为个妇人折腰于人，岂不闻圣人云吾未见好德如好色者也，信有之也”之言。开始由于处于逆境被别人嘲笑讽刺，随后命运反转，再以原先别人之言一一加以回敬对方，达到一种反讽的效果，这在元杂剧中亦是常见的现象，随后尚有“你都不曾忘了一句儿”。这里《古杂剧》本原文也应该有这句话，在刊刻的时候漏掉了是有可能的。前三条删改的幅度较小，不易判断孰先孰后，但从以上分析基本可以推断，《古杂剧》或其底本较息机子本或其底本为早，息机子本是《古杂剧》本《㑇梅香》的删订本。

剧末息机子本有天朝使命出场，下达圣旨，叙述整个故事，概括剧情，这是宫廷杂剧最为显著的标志，说明息机子本尚保持着内务府演出本杂剧的面貌；《古杂剧》或其底本将其删掉，表明宫廷演出本杂剧流出后，文人对它们进行了再次创作，创作的方式为尽量保持曲辞的不变，将宾白删繁为简，删掉重复性的舞台说辞，去掉阿谀奉承的尾巴，既节省了版面，又适合案头阅读。

第六章　元杂剧的文人选本系统（二）

——《元曲选》与元杂剧文本体制的最终建立

就在各书坊都在搜集秘本，找著名文人题辞写序，在版式上仿古以打开市场时，臧懋循的《元曲选》独树一帜，在出版业获得了极大的成功。在它之后，再也没有任何一部元杂剧选本可以与之媲美了。虽然仅出现的一部孟称舜的《古今名剧合选》，走的是文人评点的路子，但所选剧本受《元曲选》影响极大。

第一节　臧懋循和《元曲选》的选编

《元曲选》又名《元人百种曲》，明臧懋循编，为明清至今最为流行、也是影响最大的元杂剧选本。不仅表现为在其刚成书之际就已引起社会的广泛关注，万历年间王骥德、徐复祚、凌濛初等著名戏曲家即围绕《元曲选》展开激烈讨论，余波一直延续至今，而且多数元杂剧研究著作、通行的元杂剧选本都是以《元曲选》为主要依据。正如徐朔方言："三百多年来《元曲选》几乎成为唯一选本兼全集本而为读者所接受，不少人通过它才得以享有元代杂剧的光辉遗产。"[①]这部书何以如此通行？它的具体情形如何？在前人研究的基础之上，本文将做进一步的辨析。

《元曲选》共10集，每集10卷，每集又分上下部分。中华书局编辑部于1986年《元曲选·重版说明》言："明万历间，臧懋循以其所藏杂剧秘本，参稽内府诸善本，辑成《元曲选》一书。其中收录元人作品九十四种，明初

① 徐朔方：《元曲选家臧懋循》，中国戏剧出版社1985年版，第36页。

人作品六种，凡百种之多。”可以考出，百种杂剧包括了 39 位作家的作品 69 种，无名氏作品 31 种。所收《陈州粜米》《争报恩》《来生债》《虎头牌》《冻苏秦》《秋胡戏妻》《神奴儿》《谢金吾》《伍员吹箫》《救孝子》《昊天塔》《灰阑记》《东坡梦》《抱妆盒》《冯玉兰》十五种为孤本。卷首有题为“若下里人臧晋叔”撰序文二篇，并附元人陶九成、燕南芝庵、周挺斋、赵子昂、丹邱先生、涵虚子诸家论曲文字及《涵虚子杂剧目》。由于资金问题，分前后两集先后出版。“前集五十种，刊于万历四十三年即乙卯年冬月以前，后集五十种刊于万历四十四年（丙辰）乃或稍后。”[①] 今存版本有明万历四十三年、四十四年（1615 年、1616 年）吴兴臧氏雕虫馆原刊本，商务印书馆曾加以影印。此外尚有 1958 年中华书局断句排印本、《四部备要》本；中华书局 1979 年请隋树森校勘，第三次重印《元曲选》成为较好的通行本。

臧懋循，字晋叔，号顾渚。浙江长兴人。万历八年进士，历任荆州府学教授，夷陵知县、南京国子监博士。与汤显租、王世贞友善。著有诗文集《负苞堂集》，徐朔方《臧懋循年谱》对其生平有详细的考证，此不赘述。

臧懋循晚年罢官之后主要从事搜罗编书工作，在《元曲选》之前先后编选有古诗、初、盛唐诗、中晚唐诗等集子[②]，但影响最大的还是《元曲选》。在《元曲选序》中，他自述编选是书的目的一是要“藏之名山而传之通邑大都”，保存和传播元杂剧，使之能够广泛流通。二是要“以尽元曲之妙，且使今之为南者，知有所取则”，让世人欣赏元曲之妙，并为当时的传奇作者提供借鉴。“妙”的标准是“当行”，即“不工而工，其精者采之乐府，而粗者杂以方言”，“雅俗兼收，串合无痕，乃悦人耳”，“行家者随所妆演，无不摹拟曲尽，宛若身当其处，而几忘其事之乌有，能使人快者掀髯，愤者扼腕，悲者掩泣，羡者色飞，是惟优孟衣冠，然后可与于此，故称曲上乘首曰当行”。从《元曲选》所取得的社会效果来看，臧懋循的这两个目的无疑都达到了。

为了选编《元曲选》，臧懋循搜集了不少元杂剧剧本。《元曲选序》记：“予

---

① 邓绍基：《〈元曲选〉的编纂和刊刻时间》，《古典戏曲评论集》，中国社会科学出版社 2013 年版，第 189 页。

② 参见臧懋循《寄姚通参书》《寄谢在杭书》《答曹能始书》《负苞堂集》，古典文学出版社 1958 年版。

家藏杂剧多秘本，顷过黄，从刘延伯借得二百种，云录之御戏监，与今坊本不同。因为参伍校订，摘其佳者若干，以甲乙厘成十集。"《寄谢在杭书》记："（癸丑）还从麻城，于锦衣刘延伯家得抄本杂剧三百种，世称元人词尽是矣，其去取出汤义仍手。然止二十余种稍佳，馀甚鄙俚不足观，反不如坊间诸刻，皆其最工者也。"可知他家藏本有不少剧本，并抄有麻城刘承禧所抄藏之内府本，还收集了当时的坊间刻本。除此之外，他还曾自找，或者托李孟超、曹能始诸友人代为抄山东王思延、福建建宁杨氏等处所藏的杂剧剧本，《答曹能始书》："向见徐兴公云，建宁杨氏有诸写本。未尽散失。拟于明岁过贵省访之。"

杜海军《论〈元曲选目〉的知见录性质与意义》一文（下文简称《意义》）将《元曲选》所附臧懋循的《群英所编杂剧》与朱权《群英所编杂剧》原目做比对，发现臧懋循将每一作家见于《元曲选》的剧目提至最前，见于他种版本的流传者放在中间，不曾见者置于最后。"借助它我们可以知道哪些元杂剧是臧懋循见过的，哪些是当时虽然存世，但是臧懋循却未能得见"[①]。这个结论的得出具有重大意义。根据这一推断，我们确实可以获知关汉卿的《对玉梳》《黄花峪》、白朴《流红叶》、沈和甫《乐昌分镜》《燕山逢故人》、孙仲章《白头吟》、李取进《栾巴噀酒》《复夺受禅台》、于伯渊《小秦王》《武三思》、李直夫《水淹蓝桥》等现已不存的剧本，臧懋循实际上是见到过的，但由于数量的限制或者不符合臧懋循"当行"的标准，被遗弃在《元曲选》之外。这又可以说明《元曲选》中的这一百种剧本确实是经过臧懋循精挑细选出来的。

第二节 《元曲选》与内务府杂剧之比较

臧懋循《元曲选》的最受争议之处在于臧懋循对于元杂剧底本的改编。继王骥德、凌濛初等人对臧懋循的改编元杂剧提出质疑后，自 1915 年《元刊杂剧三十种》被影印以来，《元曲选》更是遭到王国维、郑振铎等近当代学者

① 杜海军：《论〈元曲选目〉的知见录性质与意义》，《戏曲艺术》2013 年第 1 期，第 13—16 页。

的批评。孙楷第《也是园古今杂剧考》中批评臧懋循"师心自用"，认为《元曲选》改订太多，不依原文。近年来，也有学者如徐朔方、隋树森等人对《元曲选》评价颇高，也有学者指出："这些改动并不一定是臧晋叔手笔。经过多年的演出变动，明代各刊本或抄本的元杂剧，内容已较元代演出本有很多变化。臧晋叔刊印《元曲选》时，所用底本恐已是改动过的明代演出本，不能贸然置于臧的头上。"[①]邓绍基以《气英布》的《元刊杂剧三十种》本与《元曲选》本作校勘时，从音韵学的角度指出："臧氏并不是对他所选取的每个剧本都取认真订正的态度，他在《元曲选序》中的宣言同他的实践并不完全一致。"[②]无论是臧懋循的批评者还是维护者，大家都不约而同地形成了一种共有的认识，那就是元杂剧的版本系统的演变进程为：

《元刊杂剧三十种》→明抄本、明坊刻本→《元曲选》本

在这一演变进程中，后者皆是在前者的基础上修订的，事实全然如此吗？

《元曲选》的底本来源非常复杂，问题是臧懋循在校勘时并没有写校勘记，所以《元曲选》中究竟哪些是御戏监本，哪些是其家藏秘本或者坊本，很难弄清楚了。这百种曲中，有绝大多数有其他刊本或者抄本，将它们进行比勘或者可以得出符合实际的论断。

臧懋循言他所见之御戏监本止二十余种稍佳，这二十余种是极有可能入选《元曲选》的。现存赵琦美抄内务府本（包括赵琦美抄来历不明本中上文已经基本断定为内务府本者）与《元曲选》复出者有 13 种，具体剧目为《赚蒯通》《合汗衫》《张天师》《燕青博鱼》《疏者下船》《硃砂旦》《双献功》《举案齐眉》《马陵道》《赵礼让肥》《桃花女》《盆儿鬼》和《任风子》。

一、曲辞之比较

（1）从曲牌数量上看，《元曲选》与赵琦美抄内务府本元杂剧差距还是比较大的，在 13 部杂剧的 52 折里，有 24 折曲牌数量出现差异，约占全部折数的 46%。具体情况详见下表（粗体折目为有差异者）：

---

① 赵景深、邵曾祺：《元明北杂剧总目考略》，中州古籍出版社 1985 年版，第 213 页。

② 邓绍基：《元杂剧〈气英布〉校读散记》，《元曲通融》（下），山西古籍出版社 1999 年版，第 2177 页。

表 6-1 《元曲选》《元刊杂剧三十种》与内务府本复出元杂剧曲牌数量之比较

剧名	折目	内务府本	《元刊杂剧三十种》本	《元曲选》本
《赚蒯通》	第一折	9	—	9
	第二折	8	—	8
	第三折	9	—	9
	第四折	6	—	9
《合汗衫》	第一折	7	8	7
	第二折	11	15	11
	第三折	12	12	12
	第四折	7	10	7
《张天师》	第一折	7	—	11
	第二折	7	—	9
	第三折	12	—	12
	第四折	5	—	8
《燕青博鱼》	第一折	9	—	9
	第二折	10	—	10
	第三折	8	—	8
	第四折	4	—	7
《疏者下船》	第一折	10	10	11
	第二折	6	10	9
	第三折	13	13	13
	第四折	8	9	12
《硃砂旦》	第一折	10	—	10
	第二折	7	—	7
	第三折	7	—	7
	第四折	4	—	9
《双献功》	第一折	6	—	10
	第二折	7	—	9
	第三折	13	—	13
	第四折	5	—	10

续表

剧名	折目	内务府本	《元刊杂剧三十种》本	《元曲选》本
《举案齐眉》	第一折	12	—	12
	第二折	12	—	12
	第三折	8	—	11
	第四折	9	—	10
《马陵道》	第一折	8	—	8
	第二折	11	—	11
	第三折	9	—	9
	第四折	11	—	11
《赵礼让肥》	第一折	11	—	11
	第二折	14	—	14
	第三折	7	—	9
	第四折	5	—	9
《桃花女》	第一折	7	—	8
	第二折	8	—	9
	第三折	10	—	11
	第四折	4	—	9
《盆儿鬼》	第一折	10	—	10
	第二折	8	—	10
	第三折	16	—	16
	第四折	8	—	9
《任风子》	第一折	9	10	9
	第二折	10	11	10
	第三折	17	16	15
	第四折	10	2（缺）	10

从上表可以看出，除了《任风子》第三折以外，其他剧本《元曲选》曲牌数量比内务府本要多，这与上文比较过内务府本元杂剧与《元刊杂剧三十种》的情况十分相似。这三种本子复出的三种杂剧，曲辞的数量《元曲选》较内务府本更接近《元刊杂剧三十种》。内务府本一本四折曲辞数量彼此之间差距比较大，如内务府本《双献功》四折的曲辞数量为 6 支，7 支，13 支，5 支，

而《元曲选》本一本四折曲辞数量则分布的比较均匀,《元曲选》本《双献功》四折的曲辞数量为 10 支，9 支，13 支，10 支。具体来讲，可以分为以下几种情况：

（1)《元曲选》较内务府本多出具有明显“犯上”意味的，过于锋芒毕露的曲辞。最为典型的是《赚蒯通》第四折《元曲选》较脉望馆多出的三支【沽美酒】【太平令】和【鸳鸯煞】曲子。为剧中主角蒯通在斥责萧何（其实是指汉高祖和吕后）的阴谋伎俩时所唱。

【沽美酒】兀的不是狡兔死，走狗僵；高鸟尽，劲弓藏。也枉了你荐举他来这一场。把当日个筑台拜将，到今日又待要筑坟堂。

【太平令】便做有春秋祭飨，也济不得他九泉下魂魄凄凉。倒不如早将我油烹火葬，好和他死生厮傍。我可也不慌不忙，还含笑的就亡。呀！这便算做你加官赐赏。

“飞鸟尽，良弓藏；狡兔死，走狗烹”是《史记·越王勾践世家》中的言语，蒯通在与萧何辩论中彻底揭露其“杀功臣”的卑劣用心，并揭露最高统治者的虚伪面目，一面不择手段地杀人害命，一面又假作姿态，以显示皇恩浩荡，收买人心。当日要利用他，则被之以荣宠，“筑台拜将”，今日要防范他，则加之以斧钺，为之“筑坟堂”。仅此尚不足说明其三反四复的态度，最虚伪的是人死之后又要假惺惺地搞什么“春秋祭飨”的把戏，一句“济不得他九泉下魂魄凄凉”，就将其中的奸诈揭露无遗。

（2)《元曲选》补充内务府本第四折“短套”情况的曲辞。内务府本元杂剧第四折多有“短套”现象，也多有缺尾煞曲的现象，如《赵礼让肥》第四折仅有 5 曲,《桃花女》第四折仅有 4 曲。对于这种情况古今学人早已指出并作过不同的解释，已有的各种解释未必圆满，但均承认这种现象自有其客观原因，即为伶工减料，未必是作者偷懒。以上 13 个剧中有 10 个剧第四折曲牌数《元曲选》本均有所增加，而且增幅还比较明显。内务府本删改痕迹最为明显的是《朱砂旦》, 第四折多【沉醉东风】【乔牌儿】【甜水令】【折桂令】【落梅风】五曲。这五曲为被害人王文用魂子主唱, 重回到十字坡酒店、黑石头店、东岳太尉庙，叙述遇害的过程,《元曲选》与赵琦美抄内务府本第一曲【新水令】均有“一步步行到枉死地”之言。内务府本《新水令》之后则直接为正末魂子回到家中的宾白，与回到“枉死地”之言矛盾。这一折主要内容是正末魂子向盆罐赵索命报仇。删改者或许认为在十字坡酒店、黑石头店、东岳太尉庙发生的故事观众已经清楚了，就不用再重复演唱了，没来得及照顾上文内容。

再如《张天师》第四折讲众仙到蓬莱长眉仙处参加审判，内务府本和《元曲选》本均有长眉仙要进行审判的开场白：

（长眉仙云）兀那桂花仙子，你既为上品之仙，永享逍遥之福，职居月殿，远隔人间。你岂不闻道德为仙家之本，清闲乃开悟之门？你何不遵守天条？却去迷惑秀士，犯此思凡之罪，押赴吾前，有何理说？

内务府本没有桂花仙子的辩解，也没有表明对桂花仙子的处罚决定，直接接【川拨棹】，桂花仙子言将她“贬在阴山左侧，除死可也无大灾”。很显然，这场审判缺少了论证和下断的环节，是不完整的。《元曲选》本则多【折桂令】【雁儿落】【得胜令】三曲以及说白，长眉仙审判，桂花仙子承认罪过，说明下凡原因，辩清与陈世英并没有越礼之事，整个审判过程就完整了。

【折桂令】这罪犯是我贱妾应该，没来由误犯天条，私下瑶台。却带累花神，干连风雪，都也不伏烧埋。俺本是广寒宫冰魂素魄，怎比那阎浮世浊骨凡胎？（长眉仙云）敢是你捱不过那凄凉寂寞，看上了陈秀才么？俺可行甚难捱，觑上乔才？屈屈的将西没东生，错认做了夜去的这明来。

（长眉仙云）你既不思凡，到那陈秀才书房里去，却是为何？

【雁儿落】想当日被计罗早缠作灾，多感的娄金宿将咱解。这都是陈秀才能见怜，因此上俺桂花仙思酬待。

（长眉仙云）你既到书房中去，那淫邪之事，怕不是有的？

【得胜令】兀那座读书斋，须不是楚阳台。他救我元无意，我见他有甚歹？冤哉！怎将俺这一火同禁害？诉的明白，望仙尊别处裁。

（长眉仙云）张真人将这桩公事送到咱这里判断，怎么还饶的你？直日功曹，就与我驱到阴山左侧，待罪去来（正旦云）似此怎了也？

情况与此相似的是《双献功》第四折，《元曲选》本多的【满庭芳】【十二月】【尧民歌】三曲是李逵向宋江述说故事的来龙去脉，内务府本缺。可能在宫廷演出的时候被删掉了。

（3）《元曲选》较内务府本多出了重复前面宾白内容的曲辞。作为元杂剧主体的唱词，在套曲内有自己独立的逻辑关系。有时在某些比较重要的关目中，前文宾白已经交代的信息，为了保持连贯，需要将宾白的信息转化为唱词。不仅增加了宾白与唱词的配合度和协调性，还能够增加正色抒情的力度。如《元曲选》本《双献功》第二折多出的【一半儿】和【醉扶归】及各自前面的宾白，录之如下：

（正末云）哥也，我见来，我见来一个男子汉，一个妇人，两上叠骑着马。我正行着哩，被那马撞了我一脚。我待要赶去来，因为赶着哥哥，不曾去得。哥也，打与你一个模状儿，我见那厮的衣裳鞍马，说起看是也不是？

【一半儿】我适才途中马上见他些，那一个妇人叠坐着鞍儿把身体趄，那一个乔才横捧着鞭儿穿插的别。我打个模状儿说，可不道有一半朦胧倒有一半儿切。

（正末云）哥也，那厮走得也不远，我和你赶将去。（店小二云）哥，我对你说，那个妇人在店里面唱一声道“眉儿镇常扢皱”，那一个衙内在店外面唱一声道“夫妻每醉了还依旧”；一个叫道“衙内”，一个叫道“念儿”，无三念无两念，只一念便念得走了。

【醉扶归】那妇人呵，他唱一句为关节，那乔才呵，他应一句到来也。两下里惯速速怕甚么途路赊，必然个宽打着大周折。我和你疾忙赶上者，将他一双的在马前拽。

孙妻郭念儿与白衙内私通，事先约定白衙内等在途中，乘孙荣和李逵去找住房之机，二人逃去。李逵与孙荣走散，李逵回店途中，正好遇到一男一女骑马前行，得知二人逃走，通过装束确定就是郭念儿和白衙内，便要去追赶。李逵证实奸情的情节在整个故事的起承转合中属于“承”的阶段，正是因为他去追赶二人，孙孔目才独自一人告状，正巧告到白衙内手中，下面故事才得以继续进行。【一半儿】前支曲子【醉扶归】，讲李逵回到店中知道郭念儿不在要打店小二，后支曲子是【后庭花】，向店小二述他在途中所见之人的外貌装束。虽然中间通过宾白交代它们之间的逻辑关系，情节上的转变并不显得突兀，但是由于少了【一半儿】的衔接，套曲内部的连续性被破坏了。【醉扶归】前半曲复述的店小二的宾白，讲述郭念儿和白衙内逃走的过程。后半曲复述正末的宾白，表示要去追赶他们。将羸弱的说白“我和你赶将去”化作唱词“将他一双的在马前拽”，表达了李逵的愤怒之情，增强了抒情力度。《疏者下船》第一折《元曲选》多【醉扶归】也是对前面申包胥的宾白：“小官去后，只愿主公坚壁不战，以待秦兵。休听一时之言，坐失万全之策”的重复。

（4）《元曲选》多出伴随增加的更符合情理的情节而生的唱词。内务府本为了追求简洁，在某些情节的衔接处理上过于粗放，由于唱词的缺失导致了对生活常理的违背。《元曲选》中多出的唱词则更符合故事发展的逻辑。

《燕青博鱼》第四折讲述正末燕青、燕大越狱而逃，正巧遇到从梁山下来去营救他们的燕二（燕顺），内务府本三人见面后，仅有三句简单的对白：

（燕二云）哥哥为是么来？

（燕大云）都为那奸夫奸妇来

（燕二云）俺同共拿奸夫去来

这样的处理很显然过于粗陋，正末和燕大并不知道燕二已在梁山上做了头领了。按照常理，三人久别不见，自然要说明来此原因，彼此近况，现在要做的事情等。《元曲选》多【乔木查】【甜水令】【折桂令】三曲及插白：

【乔木查】俺撩开衣，拽起脚，刚转过这林薄。只听的可磕擦闪出个人来到，元来是俺哥哥厮撞着。

（云）哥哥，我问你，黑夜里到那里去？（燕二云）兄弟，我如今也在梁山泊上，做个头领了。闻知你和大哥被杨衙内拿下死囚牢里，只在早晚要杀坏你两个，因此上告了一个月假限，特来救你。

【甜水令】我则道你法灸神针，周流湖海，发卖医药，元来你也要弄俺这家刀。可怎生在旷野荒郊，月黑时光，风高天道，独自个背着衣包。

（燕二云）我这包裹里都是些金珠宝贝，要将来上下使用，救拔你两个的。

【折桂令】我有甚犯法违条，只为那淫妇奸夫，险送了你个共乳同胞。你待要使用金银，打通关节，救拔囚牢，则俺燕青呵，须不是鹰心雁爪，早跳出虎穴狼巢。（燕二云）且喜兄弟今日逍遥无事了也。你说甚无事逍遥，争知我怒气难消。我若不杀的这两个无徒也，怎显的我半世英豪！

这三支曲子及说白不仅弥补了剧情细节上的疏漏，写出了燕青的英雄豪气，而且突出了燕二的心细周到，救拔囚牢需要钱财上下打点，燕二出门时随身携带装金银的包裹，以备不时之需。再如《举案齐眉》第三折《元曲选》多【麻郎儿】【幺篇】【络丝娘】三曲，讲述了孟光受到张、马两个泼皮的调戏，更激发了她要丈夫"博个一科一第"的理念。见到嬷嬷后向嬷嬷借取盘缠让丈夫上朝进取功名，下文嬷嬷将孟府尹所给之物交与孟光夫妇也就更加水到渠成，没有丝毫的违碍，剧情过渡得非常自然。内务府本因为没有过渡曲，孟光受到调戏后，嬷嬷主动奉上财物，猛然间就使观众不知就里。

（5）《元曲选》本由于剧情的更动而增加的唱词。故事情节改变，曲辞必然会做相应的调整。《楚昭公》第四折内务府本讲述的是秦昭公奉周天子命来楚国加官赐赏，和此相关的曲子是【沽美酒】和【太平令】,《元曲选》为百里奚奉秦昭公之命将金枝公主许婚楚昭王小公子，正末向百里奚讲述前情，相关曲子有【沽美酒】【太平令】【锦上花】【幺篇】【清江引】【收尾】。《桃花女》第三折《元曲选》有周公安排桃花女出门的时辰犯日神和七杀，相克致死。桃花女则以带花冠，取筛子，让石留住先行为对策顺利过关。由于这一关节的设置，增加了【迎仙客】一曲。

（6）《元曲选》本为塑造人物形象而增加的唱词。内务府宫廷演出本注重的是场上效果，而《元曲选》为案头读物，注重的是情节的逻辑和人物形象的塑造。《双献功》第一折多【一煞】【二煞】【三煞】正末李逵不甘清闲，主动向宋江请求要保孙孔目夫妇去泰安，为了能够下山，一再保证不打擂台，换装乔装打扮，贴身照顾孙孔目哥哥和大嫂。宋江故意逗他，他假装呆憨，回答生动有趣，惹人发笑，一个天真可爱的粗犷英雄的形象跃然纸上。

（宋江云）那泰安山神州庙，有一等打擂台赌本事的，要与人厮打。你见他山棚上摆着许多利物，只怕你忍不过，就要厮打起来，也不见得。

【一煞】有那等打擂台，使会能，摆山棚，博个赢，占场儿没一个敢和他争施逞。拳打的南山猛虎难藏隐，脚踢的北海蛟龙怎住停。我也只紧闭口不放些儿硬，我只做没些本领，再不应承。

（宋江云）如今你怎生打扮去才好？

【二煞】我将烟毡帽遮了眼睛，粗布帛缚了腿挺，着谁人识破我乔行径？（宋江云）孙孔目哥哥到那山上，要点烛烧香，回钱了愿，都是你与他当值来。他上山时，我与他备点烛烧香的事；下山时，我与他供回钱了愿的情，一步步跟随竟。（宋江云）假似哥哥上马呵，上马处，就与他执鞭坠镫。（宋江云）假似哥哥吃酒呵，吃酒处，就与他绰镟提觥。

（宋江云）那一个孙大嫂，可也生得大有颜色，只怕那一伙闲汉跟着他走，不好意思。

【三煞】那大嫂年又青，貌又整，则被他一班儿恶少相缠定。似这等天宽地荡的清平世，怎容得女纵男淫泼贱精？触犯我真无幸，请大嫂轻轻移步，和哥哥慢慢同行。

而同剧第四折《元曲选》多出的【小梁州】【幺篇】则尽显李逵嫉恶如仇的草莽英雄的气概。

【小梁州】谁着你一世为人将妇女偷，见不得皓齿星眸，你道有闲茶浪酒结绸缎，天缘凑，不枉了好风流。

【幺篇】虽则是婚姻注定前生有，到的我黑爹爹一笔都勾。那里也月下客，冰上叟，多管是杀人的领袖，（云）俺如今回去见宋江哥哥，他问道："山儿，你那泰安州的事怎么了？"我可也不说别的，则献上这血沥沥两颗活人头！（下）

粗狂通俗的语言，一出自黑旋风李逵之口，就更显得亲切自然，符合其火辣辣的性格，【小梁州】是对作恶多端的白衙内的嘲讽，真所谓"快人快语、神情毕肖"。【幺篇】则把一个活脱脱敢做敢为、豪气干云的鲁莽粗鲁、杀人不眨眼的英雄形象呈现在读者面前。

《赵礼让肥》剧中赵礼对于马武的态度是害怕兼仇视的，因为马武是个吃人的“贼”，几乎杀害他们全家。虽然最后放了他们离开，但依然心惊胆战，马武对他家人来说，是没有恩义的。《元曲选》第三折多【络丝娘】【东原乐】二曲，【络丝娘】和【东原乐】都是让肥事件使马武受到感动，马武决定释放母子三人之前赵礼所唱。【络丝娘】说马武原来还有“活人心”，是赵礼对马武行为的解释。“便做道俺两个该死的游魂甚耽待，也则是可怜见白头奶奶”表明赵礼之孝。【东原乐】又解释被释放的原因是三人饿成一把瘦骨，马武吃也吃不饱。所以才从“饿虎喉中乞得这免死牌”。尽管如此，得到这样的恩惠，他对马武还是表示深深的谢意，“从今后遥望着你的营门，常常礼拜”是对赵礼知恩报恩德行的衬托。第四折【雁儿落】【得胜令】亦为替马武解释，说明马武并不是一个没有人性的强盗，他也是懂礼知信之人。马武被赵礼全家行为所感动和赵礼“常常礼拜”的感恩戴德，又互相映衬，体现出作家想要表达的对发自人心深处的情感与道德伦理的契合的赞颂。

《桃花女》第一折《元曲选》多出的【寄生草】，背景为桃花女询问并猜测彭大闷闷不乐、不吃酒的缘由。以为父执辈有事不好在小辈面前说，便借下去准备酒菜之故离开，呈现出一个贴心可人、温婉贤淑的小家碧玉风貌。第二折《元曲选》多出【叨叨令】，桃花女得知彭大向周公透漏自己信息，并擅作主张为自己做媒之后，十分愤怒，对彭大严厉的质问，反映了桃花女是非分明的性格。第四折多【沉醉东风】【雁儿落】【得胜令】【川拔棹】曲中有不少“我只道受了些千惊万恐，那里便埋没我四德三从”“你须是俺公公，比旁人自不同。我实指望承奉欢容、扶助家风”“只为结婚姻本待谐鸾凤”之类的曲词，不断强调了女子婚后生活的“三从四德”“亲亲尊尊”，表现了桃花女对于儒家伦理纲常的依附。

《举案齐眉》第三折《元曲选》多出的【麻郎儿】【幺篇】，则说明孟光在择偶时具有独立见解和坚强意志，是一个追求婚姻自由、自我意识浓厚的女性形象。

上文所列出的《元曲选》较赵琦美抄内务府本元杂剧多出的六种类型的曲辞中，前两种我们可以基本肯定，《元曲选》多出的曲辞并不是为臧懋循所加，而是原本就有的。内务府本为了适应宫廷演出的需要，要在规定的时间内表演给特定的观众，将部分曲辞删改是很正常的事。第三类至第六类《元曲选》和赵琦美抄内务府本的时间先后不易轻判，暂且搁置。

在部分曲牌的使用上，《元曲选》和赵琦美抄内务府本出现差异。内务府本《硃砂旦》《桃花女》中均有【笑歌赏】曲，《元曲选》中相应曲牌名作【笑和尚】。【笑歌赏】本来就叫【笑和尚】，是属于【正宫】的曲牌。朱元璋年轻时当过和尚，所以“和尚”一词在明代朝廷中列于避讳之类，内务府本95种杂剧没有一种出现过【笑和尚】曲牌，全部改作【笑歌赏】。《元曲选》本《双献功》第一折有【笑和尚】，内务府本无此曲，估计是为了避讳将整支曲子删掉了。臧懋循没有必要一定要将【笑歌赏】改为【笑和尚】，所以我们以此可以推断，《元曲选》这三个剧本所依据的底本并不属于内务府本系列，可能是要比内务府本要早一些的民间本子。

二、宾白之比较

相对于曲辞，元杂剧宾白的呈现形态更加灵活，表现方式也更为多样。前文提到过内务府本杂剧宾白的特点是繁复，主要表现在重复性的叙述、表现演员技艺的“贯口”台词、上下场诗的增加以及剧末的“下断”词。作为读物的《元曲选》本单纯的重复性宾白很难见到了，不再用炫技，“贯口”台词也基本上没有了，鄙俗的上下场诗数量也少多了。另外，较内务府杂剧，《元曲选》本宾白出现了一些新的特点。

（1）内务府本一部分以对白形式出现的说白，在《元曲选》中则以独白的形式呈现。对白有利于推进情节发展，活跃舞台，独白则简洁明白，更方便叙事。

《汗衫记》第三折内务府本邦老杀张孝友，逼旦儿随顺他，两人之间讨价还价的过程是通过舞台表演的形式呈现的。不仅有张孝友、旦儿和邦老的互动，旦儿的机灵、张孝友的愚钝、邦老的奸狡，都表现了出来，而且伴随着插科打诨的喜剧效果，冲淡了杀人悲剧带来的浓郁的负面情绪，在舞台上以一种比较轻松的方式完成规定的杀人剧情，不至于给观众带来强烈的心理冲击。

先是邦老上场，说白自己要在船舱杀害张孝友，紧接着：

（张孝友同旦儿上）

（张孝友云）他比在家里越狠了也。

（旦儿云）员外，你休出去。

（张孝友云）你放心咱，我眼里偏识这等好人，大嫂不妨事。兄弟，叫我做什么？

（邦老做杀正末科云）我要杀你也。

（旦儿夺刀科云）小叔叔，你好下的也。

（张孝友云）兄弟，但是金珠财宝你都将的去，你则留我的姓名，我也不曾歹看成你也。

（邦老云）你做甚么这般叫呼杀唤的。你起来，我哪里肯杀你，我故意的这等教那别的船上见呵，兀那个船上有这等的好汉，我则与你壮胆哩。我是压伏别人，你休怕。

（张孝友云）你不杀我，原来叫那别的船上看，我眼里偏识这等好人。

（邦老云）哎呦，好东西儿也。一对金色鲤鱼在水中斗，哥你看咱。

（张孝友云）在那里？

（旦儿云）你休看。

（张孝友云）我看一看去。

（邦老推孝友科云）你下水去。

（张孝友云）哎呦，我眼里偏识这等好人。（下）

（旦儿悲科）哎呦，男儿也，痛杀我也。

（邦老云）你休啼哭，我则为你来，送了你那丈夫的性命，你随顺了我罢。

（旦儿云）小叔叔，你怎生说这等话。

（邦老云）你不肯连你也撺在河里。

（旦儿云）住住住，我且寻思咱。

（邦老云）你寻思者波。

（旦儿云）你依的我么？

（邦老云）你说依你些什么？

（旦儿云）等我三年服孝满者。

（邦老云）三年也依不的？

（旦儿云）一百日花孝。

（邦老云）也依不的。

（旦儿云）等我分娩了我随顺你。

（邦老云）这等也罢，跟的我家中去来。（同下）

《元曲选》本邦老在上场时，已将张孝友杀害，所有事件都已尘埃落定，杀人过程是通过邦老、旦儿的独白回述的：

（邦老上，云）人无横财不富，马无野草不肥。我陈虎只因看上了李玉娥，将他丈夫搉在黄河里淹死了。那李玉娥要守了三年孝满，方肯随顺我。我怎么有的这般慢性。我道莫说三年，便三日也等不到。他道你便等不得三年，也须等我分娩了，好随顺你，难道我耽着这般一个大肚子，你也还想别的勾当哩……

（旦儿上，云）自家李玉娥。过日月好疾也。自从这贼汉将俺员外推在河里，今经十八年光景。

内务府本六百多字的科白，在《元曲选》中浓缩为一百多字，传达的信息量相等。只是这一关键情节在文本中不再直接表演，而是通过转述呈现。

又如《桃花女》剧首楔子，卜儿石婆婆与石增福离别前的一幕，内务府本卜儿上场自报家门后与儿子石增福的对白如下：

（卜儿云）……孩儿也，争奈俺家中别无得力的人，你去则去，是早些儿回来也。

（石增福云）则今日好日辰，辞别了母亲便索长行也。（做拜科）

（卜儿云）孩儿一路上小心在意，疾去早来，休着老身忧心也。

（石增福云）母亲保重将息，出的这门来，则今日贩南商做买卖走一遭去。（下场诗）

（卜儿云）孩儿去了也，我且回后堂中去来（下场诗）

以上引文在《元曲选》本用一句话带过，石母独白："自春初收拾些资本，着孩儿贩南商做买卖去，至今杳无音信。"《元刊杂剧三十种》宾白虽然不全，但已有人根据科白提示指出，十分注重个人单独陈述①。从这点来说，《元曲选》比内务府本更接近《元刊杂剧三十种》。

（2）内务府本故事情节或者逻辑中有时会出现疏漏，《元曲选》本相应部分多出的宾白会起到补漏作用，在细节上考虑得更加周全。内务府本《张天师》第四折桂花仙子刚被长眉仙判刑，陈世英就出场。长眉仙审判的地点是在瑶池仙境，参加审判的人员也都是神仙，陈世英一介凡夫怎么可以说来就来呢？剧中没有任何交代。《元曲选》本《张天师》则增加了天师的说白：

（天师云）我想陈世英，为色事所迷，在那病患之中。不看见这八景象，怎得痊可，我如今将法力摄他魂魄前来，与桂花仙子相见者。疾！

（陈世英冲上，做见正旦科，云）仙子，则被你想杀我也。

原来是天师将陈世英的魂魄勾来瑶池，和桂花仙子相见，陈世英的出场变得合理了。《盆儿鬼》最后由包待制断刑，坏人受到应有的惩罚，将盆罐赵明正典刑，确实大快人心了。但这个案子中的其他人怎么发付呢？杨国用（内务府本作杨文用）被他害死后，他年老的父亲以后怎么生活呢？张撇古又该怎么判断？

《元曲选》本包待制的判断是这样的：

（包待制云）张千，你与俺将盆罐赵的家私尽数抄没，将来均分做两处，一半给赏张撇古，见义当为，能代人鸣冤雪枉；一半给杨国用的父亲，作为养赡之资。并将这盆儿交付与他，携归埋葬。一面揭榜示众，通行知悉者。

坏人受到惩治，好人也都得到了回报，用盆罐赵的家财赡养杨国用之父，也算是对这个老年丧子的老人一点补偿，这样的处理算是比较理想的了。

（3）内务府本杂剧中场上语如“三科了”“看有什么人来”等，已成为一种程式化的表述方式。《元曲选》本虽然也有所保留，但也有不少地方或被删掉，或换做其他言辞了。

“三科了”是指同一个动作或语词重复做三次，为的是加深观众的印象，

① 甄炜旎：《〈元刊杂剧三十种〉研究——以元明版本比较为中心》，复旦大学博士学位论文，2007年。

增强舞台表演效果。如《燕青博鱼》内务府本头折：（杨衙内云）我打这厮。（做打三科了）;《元曲选》本第一折：（杨衙内云）我打这厮。（做打科）。内务府本《马陵道》第三折：你道兄弟饶了我者，要我饶你啊，则除是九重天滴溜溜飞下一纸郊天赦（孙膑做念三科了）;《元曲选》本第三折：你道兄弟饶了我者，要我饶你啊，则除是九重天滴溜溜飞下一纸郊天赦来。（做再念科）。《盆儿鬼》内务府本有：（张撇古念法咒，三科了）（打鬼三科了）。《元曲选》本则作：（张撇古念法咒科）。（做打鬼科）。

"看有什么人来"用来引出下面出场的人物，并暗示会与下面人物有对手戏。《疏者下船》内务府本第一折正末唱完【混江龙】之后，有：（正末云）小校门首觑者，看有什么人来。（使命上）。《元曲选》本此处正末的宾白被省略了，直接为：（使命上）。《硃砂旦》内务府本：（店小二云）天色晚将来也，我关上这门，看有什么人来。（太尉云）正在庙中闲坐，看有什么人来;《元曲选》本：（店小二云）天色已晚，想是没的人来了。我且关上门者。（太尉云）我慢慢的饮咱，且在庙中闲坐者。《桃花女》内务府本：（彭大云）您要算命的，都来问他算，知道了么，看有什么人来。（石婆婆上）。（任二公云）俺再饮几杯酒，看有什么人来。（桃花女上）;《元曲选》本：（彭大云）您要算吉凶的，早些儿来也。（卜儿上）。（任二公云）等我女孩儿来，安排些酒肉，与哥哥食用咱。（桃花女上）。

"看有什么人来"已经失去了实际意义，只是起到先行词的作用。所以可以和"关上门"连用，否则很难解释既然已经关上门了，又怎么看有什么人来？臧懋循在《元曲选序》中言："其宾白则演剧时伶人自为之，故多鄙俚蹈袭之语。"所说的"鄙俚蹈袭之语"可能就是指此类的语言。这部分内容为臧懋循所改写，倒是有可能的。

三、人物脚色之比较

在人物和脚色记录方面，内务府本与《元曲选》本亦不尽相同。下表为13个剧本的脚色记录的具体情况：

表 6-2　内务府与《元曲选》复出剧目人物脚色情况一览表
（加粗为两者不同之处）

	内务府本	《元刊杂剧三十种》本	《元曲选》本
《赚蒯通》	冲末—萧何，净—樊哙，正末—张子房、蒯文通，外—曹参、**王陵**、**隋何**、**韩信**、俫儿		冲末—萧何，净—樊哙，正末—张子房、蒯文通，**外—韩信**、**隋何**、曹参、王陵、俫儿
《合汗衫》	**冲末—正末，**卜儿—赵氏，正末—张义，邦老—陈虎，旦儿—张孝友妻，小末—陈豹，外—府尹、张孝友、**赵兴孙**、**长老**	卜儿—赵氏，正末—张文秀，**外末—张孝友，外旦—李氏，**小末—陈豹，**净—陈虎，**外净—赵兴孙	卜儿—赵氏，正末—张义，**丑—店小二，**邦老—陈虎，旦儿—张孝友妻，**外—赵兴孙**、**长老**、府尹，小末—陈豹、张孝友
《张天师》	冲末—陈太守，**外—陈世英，**正旦—桂花仙子、嬷嬷，净—太医、**孟婆**、**桃花仙子**、天师、荷花、菊花、梅花、风神、雪神、马、赵、关、温、长眉仙		**冲末—陈太守，**正末—陈世英，正旦—桂花仙子、嬷嬷，净—太医，**搽旦—封姨，旦儿—桃花仙子，外—天师**、荷花、菊花、梅花、雪神、长眉仙
《燕青博鱼》	冲末—宋江，正末—燕青，**净—杨衙内**、**店小二，**搽旦—王腊梅、**吴学究**、**燕大**、**燕二**		冲末—宋江、**燕大，外—吴学究**、**燕二，**正末—燕青，搽旦—王腊梅，净—杨衙内，**丑—店小二**
《疏者下船》	冲末—吴王，正末—楚昭公，**净—费无忌**、**稍公**、**孙武子**、**伍子胥**、**太宰嚭**、**芊旋**、**申包胥**、**秦姬辇**、龙神、旦儿、俫儿、**秦昭公**、**百里奚**	科白全无，脚色情况无从 知晓	冲末—吴王，**外—孙武子**、**伍子胥**、**芊旋**、**申包胥**、**秦昭公**、**百里奚，净—伯嚭**、费无忌、姬辇，正末—楚昭公，**丑—稍公**、龙神、旦儿、俫儿

续表

	内务府本	《元刊杂剧三十种》本	《元曲选》本
《硃砂旦》	冲末—孛老，正末—王文用、天曹、魂子，**净—店小二、地曹、邦老**、旦儿		冲末—孛老，正末—王文用、太尉、魂子，**丑—店小二（1、3）**[①]**，净—邦老**、店小二（2）、**地曹**、旦儿
《双献功》	冲末—孙孔目，搽旦—郭念儿，正末—李逵，净—白衙内、**宋江、吴学究**		冲末—孙孔目，搽旦—郭念儿，**外—宋江、吴学究，**正末—李逵，净—白衙内
《马陵道》	冲末—鬼谷子，正末—孙膑，**净—郑安平、庞涓、魏公子、卜商**、俫儿，齐公子、李牧		冲末—鬼谷子，正末—孙膑，**净—庞涓，丑—郑安平，外—魏公子、卜商**、俫儿、齐公子、李牧
《举案齐眉》	冲末—官人，二净—张小员外、马良甫，外—梁鸿，正旦—孟光、嬷嬷、使命、夫人		外—孟府尹，老旦—王夫人，末—梁鸿，正旦—孟光，二净—张小员外、马舍、嬷嬷、使命
《赵礼让肥》	冲末—卜儿，正末—赵礼，外—马武、邓禹、都子、赵孝		冲末—赵孝，老旦—卜儿，正末—赵礼，丑—都子，外—邓禹、马武
《桃花女》	冲末、外—石婆婆，净—彭大、小星官、媒婆、腊梅，正旦—桃花女，外—任二公、七星官、石增福、周恭		老旦—卜儿，冲末—周公，外—彭大、任二公、七星官，正旦—桃花女，小末—石留住，正旦—桃花女，丑—媒婆，搽旦—腊梅

① 店小二在第一折和第三折中由丑扮，第二折中为净扮。

续表

	内务府本	《元刊杂剧三十种》本	《元曲选》本
《盆儿鬼》	冲末—孛老儿，正末—杨文用、窑神、张撇古，**净—赵客、店小二，邦老—盆罐赵，旦儿—撇枝秀**、魂子、**包待制**		冲末—孛老杨从善，正末—杨国用、窑神、张撇古，丑—店小二，**净—盆罐赵，搽旦—撇枝秀，外—包待制**、邦老、魂子
《任风子》	**冲末—东华仙洞八仙，**正末—任屠，**净—大屠、二屠**、马丹阳、旦儿、六贼、徕儿	正末—任屠，旦—李氏，**外末—任弟（众屠户），**小邦、徕儿—任子、马丹阳	**冲末—马丹阳，**正末—任屠，旦—李氏、小叔、六贼、众屠户、徕儿

十三本杂剧中，旦本有三，末本十。根据上表，我们可以看出，《元曲选》本元杂剧较内务府本在人物脚色记录方面有以下几个特点：

（1）内务府本脚色标示比较简单，脚色较少；《元曲选》本相对来讲脚色更为丰富。一方面，《元曲选》本较内务府本脚色有所增多，如《疏者下船》剧，内务府本仅有冲末、正末和净三种脚色，《元曲选》本多了外和丑，增至五种。《张天师》剧内务府本有冲末、外、正旦、净四种脚色，《元曲选》本有八种脚色，多了正末、搽旦、旦儿、外。另一方面，内务府本许多没有脚色标注的人物，在《元曲选》中均被赋予了一定的脚色，《马陵道》内务府本的庞涓、魏公子、卜商都只用名字表示，《元曲选》中庞涓为净扮，魏公子和卜商用外扮。《赚蒯通》内务府本中隋何和韩信，《元曲选》本为外扮。《双献功》中内务府本的宋江和吴学究，《元曲选》本由外扮。《燕青博鱼》内务府本的吴学究、燕大、燕二，在《元曲选》中由冲末和外扮。

《元刊杂剧三十种》脚色记录非常丰富，旦系列有正旦、外旦、花旦、贴旦、小旦、老旦等，末系列有正末、外末、小末等，外脚角色有驾、净、孤、外净、外孤、老孤、卜儿、孛老、小邦、徕儿、匹先等脚色等，《元曲选》中脚色较

《元刊杂剧三十种》已经少了，到了内务府本，脚色记录更简单了。内务府本《疏者下船》中出现了十五个人物，仅有三个有脚色名称，其余十二人均直接以其名称之。这种情况，在《元刊杂剧三十种》和《元曲选》中只有在少数地位次之又次的过场性人物身上才会出现。

（2）《元刊杂剧三十种》在旦本中与正旦相对的男主即正旦的恋人皆称做"正末"，在末本中，女性脚色皆不称"正旦"，大部分直接称"旦""旦儿"。《元曲选》本中有《张天师》《举案齐眉》和《桃花女》三种旦本，《张天师》正旦扮桂花仙子，正末扮陈世英。《举案齐眉》正旦扮孟光女，末扮梁鸿，均符合《元刊杂剧三十种》所体现的规则。《桃花女》正旦扮桃花女，没有正末出现，这是因为剧中没有出现与正旦匹配的男子，虽然桃花女嫁给了周公的儿子，但这个人物根本没有出场。内务府本陈世英和梁鸿都是外扮，已经偏离了《元刊杂剧三十种》的脚色轨迹了。

（3）《元曲选》本较内务府本脚色记录更加规范，这一点亦与《元刊杂剧三十种》相似。《元刊杂剧三十种》虽然脚色记录多有省略，但却建立了比较稳定的"脚色＋扮＋人物名称"的记录范式，这种范式在《元曲选》本中得以较好的保留。如《元曲选》本《合汗衫》开场为：正末扮张义同净、卜儿、张孝友、旦儿、兴儿上。《燕青博鱼》：搽旦扮王腊梅上。《举案齐眉》：正旦扮孟光女上。《赵礼让肥》：冲末扮赵孝，正末赵礼抬老旦卜儿上。内务府本或者省略人物名称，或者脚色记录比较混乱。如以上剧本在内务府本中情况是，《合汗衫》：冲末扮正末、净、卜儿张孝友、旦儿、兴儿同上。《举案齐眉》：正旦上。《燕青博鱼》搽旦上。《赵礼让肥》冲末、卜儿、赵孝、正末轿儿上。《硃砂旦》冲末孛老儿 ，正末上。如上所列，内务府本不少人物出场时只有脚色名称，没有人物名称。脚色所扮演的人物只能根据人物自报家门才能够了解。正末是角色名称，"冲末扮正末"仅见此剧。不得不怀疑原本就是"正末上"，改为"冲末扮正末"是为了配合第一个出场的人物为"冲末扮"的形式，因为所有的内务府杂剧均是这种形式。

《元曲选》继承了内务府杂剧的特点，总题使用"剧名＋杂剧"的形式，严格遵守一本四折的规律，楔子规范化标示，男女主人公用"正末"和"正旦"标识。

根据上文分析，《元曲选》在曲文、科白和脚色记录方面，较内务府本杂剧都更接近《元刊杂剧三十种》，《元曲选》本虽然有臧懋循的改编，但臧懋循改编的程度要远远小于内务府本。

第三节 《元曲选》对之前坊本的选择

臧懋循在《元曲选》序中对民间坊本的态度是颇为赞赏的，称其为“最工者也”，这里的民间坊本是不包括《元刊杂剧三十种》的。臧懋循虽然没有提到李开先的《改定元贤传奇》，但《改定元贤传奇》现存的6种杂剧均入选《元曲选》。《元曲选》与《古名家杂剧》本重复的剧目有38种，占现知《古名家杂剧》全部剧目的48%。[①] 与顾曲斋《古杂剧》重复的剧目有16种，占《古杂剧》全部剧目的80%。[②] 与息机子《古今杂剧选》重复的剧目有26个，占《古今杂剧选》全部剧目的87%。[③] 另外还有与《阳春奏》重复的两种，因这二剧《阳春奏》本与《古名家杂剧》本几乎完全相同，所以不再单独讨论。当然，臧懋循可能还参考了现已不存的当时的其他的一些本子。万历年间出现的这么多民间坊本，臧懋循采用了哪些本子，没有采用哪些本子，或许我们可以通过剧本对比找出一些线索。

一、臧懋循对于各坊本的选择

通过对比我们发现了《元曲选》与以上各坊本重复之剧同异情况如下：

（1）《元曲选》与《改定元贤传奇》。《改定元贤传奇》所收的六种杂剧，在《元曲选》中不但全被录入，而且两种本子之间在内容上的相似度非常高，除了个别字词外，几乎没有改动。

（2）《元曲选》与《古名家杂剧》。《元曲选》中部分杂剧与《古名家杂剧》

① 《古名家杂剧》中《任风子》和《张生煮海》现不存，除此二剧，现存两者重复的剧目实际为36种。根据《汇刻书目》和《徐氏家藏书目》得知《古名家杂剧》至少收剧79种。

② 《古杂剧》剧目20种，全存。

③ 息机子本《倩女离魂》《老生儿》《竹坞听琴》《秋胡戏妻》四剧现不存，现存的《古今杂剧选》与《元曲选》重复剧目有22种。

本在内容上几乎全同，这部分杂剧主要有：《汉宫秋》《谢天香》《墙头马上》《荐福碑》《后庭花》《梧桐叶》《刘行首》《竹坞听琴》等。《汉宫秋》还有顾曲斋《古杂剧》本，第三、四两折与《古名家杂剧》本有所差异，《元曲选》近《古名家杂剧》而远顾曲斋之《古杂剧》。如果这两种本子两者复出的大部分杂剧之间存在一定的差异，但这种差异并不大，而且多或者是曲辞正字之外衬字的差别，或者为个别语句的差别，一般不会影响对全剧的理解。这部分剧目主要包括：《鸳鸯被》《玉镜台》《金钱记》《救风尘》《风光好》《勘头巾》《倩女离魂》《蝴蝶梦》《王粲登楼》《鲁斋郎》《红梨花》。还有一部分杂剧这两种本子之间的差异很大，《曲江池》《岳阳楼》《黄粱梦》《丽春堂》《单鞭夺槊》《金线池》《还牢末》《魔合罗》《窦娥冤》。

（3）《元曲选》与顾曲斋《古杂剧》。《古杂剧》与《古名家杂剧》所收的重复的杂剧，除了《汉宫秋》外，其余均同。这里除去上文提到的《古名家杂剧》中也有的杂剧，《元曲选》与顾曲斋《古杂剧》重复者有四种：《潇湘雨》《柳毅传书》《望江亭》和《㑳梅香》。以上四剧两种本子差别都比较大。《望江亭》和《㑳梅香》还有息机子本，《元曲选》本近息机子本而远《古杂剧》本。

（4）《元曲选》与息机子本《元人杂剧选》。息机子本与《古名家杂剧》所收的重复的杂剧，相似度也非常高，这里除去上文提到的《古名家杂剧》中也有的杂剧，《元曲选》与息机子本基本相同的是《望江亭》和《㑳梅香》。息机子本《望江亭》由赵琦美用内务府本校过，《㑳梅香》亦符合内务府杂剧的体例。差异较小的有《东堂老》《看财奴》《生金阁》《忍字记》《度柳翠》《合同文字》《谇范叔》。差异比较大的是《碧桃花》《连环计》《渔樵记》《范张鸡黍》《留鞋记》。

通过上面的分析，我们可以知道，臧懋循在编选《元曲选》的时候，底本的选择是比较灵活的，不仅限制于某一个本子，而是择善而从。《改定元贤传奇》的六种杂剧在它之后的各个民间坊本中，差异都比较小，所以很难断定，臧懋循是直接取之《改定元贤传奇》，还是其他本子。《古名家杂剧》和应该是《元曲选》的底本之一，因为《元曲选》与《古名家杂剧》基本相同的杂剧，大多数不存在除这两种以外的其他版本。如《荐福碑》仅有《元曲选》和《古名家杂剧》本，两者又基本没有差异，所以《元曲选》的底本之一就是《古名家杂剧》本。

不过，这一点也不能够完全确定。上文曾论证过《古名家杂剧》与于小谷本有着相当的渊源关系，可以说《古名家杂剧》有相当一部分剧本是以于小谷本为底本的。虽不见于慎行与臧懋循直接交往的史料，但与臧懋循同称"苕中四子"的吴稼竳是于慎行的恩师吴维岳之子，吴稼竳是臧懋循的姻亲和知己，同时与慎行也过从亲密。于慎行在其《吴郎歌送翁晋北游京师》中称其"江南才人满人口，目中如君不数有"[①]，吴稼竳不仅经常在南溪别馆过夜，万历三十年（1602年）还在南溪一住累月。以他们三人对于戏曲艺术的爱好，剧本的互通有无是常理之中的事。臧懋循是直接取自于小谷本，还是《古名家杂剧》本，我们就不好断定了。

息机子《古今杂剧选》应该也是《元曲选》的底本之一。一则两者不少杂剧几乎没有差异或者差异不大，二则息机子方九功曾任南京鸿胪寺卿，累迁至南京吏部右侍郎；臧懋循曾任应天乡试同考官，南京国子监博士。他们之间是可能认识的，臧懋循借息机子本《古今杂剧选》也是可能的。

顾曲斋的《古杂剧》与《元曲选》差异比较大，臧懋循可能没有选择这个本子。

除了以上坊本外，臧懋循肯定还参考了现在已佚的其他的本子。如《潇湘夜雨》杂剧，现在仅存《古杂剧》与《元曲选》两种。《古杂剧》本类似内务府本，《元曲选》本多了些民间气息。《元曲选》本第三折有【笑和尚】，《古杂剧》本曲牌名为【笑歌赏】，《元曲选》本语言激烈，如第四折【鲍老儿】一曲，满是翠鸾对负心汉崔甸士愤怒的控诉："他是我今世仇家宿世里冤，恨不的生把头来献……我和他有甚恩情相顾恋？待不沙又怕背了这恩人面。只落的嗔嗔忿忿，伤心切齿，怒气冲天。"《古杂剧》本言辞温和了许多："我欲待把你个乔才不顾恋，且看这救我的恩人面。我见他烦烦恼恼啼天哭地怨气冲天。"这些曲辞可能并不是臧懋循自行改动的，而是他选择的另一种本子。

《留鞋记》剧息机子本第四折原无【川拔棹】【七弟兄】【梅花酒】【收江南】，赵琦美根据内务府本抄补，内务府本与息机子本异文不多，曲子少十数

① （明）董斯张：《吴兴艺文补》卷七十，明崇祯六年刻本。

支。《元曲选》本有以上四支，其他八支无。这就说明《元曲选》本所用的底本是与内务府本、息机子本都不同的本子。【川拨棹】(或【豆叶黄】)【七弟兄】【梅花酒】【收江南】较《元曲选》本集体缺少的情况在《古杂剧》本《窦娥冤》《还牢末》、息机子本《碧桃花》中也出现，其他曲辞这两种本子也差异很大，几乎没有一支曲子是完全没有异文的。这一百种曲是经过臧懋循千挑万选出来的，臧氏应该是不会因为对底本的不满意而做如此大的改动，唯一的解释是臧懋循使用的底本是别于《古杂剧》本的其他本子。

《王粲登楼》剧《元曲选》本较《古名家杂剧》本第三折多【金盏儿】，第四折多【甜水令】【折桂令】三曲，《古名家杂剧》本何煌校李开先元抄本抄补的曲词中，也有这三曲，曲辞与《元曲选》本大体相同。何煌抄【甜水令】【折桂令】曲牌名上标有“五”“六”字，意为该折第五、六支曲子。《元曲选》本《王粲登楼》此折第五、六支正是这两个曲牌，只是曲辞稍有差别。除此之外，《元曲选》本与《古名家杂剧》本曲辞差异不大，与《元刊杂剧三十种》差异还是挺大的，排除了《元曲选》直接以《元刊杂剧三十种》为底本的可能性。这几支曲子肯定不是臧懋循妄自添加的，也就是说《王粲登楼》剧《元曲选》本及其底本较《古名家杂剧》本更接近早期的《元刊杂剧三十种》。

《元曲选》中还保存了 15 种孤本元杂剧，《元曲选》之前部分杂剧的存目情况如下:《宝文堂书目》中载有:《陈琳抱妆盒》《东坡梦》《便宜行事虎头牌》《冻苏秦衣锦还乡》;《述古堂书目》有《说专诸伍员吹箫》内府穿关本抄，《便宜行事虎头牌》抄，《花间四友东坡梦》内务府穿关本抄，《鲁大夫秋胡戏妻》内务府穿关本抄，秦西岩手抄本《虎头牌》，朱太傅抄藏本《虎头牌》;《也是园书目》中有《神奴儿大闹开封府》《说专诸伍员吹箫》，它们都有可能成为臧懋循参照的底本，可惜这些剧本我们今天已经无法见到了。

推理至此，我们发现，臧懋循对于元杂剧的改编并未如论者所言那样大。《元曲选》和它之前的坊本差异比较大的本子总共也有十五六种，这十五六种剧又不完全是由臧懋循删改的，而是他选择的底本本身就是如此。或者说，即使有臧懋循的加工，删改的程度也远远小于现在异文呈现的程度。

其实关于这一点，前辈学者不乏有识之论。王国维就曾言：“世多病臧晋叔（懋循）刻《元曲选》，多所改窜；以余所见钱塘丁氏嘉惠堂所藏明初钞本郑廷玉《楚昭王疏者下船》杂剧，谬误拙劣，不及《元曲选》本远甚。”[①] 徐扶明《臧懋循和〈元曲选〉》一文亦言：“《陈抟高卧》中的曲文，与元刊本相异者颇多，倒是与《元曲选》大多相同……臧懋循所看到的御戏监本与坊本，也有所不同。我写《元代杂剧艺术》一书，校过部分杂剧剧本，发现各种版本不同之处，情况很复杂。这都证明，元杂剧在当时就已有了改动，而《元曲选》与元刊本不同之处，有些是由前人改动的，并不是臧懋循一手造成的。”[②] 只不过没有具体系统的论证，具体哪些是前人的改编，哪些又是臧懋循的改编，也不易判断，所以没有得到学界重视，也没人进行更深入的研究。

二、臧懋循对于各坊本的改编

笔者认为，臧懋循编《元曲选》，他所做的主要工作是根据对他所见到的各种本子“参伍校订”，而非“以己意改之”，但这并不是说否定了臧懋循主观能动性。臧懋循做的删改增订更多的是表现在形式的规范上。

（1）在剧本体例上，借鉴内务府本元杂剧的体例形式。所有剧本剧首总题统一采用“全名＋杂剧”的形式，如“洞庭湖柳毅传书杂剧”，剧尾总题在剧首总题的基础上＋“终”。除《赵氏孤儿》外（剧情的需要），所有杂剧采用四折一楔子的结构，楔子独立标出。改变了之前坊本折目、楔子标示混乱的面貌。

（2）在脚色的标示上，人物第一次出场时，统一使用“脚色”＋扮＋“人物名称”的形式，后文再出场时，除了正色外，其余基本都只称名称，不称脚色名。如《连环计》剧开场“净扮董卓领外扮李儒、李肃卒子上”，后文再出场，则直接称“董卓上”“李儒云”。《元刊杂剧三十种》中以脚色为中心来展开演出的情况发生变化，《元曲选》本杂剧则是直呼其名，表现出以人物为中心的倾向。这种情况虽然在内务府本和《古名家杂剧》等民间坊本中已经出现，但还没有完全形成，依然有不少杂剧保存了不少以脚色称制。如《古名家杂剧》本《青衫泪》、《古杂剧》本《柳毅传书》等，末、外、孤等脚色

① 王国维：《录曲余谈》，《王国维集》第三册，中国社会科学出版社2008年版，第344页。
② 张月中编：《元曲通融》（上册），山西古籍出版社1999年版，第1155页。

提示贯穿全剧。《元曲选》将以人物为中心的形式固定下来，应该是为了方便阅读。

与内务府本相似，之前的民间坊本人物出场标示亦多有省略，比较杂乱。《古名家杂剧》本《谢天香》开场为正末引旦上，正末是谁，旦又是谁，不知。《元曲选》本“冲末扮柳耆卿引正旦谢天香上”，人物出场一目了然。《古名家杂剧》本《看财奴》开场“冲末扮正末同旦儿倈儿上”,《元曲选》本则改为“正末扮周荣祖同旦儿张氏倈儿上”，内务府本也有不少类似不规范的标示，在《元曲选》中都得到统一。

《元刊杂剧三十种》、内务府本、《元曲选》之前的民间坊本均有扮演身份地位比较高的官员或皇帝的“孤”脚色，在《元曲选》中消失了，取而代之的是“外”。《古名家杂剧》本《青衫泪》皇帝出场时提示为“孤扮驾引一行上”,《元曲选》本为“外扮唐宪宗引内官上”。《古名家杂剧》本《玉镜台》府尹出场时提示为“孤扮府尹引祗从上”,《元曲选》本为“外扮王府尹引祗从上”，类似情况俯拾皆是。“孤”在朱权《太和正音谱》中被列入杂剧院本的“九色”之一，意为“当场装官者”[①]。《元刊杂剧三十种》有七种杂剧有“孤”“老孤”“外孤”都有官爵称号，皆符合朱权描述的特征。《元刊杂剧三十种》中“外”/“外末”与“正”/“正末”相对，扮演次于主唱者的人物，如《单刀会》中的外扮鲁肃,《看财奴》中扮陈德甫,《陈抟高卧》中扮赵匡胤使臣郑恩。这样看和“孤”脚色有重复之处，但比“孤”搬演的范围要广一些，不仅有官员，而且还有具有一定的社会地位，或者为老成持重的有德之士或者为员外。内务府本和《古名家杂剧》等民间坊本扮演官员时有时使用“孤”，有时使用“外”。《元曲选》将“孤”和“外”脚色合并，统一使用“外”了。

《元曲选》正式将“丑”纳入杂剧脚色的范围。“丑”本是南戏中的脚色，不见《元刊杂剧三十种》和内务府本元杂剧，偶尔出现在赵琦美抄来历不明本，《改定元贤传奇》中已经出现，其他民间坊本中也零星有所出现，但均不成规模。《元曲选》开始大量使用“丑”色，“丑”可以扮演店小二或者插科打诨的人物，如《金钱记》中扮马求,《鸳鸯被》中扮道姑,《勘头巾》中扮王小二，

① （明）朱权：《太和正音谱》，《中古典戏曲论著集成》（三），中国戏剧出版社 1959 年版，第 53 页。

这些人物在之前版本中则多是由“外”或者“净”扮。《元曲选》中的“外”融合了“孤”的职能，所以倾向于扮演正面人物，“净”主要扮演的是反面人物，插科打诨的小人物则需要另设一个脚色，南戏中的“丑”正好适应这一需求，臧懋循将其引入元杂剧，反映了脚色与任务类型的固定化趋势。

（3）臧懋循对曲牌格律是非常注意的，民间坊本中有不合曲律的曲辞，臧懋循通常会做一定的修改。《玉镜台》【中吕·粉蝶儿】一曲在《古名家杂剧》本和《元曲选》本中内容如下：

《古名家杂剧》本

怕不动的鼓乐声齐，若是女孩儿不谐鱼水，我自索自拖曳这一场出丑扬疾。安排下丹方一味：他若是皱一对双眉，我则索牙床前告他一会。

《元曲选》本

怕不动的鼓乐声齐，若是女孩儿不谐鱼水，我自拖曳这一场出丑扬疾。安排下佯小心，装大胆，丹方一味：他若是皱着双眉，我则索牙床前告他一会。

【粉蝶儿】曲共八句，句式是四七七、三三四、四七。《古名家杂剧》本第四、五两句出格，《元曲选》本完全符合曲律。

臧懋循也会将民间坊本中误题的曲牌名改正过来。如《古名家杂剧》本《岳阳楼》有【一半儿】曲，曲辞为：

亚夫营里晚天凉，炀帝宫中春昼长。按舞罢楚台人断肠。你则是为春忙，饿的那楚宫女腰肢一捻香。

七、七、七、三、七，是【忆王孙】的格律，《古名家杂剧》本题作【一半儿】，误。《元曲选》本正题【忆王孙】。

《元曲选》在曲牌的前后顺序的调整以及审慎的增补和删除，都有较其他元杂剧剧本集为优的地方。《鸳鸯被》剧写河南府尹李彦实托玉清庵道姑向刘彦明员外借银数两，年余未归。刘以索债要挟李女玉英为妻，逼道姑说媒。《古名家杂剧》本道姑向玉英诉说此事时，玉英并没有明确拒绝。按照后面剧情发展看，玉英小姐是一个有主见的贞烈女子，此处竟然没有丝毫反抗，十分容易就被道姑说服。《元曲选》本增加了【青哥儿】【寄生草】两曲：

【青哥儿】非是我推三、推三阻四，这事情应难、应难造次，虽然道男女婚姻贵及时。我须是娇滴滴美玉无疵，又不比败草残枝，怎好的害杀相思？只待要寻个人儿，便窬墙钻穴也无辞，这等胡行事！

【寄生草】你道他是名门子，又道他富不赀。（道姑云）你老相公借他十个银子，如今该本利二十个，须要还他哩。（正旦云）待我父亲回来还他，干我甚事？他有钱财只做得钱财使，（道姑云）他道老相公借银子的文书，你也画得有字来。论婚姻须不曾画个婚姻字，（道姑云）当日借银子原写着我是保人，他要拖我到官中告去。我是出家人，怎么好做借银子的保人？可不连累我，倒替你吃官司！便吃官司我也拼得替你官司死。总饶他铜山百座邓通家，怎动的我琴心一曲临邛氏。

刘道姑先以关心玉英终身大事为名，确实打动了玉英的感情，她虽然出嫁之心切，但自己是“娇滴滴美玉无疵，又不比败草残枝”，表现出了一个官宦小姐的矜持。接着刘道姑说出刘员外之名，并夸奖刘员外乃“名门旧族”，有“百万家财”。玉英听了，反倒没有慷慨应承，说道：“他有钱财只做得钱财使。”刘道姑以李玉英在借债文书上画字为由，要李玉英答应这桩婚事，玉英驳斥说：“论婚姻须不曾画个婚姻字，道姑看她不允，以自己是借债担保人，将来要受连累吃官司相威胁，玉英依然坚定地说：“便吃官司我也拼得替你官司死；总饶他铜山百座邓通家，怎动的我琴心一曲临邛氏。”一个官宦小姐被逼出嫁的心理路程被完整地展现了出来，读者也理解了玉英的无奈。

（4）在宾白方面，《元曲选》较之前的元杂剧也表现得更为成熟，叙事精确，没有纷杂的头绪，却也能交代完整的故事信息。在某些剧本中甚至较之前的本子较多地保存了作者创作的原貌。如息机子本《鸳鸯被》玉英之父交代上京的缘由是：“如今左司马家勾请，争奈欠盘缠。”作为一位在职官员，受邀进京做客却缺乏盘缠，倒要拜托道姑向当地乡绅借十两银子，还让自己唯一的女儿画押，观众很难理解。《元曲选》李彦实自述入京缘由：

如今被左司家朦胧劾奏，官里听信谗言，差金牌校尉拿我赴京问罪。嗨，朝廷上多少滥官污吏，一生享用荣华不尽，只有老夫忠勤廉正，替朝廷干事的，反倒受人弹论，公道安在？我想此一去，莫说途路遥远，便是到得京师也还有许多费用。争奈囊底萧条，盘缠缺少，无计所出。

我们不得不怀疑，这才是原作者创作的内容，因为涉及“敏感言辞”而不幸被删，李彦实是受赃官弹劾、皇帝昏庸听信谗言而戴罪入京的，财产肯定被抄没，所以连路费都没有了。

《度柳翠》讲述南海观音净瓶中之柳枝叶上偶染微尘，被罚往人间，投胎杭州作妓女，名柳翠，多年后受罗汉月明尊者下凡点化归元的故事。息机子首个出场负责介绍剧情的是释迦文佛，《元曲选》本则改为南海观音。净瓶中的柳枝本属南海观音，由南海观音叙述故事正是很自然的事，另加一与故事无关的释迦文佛则显得多余了。

值得注意的是南海观音自报家门的一句话：

……吾乃南海洛伽山观世音菩萨。……只为慈悲心重，遍游人间，广说因缘，普救苦难，阐明佛法，天花天乐常临，济度众生，凡恼凡缘尽灭，以此莲花座上，号曰观音，祇树林中，称为菩萨，这也不在话下。

“这也（且）不在话下”最早出现在北宋时期的小说和话本中，是话题结束的标记，后来也多出现在小说话本文体中，除《元曲选》之外的其他元杂剧版本均未见过。《元曲选》本《赵礼让肥》第四折也出现过：

（外扮邓禹引众将官、祗从上，诗云）……如今建武元年，着某在丞相府差定二十八个开国功臣。只有铜刀马武，是他战功独多，封为天下兵马大元帅，以下各随次第加官赐赏。这且不在话下。

《元曲选》中这种类似于说话人的话语是说唱文学在元杂剧中的遗留，《货郎担》第四折：

（副旦云）哥哥，你放心，张㩳古那老的，为俺这一家儿，这一桩事，编成二十四回说唱。……这话单题着诸葛亮长江举火，烧曹军八十三万，片甲不回。我如今的说唱，是单题着河南府一桩奇事。

《张协状元》第一出“末”云“话休絮繁”，“似恁常说诸宫调，何如把此话文敷演”，这些说白正是早期的宋元戏曲与当时的“说话”“说唱”技艺密切联系的显证。当戏曲演述者向观众说“话休絮繁”“一头说话”“这也不在话下”“这话单题”“我如今的说唱是”等话语的时候，演述者显然是以“演员”的身份用说话（说唱）艺人的口吻“召唤”观众进入“戏”中。随着元杂剧代言体例的成熟，这些“说话”语言已经很难见到了，《元曲选》尚保存了这部分资料，让我们可以重新窥视早期元杂剧的古朴面貌，可见臧懋循为了“以尽元曲之妙”，在剧本的选择上确实多下了一番功夫。

总之，臧懋循在《寄谢在杭书》中言：“比来衰懒日甚，戏取诸杂剧为删抹繁芜，其不合作者，即以己意改之，自谓颇得元人三昧。”在他人均标榜自己所用的底本为古本、秘本之时，臧懋循别出一格，大方宣布“以己意改之”，这是一种勇气。实际上，臧懋循对于元杂剧的改编并不像他所标榜的那么大，那么严格，他之所以如此高调宣称自己的改编，可能也是一种营销策略。臧懋循的功绩在于，他为元杂剧的文学体例做了最终的定型，《元曲选》中的作品已经不再是元刊杂剧所表现出来的原始、朴拙的状态，使元杂剧作为文学读物与舞台演出脚本彻底分开，处处显现着“元杂剧”作为一代文学的成熟、圆融的面貌。因此，它才能脱颖而出，成为元杂剧剧本的定型之作，此后的元杂剧创作也多以它为圭臬。

第七章　元杂剧之文人评点本
——《古今名剧合选》

戏曲评点是系沿袭诗文评点而成。较早的诗集评点是唐人殷瑶的《河岳英灵集》选本。宋人则将这种集圈点、夹批、眉批、总评和序跋于一体的批评方式，开始批量用之于名著编选出版的过程中。到了明代，由于出版事业充分发达，所以各种文体名著的评点出版也蔚为大观。戏剧文本的评点通常是在剧本正文的有关地方予以圈点、短评，并与读法、总评和序跋合为有机整体，从而对文本进行阐释归纳和导引升华，充分体现出评点家本人的基本思路、审美情趣和哲学观念。

第一节　孟称舜与《古今名剧合选》的选编

明孟称舜选辑。收入元明两代杂剧凡 56 种，分为两部分：一为《新镌古今名剧柳枝集》，简称《柳枝集》，收杂剧 26 种，选有元人杂剧如关汉卿杂剧《金线池》、马致远《青衫泪》等 16 种，明谷子敬《城南柳》杂剧等 10 种。内容以爱情风情戏为主，风格皆以婉丽为主，类柳永词“杨柳岸晓风残月”，故名“柳枝”；一为《新镌古今名剧酹江集》，简称《酹江集》，收杂剧 30 种，包括关汉卿《窦娥冤》、马致远《汉宫秋》等元人杂剧 18 种，另明人杂剧 10 种。内容多英雄豪侠及世情作品，风格以雄爽为主，类苏轼词“一尊还酹江月”，故名“酹江”。两书所收的 34 种元杂剧除仅个别剧之外，大体不出《元曲选》的范围。《柳枝集》的较早刻本有朱曾莱订正本、潘可传订正本两种，潘订本系重印者。《酹江集》为刘启胤订正本。全书仅上海图书馆藏有足本（《柳枝集》为朱订），为崇祯六年（1633年）刊本。书前有孟称舜崇祯六年（1633年）序文1篇；北京图书馆藏残本数种，近足本者1部（《柳枝集》为潘订），序文、目录有残缺。《古本戏曲丛刊四集》据上海图书馆藏本影印。

臧懋循《元曲选》出版之后产生了巨大的反响，孟称舜在这之后编选《古今名剧合选》是需要勇气的。是书编选的动机一是当时舆论上对《元曲选》篡改元剧不满之声颇盛，超越《元曲选》不是不可能的。二是孟称舜本身就是一个杂剧作家，编选元杂剧之前就创作了数部作品，对杂剧艺术理念具有自己独到的见解。是书编选是他戏曲理念的充分体现。三是所选之剧既重文学性，也重舞台性，“可演之台上，亦可置之案头，赏观者其以此作《文选》诸书读可矣。”[①] 根据这样严格的标准，《古今名剧合选》选剧少而精，入选之剧几乎都是名家名篇。

在编刻体例上，孟称舜也尽可能出新：

首先，是书之前附有钟嗣成《录鬼簿》。臧懋循《元曲选》之前附有朱权《太和正音谱》，开创了元杂剧选本之前附有戏曲重要文献的先例。但毕竟钟嗣成的《录鬼簿》为元人编撰的唯一杂剧史料，具有别书无可比拟的文献价值，孟称舜在他的选本前附上《录鬼簿》，大概内含着一点和《元曲选》一较高下的意味。孟本《录鬼簿》所依底本如何，和其他的本子又有怎样的关系，学界尚有不同的认识。葛云波认为：“贾仲明增补本所据为可考的最早版本，修订于至正元年、二年间；孟称舜刻本所据本修订于1342—1345年间；曹楝亭刻本所据本修订于1345—1346年间，均在钟嗣成自序十余年后。学界视为“简本”的孟称舜刻本实际上是残本，其文字内容较接近曹本，许多与曹本相同之处却异于贾本。”[②] 这个结论是比较客观的，论证翔实，逻辑清晰，是值得参考的。

其次，《柳枝集》《酹江集》中每剧均配有插图，一剧两幅，一幅与题目内容相关，另一幅与正名内容相关。《元曲选》亦是如此。唯前者将所有杂剧的配图集中放在书前，而《元曲选》之图则是分别置于每一剧的剧首。《元曲

① 孟称舜：《古今名剧合选序》，朱颖辉辑校《孟称舜集》，中华书局2005年版，第558页。

② 葛云波：《〈录鬼簿〉修订过程、时间及版本新考》，南京师范大学学报（社会科学版）2006年第4期，第126—132页。

选》插图均仿五代、宋元名笔，如荆浩、赵千里、杨士贤、范宽等人，都是中国绘画史上有名的人物。更重要的是，《元曲选》插图作家可以根据杂剧的内容和风格选择不同的模仿对象。如《双献功》剧插图内容为“及时雨单责状，黑旋风双献功”，剧情分别是李逵在向宋江要求下山护送孙孔目，宋江要求他写军令状和李逵为孙孔目报仇，手刃奸夫淫妇之头，上梁山宋江跟前报功。梁山泊“山排巨浪，水接遥天”，黑旋风粗犷豪放又不失机智可爱，画面展现的应该是雄起壮丽、英雄豪健之美。范宽是宋代著名的北派山水画大师，用笔雄劲而浑厚，笔力鼎健。善用黑沉沉的浓厚的墨韵，厚实而滋润，所以他的画作一般峰峦浑厚端庄，气势壮阔伟岸，令人有雄奇险峻之感。《双献功》一幅图为李逵右手拿大斧，左手指向远方，吴用在为他写军令状，后面一张巨大的屏风，周围是梁山泊山石湖泊，遍插着各种兵器。另一幅在一片浓密的山林之中，黑旋风昂首站立，肩扛粗棍，挂着两个血淋淋的人头，后面还有骑马举旗不断过来的军士。与范宽阳刚健美的画风正相契合。《汉宫秋》剧一幅图画“沉黑江明妃青冢恨，破幽梦孤雁汉宫秋”，剧写王昭君在番汉交界处舍身殉难，元帝悲怆悽恻，愁思郁结，无可排解。画者选择的模仿对象是赵千里，原名赵伯驹，千里是字，南宋宫廷画院派。其画风是清丽秀雅，“精工之极，又有士气”。宋·曹勋《松隐集》卷三十《径山续画罗汉记》言：“赵希公及共兄千里，博涉书史，皆妙于丹青，以萧散高迈之气，见于毫素。”①《汉宫秋》图中一女子在马上抱着琵琶，回首望着来时的方向，面前就是黑江，一番使手捧酒杯，这应是昭君借酒浇奠的情景，后面还跟着一排番骑手持旗帜长矛；汉元帝伏席而坐，虽然宫殿奢华壮丽，后面侍者成群，但依然无精打采，思恋昭君。画作笔法纤细，直如牛毛，极细丽巧整的风致，与赵千里画风很是相像。《伍员吹箫》题目为“继浣纱渔翁伏剑”，描述的是渔翁渡过伍员之后，为了保护伍员，在舟中伏剑自刎的场景。画作仿郭忠恕，郭正是宋初山水画中绘亭台楼阁、舟船车舆的名手。可见《元曲选》的画作是集众家之所长，每幅画都十分用心，根据要展现的内容，以该类型中最具有代表性的画家为模仿对象，所以每个剧均有特色，且惟妙惟肖，自有一番境界。《古

① 《宋辽金画家史料》，文物出版社1984年版，第650页。

今名剧合选》版画风格比较统一，总体来讲清新疏朗，淡雅精细，画作以人物为主，注重对人物心理情绪的刻画，表情细致入微，背景淡化空灵，线条细腻流畅，刀法婉丽明净，是明末戏曲版画中的精品。

再次，剧目排列分时代以人统剧，次序井然，版面疏阔，字迹清晰。之前的元杂剧选本包括《元曲选》元、明杂剧混如一编，同时多失考作者姓名，同一个剧作家的作品被分散各处，孟称舜则把元、明杂剧分开编辑，前面为元人杂剧，后面为名人杂剧。而且所选每个作家的作品集中排列，如《柳枝集》首先列郑德辉的《倩女离魂》和《翰林风月》，后面依次是马致远《青衫泪》、乔吉《两世姻缘》《扬州梦》和《金钱记》，依此类推。整部书井然有序，观者一目了然。正文卷端题“新镌古今名剧柳枝集”“新镌古今名剧酹江集”，次行题“杂剧简名”，三行署“元某某著”“明孟称舜评点”“朱曾莱订正”，四行题杂剧正目，即题目正名，版心小字双行题“杂剧简名”。半页九行，单行单排，唱词粗体大字，宾白细体小字，字间距较大，非常适宜阅读。

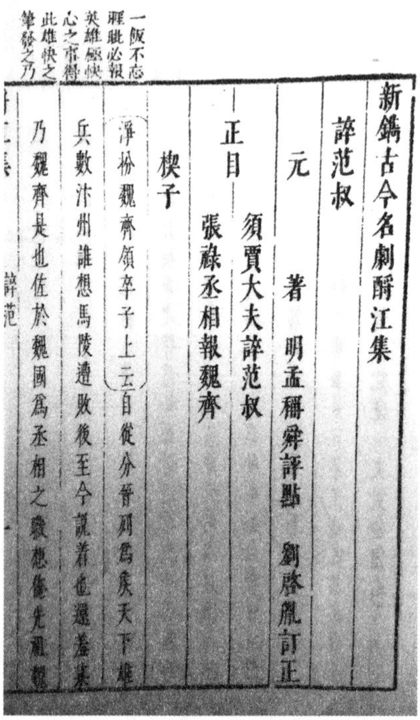
新鐫古今名劇酹江集
誶范叔
元 著 明孟稱舜評點 劉啓胤訂正
正目 須賈大夫誶范叔 張祿丞相報魏齊
楔子
淨扮魏齊領卒子上云自從分晉列爲侯天下雄兵數汴州誰想馬陵遭敗後至今說着也還羞某乃魏齊是也佐於魏國爲丞相之職想俺先祖魏

图 7-1 《酹江集》本《谇范叔》首页

第二节　孟称舜与《古今名剧合选》的评点

孟称舜选本最大的特点就是各剧眉端皆有编者眉评，介绍作家，评点曲文，多有精到见解，常为今人征引。除孟称舜所作的 4 种杂剧外，《古今名剧合选》中孟称舜对元明杂剧的评点凡 596 条。自李卓吾开启戏曲评点之风后，从万历后期开始，戏曲评点风靡一时，书商们竞相推出各种评点本，文人们也竞相参与进来。如臧懋循改评了《玉茗堂四种曲》；冯梦龙陆续改评了十四种传奇作品，总名为《墨憨斋定本传奇》；署名汤显祖批点的传奇作品有十五种以上；凌濛初在天启前后校订了《西厢记》和《琵琶记》。《古今名剧合选》即是在这时应运而生，成为明末戏曲评点的又一重要成果。

孟称舜《古今名剧合选》对元杂剧的批评有 381 条，各剧之首有“总评”，在作品具体的描写处还有大量的评语和圈点，它们互相依赖和支持，构成了从宏观到中观和微观的多方位的批评。主要内容包括：

（1）作者考订与风格评论

《柳枝集》和《酹江集》共收22个元代剧作家的32个杂剧（元杂剧共34个，有 2 个元无名氏作品）。孟称舜在每剧之首均明确标出其作者，又在总评对作者进行考订，对于某些作者有疑义的作品做出自己的判断，依据主要为《录鬼簿》。孟称舜之前的元杂剧版本，或者不注明作者，如《元曲选》；或者照录底本，不做辨别，如《古名家杂剧》等坊本；或者对作者考订不精，如元明杂剧不分，如《脉望馆钞校本古今杂剧》。孟称舜则为多数剧作厘定作者，从不人云亦云，如《度柳翠》剧的作者的考订如下：

> 此剧或传为王实甫作。今按元剧目中，实甫二十五本并无此曲，仍阙之以俟考。

这里的“元剧目”即指《录鬼簿》。这种实证性工作不仅明确了版权问题，而且很容易进一步延伸到对剧作家的创作风格进行主观评论。如《翰林风月》剧对作者郑德辉作的简介：

> 《录鬼簿》载郑德辉名光祖，以儒补杭州路史，病卒，葬于西湖灵芝寺。其为人方正不妄交，而作词尖楚奇艳，迥出常调。与王实甫并驱中原，不知鹿死谁手，关、马而下，非其伦也。

“其为人方正不妄交”之前是《录鬼簿》的记载，“而作词尖楚奇艳”之后则是孟称舜自己的认识。“尖楚奇艳”是对郑剧风格的断定。郑光祖与王实甫谁高谁下一直具有争议，“与王实甫并驱中原，不知鹿死谁手”是对他们地位比较圆融的评价，“关、马而下，非其伦也”更是显示出孟称舜对于郑光祖的推崇。

关于古典戏曲风格异同的评论，最早是根据地域音韵划分的。元人虞集认为：“吴楚伤于轻浮，燕冀失于重浊，秦陇去声为入，梁益平声似去，河北河东取韵尤远。”①李开先则以南北论曲风：“北之音调舒放雄雅，南则凄婉优柔”②，后人如徐渭、王世贞等多承其说，几成定论。燕南芝则是从宫调的角度提出“宫调主情说”，十七宫调代表十七种声情，每个宫调，都适宜抒发某一类独特的情感。这种说法被周德清、朱权所继承。孟称舜则独辟蹊径，将词风“婉丽”和“雄爽”的划分方式引入戏曲。他在《古今词统序》中言：

> 乐府以皦迳扬厉为工。诗余以婉丽流畅为美。故作词者率取柔音曼声，如张三影、柳三变之属。而苏子瞻、辛稼轩之清俊雄放……盖词与诗、曲，体格虽异，而同本于作者之情。古来才人豪客，淑姝名媛，悲者喜者，怨者慕者，怀者想者，寄兴不一，或言之而低徊焉、宛娈焉；或言之而缠绵焉、凄怆焉；又或言之而嘲笑焉、愤怅焉、淋漓痛快焉。作者极情尽态而听者洞心耸耳，如是者皆为当行，皆为本色。宁必姝姝媛媛，学儿女子语而后为词哉！故幽思曲想，则张、柳之词工矣，然其失则俗而腻也，古者妖童冶妇之所遗也；伤时吊古，苏、辛之词工矣。然其失则莽而俚也，古者征夫放士之所托也。两家各有其美，亦各有其病。然达其情而不以词掩，则皆

① （元）虞集：《中原音韵序》，《中国古典戏曲论著集成》（一），中国戏剧出版社 1959 年版，第 173 页。

② （明）李开先：《乔龙溪词序》，卜键笺校《李开先全集》，文化艺术出版社 2004 年版，第 436 页。

填词者之所宗。不可以以优劣言也。[①]

孟称舜一反当时剧坛以南北划分曲风的论调，认为曲与词本为同宗，亦可用“婉丽”和“雄爽”划分曲风，但这种曲风的划分不是以南北论的，“夫南之与北，气骨虽异，虽雄爽、婉丽，二者之中亦皆有之”，而是与作家所处的社会环境、个人偏爱和独特个性气质有关。他注意到不同作家有不同的创作风格。在《潇湘夜雨》总评中，将杨显之与关汉卿作比较：

> 杨显之大都人，与关汉卿为莫逆交。其词真率尽情，大约相似。然关之才气较更开大而累句时有，杨觉稍歛而亦无其累。

在《猪八戒》的评语中，将吴昌龄与王实甫作比较：

> 吴昌龄尝拟作《西厢记》，会王实甫《西厢》成，见之，知不能胜，乃作《西游记》敌之。幽艳、恢奇、该博、玄隽，遂与王扬镳分路。

他还善于通过比较发现“同中之异”，包括同一作家的作品风格的丰富性。如同为郑光祖的作品，《倩女离魂》和《翰林风月》被选入《柳枝集》，《王粲登楼》被选入《酹江集》；同为马致远作品，《青衫泪》入选《柳枝集》，《汉宫秋》《任风子》《荐福碑》入选《酹江集》；关汉卿的《玉镜台》《金线池》入选《柳枝集》，而《窦娥冤》则入选《酹江集》；白仁甫的《梧桐雨》入选《柳枝集》，《墙头马上》则入选《酹江集》，等等。习惯在评语中对同一作家的不同作品进行比较分析，用“别是一家”“别称一种”“与诸剧较别”等词表示出该剧具有自己独特的风格。如对马致远《青衫泪》的风格评价：

> 东篱词清雄奔放，具有出尘之概。此剧天机雅趣，别成一种。至为兴奴写照处，真是借他檀板摅我闺情。

对《任风子》的评价又是：

> 此剧机锋隽利，可以提醒一世。尤妙在语语本色，自是当行人语，與东篱诸剧较别。

孟称舜对马致远杂剧的风格做了三个层次的区分，他认为马致远总的风格是清雄奔放，具有出尘之概，而《青衫泪》天机雅趣、摅我闺情，别成一种，《任风子》机锋隽利、语语本色，又别是一家。又如对白仁甫《墙头马上》的

① （明）孟称舜：《古今词统序》，谷辉之校点《古今词统》，辽宁教育出版社2001年版，第3页。

评价：

> 昔人评其词如大鹏之起北溟，奋翼凌乎九霄，有一举万里之志。而此剧潇洒俊丽，又是一种。《梧桐雨》摹写明皇、玉环得意失意之状，悲艳动人；《墙头马上》说佳人求偶处，亦自奕奕神动，真大家手笔也。

在文学创作中，由于题材内容和作者时地、创作心态的差异，作品的风格也会不同。孟称舜正是意识到这一点，对每个作品风格都做了独到的分析。

所谓“同中之异”，也包括相同风格中的差异性。如《汉宫秋》和《梧桐雨》同入选《酹江集》，在孟称舜眼中，它们应同属“豪放”风格。而在《梧桐雨》的评语中，又将两剧的风格加以比较：

> 此剧与《孤雁汉宫秋》格套既同，而词华亦足相敌，一悲而豪，一悲而艳，一如秋空唳鹤，一如春月啼鹃，使读者一悲一痛，淫淫乎不知泪之何从。

这段风格批评得到了现代研究者的赞赏：“比较之细致，所言之精妙，实可令人赞叹。其中所言‘悲而豪’‘悲而艳’可谓两剧之千古定评。”[①]

“同中之异”，还包括相似题材作品的差异性。郑光祖《翰林风月》剧脱胎于王实甫《西厢记》，孟称舜将两者进行比较，他认为二剧可以崔颢和李白分别作《黄鹤楼》《凤凰台》诗拟之：

> 古人才力均敌，不欲放他人独步，意盖如此。此剧科目全类《西厢》，而填词迥别，亦犹李白之拟崔颢也。马巽倩评此剧云：“风流骏逸，使事用古，纯是韵趣，若为王实甫蓝本。”我尚谓换骨未仙，若脱胎王实甫可，不云后出愈奇耶！

并注意到了相近关目细微的差别，如【六国朝】眉批：

> 《西厢》《窥柬》一套，写出莺、红两人许多做作委折，情味甚妙。此折光景相同，但樊素语比红出得较伉直者，以获赃在手，不怕他妆乔也。且莺、红两人一说便了，而素尽情嘲诮，以莺虽暂时做作，平日实未尝瞒却红娘耳。至小蛮遗生香囊，实出素意外，素盖愠其

① 叶长海：《中国戏剧学史稿》，中国戏剧出版社2005年版，第272页。

瞒己而诮之，刺刺不能休，于此知作者用意自别。

正是这种独具特色的审美眼光，细致入微的比较分析，才使得孟称舜的许多评点被称为“经典”，其对马致远、白仁甫、杨显之、李好古、吴昌龄、宫大用、关汉卿、王实甫等重要作家的评论频繁被古今学人引用，其风格论更在明代戏曲理论史上具有重要地位。

（2）艺术批评

关于戏曲艺术的部分是孟称舜评语的主体内容，学界关于这方面的文章已有不少，主要围绕“情理统一传情说”“由表及里人物论”“曲白兼重语言论”和“独具一格悲剧论”等方面进行论述。这里需要补充的有两点。

一是“感愤时事而立言”。孟称舜生活在明王朝大厦即将崩塌的前夕，社会政治极度腐败，内忧外患不断，他作为当时统治阶级反对派复社的成员，对当政者极为不满，“于时少可，既慨而慷，往往抚长剑作浩歌，不复知唾壶口缺”（宋之绳《二胥记叙》）。他自己的杂剧创作也是充满了不平与骂世之意。在批评元杂剧时，也把这种悲愤注入评语之中。如《误人桃源》批语说：“骂来刻毒痛快，作者一肚皮愤懑，倾囊倒箧而出之，然却语语是实，令此辈见者，敢怒不敢言也。”《潇湘夜雨》剧崔通考状元一节，用插科打诨极尽讽刺之能事。崔通识的一个“一字”便被夸赞：“好，不枉了中头名状元，识这等难字。”此处有孟称舜评语：“今时状元，未必识此难字”。科举考试是朝廷选拔官员的主要途径，科考中的头名状元岂可如此儿戏？一语点破当时朝政官员的混乱情况，执政者都是一群不学无术、昏庸乱政的小人。

《谇范叔》第一折【天下乐】：“他每只是些躲避当差影身草，自古来文章，可便将人都误了。……劝今人休将前辈学……学卞庄斩虎的入虎穴，学吕望钓鱼的近池沼，学太康放鹰鹘拿燕雀。”范叔告诫时人不要读书做秀才，现在的人为了躲避当差而误入读书之途，又因科举黑暗无法近身仕途，白白浪费时间。这一点孟称舜深有同感：“方今庶用不足，司农仰屋无计所汲汲议去者，秀才优免。而即欲躲避当差不可得矣，秀才急公分故应而如国体何？”当今国库空虚，财政拮据，钱粮官员正在计议要撤销对秀才优免当差的政策，读书人仅有的一点优势亦不可得了。《赵氏孤儿》被孟称舜认为是一部发“千古最痛最快之事”的“极痛快文”，因而密加评点，第一折【混江龙】“忠孝的在市曹中斩首，奸佞的在帅府内安身……他他他，把爪和牙布满在朝门，但违拗的早一个个诛夷尽”，孟称舜加批道：“千秋一律！”第二折【梁州第七】“他他他，只将那会谄谀的着列鼎重裀，害忠良的便加官请俸，耗国家的都叙爵论功”，批语道：“说此辈甚真！”第三折【鸳鸯煞】批语道：“愤烈肚肠，说得淋漓痛快”等等。在这些批语中，孟称舜对于社会和朝政的不满跃然纸上。

二是戏剧“堪与史书相辉映”。将戏曲小说与史书并举的“六才子书论”为金圣叹在文学批评史上赢得了重要席位，然在稍早的孟称舜杂剧批评中，这种思想已发肇端。《赵氏孤儿》总评言：“读此觉太史公传犹未寂寥”，后文又道：“有心人实地商议，堪舆《史记》相映，此等处作一段实事看。”“此篇叙述可作一篇《史记》读。”《老生儿》第三折刘从善与婆婆的一段关于姓氏和儿子的对白，反映了中国古代以血缘关系为纽带的男权宗族文化的核心内容，而这正是整个国家社会结构的基石，所以孟称舜此处评论：“一篇白文绝妙，点醒胜过《战国策》、太史公。”史书以史实为尺度，用凝练的语言客观叙述所发生的事件，讲求实证性和公信力。文学则不避道听途说和主观附会，具有审美性和虚构性。在普通民众之中，史书的传播力度远远不及文学作品。中国历来重史，戏曲和小说属于“小道”，为正统文人所不耻，而孟称舜认为《赵氏孤儿》和《老生儿》同样具有史学价值，不仅可与《史记》《战国策》相辉映，在教化民众上甚至更胜一筹，这种思想在当时是超前的，也是值得肯定的。

第三节 《古今名剧合选》的版本校勘

致力于《古今杂剧合选》版本研究的学者主要是孙楷第和郑骞。孙楷第认为“称舜此编即以臧懋循《元曲选》为底本，校以他本而斟酌损益之，不尽依原文”，故“其失与懋循同”；但“改定处多疏于上方，体例实较懋循本为善”。郑骞认为：“孟称舜编刊此书在‘息机子’‘古名家诸汇编’及‘臧氏元曲选’之后，故于各剧内容皆斟酌旧本与臧选之间，择其所认为善者而从之。”两位学者都指明了孟本是介于《元曲选》本和之前各民间坊本之间的本子。笔者认为,《古今名剧合选》并不都是以《元曲选》本为底本而校以他本，孟称舜并没有将所有的杂剧进行校勘，有近三分之一的元杂剧是没有做过改动而直接取自《元曲选》本的。

一、版本之辩一——“原本”与“今本”

孟称舜关于元杂剧评语中有针对20个元杂剧的50条评语是关于版本校勘的，相关词汇有“原本”(或言原文)、“吴兴(改)本”和“今本”。“吴兴(改)本”即指臧懋循《元曲选》本，没有异议,《古今名剧合选》与《元曲选》复收的元杂剧有33种，仅《猪八戒》剧为孤本。提到“吴兴(改)本”的评语有44条，涉及有版本校勘评语的全部20个杂剧。关键是“原本”与“今本”的含义。

评语中直接指明有“原本(文)”的有23条，涉及的杂剧有《倩女离魂》《玉镜台》《张生煮海》《竹坞听琴》《老生儿》《度柳翠》《汉宫秋》《梧桐雨》《窦娥冤》《范张鸡黍》《老生儿》和《柳毅传书》。凡是有“原本(文)”出现的地方，多有“吴兴(改)本”与之相对。为了谨慎起见，我们把每个含有“原本”的杂剧都做了一番比较，具体情况如下:

《倩女离魂》剧现存《古名家杂剧》《古杂剧》和《元曲选》本，前两种本子相同而与《元曲选》本有异。孟称舜言:“此剧余所极喜，杂本相沿讹谬甚众，余为订其八九，吴兴本多所改窜，有意旨胜原文者，间亦从之。”【混江龙】批语又言:“吴兴本于此枝删去将半，殊觉寂寂矣。”将孟本与《古名家杂剧》本相较,【混江龙】曲两者完全相同。其他曲辞和宾白也多从《古名家杂剧》本，唯脚色出场提示从《元曲选》本，如剧首《元曲选》本为“旦扮夫人”,《古名家杂剧》本为“冲末扮夫人”，孟本亦作“旦扮夫人”，王文举出场时,《元曲选》本作“正末扮王文举”,《古名家杂剧》本作“末扮细酸”，孟本作“末扮王文举”等等。可知此剧乃是以《古名家杂剧》本为底本，以《元曲选》本为校本。所谓“原本”即指《古名家杂剧》本。

《玉镜台》剧现存《古名家杂剧》《古杂剧》和《元曲选》本，剧首总批为:“曲中字句多从吴兴改本”，其实孟本不仅曲中字句，宾白与人物提示亦多从

《元曲选》本。剧首《元曲选》本为“老旦扮夫人上”,《古名家杂剧》本为“老夫人上”，孟本从《元曲选》本。第三折《元曲选》本为“正末引赞礼鼓乐上”,《古名家杂剧》本“正末引媒人扶旦鼓乐迎上”，孟本亦从《元曲选》本。然也有少数地方孟本从《古名家杂剧》本而异《元曲选》本，如第三折【六煞】【五煞】二曲眉批云:“此二枝正说珍惜之甚，断不可少，吴兴本尽删去，今照原本增入。但五煞原本全说在打造车子上，似无谓，略为改正。”较之《古名家杂剧》本，果有此二曲，【六煞】全同孟本，【五煞】果真为“打造车子”语。第一折【点绛唇】曲孟本又与《古名家杂剧》本同而稍异《元曲选》本。因此可知,《玉镜台》之“原本”亦为《古名家杂剧》本。此剧是以《元曲选》本为底本，以《古名家杂剧》为校本。

《张生煮海》今仅存《元曲选》本、孟本。第三折首有评语:“仙母做媒，吴兴本该做石佛寺长老，今看曲辞与长老口角不肖，仍改从原本。”比较两本，不只第三折，其余曲辞、宾白亦差异较大。人物提示也不同，如《元曲选》本“外扮东华仙”“正末扮长老”“冲末扮张生”，孟本中则为“冲末扮东华仙”“外扮长老”、张生直呼其名。孟本所用“原本”即是其底本，今已佚。

《竹坞听琴》今存《古名家杂剧》、顾曲斋《古杂剧》《元曲选》本。孟本第一折【后庭花】曲有眉批:“对清宵数句，原本无之。”第二折【耍孩儿】有眉批:“喧哗场里二句出吴兴本，胜过原句。”《古名家杂剧》本【后庭花】曲确没有“对清宵”数句,【耍孩儿】亦与孟本不同。比较全文，其他地方曲辞、宾白及人物提示亦从《元曲选》本。因此，这里“原本”指《古名家杂剧》本，此剧是以《元曲选》本为底本，以《古名家杂剧》为校本。

《柳毅传书》存顾曲斋《古杂剧》本、《元曲选》本。孟本第一折【天下乐】曲有眉批云:“原本苏武句下接云黄犬，又音信乖锦鳞，又性格愚，这其间塞鸿飞去衡阳路，空教我怎的寄家书，而无【天下乐】一枝，看来此枝似不可少，今改从吴兴本。”【寄生草】曲有眉批“步与郚同，原本作路。”查顾曲斋本，果如是。比较全文，其他地方曲辞、宾白及人物提示亦从《元曲选》本。此剧是以《元曲选》本为底本，以顾本为校本。

《潇湘夜雨》今存顾曲斋《古杂剧》本、《元曲选》本。孟本第一折【醉中天】有眉批:“此枝原本无，照吴兴本增入，若无此一枝，则成亲亦未免太易。”顾本无【醉中天】曲。其余曲辞、宾白及人物提示孟本多从《元曲选》本，但也有少数语句同顾本而异于《元曲选》本，无字句出于这两本之外者，仅孟本第三折【山坡羊】孟本与顾本、《元曲选》本均不同，但已孟称舜已经指明：“此枝与原本及吴兴本稍异。”因此，该剧原本即指顾本，孟本以《元曲选》本为底本，以顾本为校本。

《度柳翠》今存息机子本、《元曲选》本。孟本第一折长老唱西方讃处有眉批云：“曲白大率俱从原本，长老唱西方讃及咒语三段从吴兴本者，以此处太冷场，不便搬演也。”对照全文，孟本与息机子本除此处以外，均同。因此，该剧原本指息机子本，孟本以息机子本为底本，以《元曲选》本为校本。

《汉宫秋》今存《古名家杂剧》本、顾曲斋《古杂剧》本、《元曲选》本。孟本第一折【混江龙】曲有眉批：“【混江龙】如‘仙音院里’以下可随意增加，别出一韵。吴兴本率多删改，反不若原辞迢递，今改仍旧。”第三折【梅花酒】有眉批：“数枝情既悲怆，音亦弘畅。《元曲选》本改数语，亦颇有次第，而原本固自佳，不若仍之，存饩羊之旧。吾意古本非甚讹谬，不宜轻改；改本有胜前者，始不妨稍从之耳。”较之此二曲，孟本与顾本相同，与《古名家杂剧》本稍异，与《元曲选》本差异最大。全剧曲辞、宾白及人物提示亦是如此。因此，这里原本指顾本，孟本以顾本为底本，以《元曲选》本为校本。

《梧桐雨》有《改定元贤传奇》本、《古名家杂剧》本、顾曲斋《古杂剧》本、继志斋本和《元曲选》本，各本大同小异。孟本楔子【幺】曲有眉批：“【幺篇】吴兴本改数句，觉胜原本，从之。”孟本与诸本亦无大差异。唯人物动作提示，众本皆作“科”，孟本独作“介”。虽然一字之差却不容忽视。“科”“介”均指古代戏剧中关于动作、表情、效果等的舞台指示。“科”一般见于元杂剧中，而“介”则多用于南戏、传奇里。杂剧中的“科”来自道教仪式，“介”最早是上古礼仪中助宾行礼、在主宾之间通传的角色，傀儡戏用作赞导式的提示，被早期南戏直接继承。现存的《梧桐雨》各版本除孟本以外没有使用“介”的情况，因此，孟称舜使用的原本应该不是上述版本中的本子，而是另有他本。

《窦娥冤》有《古名家杂剧》本和《元曲选》本。孟本第一折【混江龙】曲有眉批：“吴兴本增有‘催人泪的是锦烂熳花枝横绣榻，断人肠的是剔团圆月色挂妆楼'等语，太觉情艳，不似窦娥口角，依原本删之。"同折【后庭花】曲亦有眉批："吴兴本首二句改云'避凶神要择好日头，拜家堂要将香火修'与下'梳着个霜雪般'二语语气不贯，不如原本为佳。"第二折【黄钟尾】"婆婆也，我怕把你来便打的，打的来恁的"句有眉批："此句一字一点泪，吴兴本删去，照原本增入。"第三折【耍孩儿】曲眉批："【耍孩儿】数枝原本无之，依吴兴本增入。"第四折【沉醉东风】眉批："此枝亦原本所无。"校之《古名家杂剧》本，以上几曲皆相符。故这里所谓"原本"，即指《古名家杂剧》本。全剧其他地方曲辞、宾白及人物提示皆与《元曲选》本同，则知该剧是以《元曲选》本为底本，以《古名家杂剧》本为校本。

《老生儿》剧今存《元刊杂剧三十种》本和《元曲选》本。孟本第一折【后庭花】有眉批："'正饥寒'下数句《元曲选》本改云'把饥寒早撇开，免忧愁尽自在'，以原本数语上下文气未贯也。然如改本又淡而少味。细味原本数语是言我今日自贫寒至荣华，正好享用，而无儿子，则死时撇在外矣，守此钱财何用，不如散之为愈。下枝接云'祖先相待'云云．则无子而有子矣。如此乃觉意味深长。"较之《元刊杂剧三十种》本，异。则知孟称舜所用"原本"并非《元刊杂剧三十种》本，而是已佚他本。较之《元曲选》本，两本曲辞、宾白和任务提示都有所差异。如开场《元曲选》本为"正末扮刘从善同净、卜儿、丑张郎、旦儿、冲末引孙、搽旦小梅上"，孟本则作"冲末、正末、净、卜儿、旦儿、张郎、引孙、小梅同上"，知该剧以已佚原本为底本，以《元曲选》本为校本。

经过上文分析可知，孟称舜所言"原本"来源非一。《倩女离魂》《玉镜台》《竹坞听琴》《汉宫秋》和《窦娥冤》剧之原本为《古名家杂剧》本；《柳毅传书》和《潇湘夜雨》之原本为顾曲斋本；《度柳翠》之原本为息机子本；《张生煮海》《梧桐雨》和《老生儿》之原本今已不存。孟称舜在选择底本时，并非全部以"原本"为底本校《元曲选》本，而是有所区分。《玉镜台》《竹坞听琴》《柳毅传书》《潇湘夜雨》《窦娥冤》几剧是以《元曲选》本为底本校"原本"。

孟称舜关于"今（本）"的评语有3条，分别是《柳毅传书》第一折【混江龙】眉批："原本'做妻夫'……比今本用韵犯重，且少伦次，故改从今。"《窦娥冤》第二折【贺新郎】眉批："'怎不记旧日夫妻情意，也曾有百纵千随'

原本云‘这婆娘心如风刮絮，那里肯身化望夫石’似非媳妇说阿婆语，改从今本。”《老生儿》第三折【尾声】原本结云：“‘重对面且休题，你着他再相逢便休想’不若今本为佳，从之。”

按《柳毅传书》【混江龙】曲孟本与《元曲选》本同，“从今”之“今”，应指《元曲选》本。《窦娥冤》【贺新郎】曲孟本与《元曲选》本同，“改从今本”之“今本”，亦是指《元曲选》本。【老生儿】第三折尾曲孟本亦与《元曲选》本同，这里“今本”亦指《元曲选》本。

由上述分析可知，孟称舜的版本校勘实际只有两种：原本和《元曲选》本，两者选优择取，孟称舜很少自作修改，仅有两处例外。一是《范张鸡黍》第二折【隔尾】后宾白有眉批：“原本数段宾白冗杂可厌，今俱为删改。”删改后的宾白较原本简练，又不同于《元曲选》本。二为《潇湘夜雨》第三折【山坡羊】有眉批：“此枝与原本及《元曲选》本稍异。”

二、版本之辩二——仅注明“吴兴本”的杂剧

除上述剧目外，还有一些剧本评语中虽没提到“原本”，但注明了与《元曲选》本的关系，我们依然可以根据剧本内容作出底本和校本判断。

《翰林风月》存顾本、息机子本和《元曲选》本。第四折【新水令】有眉批：“吴兴本删去数句。”顾本、息机子本均《元曲选》本所删“他不是泛泛之材”等语。较之各剧，曲辞差异不大，宾白孟本多与《元曲选》本同，如第四折有使上场诗第三句孟本和《元曲选》本均作“海内尽皆知姓字”，顾本和息机子本作“若有旁人知姓字。”人物提示多与顾本同。《元曲选》本作“外扮李尚书引祗从上”，孟本和顾本皆作“使命祗侯上”。可知，该剧是以《元曲选》本为底本，以顾本为校本。

《青衫泪》今存《改定元贤传奇》本、《古名家杂剧》本、顾曲斋本、《元曲选》本。各本曲辞、宾白差异不大，人物提示与《元曲选》本差异较大。孟本第一折【后庭花】有眉批：“今人不饮二句，吴兴本都做似你朦胧酒戒，那醉乡侯安在哉！”除《元曲选》本外，其他各本均有“今人不饮”二句，根据版式判断，孟本与顾本最为接近。该剧是以顾本为底本，以《元曲选》本为校本。

《扬州梦》剧今存《改定元贤传奇》本、《古名家杂剧》本、继志斋本、《元曲选》本。孟本与以上几个本子均有出入之处。如动作提示，孟本多用“介”，与继志斋本多同，但楔子【幺篇】《元曲选》本“博着个甚功名，教俺做浮萍浪梗”，陈本，继本作“我和你同学艺作儒生，省”，孟本与诸本均不同，作“我和你同学艺作儒生，今日个樽前酩酊”，可知该剧底本并非以上版本中的某种，而是另有已佚他本。

《金钱记》有顾本、《元曲选》本。孟本宾白及人物提示皆从顾本，如第一折王府尹出场自报家门时，孟本与顾本均有“自幼攻书学先王之礼义，习孔圣之遗言。目今大唐明皇即位，真个是臣宰贤良，黎民乐业，五风十雨，君圣臣贤”，《元曲选》本无此数句。贺知章出场时《元曲选》本称“外扮贺知章上”，孟本、顾本均作“贺知章上”。但曲辞与以上二本均有差异。如第一折【混江龙】《元曲选》本与顾本均有“才能够”“恰便是”“想当日”等连接词，孟本无。【油葫芦】曲顾本作“开元官里”、《元曲选》本作“开元宫里”，“官”“宫”字形相近，易误。孟本作“开元天子”。如果孟本使用以上两本作为底本和校本，不会底本、校本一致之处还做出修改。此外，其他曲辞三个本子也有不少细微的差异。孟本第一折【水仙子】有眉批：“只此一语够了，吴兴本衍出数枝，似赘。”则知《元曲选》本是校本，底本今已不存，但与顾本可能颇有渊源。

《诗酒红梨花》有《古名家杂剧》本、顾本和《元曲选》本。孟本第四折【沉醉东风】眉批云：“此下数枝多从吴兴本增改。”其实不只此下数枝，全剧曲辞、宾白也多从《元曲选》本。人物提示则多与顾本同。可知，该剧是以《元曲选》本为底本，以顾本为校本。

《任风子》今存《元刊杂剧三十种》本、赵琦美抄本、《元曲选》本。孟本第二折【煞尾】有眉批：“四句吴兴本删去。”【穷西河】有眉批：“我待跨鹤来二句是任屠自说，要飞飞不得也。吴兴本改作他不是跨鹤来，怎生有这般翅羽，非，这般翎羽，非。”第三折【三煞】眉批：“此枝吴兴本无之。”较之全剧，孟本与《元曲选》本曲辞、宾白相近，与赵琦美抄本差异较大，第二折【煞尾】四句与赵抄本不同，但第三折的【三煞】亦有之，则知赵抄本虽不是孟本直接的底本，但应该是介于《元曲选》本与赵抄本之间的一个本子。

赵抄本本身就是内务府本和世本的合一，或者孟本底本是它们中的某种或者另有他本，则很难确知了。

《荐福碑》今存《古名家杂剧》本、继志斋本、《元曲选》本。孟本多从《元曲选》本，第四折【七弟兄】眉批：“‘赤脚伴驴蹄’，《元曲选》本改作‘壮志吐虹霓’”，《古名家杂剧》本亦作“赤脚伴驴蹄”，则知该剧以《元曲选》本为底本，以《古名家杂剧》本为校本。

《范张鸡黍》今存《元刊杂剧三十种》本、息机子本、《元曲选》本。孟本不同于《元刊杂剧三十种》本，曲辞、宾白和人物提示出于息机子本和《元曲选》本之间。第三折【村里迓鼓】有眉批：“此下八阕皆仙吕，此枝首数句依吴兴改本。”【元和令】眉批：“北人常云树上有凝霜倒挂，谓之挂白，见则国有大丧，故曲云‘树挂尽汝阳城外柳’，吴兴本改为‘剑挂’云云殊失本旨。”息机子本正作“树挂”。则知孟本以息机子本为底本校《元曲选》本。

《李逵负荆》今仅存《元曲选》本，孟本第二折【滚绣球】有眉批：“数语依吴兴改本。”“三折、四折曲白多依吴兴本增改，并前二折亦偶有同异，不及尽标出。”【幺】眉批：“二枝元本所无，系吴兴本增入。”第四折【离亭宴煞】眉批：“收场亦出吴兴改本，妙甚。”【乔牌儿】眉批：“此二枝亦系吴兴本增入。”其他地方亦多从《元曲选》本。孟本以《元曲选》本为底本，校本已佚。

三、版本之辩三——无版本校勘评语的杂剧

《古今名剧合选》余下十一种杂剧没有注明版本情况，笔者校对并整理了相关内容，各剧情况如下：

《两世姻缘》今存《古名家杂剧》本、顾本、息机子本。几本差异均不大，孟本曲辞宾白最近顾本、息机子本，人物提示近《元曲选》本。如韦皋《元曲选》本称“末”，顾本和息机子本称“细酸”，孟本同《元曲选》本称“末”。

《东堂老》今存息机子本、《元曲选》本。孟本曲白全同《元曲选》本。

《燕青博鱼》今存赵琦美抄内务府本、《元曲选》本。孟本曲白全同《元曲选》本。

《墙头马上》今存《古名家杂剧》本、《元曲选》本。三本曲白几乎全同。

《王粲登楼》今存《古名家杂剧》本、《元曲选》本。孟本曲白全同《元

曲选》本。

《铁拐李岳》今存《元刊杂剧三十种》本、《元曲选》本。孟本曲白全同《元曲选》本。

《丽春堂》今存《古名家杂剧》本、《元曲选》本。孟本曲白全同《元曲选》本。

《谇范叔》今存息机子本、《元曲选》本。孟本曲白全同《元曲选》本。

《金线池》今存《古名家杂剧》本、顾本、《元曲选》本。孟本曲白全同《元曲选》本。

《魔合罗》今存《元刊杂剧三十种》本、《古名家杂剧》本、《元曲选》本。孟本曲白全同《元曲选》本。

《隔江斗智》今存《元曲选》本。孟本曲白全同《元曲选》本。

《赵氏孤儿》今存《元刊杂剧三十种》本、《元曲选》本。孟本曲白全同《元曲选》本。

通过比较，我们发现两个比较有意思的现象。一是在没有版本评语的杂剧中，除了《两世姻缘》外，孟称舜大都直接使用《元曲选》本作底本，在曲辞和宾白上几乎没做任何校勘。为什么他没有全部校勘完毕呢？这着实让人疑惑。《古今名剧合选序》中言："元曲自吴兴本外，所见百余十种，共选得十之七。"就是说孟称舜所有的剧本，除了《元曲选》所收的一百种以外，还有一百一十多种，要说没有全部校勘是因为"原本"不够的问题，可能性不大。《王粲登楼》第三折【石榴花】曲"恰便似睡梦里过了三十"句有眉批："我亦如之。"据徐朔方《孟称舜行实系年》考，孟称舜生于万历二十七年（1599年），三十岁时为崇祯元年（1628年），批语时间距离崇祯六年《古今名剧合选序》的写作时间差了五年，也就是说孟称舜整理元杂剧至迟在崇祯元年就开始了，他的批评工作是持续性进行的。《王粲登楼》是没有版本校勘的本子，是不是崇祯元年孟称舜决定只是点评元杂剧而并不校勘，又或者他还没有收罗到众多"原本"呢？崇祯五年孟称舜加入复社，复社里人才济济，经常举行文学活动。"按目计之，得七百余人，从来社集未有若是之众者。计文二千五百余首，从来社艺亦未有如是之盛者。”[①] 他是否是在入复社后在同社成员那里见到多种版本的元杂剧，在接下来的一年里才决定同时进行校勘呢？当然，这也是笔者的推测，尚需要更多证据支持，在此仅作一说，期望更多的人注意这个问题。

二是在没有版本校勘评语的杂剧中，孟本曲辞和宾白均从《元曲选》本，但在人物提示上，却出现了小的差异。《金线池》剧有石府尹舞台提示时，《元曲选》本第一次出现时称“外”，以后便直接称石府尹，孟本称则一直称“孤”。《魔合罗》有李文道舞台提示时，《元曲选》本首次出现时分别称“净”和“冲末”，以后便直接以名呼之。孟本则一直称“净”和“冲末”。明代中叶以后，就整个文学思潮而言，“复古”的主张也占据着重要的位置，就戏曲观念而言，“崇元”的态度越来越明显。以脚色为中心是早期元杂剧最显著的特征之一，也是《元曲选》与之前杂剧选本的重要差异。孟称舜在某些剧中所作的改动，应该是“趋元”思想的一个表现。

孟称舜的《古今名剧合选》是元杂剧唯一的一个改评本，是介于坊刻文人选本和《元曲选》之间的本子，虽然文献价值不大，但“改编本来是创作，既改又评则具有很强的批评意味”。[②] 其对元剧的改动，是照一定的原则进行的，所改动之处体现了孟称舜的杂剧审美观念；而对改动的地方细加评点说明，与改编合为一体，又构成了一个独特的评点形态，蕴含着一种新的戏剧观念的成熟。孟评中提出的一系列戏曲创作的理论看法，与具体的改编相辅相成，使评点批评呈现出非常明确的批评指向，更加拓展了评点批评的空间。

① （明）陆世仪：《复社纪略》卷一，《续修四库全书·史部·杂史类438》本，第494页。

② 朱万曙：《明代戏曲评点研究》，安徽教育出版社2002年版，第28页。

结 语

很长一段时间以来，元杂剧的研究和教学，不管是权威性的文学史教材还是新近出现的元杂剧研究专著都主要以《元曲选》为标准。近二三十年来，在反思将《元曲选》作为研究元杂剧的依据之后，学者们开始注意研究元杂剧的版本问题。

其中以《剑桥中国文学史》的观点最为激烈。编撰学者在元代文学中不讲元杂剧部分，这着实令人费解。近日观《中国社会科学报》2015 年 10 月 26 日第 005 版发表的黑龙江大学刘建欣同志的《元杂剧范本定型于明代》一文，言称："我们所认识的元杂剧并不是真正的元代杂剧，更多的是以《元曲选》为代表的明代改编本的元杂剧。"于是明白《剑桥中国文学史》的用意，认为现存的元杂剧文本仅有《元刊杂剧三十种》为元代本子，其余皆为明本，已然失去了元代杂剧的本来面貌，不能作为元代社会生活的反映来加以研究，不足以代表元代杂剧的成就。而唯一的元刊本又文本不全，品相糟糕，甚至连杂剧作者亦不能完全确定，所以，元杂剧的研究根本就无确定文本可用，因此也就不承认元代杂剧的存在。

元杂剧是中华民族灿烂文化宝库中的一朵奇花，它在思想内容和艺术成就上都体现了独有的特色，和唐诗宋词鼎足并举，成为我国文学史上三座重要的里程碑。不论元杂剧，则会丢掉中国民族艺术的瑰宝、丢掉中国古代文学史辉煌灿烂的一页。版本考证是文本解读、思想阐释的基础和条件，文学研究注意文本的版本问题是非常必要的。但问题是现存的元杂剧版本就真的不可靠吗？因为没有元代本子可用，我们认识的元杂剧就真的不是真正的元代杂剧吗？

一、元杂剧艺术精神没改变

首先，元杂剧与元杂剧剧本不是同一个概念。

元杂剧又称北杂剧，是元代用北曲演唱的融合各种表演艺术形式而形成的一种完整的戏剧形式，属于一种综合性的艺术。元杂剧剧本是元杂剧艺术的物化形式，是其文学载体，最初是具有文学性的舞台表演的底本，起到提示演员表演的作用，后来由于文人的加入，在话本、词曲、讲唱文学的基础上形成了成熟的文学剧本。这两者本身就是不同的概念，不能混淆。

其次，虽然元杂剧文本的版本有元明之分，但元杂剧的现实主义精神没有改变。

元杂剧的产生和发展都根植于元代特殊状况，是一种战斗性和群众性较强的文艺形式。元代民族矛盾、阶级矛盾尖锐，吏治混乱，百姓生活苦不堪言；元蒙统治者实行民族歧视和高压政策，汉族文人饱受压迫，他们穷愁潦倒，找不到出路，又不肯屈身于统治者，于是一批文人与民间艺人合作，组织书会，为勾栏行院编写演唱脚本，有的还"躬践排场"参加演出，因而才产生了一大批反映社会现实的优秀剧作，公案剧和水浒剧也是在这种背景下出现的。不少剧本虽然只存明本，但我们依然能够看到作者的呐喊与悲泣，元杂剧的现实主义精神在明本中并没有丢失。

再次，元杂剧的本体特征没有改变。无论是元本或者明本，"曲"都是元杂剧文体规范的重心。"元杂剧的文体特征，尽管采用了'代言体'的形式，但从本质上讲，仍然是传统的诗歌一脉。"虽然有部分明代剧本剧情、曲辞有所改变，但绝大多数杂剧曲文的变化并不大。即使是在元代，不同剧团、不同演出场合所用的演出脚本也不会完全相同，演员的临场发挥、观众的欣赏层次对剧本均有一定的影响。大部分明本曲词的变动都在版本变动合理的范围内。

复次，元杂剧艺术体制没有改变。元杂剧艺术在一定时间内呈现出比较稳定的特征，如以唱词表演为主，辅以念白，并伴随插科打诨；只有正色一人主唱的表演方式，其他角色只有念、作、打，不能演唱；一场杂剧表演主要由四套大曲构成，曲牌的联唱也有自己独特的规律。这些特点无论是在元代或者是明代，尽管有少数剧作出现"变格"，但均没有出现大的改变。元杂剧剧本则由于在流传过程中优伶或文人的二次、多次加工，抄者或刻者主观的原因，再加上各地各个时代刻书水准的不同，在字句和内容上形成版本差异。但无论各个版本外在情况如何，对于原作的具体改编幅度有多大，元杂剧本身的艺术内涵没有改变，元杂剧的表演特征没有改变，元杂剧作为“一代之文学”的精神亦不会改变。

二、元刊本为代表的元本杂剧已建立杂剧艺术的规范

《元刊杂剧三十种》虽然没有记录作者名字，但并非不可考。早在王国维就已根据《录鬼簿》等元代文献考证出多数杂剧的作者情况。“它客观呈现的杂剧文本记录方式，舞台脚色的确立及运用，宾白与唱词的出现及其功能，几乎都已达到了几臻完善的地步，它们的基本体制及表现形式在明本中几乎毫无变动地被继承，并进一步发挥。”①

元刊本虽然刊刻简陋，多有错讹，但是曲文是完整的，由曲文展现出来的起承转合的剧本结构也是完整的。体例方面，首尾总题必要有，题目正名可省略；曲词方面，尚雅，采用的是北曲联套的形式。每一折用一个套曲，每一个套曲一般都连缀同一宫调的若干支曲牌组成。四套大曲必要有，宫调之外尚可加；宾白方面，尚俗，由白话和部分韵语组成。语言使用灵活，有时亦出现程式化。有对白和独白两种形式，对白与话剧的对话相似，独白兼有叙述的性质，在情节的发展和人物的塑造上起着重要的作用；脚色方面，已经确立起来的以旦、末、净为中心的“一正脚众外色”的表演体制。旦包括正旦、外旦、小旦、大旦、老旦、搽旦。末包括正末、小末、副末。净中扮演的人物往往是倾向反面的，表演带有滑稽戏的色彩，此外，还有孤、驾、卜儿、俫儿等脚色的运用亦比较规范。

三、《元曲选》等明本改编情况

不可否认，明本与《元刊杂剧三十种》的确有不小的差异。目前，学界一般的看法是《脉望馆钞校本古今杂剧》及《元曲选》之前的民间坊本，如《古

---

① 甄炜旎：《元刊杂剧三十种》研究，复旦大学2008年博士学位论文。

名家杂剧》《古杂剧》、息机子本等曲辞比较古朴，保持了比较早的元杂剧的面貌，而《元曲选》注重词采文饰，是经过臧懋循的删改加工的，虽在艺术上比较成功，但已离元杂剧的原貌很远了。事实上，元杂剧的版本情况要比这复杂得多。

最接近元刊本的明代本子为于小谷抄本，包括赵琦美抄本8种元杂剧，校《古名家杂剧》本5种，赵琦美抄来历不明本杂剧，符合于小谷本特征的4种元杂剧。特点是全剧不分折目；保留明代宫廷所禁的“驾头杂剧”；人物出场时保留了“开”的形式。

《古名家杂剧》来源比较复杂，其中有不少剧目与于小谷本元杂剧为同一系统的本子，赵琦美所校者异文很少，《还牢末》剧内容上完全相同，只是在分折体例上有区别。赵琦美校勘元杂剧的规律是以内务府本校息机子本，以于小谷本校古名家杂剧本。[①] 因为他清楚地知道这几个本子谁与谁相近，谁与谁不同，他校勘的目的不是找出异文，而是要纠正抄写或刊刻的错误。

《改定元贤传奇》和于小谷本的关系亦比较密切。赵琦美所校的《古名家杂剧》与于小谷本的异文，《改定元贤传奇》本多数与于小谷本相同，这说明较《古名家杂剧》，《改定元贤传奇》距离元杂剧的原貌更近一步。

其次为《元曲选》本。《元曲选》在曲文、科白和脚色记录方面，较内务府本杂剧都更接近《元刊杂剧三十种》。曲文方面，《元曲选》曲牌数量比内务府本要多，内务府本被删掉的具有明显“犯上”意味的，过于锋芒毕露的曲辞在《元曲选》中多有保存。“笑和尚”曲牌在内务府本中出于避讳而被改为“笑歌赏”，《元曲选》中则保留了“笑和尚”名称。宾白方面，内务府本一部分以对白形式出现的说白，在《元曲选》中则以独白的形式呈现，而元刊本宾白的特点之一就是重视个人单独陈述。脚色方面，内务府本脚色标示比较简单，脚色较少，《元曲选》本相对来讲脚色更为丰富。只有元刊本和《元曲选》本与正旦相对的男主角，即正旦的恋人称做“正末”，采用“脚色＋扮＋人物名称”形式，其他版本称“末”或“外”，形式上多有省略。此外，《元

① 息机子与内务府本校者7种，与于小谷本校者仅《误入天台》和《九世同居》两剧（这两个剧本不存在于内务府本），没有一本内务府本与于小谷本相校者。在校息机子本时没有内务府本可以使用时才用于小谷本。

曲选》尚保留了“这且不在话下”等说唱文学语言，让我们可以重新窥视早期元杂剧的古朴面貌。臧懋循对《元曲选》的选编在剧本内容上主要是“参伍校订”，“以己意改之”的部分集中在形式上，在剧本体例上，借鉴内务府本元杂剧的体例形式，改正不合曲律的曲牌和过多重复性说白。

孟称舜《古今名剧合选》受《元曲选》影响很大，是介于坊刻文人选本和《元曲选》中间的本子，它的价值主要集中在对于杂剧的点评上。

对元代杂剧改动最大的应属内务府本，包括赵琦美抄 27 种内务府本杂剧、赵琦美抄来历不明类符合内务府本特征的 9 种杂剧、息机子本、《古名家杂剧》等坊本中部分与内务府本同源的元杂剧。这类元杂剧为场上排演之曲，并由于接受对象的特殊性，曲牌数量最少，曲辞温和，重复性宾白较多，杂剧风格中庸敦厚，颂圣情结比较明显。外在形式上亦比较统一，显然是经过教坊司或钟鼓司专人整理。

现存 167 种元杂剧底本来源复杂，版本众多，在以元杂剧为对象进行学术研究时，不能完全依赖于明本，而是要注意版本辨别。但也不能因为没有优良的元代本子，而否定元杂剧作为一代文学的代表性，因为元刊本虽然有不少缺点，但已建立了元杂剧基本艺术精神；明代本子中不乏许多较好保存作者创作原貌的优秀剧本，如于小谷本、《改定元贤传奇》本、《古名家杂剧》等坊本中的部分杂剧；《元曲选》和内务府本元杂剧虽然经过有意整理，但也始终没有脱离元杂剧的范式而随意发挥。在元杂剧相关研究中，务必要做到具体问题具体分析，才能保证我们得出的结论更具有客观实际性。

参考文献

古籍：

《古今杂剧三十种三十卷》，元刻本，中国国家图书馆藏

《覆元椠古今杂剧三十种》，京都帝国大学文科大学藏版

《古今杂剧》，石印本，影印陈乃乾篆耑，1924 年

《元明杂剧》，明万历继志斋刊本，北京图书馆藏 2 种原刻本

（东晋）常璩、刘琳校注本：《华阳国志》，成都：巴蜀书社，1984 年

（宋）罗烨：《醉翁谈录》，北京：古典文学出版社，1957 年

（宋）吴自牧：《梦粱录》，杭州：浙江人民出版社，1980 年

（宋）周密：《武林旧事》，杭州：浙江人民出版社，1984 年

（元）陶宗仪：《南村辍耕录》，北京：中华书局，1958 年

（元）周德清：《中原音韵》，《中国古典戏曲论著集成》（一），北京：中国戏剧出版社，1959 年

（元）钟嗣成：《录鬼簿》，《中国古典戏曲论著集成》（二），北京：中国戏剧出版社，1959 年

（元）燕南芝庵著：《唱论》，《中国古典戏曲沦著集成》（一），北京：中国戏剧出版社，1959 年

（元）夏庭芝：《青楼集》，《中国古典戏曲论著集成》（一），北京：中国戏剧出版社，1959 年

（元）胡祗遹：《优伶赵文益诗序》，《紫山大全集》，台北：台湾商务印书馆，1986 年

（元）钟嗣成、贾仲明著，浦汉明校：《新校录鬼簿正续编》，成都：巴蜀书社，1996 年

（元）脱脱撰:《宋史》卷163，北京：中华书局，2011年

（元）钟嗣成:《录鬼簿》,《续修四库全书》1759卷，上海：上海古籍出版社，2013年

（明）王骥德:《古杂剧》，北京图书馆藏。台湾、日本藏原刻残本

（明）赵琦美:《脉望馆钞校本古今杂剧》，中国国家图书馆馆藏

（明）陈与郊:《古名家杂剧》，明万历刊本，北京图书馆藏三部，南京图书馆藏一部

（明）息机子:《杂剧选》，明编，明万历刊本，台湾国立中央图书馆藏一部，北京图书馆藏残本

（明）黄正位:《阳春奏》，明万历刊本，台湾国立中央图书馆藏一部，北京图书馆藏残本

（明）孟称舜:《古今名剧合选》，明崇祯刊本，上海图书馆藏孟刻朱增莱订正本，北京图书馆藏残本数部，包括孟刻潘可传订正本

（明）臧懋循:《元曲选》，中国国家图书馆藏万历刻本，万历博古堂印本

（明）《新校注古本西厢记》，王氏香雪居刻本，中国国家图书馆藏

（明）陈与郊:《浮休杂志》，中国国家图书馆藏清抄残本

（明）陈与郊:《黄门集》，北京大学图书馆藏万历刻本

（明）万历:《汉阳府志》，1613年刻本

（明）董斯张:《吴兴艺文补》卷70，明崇祯六年刻本

（明）王穉登:《吴社编》,《宝颜堂秘笈》，万历嘉兴沈氏尚白斋本，上海：上海文明书局石印本，1922年

（明）赵琦美:《脉望馆书目》，涵芬楼影印本，1924年

（明）陈与郊:《樱桃梦》,《古本戏曲丛刊》二集，北京：商务印书馆，1955年

（明）陈与郊:《鹦鹉洲》,《古本戏曲丛刊》二集，北京：商务印书馆，1955年

（明）陈与郊:《麒麟局》,《古本戏曲丛刊》二集，北京：商务印书馆，1955年

（明）陈与郊:《灵宝刀》,《古本戏曲丛刊》二集，北京：商务印书馆，

1955 年

（明）戴贤:《盛世新声》，北京：文学古籍刊行社，1955 年

（明）张禄:《词林摘艳》，北京：文学古籍刊印社，1955 年

（明）郭勋:《雍熙乐府》，北京：文学古籍刊行社，1955 年

（明）焦循:《剧说》，上海：上海古典文学出版社，1957 年

（明）徐𤊹:《徐氏家藏书目》，上海：上海古典文学出版社，1957 年

（明）黄正位:《阳春奏三种》，北京：商务印书馆，1958 年

（明）沈泰:《盛明杂剧》，北京：中国戏剧出版社，1958 年

（明）朱权:《太和正音谱》，北京:《中国古典戏曲论著集成》（二），北京：中国戏剧出版社，1959 年

（明）徐渭：《南词叙录》，《中国古典戏曲论著集成》（三），北京：中国戏剧出版社，1959 年

（明）王骥德：《曲律》，《中国古典戏曲论著集成》（四），北京：中国戏剧出版社，1959 年

（明）何良俊：《曲论》，《中国古典戏曲论著集成》（四），北京：中国戏剧出版社，1959 年

（明）沈宠绥：《度曲须知》，《中国古典戏曲论著集成》（五），北京：中国戏剧出版社 1959 年

（明）祁彪佳:《远山堂曲品》，北京:《中国古典戏曲论著集成》（六），中国戏剧出版社，1959 年

（明）祁彪佳:《远山堂剧品》，北京:《中国古典戏曲论著集成》（六），中国戏剧出版社，1959 年

（明）沈德符:《万历野获编》，北京：中华书局，1959 年

（明）李开先、路工辑:《李开先集》，北京：中华书局，1959 年

（明）解缙等:《永乐大典》，北京：中华书局，1959 年

（明）汤显祖:《汤显祖集》，徐朔方笺校，北京：中华书局，1962 年

（明）李贽:《焚书》，北京：中华书局，1975 年

（明）叶盛:《水东日记》，北京：中华书局，1980 年

（明）于慎行:《谷山笔麈》卷 6，北京：中华书局，1984 年

（明）杨士奇等:《文渊阁书目》，台北：台湾商务印书馆，中华民国七十五年（1986年）

（明）蒋之翘:《天启宫词》，北京：北京古籍出版社，1987年

（明）祁承:《澹生堂藏书目》，上海：上海书店，1994年

（明）陈与郊:《隅园集》,《四库全书存目丛书》，济南：齐鲁书社，1996年

（明）陈与郊:《栾川集》,《四库全书存目丛书》，济南：齐鲁书社，1996年

（明）陈与郊:《方言类聚》,《四库全书存目丛书》，济南：齐鲁书社，1996年

（明）陈与郊:《广修辞指南》,《四库全书存目丛书》，济南：齐鲁书社，1996年

（明）陈与郊:《文选章句》,《四库全书存目丛书》，济南：齐鲁书社，1996年

（明）汪廷讷:《坐隐先生全集》,《四库全书存目丛书》，济南：齐鲁书社，1996年

（明）解缙、姚广孝等编:《永乐大典目录》,《四库全书存目丛书补编》册58，济南：齐鲁书社，2001年

（明）卓人月编选，徐士俊参评，谷辉之校点:《古今词统》，沈阳：辽宁教育出版社，2001年

（明）李开先，卜键笺校:《李开先全集》，北京：文化艺术出版社，2004年

（明）孟称舜著，朱颖辉辑校:《孟称舜集》，北京：中华书局，2005年

（明）晁栗:《晁氏宝文堂书目》，上海：上海古籍出版社，2005年

（明）宋懋澄著:《九籥别集》,《四库禁毁书丛刊》集部第117册，北京：北京出版社，2005年

（明）孟称舜著，王汉民、周晓兰辑校:《孟称舜戏曲集》，成都：巴蜀书社，2006年

（明）陈洪绶:《宝纶堂集》，上海：上海古籍出版社，2009年

（明）顾起元撰:《客座赘语》，南京：南京出版社，2009年

（明）谢肇淛著，江中柱点校:《虞初新志序》，福州：福建人民出版社，2009年

（明）臧懋循:《臧懋循集》，杭州：浙江古籍出版社，2012年

（明）徐𤊹:《徐氏家藏书目》,《续修四库全书》卷919，上海：上海古籍

出版社，2013 年

（明）陆世仪:《复社纪略》,《续修四库全书》卷 438，上海：上海古籍出版社，2013 年

（清）李贤书修，吴怡纂:《东阿县志》，清道光九年刻本

（清）李雅、何永绍:《龙眠古文一集》(附)，据清道光十五年乙未芳晖馆重刊本

（清）黄丕烈:《荛圃藏书题识》，1919 年江阴缪氏刊本

（清）顾修:《汇刻书目》，上海：上海千顷堂书局，民国八年（1919 年）石印本

（清）钱曾:《也是园书目》,《玉简斋丛书》二集本

（清）钱曾:《述古堂书目》,《丛书集成初编》，北京：商务印书馆，1935 年

（清）季振宜:《季沧苇藏书目》,《丛书集成初编》，北京：商务印书馆，1935 年

（清）黄虞稷:《千顷堂书目》,《丛书集成初编》，北京：商务印书馆，1935 年

（清）祁理孙:《奕庆藏书楼书目》，北京：古典文学出版社，1958 年

（清）董康辑:《曲海总目提要》，北京：人民文学出版社，1959 年

（清）黄丕烈:《也是园藏书古今杂剧目》,《中国古典戏曲论著集成》(一)，北京：中国戏剧出版社，1959 年

（清）李斗撰，汪北平、涂雨公点校:《扬州画舫录》，北京：中华书局，1960 年

（清）张廷玉:《明史》，北京：中华书局，1974 年

（清）康熙三十四年《南阳府志》，南阳市地方史志编纂委员会《南阳市志》，郑州：河南人民出版社，1989 年

（清）黄虞稷撰:《千顷堂书目》，上海：上海古籍出版社，1990 年

（清）钱曾:《述古堂藏书目录》,《四库全书存目丛书》册 277，济南：齐鲁书社，1996 年

（清）叶德辉著:《书林清话》，长沙：岳麓书社，1999 年

（清）纪昀总纂：《四库全书总目提要》，石家庄：河北人民出版社，2000 年

（清）钱谦益等编：《稿抄本明清藏书目三种》，北京：北京图书馆出版社，2003 年

（清）赵定邦修：《（同治）长兴县志》，上海：上海古籍出版社，2005 年

（清）孙衣言撰：《瓯海轶闻》，上海：上海社会科学院出版社，2005 年

（清）翁方纲纂：《翁方纲纂四库提要稿》，上海：上海科学技术文献出版社，2005 年

专著：

潘承弼：《明代版本图录初编》，上海：开明书店，1940 年

王季烈：《孤本元明杂剧》，北京：商务印书馆，1941 年

冯沅君：《孤本元明杂剧抄本题记》，北京：商务印书馆，1944 年

孙楷第：《也是园古今杂剧考》，上海：上杂出版社，1953 年

郑振铎等：《古本戏曲丛刊》四集，北京：文学古籍刊行社等，1953 年

丁福保、周云青：《四部总录艺术编》，北京：商务印书馆，1956 年

［日］青木正儿：《元人杂剧概说》，隋树森译，北京：中国戏剧出版社，1957 年

傅惜华：《元代杂剧全目》，北京：作家出版社，1957 年

《关汉卿研究》第二辑，北京：中国戏剧出版社，1958 年

严敦易：《元剧斟疑》，北京：中华书局，1960 年

郑骞：《校订元刊杂剧三十种》，台北：台北世界书局，1962 年

钱南扬：《永乐大典戏文三种校注》，北京：中华书局，1979 年

余嘉锡著：《余嘉锡论学集》，台北：文海出版社，1979 年

严敦易撰：《元明清戏曲论集》，郑州：中州书画社，1982 年

庄一拂：《古典戏曲存目汇考》，上海：上海古籍出版社，1982 年

郑振铎：《西谛书话》，上海：上海三联书店，1983 年

王国维：《王国维戏曲论文集》，北京：中国戏剧出版社，1984 年

徐朔方:《元曲选家臧懋循》,北京:中国戏剧出版社,1985 年

赵景深、邵曾祺:《元明北杂剧总目考略》,郑州:中州古籍出版社,1985 年

徐朔方:《元曲选家臧懋循》,北京:中国戏剧出版社,1985 年

赵景深、邵曾棋:《元明北杂剧总目考略》,郑州:中州古籍出版社,1985 年

张敬、曾永义等著:《中国古典戏剧论集》,台北:幼狮文化事业公司,1985 年

王利器:《耐雪堂集》,北京:中国社会科学出版社,1986 年

江标:《黄丕烈年谱》,北京:中华书局,1988 年

蔡毅编:《中国古典戏曲序跋汇编》,济南:齐鲁书社,1989 年

吴毓华编:《中国古代戏曲序跋集》,北京:中国戏剧出版社,1990 年

孙楷第著:《戏曲小说书录解题》,北京:人民文学出版社,1990 年

郑振铎:《中国俗文学史》,北京:东方出版社,1991 年

盛泽镇地方志办公室编纂:《盛泽镇志》,南京:江苏古籍出版社,1991 年

《古本小说集成》编委会:《古本小说集成》,上海:上海古籍出版社,1992 年

徐朔方:《晚明曲家年谱》,杭州:浙江古籍出版社,1993 年

江苏省地方志编纂委员会:《江苏省通志稿》,南京:江苏古籍出版社,1993 年

谢伯阳编:《全明散曲》,济南:齐鲁书社,1994 年

黄仕忠:《中国戏曲史研究》,广州:中山大学出版社,1997 年

华玮、王瑷玲编:《明清戏曲国际研讨会论文集》,台北:中央研究院中国文哲研究所筹备处,1998 年

姚北岳:《黄丕烈评传》,南京:南京大学出版社,1998 年

王国维撰:《宋元戏曲史》,上海:上海古籍出版社,1998 年

张月中编:《元曲通融》,太原:山西古籍出版社,1999 年

周越然著:《近世文化书系》,《言言斋古籍丛谈》,沈阳:辽宁教育出版社,2001 年

小松谦:《中国古典演剧研究》,汲古书院,2001年

朱万曙:《明代戏曲评点研究》,合肥:安徽教育出版社,2002年

吴梅:《南北词谱》,《吴梅全集》,石家庄:河北教育出版社,2002年

胡适著:《胡适全集》第11卷,合肥:安徽教育出版社,2003年

李玉安、黄正雨:《中国藏书家通典》,北京:中国国际文化出版社,2003年

朱崇志:《中国古代戏曲选本研究》,上海:上海古籍出版社,2004年

黄仁生著:《日本现藏稀见元明文集考证与提要》,长沙:岳麓书社,2004年

叶长海:《中国戏剧学史稿》,北京:中国戏剧出版社,2005年

吴晓铃著:《吴晓铃集》,石家庄:河北教育出版社,2006年

杜泽逊撰:《四库存目标注》,上海:上海古籍出版社,2007年

赵山林:《中国戏曲传播接受史》,上海:上海人民出版社,2008年

浙江省出版志编纂委员会编:《浙江省出版志》,杭州:浙江人民出版社,2008年

范丽敏:《宋元小说、讲唱与戏曲关系研究》,济南:齐鲁书社,2009年

俞为民、孙蓉蓉:《历代曲话汇编》,合肥:黄山书社,2009年

孙楷第:《沧州集》,北京:中华书局,2009年

浙江省通志馆编,浙江省地方志编纂委员会整理:《重修浙江通志稿》,北京:方志出版社,2010年

顾随著:《顾随讲词曲》,南京:凤凰出版社,2011年

黄裳:《来燕榭书跋》,北京:中华书局,2011年

高志忠著:《明代宦官文学与宫廷文艺》,北京:商务印书馆,2012年

杜桂萍编:《明清文学与文献》第1辑,哈尔滨:黑龙江大学出版社,2012年

徐海印:《天乐集》,北京:宗教文化出版社,2013年

颜长珂:《纵横谈戏录》,北京:文化艺术出版社,2014年

陈富荣:《明代流传之元杂剧版本及其曲文改编研究》,台北:花木兰文化出版社,2014

期刊论文：

袁同礼:《明代私家藏书概略》,《图书馆学季刊》第 2 卷第 1 期

郑骞:《从元曲选说到元刊杂剧三十种》,《景午丛编》，台北：台湾中华书局，1972 年

（日）岩城秀夫:《元刊古今杂剧的流传》,《中国戏曲演剧研究》，创文社，1973 年

蒋星煜:《常熟赵氏〈脉望馆钞校本古今杂剧〉的流传与校注》,《文学遗产》1980 年第 2 期

姚柯夫:《王骥德传略考辨》,《文献》1980 年第 3 期

郑振铎:《中国戏曲的选本》,《中国文学研究》，北京：商务印书馆，1981 年

麻国钧:《关于许潮杂剧四种的发现》,《中国戏剧年鉴》（1982），北京：中国戏剧出版社，1983 年

郑振铎:《跋脉望馆钞校本古今杂剧》,《郑振铎古典文学论文集》，上海古籍出版社，1984 年

梅祖麟:《从语言史看几本元杂剧宾白的写作时期》,《语言学论丛》第 13 辑，1984 年

朱颖辉:《孟称舜新考》,《戏曲研究》第 6 辑，文化艺术出版社，1990 年

胡绪伟:《孟称舜的卒年及其后人》,《戏曲研究》第 26 辑，文化艺术出版社，1990 年

刘文峰:《孟称舜史料补遗》,《戏曲研究》第 33 辑，文化艺术出版社，1990 年

徐朔方:《论孟称舜的戏曲创作》,《戏曲研究》，第 33 辑，文化艺术出版社，1990 年

黄国光:《明代著名学者、藏书家、校勘家—赵琦美》,《四川图书馆学报》1990 年第 6 期

谭深盛:《明刊本对元刊本的删改：元刊本与〈元曲选〉比较分析之二》,《深圳教育学院深圳师范专科学校学报》1991 年第 1 期

卜键:《所见明刻本李开先〈闲居集〉及其他》,《文献》1991 年第 4 期

邓绍基:《元杂剧〈魔合罗〉校读记》,《殷都学刊》1994 年第 1 期

蒋星煜:《元人杂剧的选集与全集》,《中国古代、近代文学研究》1996 年第 11 期

杜桂萍:《文学性与舞台性的失衡》,《求是学刊》1997 年第 2 期

周维培:《元明之际北曲曲目论略》,《南京大学学报》(社会科学版)1997 年第 3 期

黄洽:《李开先与通俗文学》,《烟台师范学院学报》(哲学社会科学版)1998 年第 1 期

[日]小松谦:《试论〈元刊杂剧三十种〉的版本性质》,《文学遗产》1998 年第 2 期

汪家熔:《略叙郑振铎与〈脉望馆抄校本〉》,《江苏图书馆学报》1998 年第 3 期

宋若云:《谁驾玉轮入海底　辗破琉璃千顷——〈脉望馆钞校本古今杂剧〉的发现和流传》,《学术研究》1999 年第 8 期

王国维:《罗振玉藏元刊杂剧三十种》,《王国维学术随笔》, 北京: 社会科学文献出版, 2000 年

赵天为:《顾曲斋元人杂剧选审视》,《古代戏曲论坛》, 江苏古籍出版社, 2001 年

谢玉峰:《北杂剧"外"辩释》,《文献》2000 年第 1 期

解玉峰:《读南图馆藏李开先〈改定元贤传奇〉》,《文献》2001 年第 2 期

赵天为:《论臧懋循改本〈还魂记〉》,《艺术百家》2002 年第 3 期

宋常立:《臧懋循改定〈元曲选〉的时代化与案头化——元杂剧版本比较》, 周延良主编天津师范大学古籍研究所《中国古典文献学》第 2 卷, 国际炎黄文化出版社, 2003 年

张升:《明代内府抄书初探》,《图书馆杂志》2003 年第 5 期

苗怀明:《二十世纪〈元刊杂剧三十种〉的发现、整理与研究》,《戏曲艺术》2004 年第 1 期

徐大军:《从"杂剧"、"传奇"的称名看元人戏剧观念的分野及其意义》,《上海戏剧学院学报》2004 年第 6 期

唐韵:《〈元曲选〉中“兀的”及其句式——兼与〈新校元刊杂剧三十种〉比较》,《古汉语研究》2005年第1期

(日)赤松纪彦:《〈改定元贤传奇〉小考——〈陈抟高卧〉与〈青衫泪〉》,《中华戏曲》2005年第2期

孙崇涛:《中国戏曲刻家述略》,《戏曲艺术》2005年第5期

邓绍基:《关于元杂剧版本探究》,《中国社会科学院研究生院学报》2006年第1期

周永忠:《论孟称舜的戏曲理论——以〈古今名剧合选〉序及评点为视点》,《广西大学学报》(哲社版)2006年第2期

葛云波:《〈录鬼簿〉修订过程、时间及版本新考》,《南京师范大学学报(社会科学版)》2006年第4期

解玉峰:《论臧懋循〈元曲选〉于元剧脚色之编改》,《文学遗产》2007年第3期

杜海军:《赵琦美校勘杂剧之功及对戏曲文学发展的贡献——兼论孙楷第说赵琦美于脉望馆杂剧校勘无功说》,《戏曲艺术》2007年第4期

郑莉:《〈脉望馆钞校本古今杂剧〉中明宫廷杂剧考证》,《电影评介》2007年第9期

甄炜旎:《〈元刊杂剧三十种〉与李开先旧藏之关系》,《中国典籍与文化》2008年第1期

任广世:《〈改定元贤传奇〉编纂流传考》,《戏曲研究》2008年第1期

戚世隽:《“折”的演变——从元刊杂剧到明杂剧》,《中华戏曲》2008年第1期

杜海军:《从元杂剧元明刊本之比较论明代戏曲的进步》,《艺术百家》2008年第3期

杜海军:《〈元曲选〉增删元杂剧之说多臆断——〈元曲选〉与先期刊抄元杂剧作品比较研究》,《广西师范大学学报》(哲社版)2008年第3期

郑莉、杨静:《浅谈明代宫廷杂剧的总体特征》,《故宫博物院院刊》2008年第6期

包建强、胡成选:《〈元刊杂剧三十种〉的版本及其校勘》,《西北师范大

学学报》(社会科学版)2010年第1期

杜海军:《〈元刊杂剧三十种〉的刻本性质及戏曲史意义》,《艺术百家》2010年第1期

邹蓉:《从元杂剧元明刊本科诨之比较看戏曲的发展》,《广西社会科学》2010年第3期

赵天为:《从戏曲选本看元杂剧之流变》,《求索》2010年第12期

孙书磊:《李开先与〈改定元贤传奇〉的辑刊》,《古典文学知识》2011年第1期

乔光辉:《由黄正位刊本看瞿佑晚年对〈剪灯新话〉的重校》,《明清小说研究》2011年第2期

方彦寿:《〈元刊杂剧三十种〉的刻本性质与刊刻地点另议》,《艺术百家》2011年第3期

孙书磊:《元杂剧体制在元明的传播与演进——以〈改定元贤传奇〉为研究中心》,《戏曲艺术》2011年第3期

陈旭耀:《继志斋刊〈重校北西厢记〉考述》,《古籍整理研究学刊》2011年第5期

孙书磊:《臧懋循〈元曲选〉的底本渊源及其文献价值》,《戏剧艺术》2011年第6期

徐子方:《命运和道德的博弈——关汉卿〈裴度还带〉剖析》,《曲学与中国戏剧学论稿》,南京:东南大学出版社,2012年

徐大军:《元代的直说作品与书面白话著述的自觉》,《中华文史论丛》2012年第4期

魏洪洲:《〈北词广正谱〉作者问题献疑》,收入杜桂萍《明清文学与文献》第2辑,2013年

邓绍基:《〈元曲选〉的编纂和刊刻时间》,《古典戏曲评论集》,中国社会科学出版社,2013年

杜海军:《也论元刊杂剧与李开先的收藏关系:甄炜旎〈《元刊杂剧三十种》与李开先旧藏之关系〉失误辨》,《艺术百家》2013年第1期

高雯:《从〈元曲选〉所收篇目看臧懋循以和为美的戏曲思想》,《戏剧文

学》2013 年第 3 期

伍光辉:《论晚明文人戏曲选本的编辑理念》,《求索》2013 年第 3 期

徐大军:《元代平话文本的生成》,《文学遗产》2014 年第 2 期

硕博(学位论文):

陆贤涛:《明清徽商与徽州刻书业》,安徽师范大学,2005 年

魏明扬:《姚燮研究》,华东师范大学,2006 年

汪诗佩:《从元刊本重探元杂剧——以版本、体制、剧场三个面向为范畴》,国立清华大学中国文学学系,2006 年

甄炜旎:《〈元刊杂剧三十种〉研究——以元明版本比较为中心》,复旦大学,2007 年

杨灵巧:《孟称舜及其剧作研究》,山西师范大学,2009 年

(日)长松纯子:《明代内府本杂剧研究》,中山大学,2009 年

刘铭:《李开先文学研究》,复旦大学,2011 年

闫勖:《陈与郊研究四题》,浙江大学,2011 年

王丽丽:《戏曲家陈与郊研究》,南京师范大学,2011 年